CB142596

DIAS EXEMPLARES

MICHAEL CUNNINGHAM

Dias exemplares

Tradução
José Geraldo Couto

COMPANHIA DAS LETRAS

Título original
Specimen days

Capa
João Baptista da Costa Aguiar

Foto de capa
© Rob Howard/ Corbis/ Latin Stock (torres)
© Museum of the City of New York/ Corbis/ Latin Stock (Whitman)
© Bettmann/ Corbis/ Latin Stock (prédio em construção)

Preparação
Maria Cecília Caropreso

Revisão
Ana Maria Barbosa
Isabel Jorge Cury

Dados Internacionais de Catalogação na Publicação (CIP)
(Câmara Brasileira do Livro, SP, Brasil)

Cunningham, Michael, 1952-
Dias exemplares / Michael Cunningham ; tradução José Geraldo Couto. — São Paulo : Companhia das Letras, 2006.

Título original: Specimen days
ISBN 85-359-0887-0

1. Ficção norte-americana I. Título

06-5282 CDD-813

Índice para catálogo sistemático:
1. Ficção : Literatura norte-americana 813

[2006]

EDITORA SCHWARCZ LTDA.
Rua Bandeira Paulista, 702, cj. 32
04532-002 — São Paulo — SP
Telefone (11) 3707-3500
Fax (11) 3707-3501
www.companhiadasletras.com.br

Este romance é dedicado à memória
de minha mãe, Dorothy

Fear not O Muse! truly new ways and days receive, surround you,
I candidly confess a queer, queer race, of novel fashion,
And yet the same old human race, the same within, without,
Faces and hearts the same, feelings the same, yearnings the same,
The same old love, beauty and use the same.

Walt Whitman

[Não tema, ó Musa! Acolha os modos e os dias verdadeiramente novos, à sua volta,/ Eu candidamente professo uma raça estranha, muito estranha, de novo tipo,/ E no entanto a mesma velha raça humana, a mesma por dentro e por fora,/ Os mesmos rostos e corações, os mesmos sentimentos, os mesmos anseios,/ O mesmo velho amor, a mesma beleza e a mesma serventia.]

Nota do autor

Todo escritor que ambienta uma parte ou a totalidade de um romance numa época e num local identificáveis se defronta com a questão da veracidade. A resposta mais simples é também a mais rigorosa: os fatos históricos devem ser apresentados com absoluta precisão. As batalhas devem ser travadas onde e quando de fato ocorreram; os zepelins não podem aparecer nos céus um momento antes de terem sido inventados; um grande artista não pode aparecer num baile de máscaras em Nova Orleans quando se sabe que, naquela noite específica, ele se recuperava de artrite em Baton Rouge.

A seqüência exata dos fatos históricos, contudo, tende a atuar contra as necessidades do ficcionista. De biógrafos e historiadores pode-se exigir que dêem conta de todos esses trens perdidos, compromissos cancelados e longos períodos de lassitude; o escritor de ficção não sofre necessariamente essa coação. Os romancistas geralmente podem decidir em que medida a exatidão servil tornará suas histórias mais vivas e em que medida as enfraquecerá. Parece que, nesse terreno, temos um espectro muito amplo de possibilidades. Conheço romancistas que nem pensam em adulterar fatos registrados e conheço — e admiro muito — certo escritor que inventa tudo, dos hábitos e comportamentos na época de Cristo à botânica e ao funcionamento do corpo humano. Quando questionado a respeito, ele simplesmente diz: "É ficção".

Dias exemplares fica em algum lugar entre esses dois pólos. É semi-acurado. Dentro dos limites da minha habilidade, fui fiel aos pormenores históricos nas cenas que situei no passado. Mas seria um erro da parte do leitor aceitar qualquer coisa ali como verdade literal. Tomei especial liberdade com a cronologia e justapus eventos, indivíduos, edifícios e monumentos que talvez tenham estado separados, de fato, por vinte anos ou mais. Qualquer pessoa interessada na estrita verdade sobre Nova York na segunda metade do século XIX faria bem em consultar *Gotham*, de Edwin G. Burrows e Mike Wallace, que foi a fonte principal a partir da qual teci minhas próprias variações.

NA MÁQUINA

Walt disse que os mortos se transformavam em relva, mas não havia relva alguma onde enterraram Simon. Ele estava com os outros irlandeses do lado de lá do rio, onde só havia barro, cascalho e nomes escritos em lápides.

Catherine acreditava que Simon tinha ido para o céu. Tinha um medalhão com o retrato e um pouquinho do cabelo dele dentro.

"O céu é o lugar para ele", disse ela. "Ele era bom demais para este mundo." Olhou indecisa para a rua pela janela da sala de visitas, como se esperasse ver uma carruagem reluzente rodando com Simon a bordo, sereno em sua beleza branca como o leite, a acenar e a sorrir, rumando alegremente para o lugar que sempre lhe coubera.

"Se você pensa assim", respondeu Lucas. Catherine acariciou o medalhão. Suas mãos eram afiladas e precisas. Ela era capaz de fazer cerzidos tão delicados que nem dava para ver.

"E no entanto ele ainda está conosco", disse ela. "Você não sente?" Apertava a corrente do medalhão como se fosse um rosário.

"Acho que sim", disse Lucas. Catherine pensava que Simon estava no medalhão, e no céu, e junto com eles ainda. Lucas esperava que ela não julgasse que ele ficaria feliz em ter tantos Simons como concorrentes.

Os convidados tinham partido, e os pais de Lucas já estavam deitados. Apenas Lucas e Catherine continuavam na sala, com o que tinha sobrado. Pratos vazios, a crosta de um pernil. O pernil deveria ter sido para o casamento de Catherine e Simon. Foi uma sorte tê-lo à mão, em vez disso, para o velório.

Lucas disse: "Ouvi o que os tagarelas falavam, a conversa do começo e do fim. Mas eu não falo sobre o começo ou sobre o fim".

Não tivera a intenção de falar como o livro. Nunca queria isso, mas quando estava excitado não conseguia evitar.

Ela disse: "Ah, Lucas".

O coração dele se agitou e bateu contra as costelas.

"Eu me preocupo com você", disse ela. "Você é tão novinho."

"Tenho quase treze", disse ele.

"É um lugar terrível. Um trabalho tão pesado."

"Tenho sorte. Foi bondade deles me dar o emprego de Simon."

"E a escola?"

"Não preciso de escola. Tenho o livro de Walt."

"Você o conhece de cabo a rabo, não é?"

"Ah, não. Tem muita coisa ainda, vou levar anos."

"Você precisa tomar cuidado na fábrica", disse ela. "Você tem que..." Parou de falar, embora seu rosto não tenha mudado. Ela continuou oferecendo seu perfil, que era solenemente belo como o de uma mulher numa moeda. Continuou olhando para a rua pela janela, esperando pelo desfile do séquito celestial, com Simon no alto, o orgulho da família, um novo príncipe dos mortos.

Lucas disse: "Você tem que se cuidar também".

"Não me restou nada mais para cuidar, meu querido. Para mim é só amanhã e o dia seguinte."

Ela colocou de novo a corrente em torno do pescoço. O medalhão desapareceu dentro do seu vestido. Lucas queria lhe dizer — o quê? Queria lhe dizer que estava inspirado e vigilante e corajosamente só, que seu corpo continha seu inquieto coração e algo mais, algo que ele sentia mas não era capaz de descrever: algo poroso, eriçado, movediço, com sombras de pensamento, com desejo e memória; algo de vívido esplendor, um tremeluzir em branco, verde e leve dourado, como estrelas; algo que amava as estrelas porque era feito da mesma substância. Precisava dizer a ela que era impossível, que era intolerável, ser visto sempre como um garoto deformado, estrábico, de cabeça oca e com o costume de falar em espasmos.

Ele disse: "Eu celebro a mim mesmo, e o que eu aceito você aceitará". Não era isso o que queria dizer.

Ela sorriu. Pelo menos não estava zangada com ele. Ela disse: "Agora tenho que ir. Você me acompanha até minha casa?".

"Sim", disse ele. "Sim."

Do lado de fora, na rua, Catherine deslizou a mão para a dobra do cotovelo dele. Ele tentou ficar firme, caminhar de modo viril, embora tudo o que quisesse era estancar o passo, elevar-se como fumaça e flutuar sobre a rua, que estava cheia da sua população noturna, trabalhadores voltando para casa, garotos vendendo seus jornais. O louco sr. Cain andava de um lado para outro em sua esquina, vestido com seu casaco cor de terra, catando distraidamente alguma coisa que fervilhava em sua barba e gritando: "Injúria, ida e esquecida, o que você fez com os corações despedaçados?". A rua estava repleta de seu cheiro característico, esterco e querosene, fumaça acre — alguma coisa estava sempre queimando em algum lugar. Se Lucas pudesse se elevar acima de seu próprio corpo, ele se tornaria aquilo que estava vendo, ouvindo e cheirando. Envolveria Catherine como o ar, e a tocaria em todas as partes. Seria tragado para dentro dela quando ela respirasse.

Ele disse: "O menor dos brotos mostra que não existe de fato morte alguma".

"É como você diz, meu querido", disse Catherine.

Um menino jornaleiro gritou: "Mulher é assassinada brutalmente, leia tudo sobre o caso!". Lucas refletiu que poderia ser um jornaleiro, mas o pagamento era muito baixo, e ele não era confiável para anunciar as notícias, era? Podia se perder e sair pelas ruas gritando: "Cada átomo que pertence a mim pertence também a você". Ele se daria melhor na fábrica. Se o impulso o dominasse, poderia gritar com a máquina de Simon. A máquina não iria entender nem se importar, não mais do que Simon.

Catherine não abriu a boca enquanto caminhavam. Lucas obrigou-se a manter silêncio também. O prédio dela ficava três quadras para o norte, na rua Cinco. Ele subiu com ela a escadaria da entrada e os dois ficaram ali parados por um momento, diante da porta surrada.

Catherine disse: "Chegamos".

Uma carroça passou por eles com uma paisagem dourada pintada na lateral: duas vacas pastando entre árvores raquíticas e uma terceira levantando os olhos para o nome de um laticínio, que flutuava no céu dourado. Aquilo era para ser o paraíso? Será que Simon queria estar lá? Se Simon fosse para o paraíso e este se revelasse um campo repleto de vacas reverentes, que Simon seria ele quando chegasse lá? Seria o Simon completo ou o despedaçado?

Formou-se um silêncio entre Lucas e Catherine, diferente

da quietude com que eles tinham caminhado. Era hora, pensou Lucas, de dizer alguma coisa que não soasse como o livro. Disse: "Você vai ficar bem?".

Ela riu, um riso baixo e sussurrante que ele sentiu nos pêlos de seu antebraço. "Sou eu que devo lhe fazer essa pergunta. Você vai ficar bem?".

"Sim, sim, vou ficar ótimo."

Ela olhou para um lugar logo acima da cabeça de Lucas e se recompôs com uma ligeira mudança de posição dentro do vestido escuro. Pareceu por um momento que o vestido, com sua gola alta, sua insinuação de seda escondida, tinha vida própria. Pareceu que Catherine, tendo considerado brevemente a possibilidade de se erguer para fora de seu vestido, tivesse em vez disso decidido permanecer dentro de suas roupas.

Ela disse: "Se tivesse acontecido uma semana mais tarde, eu seria uma viúva, não seria? Agora não sou nada".

"Não, não. Você é maravilhosa, você é linda."

Ela riu de novo. Ele baixou os olhos para a escada, notou que ela continha partículas brilhantes. Mica? Colocou-se por um momento no lugar da pedra. Sentiu-se frio e cintilante, imutável, contente por ser pisado.

"Sou uma velha", disse ela.

Ele hesitou. Catherine tinha passado dos vinte e cinco. Isso foi comentado quando se anunciou o casamento, pois Simon mal tinha completado vinte. Mas ela não era velha do jeito que tinha falado. Não estava estragada ou gasta, não estava descolorida.

Ele disse: "Para mim você não é culpada, nem passada, nem rejeitada".

Ela tocou o rosto dele com a ponta dos dedos. "Menino doce", disse.

Ele disse: "Verei você de novo?".

"Claro que sim. Estarei bem aqui."

"Mas não vai ser a mesma coisa."

"Não. Não vai ser a mesma coisa, infelizmente."

"Se pelo menos..."

Ela esperou para ouvir o que ele iria dizer. Ele esperou também. Se pelo menos a máquina não tivesse levado Simon. Se ele, Lucas, fosse mais velho e mais saudável, com um coração mais forte. Se ele próprio pudesse se casar com Catherine. Se pudesse sair de seu corpo e se tornar o vestido que ela usava.

Houve um silêncio, e ela o beijou. Colocou seus lábios nos dele.

Quando ela recuou, ele disse: "A atmosfera não é um perfume, não tem o gosto do destilado, é inodora, é da minha boca para sempre, estou apaixonado por ela".

Ela disse: "Agora você precisa ir para casa e dormir".

Era hora de deixá-la. Não havia mais nada a fazer ou a dizer. Mesmo assim, ele se deteve. Sentia, como ocorria às vezes em seus sonhos, que estava num palco diante de uma platéia, para a qual devia cantar ou recitar.

Ela se virou, tirou a chave de uma bolsinha, colocou-a na fechadura. "Boa noite", disse.

"Boa noite."

Ele desceu os degraus. Da calçada, disse para o vulto dela que se recolhia: "Sou dos velhos e dos jovens, sou tanto dos tolos como dos sábios".

"Boa noite", disse ela de novo. E desapareceu.

Ele não foi para casa, embora a casa fosse o lugar certo para ir. Em vez disso, foi para a Broadway, onde caminhavam os vivos.

A Broadway era a mesma, sempre a mesma, um rio de luz e de vida que fluía por entre as sombras e os pequenos lumes da cidade. Lucas sentiu, como sempre acontecia ao caminhar por ali, uma exaltação incômoda, clandestina, como se ele fosse um espião enviado a outro país, a um reino de riquezas. Caminhou com estudada indiferença, com a esperança de ser tão invisível para os outros como estes eram visíveis para ele.

Na calçada à sua volta, os últimos lojistas cediam terreno aos primeiros notívagos. Damas em vestidos da cor do peito das pombas, da cor da chuva, saracoteavam carregando pacotes, falando em voz baixa umas às outras, sob seus chapéus ornados de penas. Homens de sobretudo caminhavam com passos confiantes, espalhando o triste perfume de seus charutos, exibindo os dentes, golpeando o calçamento de pedra com suas botinas cor de alcaçuz. Carruagens rodavam levando as amantes deles para casa, e os vendedores de jornais gritavam: "Mulher assassinada em Five Points, leia tudo sobre o caso!". Cortinas vermelhas ondulavam nas janelas dos hotéis, sob um céu de um vermelho cada vez mais profundo à medida que a noite avançava. Em algum lugar alguém tocava "Lilith" num aerofone, embora a impressão fosse de que a própria rua exalava música, como se ao andar com tamanha segurança, com tamanha satisfação, as pessoas fizessem sair música do calçamento.

Se Simon estava no céu, lá talvez fosse parecido com isso. Lucas era capaz de imaginar as almas dos mortos caminhando eternamente, com a música subindo dos paralelepípedos e as cortinas se abrindo para liberar sua luz. Mas seria esse um paraíso para Simon? Seu irmão era (tinha sido) expansivo e exuberante, satisfeito com suas canções e suas refeições. O que mais o fazia feliz? Ele nunca se importara com cortinas ou vestidos. Nunca se importara com Walt ou com o livro. O que ele gostaria que seu paraíso oferecesse?

A Broadway seria o paraíso de Lucas; a Broadway, Catherine e o livro. Em seu paraíso ele seria tudo o que via e ouvia. Seria ele próprio e Catherine; seria o aerofone e as lâmpadas;

seria os sapatos pisando a calçada, e seria a calçada sob os sapatos. Cavalgaria com Catherine no cavalo de brinquedo da vitrine da Niedermeyer's, que seria do tamanho de um cavalo de verdade, mas perfeito em sua qualidade de brinquedo, movendo-se serenamente sobre os paralelepípedos com suas brilhantes rodas vermelhas.

Ele disse: "Sou grande, contenho multidões". Um homem de casaco que estava passando olhou com estranheza para ele, como as pessoas costumavam fazer. O homem estaria entre os anjos no céu de Lucas, gordo e próspero como era na Terra, mas no outro mundo ele não consideraria Lucas estranho. No céu, Lucas seria lindo. Falaria uma língua que todo mundo compreenderia.

Os aposentos de casa, quando voltou a eles, estavam sombrios e silenciosos. Ali estavam a estufa, as cadeiras e o tapete, com seu desenho parecendo fantasmagórico no escuro. Ali, sobre a mesa, estava a caixa de música que arruinara a família. Ela ainda se erguia alegremente sobre o tampo da mesa, um pequeno porta-jóias com uma rosa entalhada na tampa. Ainda podia tocar "Blow the candle out" e "Oh, breath not his name" tão bem quanto no dia em que a Mãe a trouxera.

Ali, também, estavam os rostos, olhando do alto das paredes, reverenciados e consultados, espanados regularmente: Matthew no centro, com seis anos de idade, de olhos escuros e afetadamente sério, ensaiando para a gripe que faria um retrato dele um ano depois. Ali estava o ardiloso Tio Ian, que achava divertido o fato de que um dia ele seria apenas um rosto na parede; ali o semblante redondo e satisfeito da Avó Aileen, que acreditava que viver era uma inconveniência temporária e que a morte era seu único e verdadeiro lar. Estavam todos, de acordo com a Mãe, no céu, embora o que ela entendesse por céu fosse uma Irlanda onde ninguém passava fome.

A Mãe teria que abrir espaço para o retrato de Simon, mas a parede estava lotada. Lucas se perguntou se um dos mortos mais antigos teria que ser removido.

Fez uma pausa diante da porta do quarto de seus pais. Sentiu a respiração deles do outro lado, perguntou-se o que estariam sonhando. Ficou ali em pé por um momento, sozinho na escuridão sonolenta, antes de ir para o quarto que era seu e de Simon.

Ali estava a cama dos dois, e acima da cama o quadro oval de onde santa Brígida olhava, sofrendo e em êxtase, coroada por um círculo incandescente que Lucas, quando era menor, julgava representar a dor de cabeça dela. Ali estavam os cabides onde as roupas, as suas e as de Simon, estavam penduradas. Santa Brígida olhava com pesar para as roupas vazias, do mesmo modo que olharia para os corpos desabitados dos fiéis depois que suas almas tivessem partido. Ela parecia se perguntar, sob seu círculo de luz, onde estariam os mecanismos de desejo e carência que tinham um dia vestido camisas e calças. Tinham ido para o céu. Lá seria como a Broadway ou a Irlanda? Tinham ido para caixas dentro da terra. Para retratos e medalhões, para quartos que se recusavam a deixar escapar suas lembranças daqueles que haviam comido, brigado e sonhado ali.

Lucas se despiu e foi para a cama no lado que era de Simon. O travesseiro de Simon ainda tinha seu cheiro. Lucas inspirou. Ali estavam os humores de Simon: óleo e suor. Ali estava seu odor oculto de sebo e seu outro cheiro, que Lucas só podia pensar como sendo o próprio Simon, um cheiro que parecia o de pão mas não era, era simplesmente o cheiro do corpo de Simon quando se movia e respirava.

E ali, visíveis através da janela, estavam as cortinas iluminadas de Emily Hoefstaedler do outro lado do pátio interno do prédio. Emily trabalhava com Catherine na Mannahatta, costurando mangas em vestidos. Ela comia doces turcos de geléia sozinha, de uma lata prateada que mantinha escondida no quarto. Devia estar comendo agora, pensou Lucas, logo ali, atrás das cortinas. Como seria o céu para Emily, que adorava doces e tinha sido louca por Simon? Haveria lá um Simon que ela pudesse comer? Acendeu a luz, apanhou o livro em seu lugar de sempre, debaixo do colchão. Começou a ler.

A child said What is the grass? *Fetching it to me with full hands,*
How could I answer the child? I do not know what it is any more than he.

I guess it must be the flag of my disposition, out of hopeful green stuff woven.

Or I guess it is the handkerchief of the Lord,
A scented gift and remembrancer designedly dropt,
Bearing the owner's name someway in the corners, that we may see and remark, and say Whose?*

Ele leu e releu várias vezes. Então fechou o livro e o segurou no alto, olhando para a imagem de Walt, o pequeno rosto barbudo que olhava fixamente para fora do papel. Embora fosse pecado

* "Uma criança perguntou *O que é a relva*? trazendo-a para mim com as mãos cheias;/ Como eu poderia responder àquele menino? Ignoro tanto quanto ele o que ela é.// Acho que deve ser o estandarte do meu temperamento, tecido de esperançoso verde.// Ou então acho que é o lenço do Senhor,/ Um perfumado presente e lembrete deixado deliberadamente,/ Trazendo o nome do proprietário gravado de algum modo nos cantos, para o caso de que venhamos a ver, reparar e perguntar *De quem*?" Walt Whitman, *Song of myself*, parte 6. (N. T.)

pensar assim, ele não conseguia deixar de acreditar que Deus devia ser parecido com Walt, com seus olhos sagazes e benevolentes e as mechas de aparência comestível de sua barba. Tinha visto Walt duas vezes, caminhando pelas ruas, e julgava ter visto santa Brígida uma vez, encapotada e melancólica, entrando sorrateiramente por uma porta, usando um chapéu para esconder seu círculo de luz. Ele gostava de saber que eles estavam no mundo, mas preferia-os da maneira como residiam aqui, no papel e na parede.

Lucas colocou o livro de volta embaixo do colchão. Apagou a luz. Do outro lado do pátio interno podia ver a luz das cortinas de Emily. Enterrou o rosto no travesseiro de Simon. Simon ainda estava entre eles. Seu travesseiro ainda tinha o seu cheiro.

Lucas sussurrou para o travesseiro: "Você devia ir embora agora. Acho mesmo que já é tempo".

De manhã ele fez chá para si próprio e para o pai e separou um pouco de pão. Seu pai se sentou à mesa com sua máquina de respirar: um tubo e um fole numa haste de metal, com três delicados pés quadrados. Sua mãe ainda não tinha levantado.

Quando Lucas acabou de comer seu pão e de tomar seu chá, disse: "Até logo, Pai".

Seu pai olhou para ele, espantado. Tinha se transformado em couro por conta de seus anos no curtume. Sua pele lustrosa, de fina granulação, combinava perfeitamente com a cabeça de grande queixada. Seus olhos escuros eram como pedras preciosas. A beleza de Simon, seus traços amplos e desafiadores, vinham predominantemente do pai. Ninguém sabia como Lucas tinha saído com a aparência que tinha.

"Té logo, então", disse o pai. Levou o tubo até os lábios, inalou um bocado de ar. O pequeno fole subiu e desceu. Agora que ele estava reduzido a couro, com pedras preciosas no lugar dos olhos, a máquina respirava por ele.

"O senhor cuida da Mãe, está bem?", pediu Lucas.

"Tá", disse o pai.

Lucas pôs sua mão pequena sobre a mão marrom do pai. Amava a si próprio por amar seu pai. Era o melhor que podia fazer.

"Estou indo para a fábrica", disse.

"Tá", respondeu o pai, e aspirou novamente o ar do tubo. A máquina era um presente do curtume. Tinham lhe dado a máquina e um pouco de dinheiro. Não houve dinheiro algum para Simon, porque morrer foi culpa dele mesmo.

Lucas beijou a testa do pai. A mente do pai tinha virado couro também, mas sua bondade permanecia. Tudo o que ele havia perdido eram suas complicações. Ainda podia fazer o que precisava. Ainda podia amar a mãe de Lucas e cuidar dela. Lucas esperava que ele ainda pudesse fazer isso.

Disse: "A gente se vê de noite então".

"Tá", respondeu o pai.

No caminho para a fábrica, Lucas parou diante da escola. Não entrou. Deu a volta pelo lado e olhou pela janela. Podia ver o sr. Mulchady franzindo as sobrancelhas atrás de sua mesa, as pequenas chamas das lâmpadas dançando em seus óculos. Podia ver os outros curvados sobre suas lições. A escola prosseguiria sem ele. Ali, como sempre, estavam as carteiras e lousas. Ali estavam os dois mapas na parede, o do mundo e o das estrelas. Lucas só recentemente compreendera (ele podia ser lento em algumas coisas) que os dois eram diferentes. Tinha acreditado, e não tivera a idéia de perguntar se estava errado, que as estrelas eram uma versão do mundo, que espelhavam seus países e oceanos. Por que outro motivo eles estariam pendurados lado a lado? Quando era menor, ele encontrara Nova York no mapa do mundo e encontrara seu contraponto no mapa das estrelas, as Plêiades.

Tinha sido o sr. Mulchady que dera o livro de Walt a Lucas, por empréstimo. O sr. Mulchady dizia que Lucas tinha a alma de um poeta, o que tinha um pouco a ver com ele, mas estava errado. Lucas não tinha alma alguma. Era um estranho, um cidadão de lugar nenhum, vindo de County Kerry mas fincado em Nova York, onde cresceu como uma batata estragada; onde não cantava e gritava como os outros irlandeses; onde abrigava não uma alma, mas um vazio sacudido de quando em quando por dolorosas descargas de amor, amor pelo mapa das estrelas e pelas chamas amigas nos óculos do sr. Mulchady; por Catherine, pela mãe e por um cavalo de rodinhas. Ele não pranteou Simon; não tinha convicção alguma sobre o céu, nenhuma sede pelo sangue revigorante de Cristo. O que ele queria era o alarido da metrópole, onde as pessoas arrastavam suas cargas de milho ou de carvão, onde elas dançavam ao som de violinos, choravam ou riam, vendiam e mendigavam e intercambiavam, nem sempre de modo alegre, mas sempre com um vigor que era o que ele, intimamente, queria dizer com a palavra alma. Era uma vivacidade desafiante e irreprimível. Ele esperava que o livro pudesse instilar aquilo nele.

Agora, de modo abrupto, tinha abandonado a escola. Gostaria de ter se despedido do sr. Mulchady, mas se o fizesse o sr. Mulchady iria pedir-lhe que devolvesse o livro, e Lucas não podia fazer isso, não ainda. Ele ainda era uma roupa vazia. Esperava que o sr. Mulchady não se importasse de esperar.

Disse adeus, em silêncio, para a classe, para os mapas e para o sr. Mulchady.

A fábrica era como uma cidade à parte. Tinha paredes e torres de tijolos vermelhos, um portão grande o bastante para seis cavalos andando lado a lado. Lucas atravessou o portão, em meio a uma multidão de garotos e homens. Alguns caminhavam em silêncio. Alguns conversavam entre si, riam. Um deles disse: "Gorda como você nunca viu outra igual", e outro respondeu: "Gosto das gordas". Os garotos e os homens mais jovens eram pálidos. Os homens mais velhos tinham escurecido.

Lucas, indeciso, entrou com os outros num pátio de chão de pedra onde pilhas de ferro marrom-escuro, foscas como grandes barras de chocolate, erguiam-se contra os muros de tijolo vermelho. Foi com os demais até uma passagem no outro extremo do pátio, uma entrada em forma de arco que abria para uma escuridão pulsante.

Parou ali. Os outros passavam a seu lado. Um homem de boné azul trombou com ele, praguejou, seguiu seu caminho. O homem bem que podia ser engolido como Simon. Aquilo que a máquina rejeitasse seria colocado numa caixa e levado para o outro lado do rio.

Lucas não sabia se devia entrar ou esperar ali. Pensou que talvez fosse bobagem ficar esperando. Os outros estavam tão seguros, tão ruidosos e resolutos, como soldados rebeldes num desfile. Detestava atrair atenção para si. Mas pensou, também, que se seguisse em frente talvez fosse arrastado para algum engano, obscuro e irremediável. Ficou paralisado pela aflição da dúvida enquanto os outros circulavam a seu redor.

Logo Lucas ficou sozinho, exceto por alguns retardatários que passavam por ele apressados, parecendo nem chegar a vê-lo. Finalmente — no que pareceu uma indizível misericórdia — um homem veio do prédio até o pátio e perguntou: "Você é Lucas?".

Era um homem imenso, de pele cinzenta, cujo rosto, largo como uma pá, não se mexia quando ele falava. Só a boca se mexia, como se por mágica o poder da fala tivesse sido dado a um homem feito de ferro.

"Sim", disse Lucas.

O homem observou-o com ceticismo. "Qual é o problema com você?", perguntou. Ao falar, sua boca mostrava lampejos cor-de-rosa em meio ao rosto cinza.

"Sou sadio, senhor. Posso trabalhar tão bem quanto qualquer um."

"E quantos anos você tem?"

"Treze, senhor", respondeu Lucas.

"Você não tem treze anos."

"Vou fazer treze em um mês."

O homem abanou sua cabeça de ferro. "Isso não é trabalho para uma criança."

"Por favor, senhor. Sou mais forte do que pareço." Lucas aprumou os ombros, esforçando-se por parecer mais robusto.

"Bom, eles lhe deram o emprego. Vamos ver como você se sai."

Antes de conseguir se conter, Lucas disse: "Miserável! Eu não rio das suas pragas, nem zombo de você".

"O quê?"

"Por favor, senhor", disse Lucas. "Vou trabalhar duro. Posso fazer qualquer coisa."

"Vamos ver. Meu nome é Jack Walsh."

Lucas estendeu a mão. Jack olhou para ela como se Lucas lhe tivesse oferecido um lírio. Tomou-a na sua, apertou-a com força suficiente para levar lágrimas aos olhos de Lucas. Se Walt era o livro, Jack era a fábrica. Era feito de ferro, com uma boca vivente.

"Venha", disse Jack. "Vamos começar."

Lucas o seguiu pelo corredor de acesso até um saguão onde homens atrás de guichês gradeados curvavam-se com a testa franzida sobre papéis. Passado o saguão, chegaram a uma sala enorme com fileiras de fornalhas. Onde a luz das fornalhas não alcançava, havia penumbra, uma penumbra alaranjada e opaca que se dissolvia, em suas partes mais remotas, num opressivo e furtivo lusco-fusco. O ambiente estava impregnado de calor, de carvão, de creosoto. Retinia e resfolegava. Faíscas em fúria subiam em torvelinho, espantadiças como moscas. Em meio às faíscas, homens se postavam diante das fornalhas, atiçando o fogo com longas varetas negras.

"Isso é o coqueamento", disse Jack, e nada mais disse. Será que ele quis dizer "cozimento"?* Lucas achou melhor deixar suas perguntas para depois.

Jack conduziu-o para além da fileira de fornalhas, sob um caos de ganchos negros, polias e correias de couro que pendiam do alto teto, tocado aqui e ali por incidências da ígnea luz laranja. Um portal levava da sala onde era feito o coqueamento (o cozimento?) a outro ambiente, igualmente amplo porém mais sombrio, enfileirado de ambos os lados pelos vultos pardos de máquinas tão absurdas e grandiosas quanto elefantes, máquinas feitas de correias, hastes e rodas que giravam com gemidos e guinchos estridentes. A sala era como um estábulo ou uma fábrica de laticínios. Estava repleta de vida sólida, animal.

"Corte e laminação", disse Jack. "É aqui que você vai ficar."

A atmosfera da sala de corte e laminação era de pó, mas de um pó brilhante, nuvens de partículas prateadas que cintilavam e tremulavam na luz modorrenta. Homens postados junto às máquinas entregavam-se a misteriosas tarefas, curvando-se e fazendo força com os ombros e as pernas. Lucas viu que os homens, a exemplo de Jack, tinham adquirido a cor da sala.

* No original em inglês, o jogo de palavras é entre *coking* (coqueamento, ato de produzir coque) e *cooking* (cozinha, arte culinária). (N. T.)

Estariam morrendo ou simplesmente se tornando mais parecidos com o ar?

Jack levou-o até uma máquina no outro extremo da sala. Havia ainda mais uma sala depois daquela, embora Lucas só pudesse discernir um silêncio sepulcral e o que pareciam ser pilhas de criptas, como catacumbas, repletas de latas prateadas. A fábrica talvez se estendesse por quilômetros, como uma série de cavernas. Parecia possível caminhar por elas durante horas e finalmente chegar a — o quê? Lucas não compreendia inteiramente o que é que a fábrica produzia. Simon nunca falara sobre isso. Lucas tinha imaginado algum tesouro, uma jóia viva, uma bola de fogo verde, infinitamente preciosa, cuja fabricação exigia um esforço irrestrito. Perguntava-se agora por que nunca tinha pensado em perguntar. O trabalho de seu irmão sempre lhe parecera um mistério, a ser respeitado e reverenciado.

"Aqui", disse Jack, parando diante de uma máquina. "Você trabalha aqui."

"É aqui que meu irmão trabalhava."

"É."

Lucas ficou parado diante da máquina que tinha levado Simon. Era uma roda dentada, como um titânico rolo de piano mecânico, instalada sobre uma larga esteira orlada por grampos.

Jack disse: "Você precisa tomar mais cuidado que seu irmão".

Lucas compreendeu pelo tom de Jack que não se devia culpar a máquina. Ele encarou a máquina como tinha encarado certa vez o gorila no circo Barnum. Era imensa e impassível. Ostentava sua roda como um caracol ostenta sua concha, com um lânguido e inescrutável orgulho. Como um caracol com sua concha, a máquina continha uma vida mais rápida e mais líquida em suas partes inferiores. Sob a roda, que rasgava fragmentos de luz alaranjada com seus dentes quadrados, estavam as fileiras de grampos, o couro nu e pálido da esteira, as delgadas hastes das alavancas. A roda abrigava uma instável sombra marrom-escura. A máquina era ao mesmo tempo tremenda e de aparência afável. Oferecia sua esteira como uma possível promessa de gentileza.

Jack disse: "Tom Clare, aqui" (acenou para um jovem que trabalhava na máquina vizinha), "lâminas para prateleiras nesta cesta aqui. Tom, este é Lucas, o novo homem".

Tom Clare, de rosto fino, com costeletas, ergueu os olhos. "Sinto muito por sua perda", disse. Ele teria visto Simon engolido pela máquina. Era culpa dele então? Poderia ter agido com mais rapidez, sido mais corajoso?

"Obrigado", respondeu Lucas.

Jack ergueu da cesta uma chapa retangular de ferro, do tamanho da porta de um forno, e depositou-a sobre a esteira. "Você o prende bem apertado", disse. Atarraxou grampos na chapa de ferro, três de cada lado. "Está vendo as linhas na esteira?"

A esteira era marcada com linhas brancas, cada uma delas riscada algumas polegadas acima de um dos grampos. "A ponta de cima", disse Jack, "tem que ser alinhada exatamente. Entende? Tem que estar bem nesta linha."

"Estou vendo", disse Lucas.

"Quando ela estiver ajustada com a linha e quando os grampos estiverem firmes, você puxa primeiro esta alavanca."

Puxou uma alavanca à direita da esteira. A roda despertou e começou, com um suspiro, a girar. Seus dentes ficavam a menos de uma polegada da esteira.

"Quando o tambor estiver girando, você puxa a outra alavanca."

Puxou uma segunda alavanca que ficava ao lado da primeira. A esteira lentamente começou a se mover. Lucas viu a esteira levar a chapa de ferro para a frente até que ela encontrasse os dentes da roda. Os dentes, pressionando o ferro, soavam como martelos batendo em vidro inquebrável.

"Agora, venha comigo." Jack levou Lucas para a parte traseira da máquina, onde a chapa começava a emergir, cheia de marcas quadradas e pouco profundas.

"Quando ela tiver atravessado a máquina", disse, "você volta e puxa as alavancas de novo. Primeiro a segunda, depois a primeira. Entendeu?"

"Sim", disse Lucas.

Jack puxou as alavancas e parou a máquina, primeiro a esteira e depois a roda. Soltou os grampos da chapa de ferro.

"Aí você a examina", disse. "E se assegura de que ela recebeu uma impressão completa. Quatro marcas horizontais, seis verticais. Elas têm que estar todas perfeitas. Olhe dentro de cada quadrado. Isto é importante. Se não estiver perfeita, você a leva até lá" (apontou para o outro lado da sala), "para o Will O'Hara, para que ela seja refundida. Se tiver qualquer dúvida, mostre a chapa para o Will. Se achar que as marcas estão perfeitas, se tiver certeza disso, leve-a ao Dan Heaney, ali. Alguma pergunta?"

"Não, senhor", disse Lucas. "Acho que não."

"Tudo certo então. Tente você agora."

Lucas apanhou uma nova chapa na cesta. Era mais pesada do que esperava, mas não tanto que ele não pudesse manejá-la. Colocou-a sobre a esteira, empurrou-a cuidadosamente até a linha branca e atarraxou os grampos. "Está certo assim?", perguntou.

"O que você acha?"

Ele testou os grampos. "Devo puxar a alavanca agora?", perguntou.

"Sim. Puxe a alavanca."

Lucas puxou a primeira alavanca, que fez a roda começar a girar. Por um momento ficou exultante. Puxou a segunda alavanca, e a esteira se moveu para a frente. Para seu alívio, os grampos se mantiveram firmes.

"Tudo certo", disse Jack.

Lucas observou os dentes morderem o ferro. Simon teria sido puxado para debaixo da roda, primeiro seu braço e em seguida o resto. A máquina o teria triturado em seus dentes com a mesma serenidade com que mordia o ferro. Ela teria acreditado — se é que máquinas podiam acreditar — que tinha simplesmente produzido outra chapa de ferro. Depois de ter esmagado Simon ela teria esperado pacientemente a chapa seguinte.

"Agora", disse Jack, "vamos lá examinar a peça."

Lucas foi com ele até a parte traseira da máquina e viu o que tinha feito. Uma chapa de ferro com marcas quadradas, quatro na horizontal e seis na vertical.

Jack disse: "Parece boa para você?".

Lucas olhou de perto. Era difícil enxergar na penumbra. Passou um dedo sobre cada marca. Disse: "Acho que sim".

"Tem certeza?"

"Acho que sim."

"Tudo bem então. O que você faz agora?"

"Levo-a para Dan Heaney."

"Isso mesmo."

Lucas ergueu a chapa marcada, levou-a à máquina de Dan Heaney. Dan, bojudo e com cabeça de leão, fez um sinal afirmativo. Depois de uma hesitação, Lucas depositou a chapa cuidadosamente numa cesta que ficava ao lado da máquina de Dan.

"Ótimo então", disse Jack.

Ele deixara Jack satisfeito.

Jack disse: "Faça outra".

"Senhor", perguntou Lucas, "o que são essas coisas que estou fazendo?"

"São suportes", disse Jack. "Deixe-me vê-lo fazer mais um."

"Sim, senhor."

Lucas fez mais um. Jack disse que estava tudo certo e se afastou para cuidar de outras coisas.

* * *

O tempo passou. Lucas não saberia dizer quanto. Não havia relógio algum. Não havia luz do dia. Ele colocava uma chapa na esteira, deixava-a alinhada, ligava a máquina e checava as marcas. Quatro horizontais, seis verticais. Começou a tentar depositar cada chapa na esteira de modo que sua ponta superior caísse o mais próximo possível da linha branca e precisasse apenas de um leve empurrão para se ajustar no lugar. Por um tempo ele teve a esperança de que as marcas feitas pela roda ficassem perfeitas, e depois do que pareceram horas começou a desejar minúsculas imperfeições, um ou outro canto torto que teria passado despercebido por olhos menos atentos que os seus. Encontrou apenas uma marca defeituosa, e ainda assim discutível. Um dos quadrados parecia menos profundo que os outros, embora ele não tivesse plena certeza. Mesmo assim, levou a chapa orgulhosamente para que Will a refundisse, e depois disso sentiu-se forte e capaz.

Quando se cansou de tentar acertar a linha branca na primeira tentativa, e quando ficou indiferente à escolha entre buscar falhas e buscar a perfeição, tentou pensar em outras coisas. Tentou pensar em Catherine, em sua mãe e em seu pai. Sua mãe já estaria de pé? Teria voltado a ser como era, pronta para cozinhar e para brigar? Tentou pensar em Simon. O trabalho, contudo, não permitia tais pensamentos. O trabalho demandava atenção. Entrou num estado de sono acordado, uma contínua singularidade de propósito, na qual sua mente era preenchida com aquilo que deveria preenchê-la, a ponto de excluir todo o resto. Alinhar, grampear, puxar, puxar de novo, conferir.

Foi depois da parada para o almoço que sua manga enroscou num grampo. Ele deixara sua mente divagar. O puxão foi suave e insistente como o aperto da mão de uma criança. Já estava esticando o braço para alcançar outro grampo quando viu que um pedaço da manga de sua camisa estava na boca dentada do primeiro, espremido com força entre o grampo e a chapa. Puxou instintivamente o braço, mas o grampo prendia o tecido com firmeza. Era estranho e veemente como um rato com um pedaço de osso. Lucas meditou por um momento em como a máquina era bem-feita — as presilhas dos grampos eram muito fortes e seguras. Deu mais um puxão. O grampo não cedeu. Só quando ele desatarraxou o pino, desajeitadamente, com a mão esquerda, o grampo relaxou um pouco e libertou o canto de sua manga. O pano ainda ostentava a marca dos pequenos dentes do grampo.

Lucas fitou com mudo espanto a ponta de sua manga. Era assim. Você deixava a atenção viajar, pensava em outras coisas, e o grampo apanhava aquilo que lhe era oferecido, fosse o que fosse. Essa era a natureza dos grampos. Lucas olhou em volta de modo culpado, perguntando-se se Tom, Will ou Dan tinham percebido. Não tinham. Dan girava uma chave inglesa em sua máquina. Segurava-a com firmeza, mas delicadamente, no flanco da caixa que continha seu mecanismo. A chave retinia em contato com o metal como o sino de uma igreja.

Lucas arregaçou as mangas até os cotovelos. Retomou o trabalho.

Pareceu-lhe, quando colocava as chapas na correia, que as máquinas não eram inanimadas; não totalmente inanimadas. Elas faziam parte de um *continuum*: máquinas, depois relva e árvores, depois cavalos e cães, depois seres humanos. Perguntou-se se a máquina, a seu modo sereno e irracional, teria amado Simon. Perguntou-se se todas as máquinas da fábrica, todas as fornalhas e ganchos e esteiras, admirariam silenciosamente seus homens, como cavalos que admiram seus donos. Perguntou-se se elas esperavam com imensa paciência pelo momento em que seus homens se perderiam em devaneios e deixariam sua cautela falhar, de tal modo que as máquinas pudessem tomar as mãos deles com amorosa firmeza e tragá-los para dentro delas.

Apanhou outra chapa na cesta, alinhou-a, apertou os grampos e mandou-a para baixo dos dentes da roda.

Onde estava Jack? Ele não queria saber como Lucas estava se saindo no trabalho? Enquanto a chapa sumia sob a roda, Lucas disse: "Ímpeto, ímpeto, ímpeto, sempre o ímpeto procriador do mundo".

Jack só veio até ele no final da jornada de trabalho. Olhou para Lucas, olhou para a máquina, balançou a cabeça afirmativamente, olhou de novo para Lucas.

"Você fez tudo certo", disse.

"Obrigado, senhor."

"Volte amanhã, então."

"Sim, senhor. Obrigado, senhor."

Lucas estendeu a mão para Jack e se surpreendeu ao constatar que ela tremia. Já sabia que seus dedos estavam sangrando; não sabia que estavam tremendo. De todo modo, Jack apertou sua mão. Não parecia se importar com o tremor nem com o sangue.

"Pródigo", disse Lucas, "deste-me amor — por isso a ti dou amor!"

Jack hesitou. Seu rosto de ferro adquiriu três rugas de um lado a outro da testa.

"O que foi isso?"

"Boa noite", disse Lucas.

"Boa noite", respondeu Jack, com ar de dúvida.

Lucas saiu apressado, passou como os outros pela sala de cozimento, onde os homens com as varetas negras fechavam suas fornalhas. Pensou que não era capaz de se lembrar direito de ter estado em qualquer outro lugar que não fosse a fábrica. Ou melhor, ele se lembrava de sua vida anterior à fábrica como de um sonho, desbotado e sem substância. Ela se apagava como os sonhos se apagam quando acordamos. Nada nela era tão presente quanto isto. Nada tão verdadeiro. Alinhar, prender, puxar, puxar de novo, conferir.

Uma mulher de vestido azul-claro esperava do lado de fora do portão da fábrica. Lucas demorou um tempo para reconhecê-la. Primeiro viu que uma mulher estava em pé diante do portão e achou que a fábrica tivesse convocado um anjo para dar adeus aos homens, para lembrá-los de que o trabalho terminaria um dia e um sonho mais longo teria início. Só então compreendeu. Catherine tinha vindo. Estava esperando por ele.

Reconheceu-a um momento antes de ser reconhecido por ela. Olhou para o seu rosto e viu que ela também o esquecera.

Chamou: "Catherine".

"Lucas?", disse ela.

Correu para ela. Ela habitava uma esfera de ar perfumado e puro. Ele ficou contente. E furioso. Como ela podia ter ido ali? Por que o embaraçava daquele jeito?

Ela disse: "Olhe para você. Está que é só fuligem. Não o reconheci de início".

"Sou eu", disse ele.

"Você está tremendo todo."

"Está tudo certo. Estou bem."

"Achei que você não devia ir para casa sozinho. Não depois do seu primeiro dia."

Ele disse: "Este não é um lugar conveniente para uma mulher sozinha".

"Pobre garoto, olhe só para você."

Ele se eriçou. Tinha feito a roda girar. Tinha examinado cada chapa.

"Estou ótimo", disse ele, de modo mais enérgico do que pretendia.

"Bem, vamos para sua casa. Você deve estar faminto."

Subiram juntos a rua Rivington. Ela não pôs a mão em seu cotovelo. Ele estava sujo demais para isso. Uma brisa indecisa soprava do East River ao longo da rua, agitando tempestades de areia em miniatura, que arrastavam consigo pedacinhos de papel. As escuras fachadas de casas de tijolos erguiam-se dos dois lados, e a tampa do céu baixava cada vez mais sobre eles. A calçada estava apinhada, até porque os que caminhavam por ela dividiam o espaço com montes de lixo que se acumulavam junto aos prédios, sombriamente concentrados, úmidos e brilhantes em seus recessos.

Lucas e Catherine caminhavam com dificuldade pela estreita trilha entre a fachada das casas e as pilhas de dejetos. Calhou de ficarem atrás de uma mulher e uma criança que se moviam com uma lentidão aflitiva. A mulher — era jovem ou velha? Impossível dizer, vista de trás — mancava da perna esquerda, e a criança, uma menina com uma saia comprida e esfarrapada, parecia não exatamente caminhar, mas ser puxada pela mão da mãe como se fosse uma peça de mobília que tivesse que ser arrastada para casa. À frente da mulher e da menina caminhava um homem grande e careca vestindo o que parecia ser um casaco feminino, lustroso de tão gasto em alguns pontos, pequeno demais para ele, com as mangas descosturadas nos ombros, deixando à vista pedaços do cetim vermelho do forro. Lucas não pôde deixar de imaginar aquela procissão de pedestres, todos eles pobres e alquebrados, vestindo casacos pequenos demais ou grandes demais para eles, arrastando crianças que não podiam ou não queriam andar, todos marchando ao longo da rua Rivington, impelidos por alguém ou por alguma coisa que os empurrava para a frente sem parar, de modo lento mas inexorável, de tal maneira que era só aparentemente que eles se moviam por vontade própria; todos caminhando sempre, passando pelas casas e estábulos, pelas tavernas, pelas fábricas, até o rio, onde eles cairiam, um depois do outro, depois do outro, e continuando a caminhar, afogados mas vigorosos, no fundo da água, até que a rua ficasse finalmente vazia e as pessoas estivessem todas no rio, caminhando com dificuldade por seu leito lodoso, em meio a suas dunas marrons e cor de enxofre, penetrando em sua escuridão mais profunda, até atingirem o oceano, aquela multidão de pedestres, até serem empurradas para o mar aberto onde peixes-vermelhos passavam nadando silenciosamente, onde o ocre do rio dava lugar ao azul-escuro, onde nuvens tocavam a superfície, longe, bem longe lá em cima, e eles eram livres, todos eles, para se deixarem levar à vontade, com seus casacos inflando como asas, seus filhos voando sem esforço, toda uma nação dos mortos, dispersando-se, flutuantes, levemente iluminados, espalhando-se como constelações pela imensidão azul.

Ele e Catherine chegaram à Bowery, onde os arruaceiros andavam em turmas, arrogantes em suas roupas vistosas, em frente às tavernas e casas de ostras. Eles se vangloriavam e gritavam, mastigando charutos como se fossem salsichas. Um deles saudou Catherine com a cartola, começou a falar, mas foi arrastado para a frente por seus risonhos camaradas. A Bowery era a irmã pequena da Broadway, uma estrela menor na constelação, mas não menos brilhante e ruidosa. Ainda assim, havia mais espaço para caminhar ali. Os verdadeiramente pobres eram mais numerosos.

Catherine perguntou: "Foi terrível lá?".

Lucas respondeu: "O operário arregaça suas mangas, o policial faz sua ronda, o porteiro escolhe quem pode passar".

"Por favor, Lucas", disse ela, "fale comigo em inglês comum."

"O contramestre disse que eu me saí bem", contou.

"Você me promete uma coisa?"

"Sim."

“Prometa que enquanto tiver que trabalhar lá você será muito, muito cuidadoso.”

Lucas pensou de modo culpado no grampo. Não tinha sido cuidadoso. Tinha se permitido sonhar e divagar.

Disse: “Sei que sou imortal, sei que esta minha órbita não pode ser traçada pelo compasso de um carpinteiro”.

“E prometa que, o mais rápido possível, você vai deixar aquele lugar e arranjar outro trabalho.”

“Prometo.”

“Você é...”

Ele esperou. O que será que ela diria que ele era?

Ela disse: “Você foi feito para outras coisas”.

Ficou feliz de ouvir aquilo, feliz o bastante. No entanto, tinha esperado mais. Queria que ela revelasse alguma coisa, embora não soubesse dizer o quê. Queria uma mentira maravilhosa que se tornaria realidade no momento em que ela a dissesse.

Ele disse: “Eu prometo”. Para quê, exatamente, ele tinha sido feito? Não era capaz de perguntar.

“É duro”, disse ela.

“E você? Foi tudo bem no trabalho hoje?”

“Foi. Costurei e costurei. Foi um alívio, na verdade, trabalhar.”

“Você foi...”

Ela esperou. O que ele pretendia lhe perguntar?

Ele perguntou: “Você foi cuidadosa?”.

Ela riu. O rosto dele ardeu. Tinha sido uma pergunta ridícula? Ela parecia sempre tão fácil de magoar, como se uma pessoa bondosa como ela, de cheiro tão bom, só pudesse ser machucada, mais cedo ou mais tarde.

“Fui”, disse ela. “Você se preocupa comigo?”

“Sim”, disse ele. Esperava que não fosse uma afirmação tola. Esperou nervosamente para ver se ela riria de novo.

"Você não deve", disse ela. "Deve se preocupar só consigo mesmo. Prometa."

Ele disse: "Cada átomo que pertence a mim pertence também a você".

"Obrigado, meu querido", respondeu ela, e não disse mais nada.

Acompanhou-a até sua casa, na rua Cinco. Ficaram juntos na escada, que estava salpicada de luz.

"Vá para casa agora", disse ela, "e coma seu jantar."

"Posso lhe perguntar uma coisa?", disse ele.

"O que quiser."

"Eu me pergunto o que é que estou produzindo na fábrica."

"Ora, a fábrica produz uma porção de coisas, acho."

"Que coisas?"

"Partes de coisas maiores. Engrenagens e pinos e... outras partes."

"Disseram que eu faço suportes."

"Então. É isso o que você faz."

"Entendo", disse ele. Não entendia, mas parecia melhor deixar o assunto para lá. Parecia melhor ser alguém que sabia o que era um suporte.

Catherine encarou-o com ternura. Ela o beijaria de novo?

Ela disse: "Quero lhe dar uma coisa".

Ele tremeu. Manteve a boca tensa e travada. Não falaria, nem como o livro nem como ele próprio.

Ela desabotoou a gola do vestido e vasculhou por dentro. Puxou para fora o medalhão. Passou a corrente por cima da cabeça, segurou o medalhão e a corrente na palma da mão.

Disse: "Quero que você use isto".

"Não posso", disse ele.

"Tem uma mecha do cabelo do seu irmão dentro."

"Eu sei. Sei disso."

"Você sabia", disse ela, "que Simon usava um medalhão igual a este, com meu retrato dentro?"

"Sabia."

"Não me deixaram ver Simon", disse ela.

"Não deixaram nenhum de nós."

"Mas o agente funerário me contou que o medalhão ainda estava com ele. Disse que Simon ficou com ele no caixão."

Simon tinha Catherine consigo então. Tinha algo de Catherine no caixão do outro lado do rio. Será que isso fazia dela um membro honorário dos mortos?

Catherine disse: "Vou me sentir melhor se você o usar quando for para a fábrica".

"É seu", disse ele.

"Digamos que é nosso. Seu e meu. Você faz isso por mim?"

Ele não tinha como negar, então. Como poderia se recusar a fazer o que quer que fosse por ela?

Disse: "Se você quer assim".

Ela pôs a corrente em volta do pescoço dele. O medalhão pousou em seu peito, um pequeno globo dourado. Ela o havia usado junto à pele.

"Boa noite", disse ela. "Coma seu jantar e vá direto para a cama."

"Boa noite."

Ela então o beijou, não nos lábios, mas no rosto. Deu-lhe as costas, pôs a chave na fechadura. Ele ainda sentia o beijo dela no rosto depois que ela se afastou.

"Boa noite", disse. "Boa noite, boa noite."

"Vá", ordenou ela. "Faça o que for preciso para sua mãe e seu pai, depois repouse."

Ele disse: "Eu me elevo da lua... Eu me elevo da noite".

Ela olhou para ele da porta aberta. Tinha sido alguém que ria com facilidade, que era sempre a primeira a sair dançando.

Agora olhava para ele com tanto pesar. Será que ele a desapontara? Será que aprofundara sua tristeza? Ficou ali estático, sem ação, paralisado pelo olhar dela. Ela se virou e entrou.

Em casa ele preparou a comida que foi possível para si próprio e para o pai. Ainda havia sobras do que havia sido trazido para depois do enterro. Um pedaço de presunto gordo, uma geléia, o resto de um pão. Colocou tudo diante do pai, que piscou, disse "Obrigado" e comeu. Entre uma garfada e outra, ele respirava com o aparelho.

A mãe de Lucas ainda estava na cama. Como eles iriam se virar para comer se ela não levantasse logo?

Enquanto seu pai comia e respirava, Lucas foi ao quarto dos pais. Com suavidade e hesitação, abriu a porta. O quarto estava escuro, com seu cheiro de verniz e lã. Na parede atrás da cama pendia o crucifixo, negro no ar escuro.

Ele disse: "Mãe?".

Ouviu o remexer dos lençóis. Ouviu o sussurro da respiração dela.

Ela disse: "Quem está aí?".

"Sou só eu", respondeu ele. "Só o Lucas."

"Lucas. Meu amor."

O coração dele se partiu. Pareceu-lhe por um momento que poderia ficar com a mãe na doce e cálida escuridão. Poderia permanecer ali com ela e contar-lhe o livro.

"Acordei a senhora?", perguntou.

"Estou sempre acordada. Venha cá."

Ele se sentou na beirada da cama. Podia ver os cabelos dela espalhados no travesseiro. Podia ver seu nariz e seu queixo, os lugares escuros onde estavam os olhos. Tocou seu rosto. Estava quente e empoeirado, seco como giz.

“Está com sede ou com fome?”, perguntou ele. “Posso lhe trazer alguma coisa?”

Ela disse: “Que aconteceu com você? Como eles o escureceram tanto?”.

“Estive trabalhando, Mãe. É só poeira.”

“Onde está Lucas, então?”

“Estou aqui, Mãe.”

“Claro que está. Eu não estou muito bem, não é?”

“Deixe-me trazer um pouco de água.”

“É preciso cuidar das galinhas. Você cuidou das galinhas?

“Galinhas, Mãe?”

“Sim, filho. Está tarde, não está? Acho que está tarde mesmo.”

“Nós não temos galinhas.”

“Não temos?”

“Não.”

“Me perdoe. Nós tínhamos galinhas.”

“Não se preocupe, Mãe.”

“Ah, é fácil dizer não se preocupe, com as galinhas perdidas e as batatas também.”

Lucas acariciou o cabelo dela. Disse: “Divino sou eu por dentro e por fora, e torno sagrado tudo o que eu toco ou que me toca”.

“É isso mesmo, meu querido.”

Lucas ficou sentado em silêncio com ela, acariciando seus cabelos. Ela sempre fora nervosa e rápida, pronta para brigar; irritava-se com facilidade e custava a rir. (Só Simon conseguia fazê-la rir.) Tinha definhado gradualmente por um ano ou mais, cada vez mais ansiosa por fazer logo seu serviço e ir dormir, mas ainda ela mesma, ainda devidamente afetuosa, ainda alerta para os descasos e os insultos escondidos. Agora que Simon estava morto ela se transformara naquilo, um rosto no travesseiro, perguntando por galinhas.

Ele disse: “Quer que eu lhe traga a caixa de música?”.

“Seria ótimo.”

Ele foi até a sala e voltou com a caixa. Ergueu-a para que ela pudesse vê-la.

“Ah, sim”, disse ela. Será que ela sabia que a caixa os arruinara? Ela nunca falava sobre o assunto. Parecia amar a caixa de música como se esta não tivesse causado desgraça nenhuma.

Lucas girou a manivela. No interior da caixa, o tambor de metal girou sob os minúsculos martelos. Ela começou a tocar “Forget not the field” do seu jeito singelo, brilhantes notas metálicas que cintilavam no ar fechado do quarto. Lucas cantou junto com a melodia.

Forget not the field where they perish'd,
The truest, the last of the brave,
All gone — and the bright hope we cherish'd
Gone with them, and quench'd in their grave. *

Sua mãe colocou uma das mãos sobre a sua. “Agora chega”, disse.

“É só a primeira estrofe.”

“Já chega, Lucas. Leve-a embora.”

Fez o que ela pediu. Devolveu a caixa de música ao seu lugar na mesa da sala, onde ela continuou tocando “Forget not the field”. Uma vez dada a corda, ela só pararia quando quisesse.

Seu pai tinha saído de seu lugar à mesa para sua cadeira junto à janela. Balançava afirmativamente a cabeça com gravidade, como se concordasse com algo que a música dizia.

“O senhor gosta da música?”, perguntou-lhe Lucas.

* “Não esqueça o campo onde eles pereceram,/ Os mais verdadeiros, os derradeiros bravos,/ Todos partiram — e a brilhante esperança que acalentamos/ Partiu com eles, e se extinguiu nos seus túmulos.” (N. T.)

"Não se pode pará-la", disse o pai com sua nova voz, que mal se distinguia de sua respiração, como se seu pulmão mecânico sussurrasse linguagem ao soprar.

"Vai parar logo."

"Bom."

Lucas disse: "Boa noite, Pai", porque não conseguiu pensar em outra coisa para dizer.

Seu pai acenou afirmativamente. Será que ele conseguia ir dormir sozinho? Lucas achava que sim. Assim esperava.

Foi para seu quarto, seu e de Simon. A janela de Emily estava iluminada. Ela estava comendo fielmente seu doce, do mesmo modo que Lucas lia fielmente seu livro.

Despiu-se. Não tirou o medalhão. Se o tirasse, se alguma vez tirasse o medalhão do pescoço, este deixaria de ser uma coisa que Catherine pusera nele. Iria se tornar uma coisa que ele pusera em si próprio.

Cuidadosamente encontrou o fecho do medalhão e o abriu. Ali estava o cacho de cabelo preto de Simon, amarrado com um pedaço de linha púrpura. Ali, sob o cacho, estava o rosto de Simon, obscurecido pelo cabelo. Lucas conhecia o retrato: Simon dois anos antes, olhando sério para o fotógrafo, com os olhos apertados e os maxilares rígidos. O rosto de Simon no medalhão era marrom-pálido, como nata que azedou. Seus olhos (um deles era parcialmente visível através dos fios de cabelo) eram negros. Era como ver Simon em seu caixão, o que ninguém teve permissão para fazer. O que a máquina tinha feito tornara-o esquisito demais. Agora, na quietude do quarto, o Simon que ainda estava com eles encontrava o Simon que estava no medalhão, e ali estava ele, duplicado; ali estavam seu cheiro e seu peso; ali seu costume, nas noites de embriaguez, de esbofetear Lucas alegremente. Lucas fechou o medalhão. Fez um pequeno estalido metálico.

Foi para a cama, no seu próprio lado. Leu a passagem da noite:

I guess the grass is itself a child, the produced babe of the vegetation,

Or I guess it is a uniform hieroglyphic,
And it means, Sprouting alike in broad zones and narrow zones,
Growing among black folks as among white,
*Kanuck, Tuckahoe, Congressman, Cuff, I give them the same, I receive them the same.**

Quando terminou, apagou a luz. Era capaz de sentir Simon no medalhão e Simon no caixão embaixo da terra, tão deformado que a tampa tinha sido fechada com pregos. Lucas tomou a decisão de nunca mais abrir o medalhão. Ele o usaria, mas o manteria encerrado para sempre.

Dormiu e acordou de novo. Levantou da cama, vestiu-se para trabalhar e preparar o café-da-manhã para o pai, sentindo o peso inabitual do medalhão no pescoço, com seu círculo pressionando levemente o osso esterno. Ali estava o lembrete do avanço

* "Acho que a relva é em si mesma uma criança, o bebê produzido pela vegetação,/ Ou acho que é um hieróglifo uniforme,/ E significa: Brotar tanto em áreas amplas como em áreas estreitas,/ Crescer entre gente negra e entre gente branca,/ Kanuck, Tuckahoe, Congressista, Cuff, dou a todos o mesmo, recebo de todos por igual." Walt Whitman, *Song of myself*, parte 6. Kanuck refere-se aos franceses do Canadá; Tuckahoe é o virginiano, especialmente o da planície a leste da cadeia de montanhas Blue; Cuff, termo pejorativo, designa os africanos e seus descendentes. (N. T.)

da morte de Simon, para ser usado perto do coração, pois Catherine o tinha colocado ali.

Deu ao pai, a título de desjejum, o que restava da geléia. Depois disso acabou a comida.

Enquanto o pai comia, Lucas ficou parado um momento ao lado da porta do quarto dos pais. Não ouviu som algum vindo de dentro. O que aconteceria se sua mãe nunca mais saísse de lá? Apanhou a caixa de música em cima da mesa e entrou no quarto com ela, fazendo o máximo de silêncio possível. Sua mãe era um vulto, roncando suavemente. Colocou a caixa de música sobre o criado-mudo. Talvez ela quisesse ouvi-la quando acordasse. Mesmo que não quisesse ouvir, saberia que Lucas pensara nela ao colocá-la ali.

Jack não estava lá para recebê-lo quando chegou à fábrica. Lucas parou um pouco na entrada, entre os outros, mas não ficou por ali. Jack, muito provavelmente, estaria esperando por ele junto à máquina, para lhe dizer que tinha trabalhado bem ontem, para encorajá-lo na jornada de hoje. Passou pelo vestíbulo, com seus homens engaiolados olhando com cara amarrada para seus papéis. Passou pela sala de cozimento e foi para sua máquina. Tom, Will e Dan disseram-lhe bom-dia, como se ele trabalhasse ali havia muito tempo, o que o deixou satisfeito. Mas nada de Jack Walsh.

Lucas pôs mãos à obra. Jack ficaria contente com isso quando aparecesse. Lucas se aprumou diante da máquina. Apanhou a primeira chapa na lata de Tom. Alinhar, grampear, puxar, puxar de novo, conferir.

Conferiu chapa por chapa. Passou uma hora, ou o que pareceu ser uma hora. Passou mais uma hora. Seus dedos começaram a sangrar de novo. Havia gotas de seu sangue nas chapas quando elas entravam embaixo da roda. Ele limpava as chapas com a manga da camisa antes de entregá-las a Dan.

Começou a ver que os dias na fábrica eram tão longos, tão inteiramente compostos de um único ato, repetido vezes sem fim, que eles se transformavam num mundo à parte, e que aqueles que viviam naquele mundo, todos os homens da fábrica, viviam basicamente ali e faziam breves visitas ao outro mundo, onde comiam, descansavam e se preparavam para voltar novamente. Os homens da fábrica haviam renunciado a sua cidadania; tinham emigrado para a fábrica assim como os pais de Lucas haviam emigrado de Count Kerry para Nova York. As vidas que levavam antes eram agora sonhos que eles tinham a cada noite, dos quais acordavam a cada manhã ao chegar à fábrica.

Foi somente no fim do dia, quando soou a sirene, que Jack apareceu. Lucas esperava — o quê? Uma reunião. Uma explicação. Pensou que Jack fosse se desculpar, alegando um filho doente ou um cavalo machucado. Jack iria apertar sua mão ensangüentada (algo que Lucas temia e desejava). Jack diria a Lucas que ele tinha se saído bem. Lucas alinhara cada chapa com perfeição. Conferira uma por uma.

Em vez disso, Jack parou a seu lado e disse: "Tudo certo então".

Não havia tom algum de felicitação em sua voz. Lucas pensou por um momento que Jack o tinha confundido com outra pessoa. (Catherine não o reconhecera de imediato, sua mãe não o reconhecera.) Ele quase disse: "Sou eu. Lucas". Mas não disse.

Jack se afastou. Foi até Dan, conversou com ele rapidamente e foi para o cômodo seguinte, a sala das criptas.

Lucas permaneceu junto a sua máquina, embora fosse hora de ir embora. A máquina diante dele não mudara, com sua esteira e suas alavancas, uma fileira de dentes depois da outra.

Disse: "Quem tem medo de ser engolido?".

Estava com medo, porém. Temia a persistência da máquina, sua capacidade de estar ali, sempre ali, e sua própria obrigação de retornar a ela depois de um breve interlúdio de alimentação e sono. Preocupava-se com a possibilidade de um dia se distrair novamente. Um dia ele se distrairia e seria arrastado para dentro da máquina, como Simon. Receberia marcas (quatro na horizontal, seis na vertical) e seria expelido; seria colocado num caixão e transportado para o outro lado do rio. Estaria tão deformado que ninguém o reconheceria, nem os vivos nem os mortos.

Para onde ele iria depois disso? Não achava que tinha alma o bastante para o céu. Ficaria num caixão do outro lado do rio. Perguntava-se se seu rosto seria exibido na parede da sala, embora não existisse nenhum retrato seu, e mesmo que existisse, não conseguia pensar em quem seria tirado de lá para lhe dar lugar.

Catherine não estava esperando por ele aquela noite. Lucas ficou parado um momento do lado de fora do portão, procurando por ela, embora fosse óbvio que ela não tinha vindo de novo. Só no dia anterior, quando ele ainda era um novato, é que ela se preocupara com ele. O que ele tinha a fazer agora era voltar para casa e providenciar o jantar dos pais.

Partiu no meio dos outros e se pôs a caminho, subindo a Rivington e depois a Bowery. Passou pela rua Dois e foi até o prédio de Catherine, na Cinco.

Bateu na porta da rua, timidamente de início, depois mais forte. Ficou esperando na sacada reluzente. Finalmente a porta foi aberta por uma mulher idosa. Tinha cabelos brancos e era baixa como uma anã, de largura igual à altura. Ela parecia o espírito do próprio prédio, impassível e cheia de pústulas, irritada por ter sido acordada.

"O que foi?", perguntou. "O que você quer?"

"Por favor, dona. Eu estou aqui para ver Catherine Fitzhugh. Posso entrar?"

"Quem é você?"

"Sou Lucas. Sou o irmão de Simon, com quem ela iria casar."

"O que você quer?"

"Quero vê-la. Por favor. Não quero incomodar."

"Você não vai aprontar nenhum estrago?"

"Não. Nenhum. Por favor."

"Tudo bem então. Ela fica no terceiro andar. Número dezenove."

"Obrigado."

A mulher abriu a porta lentamente, como se aquilo demandasse toda a sua força. Lucas se esforçou para entrar de maneira educada, contendo-se para não atropelá-la em sua pressa.

"Obrigado", disse de novo.

Desviou da mulher, subiu as escadas. Consciente do olhar dela sobre suas costas enquanto subia, forçou-se a avançar devagar até ter alcançado o segundo andar. Então subiu correndo o lanço seguinte de escada e percorreu às pressas o corredor. Encontrou o número dezenove e bateu à porta.

Alma abriu a porta. Alma era a mais vulgar delas. Seu rosto tinha um ar excitado, salpicado de sardas vermelhas.

"O que temos aqui?", disse ela. "Um gnomo ou um elfo?"

"É o Lucas", respondeu ele. "O irmão de Simon."

"Eu *sei*, garoto. A que devemos o prazer?"

"Vim para ver Catherine, por favor."

Ela abanou seu rosto amplo e febril. "Todos vocês querem Catherine, não é? Alguma vez já pensaram que nós, as outras, também podemos ter uma ou duas coisas para oferecer?"

"Por favor, Catherine está em casa?"

"Entre, então." Ela virou as costas e gritou para dentro. "Catherine, tem um camarada aqui querendo ver você."

Alma deixou Lucas entrar na sala. Era idêntica à do apartamento onde ele vivia com sua família, embora Catherine, Alma e

Sarah tivessem deixado os mortos fora dela. Em vez disso, tinham pendurado flores nas paredes. A mesa estava coberta por uma toalha púrpura.

Sarah estava em pé diante do fogão, mexendo alguma coisa numa panela. Pescoço de cordeiro, pensou Lucas, e repolho. O rosto de Sarah era redondo e branco como um prato, e quase tão imóvel também.

"Oi", disse ela. Era miúda e bonita, de ar infantil, embora tivesse pelo menos a mesma idade de Catherine. Vestia um penhoar cor de tangerina. Ela podia ser alguma coisa que você ganhava de brinde num parque de diversões.

Catherine emergiu do que devia ser seu quarto de dormir, ainda usando o vestido azul do trabalho. "Ora, olá, Lucas", disse. Por um momento fez sua cara antiga, a cara que tivera antes de a máquina levar Simon. Parecia, como em outros tempos, saber uma piada que ainda não era conhecida por nenhuma outra pessoa.

"Olá", disse Lucas. "Lamento incomodar."

"Fico contente em ver você. Já jantou?"

Sabia que não podia aceitar. "Já, sim, obrigado", disse.

"Que coisinha estranha", disse Alma. "Qual é o problema com você?"

"Alma", disse Catherine com firmeza.

"É só uma pergunta. Acha que ele não sabe?"

Lucas se esforçou para responder. Gostava de Alma e de Sarah, embora elas não fossem amáveis. Eram estridentes, espalhafatosas, desleixadas, como papagaios. Tinham alguma coisa de reluzente.

"Nasci assim", disse ele. Parecia insuficiente. Poderia ter-lhes dito que entre ele e Simon houvera Matthew, morto aos sete anos, e Brendan, morto antes de nascer. Agora eles tinham perdido Simon e de algum modo, milagrosamente, sobrara apenas ele, Lucas, a criança errada, com cara de gnomo, coração frágil e olhos díspares. Deveria ter sido o primeiro a morrer, mas de alguma maneira sobrevivera a todos. Estava orgulhoso disso. Teria gostado de declarar isso a Alma e Sarah.

"Bem, eu nunca pensei que fosse uma decisão sua", disse Alma.

"Alma, agora chega", disse Catherine. "Lucas, você com certeza vai comer alguma coisa com a gente. Só uma garfada."

Lucas viu Sarah mover o corpo para proteger sua panela. Ele disse em voz baixa a Catherine: "Posso falar com você um momento?".

"Claro."

Ele hesitou, numa aflição confusa. Catherine disse: "Por que não vamos para o corredor?".

Não havia outro lugar para onde pudessem ir. Havia apenas a sala e os dois quartos de dormir.

"Sim. Obrigado." Ao sair atrás de Catherine, disse boa-noite a Alma e Sarah.

"Até os gnomos preferem Catherine", disse Alma.

Sarah respondeu do fogão: "Você devia tomar cuidado com o que diz, qualquer dia algum gnomo vai se vingar".

Lucas ficou em pé com Catherine no corredor. Era como o de seu prédio. Uma lâmpada tremeluzia numa ponta, junto ao poço da escada. Perto da lâmpada, pilhas de jornais, garrafas vazias e um saco (o que conteria?) eram visíveis na penumbra. No outro extremo do corredor, o lixo era apenas uma sombra. No meio do caminho, na direção da verdadeira escuridão, havia alguma coisa sobre uma lata de óleo jogada fora. Teria dentes? Sim. Era uma caveira de cabra, imaculadamente limpa.

Catherine disse: "Estou contente em ver você de novo".

Fale como Lucas, ele ordenou a si mesmo. Não fale como o livro.

Ele disse: "Estou contente em ver você também. Queria que soubesse que estou bem".

"Fico feliz com isso."

"E você também está bem?"

"Sim, estou ótima, querido."

"E você tem se cuidado?"

"Ora, Lucas, tenho sim."

"Tem alguém que a acompanha? No escuro, quando você volta para casa?"

"Minha amiga Kate caminha comigo até a Bowery. Você não precisa mesmo se preocupar comigo. Você já tem tanta coisa para fazer."

Lucas disse: "Minha voz vai em busca do que meus olhos não podem alcançar".

"Espere aqui um minuto", disse ela. "Tenho uma coisa para você."

Ela voltou para dentro do apartamento. Lucas acariciou o medalhão em seu peito. Sua mente era um caos de anseios. O que ela teria para ele? Desejava aquilo, fosse o que fosse. Desejava muito. Observou a caveira de cabra enquanto esperava por Catherine. Foi até a caveira. Tornou-se aquilo, uma ossada rindo no escuro.

Catherine voltou com um prato coberto por um pano. Disse: "Aqui está um pouco de comida para você e seus pais".

Era isso o que tinha para ele. Deu-lhe o prato. Ele aceitou em silêncio e ficou segurando.

Era um mendigo então.

Disse: "Obrigado".

"Boa noite, meu querido."

"Boa noite."

Ela recuou e fechou a porta. Não o beijou de novo.

Ele permaneceu por um tempo diante da porta, segurando o prato como se o tivesse trazido, e não recebido. Ouviu o rumor das vozes das mulheres, mas não conseguiu identificar o que diziam. Então, já que não havia outra coisa a fazer, caminhou de volta pelo corredor, segurando o prato cuidadosamente. Seu pai e sua mãe iriam querê-lo. Ele mesmo o queria.

A velha estava esperando no térreo para vê-lo sair. "Nenhum estrago, então", disse ela.

"Não, dona. Nenhum estrago."

Lucas entrou em seu prédio carregando o prato. Subiu as escadas. Teve a sensação de um engano sutil, como se aquele lugar, o mais familiar de todos (o poço da escada, com seu cheiro de gás e suas lâmpadas tremeluzentes, os ratos fuçando o lixo), estivesse alterado, como se tivesse se transformado, de um dia para outro, numa cópia imperfeita de si próprio, em contraste com seu dia na fábrica, que fora perfeito em todos os aspectos.

Mas a sala era ela mesma. Seu pai estava sentado, como sempre, em sua cadeira junto à janela, com a máquina a seu lado. Lucas disse: "Boa noite, Pai".

"Olá", respondeu o pai. Seu trabalho era respirar e olhar pela janela. Havia mais de um ano que era assim.

Lucas pegou três pratos no armário e repartiu a comida entre eles. Colocou um prato na mesa para o pai e disse: "Aqui está sua janta".

O pai acenou afirmativamente e continuou olhando pela janela. Lucas levou o prato de sua mãe para o quarto dela.

Ela estava na cama, exatamente como ele a deixara pela manhã, exatamente como estivera na noite anterior. Sua respiração, ou o diáfano ruído dela, enchia a escuridão. Pareceu por um momento que os cômodos eram como a fábrica e seus pais eram como as máquinas — estavam sempre em seu lugar, sempre esperando que ele viesse, partisse e voltasse novamente.

Do vão da porta ele disse: "Mãe? Trouxe um pouco de comida para a senhora".

"Obrigada, amor."

Ele levou o prato e colocou-o sobre o criado-mudo. Sentou-se delicadamente na beirada do colchão, ao lado do vulto dela.

"Quer que eu corte?", perguntou. "Quer que eu lhe dê a comida?"

"Você é tão bom. Você é um bom garoto. Veja o que fizeram com você."

"É só poeira, mãe. Vai sair quando eu me lavar."

"Não, meu amor. Acho que não vai, não."

Ele cortou um pedaço de batata com o garfo, levou-o até perto da boca da mãe. "Agora coma", disse.

Ela não deu resposta. Fez-se silêncio por um momento. Lucas percebeu, para sua surpresa, que estava constrangido pelo silêncio. Depôs o garfo e disse: "Vamos ouvir um pouco de música, então?".

"Se você quiser."

Ele apanhou a caixa de música no criado-mudo, deu corda. Cantou junto, suavemente.

Oh! Could we from death but recover
These hearts they bounded before
In the face of high heav'n to fight over
That combat for freedom once more. *

"Não se zangue", disse a mãe.

"Não estou zangado. A senhora dormiu hoje?"

Ela disse: "Como posso dormir, com seu irmão fazendo tanto barulho?".

* "Oh! Será que poderemos nos recuperar da morte/ Estes corações já bateram antes/ Em face dos altos céus para travar/ Mais uma vez aquele combate pela liberdade." (N. T.)

"Que barulho ele faz?", perguntou Lucas.

"Ele canta. Será que ninguém pode dizer a ele que sua voz não é tão angelical quanto ele parece pensar que é?"

"Simon andou cantando para a senhora?"

"Hum hum, mas não consigo entender as palavras."

"Coma um pouquinho, está bem? A senhora precisa comer."

"Cê acha que ele aprendeu outra língua?"

"A senhora está sonhando, Mãe."

Ergueu de novo o garfo, pressionou o pedaço de batata contra os lábios dela. Ela virou o rosto para o outro lado.

"Ele sempre foi assim desde bebê. Sempre chorando ou cantando justo quando a gente achava que tinha conseguido um pouco de descanso."

"Por favor, Mãe."

Ela abriu a boca e ele introduziu o garfo da maneira mais delicada possível. Ela falou com a boca cheia de batata. Disse: "Sinto muito".

"Mastigue. Mastigue e engula."

"Se eu conseguisse entender o que ele queria de mim, eu talvez pudesse lhe dar."

Logo ele percebeu pela sua respiração que ela voltara a adormecer. Esforçou-se nervosamente para ouvir o som da voz de Simon, mas o quarto permanecia em silêncio. Perguntou-se se a mãe corria o risco de engasgar com o pedaço de batata. Criando coragem (parecia uma coisa errada, mas o que mais ele podia fazer?), enfiou os dedos na boca da mãe. Estava quente e úmida. Encontrou o pedaço de batata, já transformado numa papa, sobre a língua. Tirou-o para fora. Colocou-o em sua própria boca. Comeu o resto do jantar dela com voracidade, em seguida voltou para a sala e comeu seu próprio jantar. O pai não tinha se mexido de seu lugar junto à janela. Lucas comeu também a porção dele e foi dormir.

And now it seems to me the beautiful uncut hair of graves.

Tenderly will I use you curling grass,
It may be you transpire from the breasts of young men,
It may be if I had known them I would have loved them
It may be you are from old people, or from offspring taken soon out of their mothers' laps,
*And here you are the mothers' laps.**

Não havia nada para o café-da-manhã, embora seu pai estivesse sentado à mesa, esperando. Lucas disse: "Pai, o senhor consegue arranjar comida para a Mãe e para si próprio enquanto eu estou na fábrica?".

O pai assentiu com a cabeça. Lucas tirou os últimos dez *pennies* da lata que estava no armário. Separou três para si, para o seu almoço, e colocou os outros sete na mesa diante do pai. Achou que o pai poderia sair e comprar alguma coisa para comer. Achou que seu pai seria capaz de fazer isso.

Hoje descobriria quando seu salário seria pago. Tinha certeza de que Jack tencionara contar-lhe, mas estivera entretido demais coordenando o trabalho na fábrica. Resolveu perguntar também a Jack sobre a natureza daquilo que as máquinas estavam produzindo, sobre o que os suportes suportavam. Não sabia se teria coragem de perguntar tantas coisas de uma só vez.

O dia de trabalho foi passando. Alinhar, grampear, puxar, puxar de novo, conferir. À tarde Lucas começou a distinguir um vago som quando os dentes da máquina mordiam o metal, um

* "E agora me parece o lindo cabelo longo das sepulturas.//Ternamente vou usar você, relva ondulante,/ Talvez sua transpiração venha dos peitos de homens jovens,/ Talvez, se os tivesse conhecido, eu os tivesse amado,/ Talvez você seja de gente velha, ou dos rebentos tirados muito cedo do colo das mães,/ E aqui é você o colo das mães." Walt Whitman, *Song of myself*, parte 6. (N. T.)

ruído menor no interior do ruído grande da máquina. Perguntou-se se era um novo som ou simplesmente um aspecto do ruído habitual da máquina, inaudível para ele enquanto não estava acostumado com as complexidades vitais dela. Apurou os ouvidos. Sim, ali estava — em meio à mastigação do metal mais maleável da chapa pelos dentes de metal mais duro, quase perdido no deslizar dos cilindros, no assobio da esteira —, havia outro som, pouco mais que um sussurro. Lucas chegou perto e se curvou. O sussurro parecia emanar de dentro, do lugar escuro sob a roda giratória, logo depois do ponto em que os dentes se enterravam no ferro.

Aproximou-se mais ainda. Podia ouvir, mas não inteiramente. Atrás dele, Tom disse: "Alguma coisa errada com a sua máquina?".

Lucas se endireitou. Não imaginava que Tom prestasse alguma atenção a ele. Era surpreendente sentir-se tão visível.

"Não, senhor", disse. Rapidamente, demonstrando aplicação, introduziu outra chapa na máquina.

Só no final do dia viu Jack, quando este se aproximou e disse: "Tudo certo então", depois conversou com Dan e entrou na sala das criptas. Lucas atravessou um momento de confusão, como num sonho — pensou que tinha entrado de novo no dia anterior, que apenas imaginara que era quinta-feira e não quarta. Em sua perplexidade, esqueceu de perguntar a Jack quando seria pago. Resolveu deixar para o dia seguinte.

Saiu da fábrica e tomou o caminho de casa. Na Rivington passou por um louco que vociferava a respeito de uma chuva (ou seria um reino?) de fogo.* Passou por um osso largado na sarjeta, nodoso nas duas pontas, oferecendo-se como uma coisa preciosa.

Queria procurar Catherine de novo, mas se forçou a ir dire-

* A dúvida do personagem faz mais sentido no original, dada a semelhança de som entre *rain* (chuva) e *reign* (reino). (N. T.)

to para casa. Quando entrou no apartamento, deparou com a mãe em pé no meio da sala, sobre o tapete pelo qual ela pagara tão caro. Pareceu por um momento — só por um momento — que era ela mesma de novo, que ela fizera o jantar e pusera a chaleira no fogo.

Estava paralisada em sua camisola. O cabelo caía pelos ombros. Tufos dele circundavam sua cabeça numa ouriçada confusão. Ele nunca a vira assim, na sala, com o cabelo despenteado. Permaneceu mudo na porta, sem saber o que fazer ou dizer. Viu que seu pai estava em pé junto à janela, com sua máquina de respirar, olhando não para a rua, mas para dentro da sala. Viu que o pai estava assustado e confuso.

Disse: "Mãe?".

Ela o encarou. Seus olhos não pareciam lhe pertencer.

"É o Lucas", disse ele. "É só o Lucas."

Sua voz, quando ela falou, saiu lenta. Talvez temesse ser ouvida por outras pessoas. Disse: "Ele não pode mais cantar para mim".

Lucas olhou sem ação para o pai, que continuava em pé junto à janela, olhando para a sala, observando intensamente o ar vazio diante de seus olhos.

Sua mãe hesitou, perscrutando o rosto de Lucas. Parecia fazer um esforço para lembrar quem ele era. Então, de modo abrupto, como se alguém a empurrasse por trás, ela caiu para a frente. Lucas tomou-a nos braços e segurou-a como pôde, desajeitadamente, com uma das mãos sob o braço esquerdo dela e a outra sobre o seu ombro direito. Sentia o peso de seus seios. Eram como velhas ameixas soltas dentro de um saco.

"Está tudo bem", disse para ela. "Não se preocupe, está tudo bem."

Ajeitou-se para segurar melhor aquele corpo flácido. Passou o braço direito pela cintura dela.

Ela disse: “Eu sei em que língua você canta agora”.

“Volte para a cama. Venha comigo agora.”

“Não está certo. Não é justo.”

“Quietinha. Quietinha.”

“Fizemos o que podíamos. Não sabíamos o que ia acontecer.”

“Venha, venha.”

Lucas deslizou o braço para envolver melhor o corpo dela, sustentando-a pela axila do outro lado. Conduzida por ele, ela caminhou de modo vacilante até o quarto. Ele a colocou sentada na cama. Puxou suas pernas para cima e acomodou-a como pôde, com a cabeça sobre o travesseiro. Cobriu-a com a colcha.

“A senhora vai se sentir melhor depois de dormir”, disse ele.

“Não consigo dormir, não vou conseguir nunca. Não com essa voz nos ouvidos.”

“Fique deitada quietinha então. Não vai acontecer nada.”

“Alguma coisa vai. Alguma coisa sempre acontece.”

Acariciou a testa seca e quente da mãe. Era tão impossível avaliar o tempo transcorrido ali no quarto quanto na fábrica. Quando ela se acalmou, dormindo ou não, mas em silêncio e respirando regularmente, ele saiu do quarto.

Seu pai não se mexera. Lucas foi até a janela e ficou ao lado dele. O pai continuava fitando o ar vazio. Lucas viu que os sete *pennies* ainda estavam sobre a mesa, intocados.

Disse: “Pai, o senhor está com fome?”.

O pai fez que sim com a cabeça, respirou, fez que sim de novo.

Lucas ficou com o pai junto à janela. O catador de lixo passou lentamente na rua, arrastando sua lata. O sr. Cain gritou: “Em nenhuma parte, em todo lugar, onde está o colar de pérolas?”.

“Vou arranjar alguma coisa para o senhor”, disse Lucas.

Apanhou as moedas, saiu e encontrou um homem vendendo um repolho por três centavos e uma mulher vendendo um ovo de galinha que, depois de alguma discussão, ela deixou por quatro. Pareceu-lhe auspicioso que a mãe lhe tivesse perguntado sobre galinhas e ele tivesse encontrado um ovo.

Cozinhou o ovo, ferveu o repolho e colocou um prato diante do pai. Foi tomado pelo impulso de agarrar a cabeça do pai e batê-la firmemente contra a quina da mesa, como Dan fazia com sua máquina na fábrica quando ela ameaçava pifar, dando-lhe um solavanco na lateral. Lucas imaginava que, se batesse a cabeça do pai na madeira com a força exata, talvez o forçasse a voltar a si. Não seria uma violência, mas uma gentileza. Seria uma cura. Pousou a mão na cabeça lisa do pai, mas se limitou a acariciá-la. Seu pai fazia ruídos ao comer, sons guturais comuns combinados com pequenos gemidos, como se a alimentação fosse algo penoso para ele. Ergueu uma colher com repolho até a boca dele. Um pálido fio verde pendia da colher. Ele fez barulho, gemeu e engoliu. Tomou fôlego e comeu de novo. Lucas pensou: quatro na horizontal, seis na vertical.

This grass is very dark to be from the white heads of old mothers,
Darker than the colorless beards of old men,
Dark to come from under the faint red roofs of mouths.
O I perceive after all so many uttering tongues,
*And I perceive they do not come from the roofs of mouths for nothing.**

* "Esta relva é muito escura para ser das cabeças brancas das velhas mães,/ Mais escuras que as barbas descoloridas dos velhos,/ Escura para vir dos desbotados céus das bocas./ Oh, eu percebo no fim das contas tantas línguas falantes,/ E percebo que elas não vêm à toa dos céus das bocas." Walt Whitman, *Song of myself*, parte 6. (N. T.)

Lucas leu seu trecho. Apagou a luz, mas não conseguiu dormir. Ficou acordado na cama. Havia as paredes. Havia o teto, com seus triângulos negros de falhas no gesso e sua mancha em forma de crisântemo. Havia os cabides onde as roupas estavam penduradas, as suas e as de Simon.

Levantou-se e foi até a janela. A luz de Emily estava acesa. Emily era preguiçosa e rabugenta, dizia Catherine. As costuras que ela fazia tinham às vezes que ser refeitas, mas ela se mantinha emburrada, inflexível.

Ainda assim, Simon a procurara. Só Lucas sabia. Uma vez, um mês atrás ou um pouco mais, ele olhara pela janela e vira Simon lá, com Emily, que deixara as cortinas abertas. A princípio aquilo tinha parecido impossível. Simon dissera que ia sair para tomar sua cervejinha. Estava comprometido com Catherine. Como podia estar no quarto de Emily? Por um momento Lucas chegara a pensar que algum outro Simon, seu espectro vivo, tivesse ido até lá para assombrar Emily, porque ela era preguiçosa e rabugenta, porque suas costuras eram malfeitas. Tinha visto Emily afastar-se um pouco daquele outro Simon e despir seu corpete. Tinha visto os seios dela saltarem para fora, enormes e flácidos, com auréolas da cor de lilases escurecidos pelo tempo. Tinha visto Simon estender os braços para ela.

Emily fora então até a janela, para fechar as cortinas, e vira Lucas espionando-a. Tinham olhado um para o outro através do ar vazio. Ela acenara para ele com a cabeça e dera um sorriso lascivo. Então fechara as cortinas.

Lucas tinha desejado que Simon morresse aquela noite. Não, não que morresse. Que fosse pego e submetido à Justiça. Tinha se imaginado consolando Catherine. Mas não pedira para que acontecesse o que aconteceu com Simon. Nunca pensara em pedir aquilo.

Agora ele estava em pé junto à janela. Atrás das cortinas

Emily ainda estava viva, ainda gorda e lasciva, ainda comendo doces turcos da lata. Lucas se perguntava por que desejara punir Simon e não Emily, que era mais culpada, que certamente tinha iludido Simon com algum truque. Lucas se esforçava agora para desejar coisas boas a ela, ou pelo menos para não lhe desejar nenhuma desgraça. Ficou um tempo à janela, desejando a ela uma vida longa e sem contratempos.

Pela manhã, não havia nada para dar ao pai como desjejum. Seu pai estava sentado à mesa, esperando. Lucas não falou com ele sobre comida. Beijou a testa dele e foi para o quarto ver como sua mãe havia passado a noite.

Encontrou-a sentada na cama, segurando a caixa de música no colo.

"Bom dia, Mãe", disse Lucas.

"Oh, Simon", disse ela. "Sentimos muito."

"É o Lucas, Mãe. Só o Lucas."

"Eu estava falando com seu irmão, querido. Na caixa."

Por um momento Lucas pensou que ela estivesse se referindo ao caixão que estava do outro lado do rio, até que ela baixou os olhos melancolicamente para o próprio colo. Ela queria dizer a caixa de música.

Ele disse: "Simon não está aí, Mãe".

Ela ergueu a caixa com as duas mãos e estendeu-a para ele. "Ouça", disse. "Ouça o que ele diz."

"Você não deu corda nela."

"Ouça", disse ela de novo.

Lucas girou a manivela. A pequena música começou a soar de dentro da caixa. Era "Oh, breath not his name".

"Aí está", disse a Mãe. "Agora você o ouve?"

"É só a música, Mãe."

"Oh, meu menino, cê não sabe, né?"

Lucas quase foi vencido por uma fadiga parecida com a febre. Queria apenas dormir. A caixa de música, tocando sua melodia singela, pareceu-lhe absurdamente pesada. Achou que ia desabar no chão e se deixar ficar ali, enrodilhado como um cachorro, adormecido tão profundamente que nada nem ninguém poderia acordá-lo.

Ele era responsável pela caixa de música, por ter desejado tanto o cavalo de rodinhas. Perdera-se em pensamento, contemplando-o. O cavalo era branco. Onde estaria agora? Fazia tempo que não estava mais na vitrine da Niedermeyer's. O cavalo olhava firmemente para a frente com seus negros olhos redondos. Lucas o contemplara todos os dias, até que uma tarde, passando pela Niedermeyer's com sua mãe, ele se rendeu ao desejo pelo cavalo, assim como se rendera ao livro, e chorou como um apaixonado. A mãe pusera o braço carinhosamente sobre seus ombros e puxara-o para si. Eles tinham ficado ali parados como se estivessem numa plataforma observando um trem partir com seus passageiros. A mãe de Lucas se mantivera pacientemente a seu lado, abraçando-o enquanto ele chorava pelo cavalo. No dia seguinte ela havia saído e comprado a caixa de música, uma extravagância que, nas palavras de seu pai, seria a ruína deles. Sua mãe tinha rido com amargura, dizendo que ele era avarento e medroso, e insistindo que eles precisavam de música, que mereciam um pouco de alegria de quando em quando, e uma caixa de música não seria o fim do mundo, mesmo que custasse caro. Depois, o Pai se transformou em couro, a máquina engoliu Simon e a Mãe se internou em seu quarto.

Lucas disse: "É só música, Mãe".

"Eu sei o que ele está dizendo agora. Eu conheço a língua que ele fala."

"A senhora tem que voltar a dormir", disse Lucas. "Vou colocar a caixa de música na sala por um tempo."

"Ele está sozinho numa terra estranha."

"Tenho que ir. Não posso me atrasar para o trabalho."

"Nós o trouxemos de Dingle para cá. Seria justo que pudéssemos ir até onde ele está agora."

"Até logo, Mãe. Estou indo."

"Boa sorte."

"Boa sorte."

Ele saiu do quarto e colocou a caixa de música na mesa da sala, junto à qual seu pai ainda estava sentado, esperando pelo desjejum. "Até logo, Pai", disse ele.

O pai acenou com a cabeça. Tinha adquirido uma paciência infinita. Vinha para a mesa nas horas estabelecidas, comia se houvesse comida, ficava sem comer se não houvesse.

Na fábrica, Lucas teve que fazer um esforço para manter a atenção. Sua mente queria divagar. Ele alinhava uma chapa, puxava a alavanca e depois ia para a traseira da máquina para conferir as marcas, sem se lembrar de como chegara até ali. Era perigoso, uma condição perigosa de se relacionar com a máquina, porém parecia-lhe impossível fazer de outra forma. Tentar pensar apenas em seu trabalho — alinhar, grampear, puxar, puxar de novo, conferir — era como tentar permanecer acordado quando o sono era irresistível. A desatenção o dominava como os sonhos.

Para agüentar firme, concentrou a mente no sussurro que vinha da máquina. Apurou os ouvidos. Podia ser o suspiro de um mancal mal azeitado, mas soava mais como uma voz, uma voz minúscula, embora suas palavras fossem indistinguíveis. Tinha o ritmo de uma voz, os altos e baixos que sugeriam intenção, mais do que acaso, e um tom que indicava certa urgência mais humana do que mecânica, como se o som estivesse sendo emitido por alguma entidade que se esforçasse para ser ouvida. Lucas sabia muito bem o que era falar uma língua que ninguém entendia.

Aprontou mais uma chapa, e mais outra e mais outra.

A natureza da cantiga da máquina só se revelou à tarde. A cantiga não era entoada numa língua, não numa língua que Lucas reconhecesse, mas aos poucos, com o decorrer do tempo, a cantiga começou a se tornar clara, embora as palavras continuassem obscuras.

Era a voz de Simon.

Seria possível? Lucas escutou com mais atenção. A voz de Simon tinha sido profunda e rouca. Ele não cantava propriamente bem, mas com bravura, com a exaltada e sublime desafinação de alguém que se preocupa menos em soar bonito do que em criar um som grande o bastante para atingir o céu. Aquela parecia, de fato, a voz de Simon, tornada mecânica. Tinha a mesma atonalidade negligente e descarada.

A canção era familiar. Lucas a ouvira em algum outro lugar, num tempo e local que pairava nos confins da memória. Era uma canção melancólica e sentida, uma canção triste, cheia de solidão e com um fio de esperança. Era uma balada antiga. Simon conhecera centenas delas.

Simon estava aprisionado na máquina. De repente, aquilo fazia sentido, um terrível sentido. Ele não estava no céu ou no travesseiro, não estava na relva nem no medalhão. Seu espírito estava engastalhado nas engrenagens internas da máquina; a máquina o retinha do mesmo modo que um cão pode reter o paletó de um homem entre os dentes depois que ele escapa. A carne de Simon tinha sido prensada e expelida, mas sua parte invisível permanecia, aprisionada entre os dentes e engrenagens.

Lucas ficou paralisado e mudo diante da roda cantante. Então, como não podia parar de trabalhar, preparou outra chapa. Alinhou, grampeou, puxou, puxou de novo, conferiu. Na sua cabeça ele cantava em dueto com Simon, compartilhando nota por nota, enquanto as horas passavam.

No final do dia Jack veio dizer “Tudo certo então”. Lucas

queria desesperadamente lhe perguntar se sabia sobre os mortos dentro das máquinas, mas não se sentia capaz de lidar com uma pergunta tão grande quanto aquela, pelo menos não agora. Em vez disso, perguntou: "Por favor, senhor, quando nós vamos ser pagos?". Pareceu-lhe melhor dizer "nós" do que "eu".

Jack disse: "Você será pago hoje. Vá até o caixa depois que tiver terminado".

Lucas mal podia acreditar. Parecia-lhe que tinha gerado seu pagamento só pelo fato de perguntar por ele; que, se não tivesse perguntado, ficaria trabalhando sem parar a troco de nada, e ninguém se importaria. Disse: "Obrigado, senhor", mas Jack já o havia deixado para dizer "Tudo certo então" para Dan. Lucas não tivera tempo de perguntar mais nada. Entretanto, estava contente em saber que haveria dinheiro aquela noite. No dia seguinte faria a Jack a outra e mais difícil pergunta.

Lucas desligou sua máquina. Disse boa-noite a Simon e foi com os outros receber seu pagamento dos homens que ficavam nos guichês gradeados. Com o dinheiro no bolso, foi para casa.

Quando chegou, tudo continuava como sempre. O pai estava sentado em sua cadeira, a mãe sonhava ou não sonhava do outro lado da porta fechada. Lucas disse ao pai: "Tenho dinheiro. Posso comprar um jantar decente para nós. O que o senhor vai querer?".

"Pergunte para sua mãe", disse.

Aquela era uma resposta dos velhos tempos, de quando sua mãe ainda era ela mesma. Lucas disse: "Vou ver o que posso conseguir então".

O pai concordou com a cabeça. Lucas se curvou para beijá-lo.

Foi então que ele ouviu. A mesma canção, constante, plangente, a canção singela de amor e melancolia.

Ela vinha da máquina de respirar do pai.

Lucas aproximou o ouvido da boca do tubo. Estava lá, mais

suave do que tudo, inaudível para qualquer um que não a buscasse. Era a mesma canção, cantada da mesma maneira, mas por uma voz mais dócil e sussurrante, mais feminina. Vinha, ele pensou, do pequeno balão na base da máquina, subia pelo tubo e escapava pela abertura, pelo bocal delgado e oval onde o pai colocava os lábios.

Era a canção que Lucas tinha ouvido na fábrica. Estava mais baixa e sibilante, mais difícil de detectar, mas era aquela canção, cantada por aquela voz.

E então ele soube: Simon não fora tragado pela máquina na fábrica; ele havia passado para um mundo de engrenagens. As máquinas eram seus portais, as janelas por onde ele sussurrava. Ele cantava para os vivos pelas bocas das máquinas. Cada vez que seu pai punha os lábios na máquina de respirar, ela o preenchia com a canção de Simon.

Lucas entendia agora que a Mãe não estava sonhando, não estava perturbada; ela ouvia mais claramente que qualquer outra pessoa. Simon queria sua gente junto com ele. Estava sozinho numa terra estranha. A máquina de Simon não puxara sua manga quando ele estava distraído? Não tentara puxá-lo deste mundo para o outro?

Os mortos retornavam nas máquinas. Eles cantavam sedutoramente para os vivos como as sereias cantavam para os marinheiros desde o fundo do mar.

Pensou em Catherine.

Ela seria o prêmio principal. Ela era a noiva prometida de Simon; ele iria querer casar com ela naquele novo mundo, já que não podia fazê-lo no antigo. Estava cantando para ela, buscando por ela, com a esperança de que ela fosse até ele do mesmo modo que todo mundo deixara a Irlanda para vir para Nova York.

Saiu às pressas do apartamento, desceu correndo as escadas. Precisava alertá-la. Precisava contar a ela a natureza da ameaça.

Ao chegar aos degraus do prédio de Catherine, estacou. Seu coração estava sobressaltado e enfurecido. Precisava bater na porta e pedir autorização à mulher miúda para ver Catherine. Mas sabia — ele sabia — que o que viera dizer a ela era algo em que ela não acreditaria de imediato. Compreendia a estranheza de seu anúncio, e compreendia que ele era a mais suspeita das pessoas, por sabidamente ser débil e esquisito, por sofrer acessos nos quais só conseguia falar como o livro.

Hesitou. Não conseguiria suportar a perspectiva de abordar Catherine, dizer a ela o que sabia e percebê-la meramente reservada e condescendente. Se ela o tratasse como um garoto triste e confuso, se lhe desse mais comida para levar à sua família, ele mergulharia numa humilhação tão profunda que talvez não conseguisse sair dela nunca mais.

Ficou parado no alto da escada numa agonia de indecisão. Ocorreu-lhe que poderia trazer alguma coisa para ela. Não precisava chegar à sua porta desesperado e de mãos vazias. Podia vir a ela com uma oferenda. Podia dizer: tenho um presente para você. Podia dar-lhe alguma coisa rara e fabulosa. E então, enquanto ela estivesse encantada com o presente, ele comunicaria seu verdadeiro propósito.

Não podia dar-lhe a caixa de música, não quando ela se revelara uma janela para o mundo dos mortos. Não podia dar-lhe o livro tampouco. Não era dele para que o pudesse dar. Tirando o livro e a caixa de música, tudo o que ele possuía, tudo o que pertencia a sua família, era gasto e banal.

Tinha dinheiro, porém. Podia comprar alguma coisa para ela.

Mas todas as lojas estavam fechadas. Caminhou pela rua Cinco, passando diante das vitrines apagadas que não ofereciam nada que pudesse servir como presente nem mesmo quando as lojas estavam abertas. Atrás daquelas vitrines havia carne, pão, produtos alimentícios, uma oficina de sapateiro. Passando pelas lojas, Lucas tinha consciência de suas mercadorias adormecidas, de sua carne e suas botas. Olhava através do vidro, para além do próprio rosto vagamente refletido, para os pernis vermelhos e brancos pendurados diante dos ladrilhos, para as prateleiras de sapatos mudos, para as garrafas nas quais um homem de bigode e óculos expressava sua gratidão pelo tônico que as garrafas continham, o mesmo homem repetidas vezes, expressando o mesmo prazer.

Lucas foi para a Broadway. Algum lugar talvez estivesse aberto por lá.

A Broadway poderia ter sido um brinquedo de uma criança gigante. Era como um presente depositado diante de um sultão, um invasor coberto de turbante que recusara todas as outras oferendas, que ficara indiferente a uma floresta cheia de rouxinóis mecânicos, que bocejara diante de chinelos dourados que dançavam sozinhos.

Mas as lojas da Broadway também estavam fechadas. Àquela hora só havia os cafés, os restaurantes e os saguões dos hotéis. Desceu a Broadway até a rua Prince e viu um garoto em pé na esquina oferecendo alguma coisa aos passantes. O garoto estava esfarrapado e era mais velho que Lucas. Vestia calções grandes demais para seu tamanho, amarrados na cintura com uma corda. Um chapéu mole de feltro, cor de pêlo de rato, estava enterrado em sua cabeça. Escapava do chapéu, como um segredo que ele não podia esconder, uma única mecha de cabelo escorrido cor de laranja.

Segurava nas mãos uma pequena tigela branca. Mostrava-a aos transeuntes, que o ignoravam. Seria uma tigela de esmolas? Não, o que parecia era que ele a oferecia a quem quisesse comprar.

Lucas parou perto do garoto maltrapilho, que obviamente roubara a tigela e estava tentando vendê-la, como as pessoas costumavam fazer. Lucas compreendia sua situação. A tigela era ao mesmo tempo um prêmio e um fardo. Uma coisa mais comum seria mais fácil de vender: um nabo, à sua maneira, seria mais valioso. As pessoas do bairro do garoto não iriam querer algo como aquela tigela, e aqueles que caminhavam pela Broadway poderiam até querê-la, mas não iriam comprá-la de um garoto como aquele. Ele oferecia a tigela aos passantes com os braços estendidos e uma expressão de esperança cansada, como um padre ofertando o cálice sagrado. Lucas imaginou que o garoto tinha estado ali por um bom tempo, gritando inicialmente um preço que depois fora declinando ao longo das horas, até chegar àquela condição de muda resignação.

Aproximou-se do garoto e examinou mais detidamente a tigela. O garoto se afastou de Lucas, protegendo sua prenda contra o peito. Lucas ainda podia vê-la bem, no entanto. Era uma tigela branca de porcelana, intacta. Ostentava junto à borda uma faixa de pálidas figuras azuis.

Lucas disse: "Quanto é?".

O garoto observou-o com nervosismo. Naturalmente suspeitava de um truque.

Para tranqüilizá-lo, Lucas disse: "Quero comprar para a minha irmã. Quanto é?".

Os olhos do garoto eram sagazes e ávidos como os de um gato. Ele disse: "Um dólar".

Um dólar e três *pennies* era o que Lucas tinha no bolso. Pareceu-lhe por um momento que o garoto sabia disso, que ele era um espírito que assombrava a Broadway com seu tesouro e pedia como pagamento tudo o que as pessoas tinham no bolso.

Lucas disse: "É muito".

O garoto comprimiu os lábios. A tigela valia mais de um dólar, e ele poderia obter mais de um dólar se avançasse mais pela rua, mas estava cansado, estava faminto, queria ir para casa. Lucas sentiu uma pontada de simpatia pelo garoto, que era astuto e manhoso, um ladrão, mas que desejava, como todo mundo, terminar logo seu serviço para ficar livre e descansar.

O garoto disse: "Por setenta e cinco centavos ela é sua".

"Ainda é demais".

O rapaz endureceu a boca. Lucas sabia: ele não cederia mais que isso. Era um ladrão, mas era alguém; tinha um reino particular dentro de si, e não se permitiria ficar abaixo disso.

Ele disse: "É o meu preço final. É pegar ou largar".

Lucas estava tomado de simpatia e raiva. Sabia quanto os setenta e cinco centavos significavam para o garoto. Mas a tigela não lhe tinha custado nada. Ele poderia dá-la a Lucas, que precisava dela, e fazendo isso não ficaria pior do que estava antes. Lucas sentiu, por um instante, a rotação do mundo inescrutável, no qual uma tigela que não custara nada, uma tigela que ele próprio poderia ter roubado (embora nunca roubasse, pois era nervoso demais para isso), custaria a ele a maior parte do que recebera por uma semana de trabalho.

Olhou a rua de um lado para outro, como se tivesse a esperança de que outra tigela, ou alguma coisa melhor, pudesse estar à vista. Não havia nada. Ele poderia caminhar a noite toda e só encontrar alguém vendendo um pouco de alho-poró ou meia garrafa de cerveja.

Disse: "Tudo bem então".

Pegou o dinheiro no bolso e contou setenta e cinco centavos. Ele e o garoto hesitaram antes de abrir mão cada um de sua parte, até encontrarem um jeito de trocar as moedas pela tigela sem que nenhum deles ficasse de mãos vazias. Lucas sentiu o dinheiro ser tirado de sua mão pelos dedos calejados do garoto. E sentiu a tigela pousada na palma de sua mão.

O garoto correu, temendo que Lucas pudesse mudar de idéia. Num pânico repentino, Lucas examinou a tigela. Seria falsa? Teria se transformado em madeira? Não, era de fato uma bela peça de decoração. Parecia, em suas mãos, emitir uma leve luz branca. As figuras gravadas ao longo da borda eram misteriosas. Davam a impressão de ser minúsculos sóis azuis, discos congelados que emanavam raios mais finos que fios de cabelo.

A tigela era boa então. Mas ele agora só tinha vinte e oito centavos, o que não era suficiente para comprar a comida de uma semana para três pessoas. De todo modo, ele tinha um presente para levar a Catherine. Pensaria em dinheiro e comida depois.

Voltou à rua Cinco e bateu na porta até que a mulher miúda a abriu. Ela se espantou em vê-lo de volta, mas deixou-o entrar de modo mais fácil, porque ele estava se tornando mais visível para ela. Advertiu-o novamente para que não houvesse nenhum estrago. Ele concordou e subiu as escadas até o apartamento de Catherine.

Catherine abriu a porta. Não parecia nem alegre nem triste por vê-lo. Ele se perguntou se estaria novamente transformado, novamente irreconhecível para ela, embora vestisse as mesmas roupas e a mesma sujeira do dia anterior.

Antes que pudesse se conter, disse: "Sozinho nos confins da natureza selvagem e das montanhas eu caço".

Ela disse: "Olá, meu querido. Como vai?". Aquela noite ela estava com sua nova cara, a cara de fatigada.

Lucas ouviu um som vindo do interior do apartamento, uma estranha espécie de risada queixosa que soava como a de Alma. A ela seguiu-se uma voz de homem, profunda e insistente, dizendo alguma coisa indecifrável.

Catherine saiu para o corredor, fechou a porta atrás de si. "Lucas", disse, "não é uma boa hora para visitas, logo agora."

"Mas eu lhe trouxe uma coisa", respondeu ele.

Mostrou a tigela. Ofereceu-a a ela com as palmas estendidas.

Ela olhou com hesitação para o objeto, como se não conseguisse distinguir muito bem sua natureza. Lucas percebeu que não era capaz de falar, nem como ele próprio nem como o livro. Ele era apenas a tigela e suas mãos. Era apenas aquilo.

Em seguida ela disse: "Oh, Lucas".

Ele ainda não conseguia falar. Era uma tigela e um par de mãos oferecendo uma tigela.

"Você não devia", disse ela.

Ele respondeu: "Por favor". Era o que tinha a dizer.

"Como é que você conseguiu isso?"

"Comprei. Para você. Fui pago hoje."

Não era como ele havia esperado. Imaginara-a feliz e agradecida.

Ela se inclinou em direção a ele. Disse: "É muito amável de sua parte. Mas você tem que devolvê-la".

"Não posso", disse ele.

"Você pagou por ela? De verdade?"

Então ela suspeitava que ele havia roubado a tigela. Ele não conseguiu pensar em nada para lhe dizer, a não ser a verdade.

"Comprei-a de um homem na Broadway", disse. "Ele a colocou à venda num tabuleiro." Parecia mais adequado tê-la comprado de um homem com um tabuleiro. Parecia verdadeiro o bastante.

"Meu querido. Você não pode se dar a esse luxo."

Ele estremeceu, cheio de raiva, confusão e uma esperança cega e desesperada. De algum modo ele havia se tornado mais pobre ao trazer um presente para ela.

"Por favor", disse ele de novo.

"Você é o garoto mais doce do mundo. De verdade. E amanhã você tem que devolver isso ao homem da Broadway e pegar seu dinheiro de volta."

"Não posso", disse ele.

"Quer que eu vá com você?"

"O que é um homem, afinal? O que sou eu? E o que é você?"

"Por favor, Lucas. Estou comovida. Estou mesmo. Mas não posso aceitar."

"O homem foi embora."

"Ele vai voltar amanhã."

"Não. Esta era sua última tigela. Ele disse que estava indo embora."

"Oh, pobre menino."

Como poderia contar a ela, o que poderia dizer, ali no escuro do corredor (onde a caveira da cabra ainda sorria), estendendo para ela o único tesouro que conseguiu encontrar, um tesouro que ela não queria?

Disse: "A tecelã avança e recua ao som do zumbido da grande roca".

"Quietinho. Quietinho agora. Você vai incomodar os vizinhos."

Ele não pretendera falar tão alto. Tampouco teve a intenção de voltar a falar, mais alto ainda.

"A noiva desamassa seu vestido branco, o ponteiro dos minutos se move lentamente."

"Pare. Por favor. Venha para dentro, você não pode discursar desse jeito no corredor."

"A prostituta arrasta seu xale pelo chão, as abas de seu gorro balançam sobre seu pescoço instável e cheio de espinhas. A grávida de nove meses está na sala de parto, sua fraqueza e suas dores aumentam."

Catherine fez silêncio por um momento. Olhou para ele com uma nova percepção.

"O que você disse?"

Ele não sabia. Até então ela nunca parecera ouvi-lo quando ele falava como o livro.

"Lucas, por favor, repita o que acabou de dizer."

"Esqueci."

"Você falou sobre uma tecelã. Falou sobre uma noiva e... uma prostituta. E uma mulher prestes a dar à luz."

"Era o livro."

"Mas por que você disse isso?"

"As palavras falam pela minha boca. Eu nunca sei."

Ela chegou mais perto, fitando o rosto dele como se houvesse palavras escritas ali, desbotadas mas discerníveis, difíceis de ler.

Ela disse: "Você não sabe mesmo, não é? Oh, Lucas. Temo por você".

"Não. Por favor. Você não deve temer por mim. Deve temer por você mesma."

"Você tem algum dom", disse ela com ternura. "Você tem um dom terrível, sabia disso?"

Ele pensou por um momento que ela estivesse se referindo à tigela. Era, de fato, um terrível dom. Não deveria ter custado nada, mas ele pagara por ela com dinheiro destinado a comprar comida. E qual seria a utilidade de uma tigela como aquela para Catherine? Lucas ficou ali em pé, com o sangue em alvoroço e as mãos estendidas. Ele era o garoto que tinha comprado a tigela, e era o garoto que a tinha vendido. Será que aquele garoto, o outro, estaria agora voltando para sua casa, levando comida para a família? Lucas podia apenas ser este, o garoto que a comprara. Podia apenas ficar parado diante de Catherine com um dom terrível nas mãos.

Delicadamente (ele se deu conta de que nunca experimentara tamanha delicadeza) ela tomou dele a tigela. Segurou-a em sua própria mão.

"O que nós vamos fazer com você?", disse ela. "Como sua mãe e seu pai vão viver?"

Ele disse: "Nesta hora eu lhe digo coisas em confidência, coisas que não diria a ninguém, mas digo a você".

"Quieto, quieto."

"Os mortos cantam para nós por meio das máquinas. Eles ainda estão conosco."

"Pare. Fale como você mesmo."

"Simon quer casar com você no mundo dos mortos. Ele quer você lá com ele."

Ela balançou a cabeça tristemente. "Olhe aqui", disse, "é maravilhoso de sua parte querer me comprar um presente como este. Você é um menino doce e generoso. Vou guardar a tigela em segurança esta noite, e amanhã vou vendê-la e dar o dinheiro a você. Por favor, não se ofenda".

"Você não deve confiar na sua máquina de costura. Não deve dar ouvidos se ela cantar para você."

"Shh. Se você fizer tanto barulho toda noite, eu serei despejada."

"Você acha que eu espanto? Por acaso a luz do dia espanta? Ou o primeiro rouxinol gorjeando nos bosques?"

"Vá para casa agora. Venha me ver amanhã, depois do trabalho."

"Não posso deixá-la. Não vou."

Ela pôs a mão sobre a cabeça dele. "Vejo você amanhã. Até lá, tome cuidado."

"É você que precisa tomar cuidado."

Ela pareceu não ouvir ou não compreender. Com um sorriso triste, abriu a porta e voltou para dentro.

Lucas permaneceu por um tempo diante da porta, como um cachorro esperando que o deixassem entrar. Então, por não suportar a idéia de agir como um cachorro, foi embora. Passou pela mulher miúda, que disse: "Nenhum estrago então?". Ele lhe respondeu que não houvera nenhum estrago. Mas houvera um estrago, não houvera? Havia a tigela e o que a tigela tinha custado. Havia outros crimes.

Tomou o rumo de casa porque agora tinha dinheiro (o que tinha sobrado), e sua mãe e seu pai precisavam comer. Comprou uma lingüiça no açougue e uma batata de uma velha vendedora de rua.

O apartamento estava como sempre. A mãe dormia atrás da sua porta. O pai estava sentado à mesa, porque era a hora de fazer isso. Punha os lábios no tubo da máquina, inspirava a canção do espírito de Simon para dentro dos pulmões.

"Olá", disse Lucas. Sua voz soou estranha na sala silenciosa, como um feijão chacoalhando dentro de um pote.

"Olá", disse o pai. Teria a sua voz mudado um pouco pelo fato de seu peito estar sendo preenchido por Simon? Talvez. Lucas não sabia ao certo. Estaria o pai se transformando numa máquina, com Lucas dentro dele?

Lucas cozinhou a lingüiça e a batata. Deu um pouco para o pai, levou um pouco para a mãe, que dormia um sono agitado. Decidiu que era melhor não perturbá-la. Deixou a comida sobre o criado-mudo, para o caso de ela querer comer quando acordasse.

Depois que o pai terminou sua refeição, Lucas disse: "Pai, é hora de ir dormir".

O pai acenou com a cabeça afirmativamente, respirou, acenou de novo. Levantou. Levou a máquina junto consigo.

Lucas deixou o pai na porta do quarto. A mãe murmurava lá dentro. O pai disse: "Ela não consegue parar de sonhar".

"Ela está dormindo. É o melhor para ela."

"Ela não dorme. Ela só sonha."

"Quieto. Agora vá dormir. Boa noite, Pai."

O pai penetrou na escuridão. Os pequenos pés da máquina arranhavam as tábuas do assoalho atrás dele.

I wish I could translate the hints about the dead young men and women,
And the hints about old men and mothers, and the offspring taken soon out of their laps.

What do you think has become of the young and old men?
*And what do you think has become of the women and children?**

Lucas leu seu trecho. Apagou a luz e foi dormir.

Sonhou que estava numa sala, numa sala enorme e estridente. Era a fábrica, mas não era a fábrica. Estava cheia de poeira metálica, como a fábrica, mas vazia de todo o resto, com exceção do ruído, um som ensurdecedor, não o que as máquinas produziam, não exatamente aquele, mas parecido. Lucas compreendeu que as máquinas tinham ido embora, mas voltariam logo, como o gado volta ao estábulo. Ele devia esperar ali. Devia cuidar da volta delas para casa. Olhou para o alto — alguma coisa lhe disse que olhasse para o alto — e viu que o teto estava coberto de estrelas. Lá estavam o Cavalo, o Caçador, as Plêiades. Ele sabia que as estrelas eram mecanismos também. Não havia lugar algum para ir que não fosse o mundo, que não fosse a sala. As estrelas se moviam mecanicamente, e alguma coisa estava descendo, uma forma escura do alto do céu noturno...

Virou-se e viu um rosto. Seus olhos eram poços negros. Sua pele estava esticada ao máximo sobre a ossatura do crânio. O rosto disse: "Meu menino, meu menino".

* "Gostaria de poder traduzir os pressentimentos sobre os moços e moças mortos,/ E os pressentimentos sobre os velhos e as mães, e os rebentos arrancados muito cedo do seu regaço.// Que fim você acha que levaram os rapazes e os velhos?/ E que fim acha que levaram as mulheres e crianças?" (N. T.)

O rosto de sua mãe comprimia-se contra o seu. Estava sonhando com a mãe. Fez força para falar, mas não conseguiu.

O rosto disse de novo: "Meu pobre menino, o que fizeram com você".

Acordou. Sua mãe estava curvada sobre a cama dele, o rosto colado no seu. Lucas sentia a respiração dela em seus lábios.

"Eu estou bem, Mãe", disse. "Não me fizeram nada."

Ela segurava a caixa de música apertada junto ao corpo. Disse: "Pobre criança".

"A senhora está sonhando", Lucas lhe disse.

"Meus pobres, pobres meninos. Primeiro um, depois o outro, depois o outro."

"Deixe-me levá-la de volta para a cama."

"Foi a cobiça que causou isso. A cobiça e a fraqueza."

"Venha. Vamos voltar para a cama."

Ele se levantou e a pegou pelo braço. Ela se deixou levar, ou pelo menos não resistiu. Ele a conduziu para fora do quarto. Passaram pela sala, onde os rostos espiavam. Os pés dela arrastavam-se pelo chão. Ele a levou para o outro quarto. O pai ofegava e engasgava em seu sono.

Lucas ajudou a mãe a deitar, puxou o cobertor para cobri-la. O cabelo dela esparramou-se pelo travesseiro. No leque formado pelos cabelos, seu rosto era incrivelmente pequeno, não maior que o punho dele.

Ela disse: "Eu devia ter morrido com ele".

Lucas pensou — não pôde evitar — na tigela que havia comprado. Restavam agora dezenove centavos, para sustentá-los até a sexta-feira seguinte. Não haveria comida suficiente para passar a semana.

Ele disse: "A senhora está segura. Eu estou aqui".

"Oh, segura. Se alguém pudesse estar seguro."

"A senhora precisa dormir agora."

"Você acha que dormir é seguro?"

"Shh. Fique quietinha."

Sentou ao lado dela. Não era capaz de decidir se era melhor acariciar a mão dela ou não. Ficou balançando o corpo levemente para se acalmar. Nada era tão assustador quanto aquilo. Não havia nada, nunca houvera nada, tão terrível quanto estar sentado na cama de seus pais sem saber se devia ou não tocar a mão da mãe.

Sabia que tinha de tirar a caixa de música dali. Mas e quanto ao outro portal de entrada de Simon, a máquina de respirar do pai deles? O pai precisava da máquina. Ou não precisava?

Lucas não sabia se a máquina era crucial para seu pai ou meramente útil. Ninguém lhe dissera. Era possível, era bem possível, que o aparelho respiratório, que tinha sido dado como um presente, fosse na verdade uma perdição. Será que ele estaria sugando a vida do pai enquanto fazia de conta que o ajudava? Será que qualquer máquina parecia querer o bem de sua gente?

Lucas se ergueu, foi com o máximo de silêncio até o lado da cama do pai e segurou a máquina. Sentiu o frio da haste de ferro. Ela estava repleta de sua música, constante e inconfundível como os ratos que se moviam dentro das paredes. Animadamente, como se carregasse um rato pelo rabo, atravessou a sala com a máquina e colocou-a no corredor. Estaria longe o bastante? Esperava que sim. Na penumbra do corredor a máquina estava tão indistinta quanto a caveira de cabra. Seu balão, do tamanho e do formato de um nabo, era cinzento, mas sutilmente luminoso. O tubo e o bocal balançavam, pendentes.

Ele deixaria a máquina passar a noite ali. Iria trazê-la de volta pela manhã, quando verificasse como o pai passara sem ela.

Foi para a sala em busca da caixa de música. Apanhou-a e colocou-a no corredor, ao lado da máquina do pai, em seguida voltou para a sala e trancou a porta. Conferiu para ver se estava bem trancada.

* * *

Quando o sono o alcançou novamente, trouxe-lhe sonhos, embora ao despertar ele só lembrasse que eles envolviam crianças, uma agulha e uma mulher em pé na distância, chamando do outro lado do rio.

De manhã, seu pai ainda não tinha levantado. Lucas foi ao quarto dos pais e abriu a porta com cuidado. Eles estavam mais quietos que de costume. A mãe murmurava em seus sonhos, mas o pai, que normalmente resfolegava e tossia, estava em silêncio.

Ele devia sentir falta da máquina. Lucas devia trazê-la de volta rapidamente.

Quando saiu ao corredor para reavê-la, ela não estava lá. A máquina de respirar e a caixa de música haviam desaparecido.

Ficou parado por um momento, confuso. Será que tinha sonhado que as colocara lá? Vasculhou o corredor de um lado para outro, pensando que talvez elas só estivessem um pouco mais longe. Talvez ele tivesse levantado durante a noite e mudado o lugar delas, como um sonâmbulo. Não. Elas não estavam em parte alguma. Pensou por um instante que os mecanismos eram mais vivos do que ele imaginara, a ponto de poderem andar. Teriam feito sozinhos o caminho de volta até o quarto dos pais? Estaria a caixa de música sentada junto à cama da mãe, cantando uma canção que ela não suportava ouvir?

Procurou se recompor. Estava agitado, mas não era louco. Alguém levara embora a máquina e a caixa de música, como as pessoas costumavam fazer. Nada de valor podia ser deixado sem vigilância. Ele tinha pensado que elas atravessariam sem problemas aquelas horas noturnas, mas alguém as havia levado embora. Alguém estaria tentando vendê-las, como o garoto vendera a ele a tigela de porcelana.

Lucas voltou para a sala. O que poderia dizer ao pai que ele pudesse compreender? Não conseguia pensar em nada, portanto não disse nada. Deixou o pai e a mãe juntos no quarto deles. Saiu com a esperança de que, quando voltasse do trabalho, eles talvez tivessem voltado a seu estado normal.

Lá estava ela então: sua própria máquina. Postou-se diante dela no salão enorme. Dan, Will e Tom estavam diante das suas, cuidando delas como sempre faziam, com a atenção constante e serena de fazendeiros.

Lucas sussurrou: "Você foi indigno, admita. Foi desleal. Lamento que tenha morrido, mas não pode levar Catherine para o seu lado. E tem que parar de cantar seus pesares para a Mãe".

A máquina seguia cantando. Sua canção não mudava. Lucas ainda não conseguia decifrar as palavras, mas sabia que falavam de amor e saudade. Simon sempre desejara mais do que merecia ter. Por quê, depois de morto, seria diferente do que tinha sido quando vivo?

Lucas apanhou uma chapa e alimentou a máquina. Ela recolheu a chapa como sempre. Fez as marcas, quatro na horizontal, seis na vertical. Enquanto levava a primeira chapa do dia para Dan, Lucas se perguntava se sua máquina conversava com as outras durante a noite, quando os homens tinham ido embora e elas reinavam sozinhas ali. Podia imaginar isso com facilidade, as máquinas murmurando nas salas escuras, cantando as canções de seus homens, louvando seus homens, sonhando com eles, cantando umas para as outras. Ele é meu, é meu único amor, ah, como anseio pelo dia em que ele me deixará tê-lo todo para mim. Lucas pensou em alertar Dan, em alertar Tom e Will. Mas como poderia explicar a eles?

Dan estava curvado sobre sua máquina. Ele disse: "Bom dia, Lucas", sem levantar os olhos.

"Bom dia, senhor."

Lucas ficou ali depois de depositar a chapa na cesta de Dan. Dan era o homem mais volumoso no setor de corte e laminação. Era compacto e inclinado para a frente. Carregava seus imensos ombros redondos como se fossem fardos; acima dos ombros, parcialmente enterrada neles, sua cabeça olhava para fora com aquosos olhos azuis. Lucas não sabia nada sobre a vida dele, mas podia imaginá-la. Devia ter mulher e filhos. Teria uma sala com um quarto numa ponta e um quarto na outra.

Dan virou-se de sua máquina para ele. "Algum problema?".

"Não, senhor."

Dan tirou um lenço do bolso, enxugou o suor da testa vermelha, brilhante e redonda.

Ele não tinha o primeiro e o segundo dedos da mão direita. Lucas não havia notado isso até então.

Lucas disse: "Por favor, senhor. O que aconteceu com seus dedos?".

Dan baixou o lenço e olhou para a própria mão como se esperasse ver alguma coisa surpreendente nela.

"Perdi eles", disse.

"Perdeu como?"

"Acidente."

"Foi aqui? Na fábrica?"

Dan fez uma pausa. Parecia indeciso sobre revelar um segredo.

"Serraria", disse.

"O senhor trabalhou numa serraria antes de vir para cá?"

"Isso mesmo."

Dan enxugou a testa de novo e voltou ao trabalho. Não era permitido ficar de conversa daquele jeito. Lucas voltou para sua máquina e alimentou-a com uma nova chapa.

Uma máquina diferente tinha comido os dedos de Dan.

Aquela máquina, uma daquelas que cortam tábuas, continha um fragmento do espírito de Dan, embora o restante de Dan continuasse vivendo. Será que sua nova máquina sabia disso? Será que ela ouvia a outra máquina cantar, lá de longe, da serraria, feliz por ter os dedos de Dan, mas lamentando a perda do restante dele e desejando melhor sorte à nova máquina?

Catherine devia estar costurando agora. Lucas não conseguia imaginar como uma máquina de costura poderia pegá-la. Seria um braço com uma agulha automática. Poderia furá-la, isso sim, mas não poderia fazer-lhe um grande mal.

Devia haver, porém, outras máquinas no trabalho dela, máquinas que podiam mutilar. Esforçou-se para fazer uma idéia da cena. Conseguiu imaginar prensas e rolos pelos quais as peças de roupa deviam passar. Será que Catherine se aproximava dessas máquinas durante sua jornada? Talvez. Ele não tinha como saber. Alguém podia pedir a ela que levasse corpetes e camisas para serem tragados por um mecanismo maior. Talvez ele fosse grande como um vagão, pensou; branco, não preto; teria uma boca pela qual entravam as camisas e os vestidos recém-fabricados, para serem amaciados e dobrados. O aparelho exalaria torrentes de vapor.

Finalmente soou a sirene. Lucas esperou Jack Walsh passar e dizer "Tudo certo então". Desligou a máquina. Saiu apressado. Correu pela Rivington, mantendo-se no meio da rua e desviando de carroças e carruagens.

Um rio de garotas e mulheres já saía da Mannahatta Company quando ele chegou lá, e elas não mostravam sinal algum de terem visto uma calamidade naquele dia. Procurou Catherine no meio da multidão. Viu inúmeras que poderiam ser confundidas com ela. Eram tão parecidas com seus vestidos azuis. Enquanto elas iam passando por ele, em grupos de duas ou três, conversando em voz baixa, esticando a coluna e flexionando os dedos, ele criou coragem para perguntar a uma delas, e depois a outra, se tinha visto Catherine Fitzhugh. Nenhuma delas sabia quem era. Havia centenas de moças na sala de costura; Catherine devia ser conhecida apenas pelas poucas que trabalhavam perto dela. À distância Lucas viu Emily Hoefstaedler caminhando em meio à multidão, gorducha e serena, rindo lascivamente com outra garota, mas não falou com ela. Nunca falaria com ela sobre coisa alguma, muito menos sobre Catherine. Perguntou a outra garota e a mais outra. Várias sorriram e deram de ombros, denotando indiferença, várias fizeram cara feia, e uma, uma mocinha de cabelo escuro, disse: "Eu não sirvo, em vez dela?", e foi puxada para longe, aos risos, pelas amigas.

Então ele a viu. Ela estava perto do fim da fila, com uma mulher mais velha que tinha os finos cabelos cinzentos puxados fortemente para trás e caminhava com o pescoço estendido para a frente, como se o rosto tivesse mais pressa de avançar que o resto do corpo.

Lucas se aproximou delas. "Catherine", gritou.

"Olá, Lucas", disse ela. Olhou para ele com delicada paciência. "Você está bem?"

"Muito bem. E você?"

Como ele poderia dizer como estava? Disse: "Devo orar? Devo venerar e ser cerimonioso?".

"Lucas, esta é minha amiga Kate."

A mulher mais velha inclinou por um instante a cabeça.

"Kate, este é Lucas. Ele é irmão de Simon."

Kate disse: "Sinto muito por seu irmão".

"Obrigado, senhora."

"Você veio me levar para casa?", perguntou Catherine.

"Sim. Por favor." Fez um esforço para não agarrar a mão dela.

"Kate, parece que eu tenho companhia, então. Vejo você amanhã."

A mulher mais velha inclinou a cabeça de novo. "Até logo", disse. Seu rosto conduziu-a para a frente e seu corpo seguiu atrás.

Catherine levou as mãos aos lábios. "Lucas, meu querido", disse.

"Você está bem."

"Como você pode ver."

"Vai me deixar caminhar com você?"

"Tenho que vender a tigela."

"Onde está ela?"

"Na minha sacola."

"Não venda a tigela. Fique com ela. Por favor."

"Venha comigo, se quiser."

Ela retomou a caminhada. Ele seguiu a seu lado.

Como poderia contar a ela? Como poderia fazê-la ver?

Disse: "Catherine, as máquinas são perigosas".

"Elas podem ser. É por isso que a gente precisa tomar cuidado."

"Mesmo quando a gente toma cuidado."

"Bom, tomar cuidado é o melhor que podemos fazer, não é?"

"Você não deve mais ir trabalhar."

"O que é que eu deveria fazer então, querido?"

"Você pode costurar em casa, não pode? Pode trabalhar sob encomenda."

"Você sabe quanto se paga por isso?"

Ele não sabia nada sobre pagamento, exceto sobre seu próprio salário, e mesmo este ele só ficara conhecendo ao ser pago. Caminhou lado a lado com ela. Passaram juntos pela Washington Square. Ele não vinha com freqüência à praça. Ela ficava além dos limites do seu reino; não era um lugar para um rapaz como ele. A Washington Square, assim como a Broadway, fazia parte da cidade dentro da cidade, coroando a verde e variegada quietude desta última, rodeada pelos lumes mais distantes — um lugar onde homens e mulheres perambulavam em vestidos e sobretudos, onde um mendigo manco tocava uma flauta; onde as folhas das árvores recortavam formas no céu e uma velha vendia sorvete numa carroça de madeira; onde uma criança agitava uma flâmula escarlate que estalava e farfalhava em contraponto ao flautista, que por sua vez exibia uma pequena mancha de barba ruiva como resposta à flâmula. Lucas tentou não se distrair com a beleza da praça. Tentou permanecer ele mesmo.

Perguntou a Catherine: "Para onde estamos indo?".

"Vou ver alguém que eu conheço."

Ele atravessou a praça com ela, até uma loja na rua Oito. Era um lugar modesto, rua abaixo, chamado Empório da Gaya. A vitrine exibia dois chapéus colocados sobre estacas. Um era de cetim rosa, o outro de brocado negro. Abaixo dos chapéus havia pulseiras e brincos, arranjados sobre um pedaço de veludo azul, cintilando como pequenos gestos corajosos de derrota.

Catherine disse: "Espere aqui".

"Não posso entrar com você?"

"Não. É melhor que eu entre sozinha."

"Catherine?"

"Sim?"

"Posso ver a tigela mais uma vez?"

"Claro que pode."

Ela abriu a sacola reticulada e retirou a tigela. Brilhava de um modo quase sobrenatural à luz do anoitecer. Parecia esculpida em pérola. Suas linhas de símbolos estranhos, suas espirais e curvas azuis, sobressaíam arrojadamente, como uma língua que insistisse em seu caráter irredutível num mundo que havia perdido a capacidade de decifrar sua mensagem.

"Você não deve vendê-la." Lucas sentiu o breve impulso de arrancar a tigela das mãos dela e apertá-la junto ao peito. Pareceu-lhe por um momento que, se a tigela se perdesse, uma outra coisa se perderia também, uma coisa que ele e Catherine necessitavam e que não lhes seria oferecida de novo.

Ela disse: "Vendê-la é exatamente o que eu devo fazer. Não vou demorar".

Ela entrou. Lucas ficou esperando. O que mais podia fazer? Ficou postado diante da vitrine da loja, espiando os chapéus e as jóias a viver suas vidas silenciosas.

Em pouco tempo Catherine voltou. Subiu com passo cansado os degraus até a rua. Lucas pensou na fadiga de sua mãe. Perguntou-se se ela iria melhorar, agora que não havia mais caixa de música.

Catherine disse: "Consegui cinqüenta centavos. Foi tudo o que ela concordou em me pagar".

Estendeu as moedas para ele. Ele queria o dinheiro, precisava do dinheiro, mas não se sentia capaz de apanhá-lo. Ficou parado em silêncio, com os braços caídos ao lado do corpo.

Catherine disse: "Não foi o que você pagou por ela. Foi o máximo que eu consegui".

Ele permaneceu imóvel e mudo.

"Não ralhe comigo", disse ela. "Por favor. Pegue o dinheiro."

Ele continuou sem ação. Seus ouvidos zuniam.

"Lucas, você está começando a cansar minha paciência", disse ela. "Foi difícil lá dentro. Não gosto de ser tratada como uma ladra."

Então era isso o que ele havia causado a ela. Obrigara-a a humilhar-se. Imaginou a Gaya do empório. Imaginou-a esquelética, com a pele branca como cera de vela. Imaginou-a tomando a tigela e examinando-a com cobiça e desdém. Ela teria anunciado seu preço com a determinação daqueles que estão acostumados a lidar com mercadorias roubadas.

Ele disse: "A tecelã avança e recua ao som do zumbido da grande roca". Não sabia ao certo se tinha falado alto demais.

Catherine titubeou. Disse: "Você nunca se repetiu antes".

Como é que ela podia saber disso? Será que o estivera ouvindo, todo o tempo, quando ele falava como o livro? Se era esse o caso, ela não dera sinal algum.

Ele não conseguiu se controlar. Disse: "A noiva desamassa seu vestido branco, o ponteiro dos minutos se move lentamente".

Catherine pestanejou. Seus olhos estavam brilhantes.

Perguntou: "O que Simon lhe contou?".

O que Simon tinha lhe contado? Nada. Simon cantava as velhas canções, caçoava de Lucas por ser pequeno, ia em segredo ao quarto de Emily.

Lucas disse: "A grávida de nove meses está na sala de parto".

Catherine deixou o dinheiro cair junto aos pés de Lucas. Uma das moedas rolou e foi parar na ponta da bota do rapaz.

"Apanhe o dinheiro e leve-o para casa", disse ela. "Não tenho mais paciência com você."

Ele disse: "A prostituta arrasta seu xale pelo chão, as abas de seu gorro balançam sobre seu pescoço instável e cheio de espinhas".

Catherine começou a chorar. O pranto tomou-a como um espasmo. Ela endireitou o corpo por um momento, com uma única lágrima escorrendo sinuosa pela face, e no momento seguinte seu rosto caiu para a frente e as lágrimas começaram a jorrar. Ela escondeu o rosto com as mãos.

Ele não conseguia pensar no que fazer ou dizer. Colocou os dedos suavemente no ombro dela. Ela o repeliu encolhendo os ombros.

"Me deixe em paz, Lucas", soluçou. "Por favor, só quero ficar em paz."

Ele não podia deixá-la chorando na rua Oito, com as pessoas passando de um lado para outro. Disse: "Venha comigo. Você precisa sentar".

Para sua surpresa, ela obedeceu. Havia se rendido ao choro.

Tornara-se alguém que chorava e caminhava ao lado dele enquanto ele a conduzia de volta à Washington Square, onde a flâmula da criança estalava contra o céu e o flautista saltitava agilmente sobre um pé de cada vez.

Ele encontrou um banco e sentou. Ela sentou a seu lado. Timidamente, ele colocou o braço sobre seus ombros trêmulos. Ela pareceu não se importar.

Ele disse: "Sinto muito. Eu não queria aborrecer você. Não sei o que eu disse".

O choro dela diminuiu. Ela ergueu a cabeça. Seu rosto estava vermelho e exausto. Ele nunca a vira daquele jeito.

"Quer saber uma coisa?", disse ela. "Quer saber?"

"Sim. Oh, sim."

"Vou ter um filho."

Mais uma vez ele ficou paralisado e confuso diante de algo que era verdade, mas não podia ser verdade. Ela não tinha casado.

Disse: "Entendo", porque parecia ser o que devia dizer.

"Eles não vão me deixar continuar no emprego. Em um mês ou dois vou estar grande demais para poder esconder."

"Como é que você pode ficar grande demais para ir trabalhar?"

"Você não sabe *nada*, é uma criança. Por que é que eu estou falando com você?"

Ela fez menção de levantar, mas afundou de novo no banco. Lucas disse: "Eu quero que você converse comigo. Vou tentar entender".

Ela se entregou ao choro de novo. Lucas colocou o braço em torno de seus ombros, que tremiam violentamente. As pessoas que passavam olhavam para eles e em seguida desviavam os olhos educadamente, para não agravar a infâmia de Lucas e Catherine. As pessoas que passavam eram de feitura complexa, com fivelas douradas e pequenos relógios em correntes. Lucas e Catherine eram feitos de material mais bruto. Se ficassem muito tempo no banco, um policial viria expulsá-los dali.

Finalmente Catherine foi capaz de dizer: "Não falei sobre isso com ninguém. Não é justo falar com você".

"É justo, sim", disse ele. "Você nunca vai deixar de ser justa."

Ela se recompôs. Não tinha acabado de chorar, mas seu aspecto mudara. Uma coisa nova a dominou, uma raiva misturada com dor.

Ela disse: "Tudo bem então. Vou lhe ensinar uma coisa".

"Por favor."

A voz com que ela falou então saiu fina, mas resistente, como um arame.

"Eu disse a seu irmão que ele precisava casar comigo. Não sei se o filho é dele. Provavelmente não. Mas Simon achava que sim. Você quer saber de mais uma coisa?"

"Sim", disse Lucas.

"É uma suspeita. Ele sofreu o acidente porque estava infeliz. Pode ter se distraído de tal maneira pensando no nosso casamento que deixou acontecer. Pense nisso. Ele estava na fábrica havia anos. Era experiente demais para deixar a manga ser presa."

Lucas disse: "Simon amava você".

"Ele lhe contou isso?"

"Sim", disse Lucas, embora Simon nunca tivesse dito aquelas palavras. Como poderia não amá-la? Nem tudo precisava ser dito em palavras.

Catherine disse: "Sou uma puta, Lucas. Eu me ofereci ao seu irmão".

"Simon amava você", disse ele de novo. Não foi capaz de pensar em outra coisa.

Catherine disse: "Vou ter a criança. É o que eu posso fazer pelo pobre Simon".

Lucas não conseguia pensar nem responder. Como ela poderia fazer outra coisa que não fosse ter a criança?

Depois de um tempo ela continuou: "Eu lhe disse que ele tinha se aproveitado, que precisava fazer a coisa certa. Disse-lhe que com o tempo ele viria a me amar. Então você vê. Sou uma puta e uma mentirosa, e vou dar à luz um bastardo do seu irmão. Você não deve mais me procurar. Não deve me comprar coisas com o dinheiro de que precisa para conseguir comida".

Seu rosto assumiu uma forma nova. Ficou mais velho, com a pele flácida. Ela se tornou uma estátua de si mesma, uma efígie. Não era mais quem tinha sido. Estava indo para algum lugar.

Lucas disse: "Posso ajudar você".

Ela se pôs de pé com gravidade e determinação. Estava solene agora.

"Ninguém pode me ajudar", disse.

Caminhou decididamente em direção ao leste, para casa. Lucas seguiu a seu lado.

"Você corre perigo", disse ele.

"Corro o mesmo perigo que qualquer mulher que arrasta seu xale na rua, nem mais nem menos."

"Não vá mais trabalhar. Por favor."

"Não vai demorar para eu parar de trabalhar. Isso vai acontecer de qualquer jeito."

"Não. Amanhã. Não vá trabalhar amanhã, você corre perigo."

"Vou precisar de cada centavo que conseguir ganhar, não vou?"

"Os mortos nos perseguem por meio das máquinas. Quando ficamos diante de uma máquina, deixamos que os mortos saibam de nós."

"Seu livro de estimação."

"Não é o livro. É verdade."

Ele se sentiu confuso. O livro era de verdade. O que ele estava tentando dizer era verdade de um jeito diferente.

Ela continuou andando. Seu novo rosto, enrubescido e devastado, avançava cortando o ar. Ela lembrava uma mulher entalhada na proa de um barco.

Disse: “Não posso mais me preocupar com você. Sinto muito, mas não posso. Tenho muitas outras coisas em que pensar”.

“Você não precisa se preocupar comigo. Deixe que eu me preocupe com você. Deixe-me ajudá-la. Deixe-me cuidar de você.”

Ela riu com amargura. “Que boa idéia”, disse. “Vou morar com você e seus pais. Viveremos, todos os quatro, do que você ganha na fábrica. Não, na verdade seremos cinco. Isso não vai ser problema, vai?”

Por um momento, Lucas pôde vê-la como ela disse que era: uma puta e uma mentirosa, uma mulher da rua, dura e calculista, comunicando seu preço.

Ele disse: “Eu dou um jeito”.

Ela estacou, de modo tão abrupto que Lucas adiantou-se vários passos. Tolo, ele era um poço de tolice.

Ela disse: “Me esqueça. Estou perdida”.

Ele disse: “Abra as cortinas! Para mim você não é culpada, nem passada, nem rejeitada”.

Ela emitiu um breve grito abafado e continuou caminhando. Ele ficou parado observando as costas de seu vestido azul, o volume de seu cabelo cor de cobre, enquanto ela saía da praça.

Cada vez mais, então, tudo fazia um sentido completo e repugnante. Simon iria querer a ela e ao filho também. Pretendia casar com ela no reino dos mortos, para viver lá com ela e o filho.

Ela precisava ser impedida de ir para o trabalho no dia seguinte.

Lucas não conseguia atinar com o que fazer, mas precisava fazer alguma coisa. Precisava mantê-la afastada das máquinas. Precisava obter dinheiro para ela.

Lembrou-se do dinheiro que ela jogara a seus pés. Não o apanhara. Correu de volta à rua Oito em busca dele, mas obviamente não estava mais lá.

Caminhou no sentido leste da rua Oito. Pensou que talvez pudesse encontrar o dinheiro de novo, se não as moedas que Catherine jogara a seus pés, então outro dinheiro qualquer, uma soma equivalente que poderia estar por ali, enviada por uma agência celeste que perdoava e apoiava os corações tolos. Pensou que, se esquadrinhasse a cidade, se a percorresse de ponta a ponta, talvez topasse com algum dinheiro que ninguém estava vendo, que pertencia a alguém mas estava abandonado, caído na calçada ou esquecido em outro lugar, como ocorrera com as moedas dele. Não se propôs roubar, não mais do que a pessoa que encontrara seu dinheiro o roubara. Esperava, em vez disso, ocupar o seu lugar numa corrente de perdas e ganhos, num mistério contínuo de pagamentos feitos e pagamentos recebidos, dinheiro passado de mão em mão, para saldar uma antiga dívida que sempre existira e que poderia ser finalmente paga num futuro indefinido. Esperava que a cidade fornecesse ajuda por meios incompreensíveis, do mesmo modo que seu trabalho com as chapas de ferro produzia suportes.

Procuraria por qualquer coisa que houvesse na cidade.

Seguiu pela rua Oito em direção à Broadway. Se houvesse dinheiro negligenciado, se houvesse moedas que alguém deixara cair por descuido, o mais provável era que estivessem lá.

A Broadway estava repleta de luzes e música, de vendedores que saíam do trabalho e de homens alegres de chapéu na cabeça, rindo, tirando baforadas do fundo do peito. Lucas caminhou entre eles, olhando atentamente para baixo. Viu as pontas dos sapatos, as bainhas das calças, as barras das saias. Viu os pequenos resíduos pisados pelos transeuntes: o toco de um charuto, um pedaço de barbante, um folheto amarelo anunciando “Terras no Colorado”.

Tinha percorrido várias quadras, provocando duas vezes os resmungos indignados de cidadãos que tiveram que se desviar do seu caminho, quando topou com um par de botas que lhe pareceram familiares, embora ele soubesse que nunca as vira antes. Eram botas de trabalhador, pardas, fortemente amarradas. Elas pararam diante dele.

Ergueu os olhos e se deparou com o rosto de Walt.

Ali estava sua abundante barba grisalha, ali estavam seu chapéu de abas largas e o lenço em torno do pescoço. Era completamente igual ao seu retrato. Sorriu com perplexidade para Lucas. Seu rosto era como papel de embrulho que tivesse sido amassado e alisado de novo. Seus olhos eram brilhantes como cravos de prata.

"Olá", disse ele. "Perdeu alguma coisa?"

Lucas tinha saído à procura de dinheiro e encontrara Walt. Uma imensa possibilidade vibrava no ar.

Ele respondeu: "Robusto como um cavalo, afetuoso, altivo, elétrico, eu e este mistério, aqui estamos nós".

Walt soltou uma risada estrepitosa: "O que é isso?", disse. "Você cita meus versos para mim mesmo?"

Sua voz era clara e profunda, penetrante; não era estrondosa, mas estava em toda parte. Poderia ser a voz de uma tempestade, se a chuva fosse capaz de falar.

Lucas se esforçou para responder com suas próprias palavras. O que disse foi: "A terra, eis o que basta, não quero que as constelações se aproximem, sei que elas estão muito bem onde estão, sei que elas bastam para os que pertencem a elas".

"Que extraordinário", disse Walt. "Quem é você, afinal?"

Lucas não foi capaz de responder. Viu-se trêmulo e pequeno aos pés de Walt. Seu coração batia dolorosamente contra as costelas.

Walt ficou de cócoras diante de Lucas. Seus joelhos estalaram levemente, como gravetos.

"Qual é o seu nome?", perguntou.

"Lucas."

"Lucas. Como ficou conhecendo tão bem os meus versos?"

Lucas disse: "Sou o colega e companheiro das pessoas, todas elas imortais e insondáveis como eu; elas não sabem o quanto são imortais, mas eu sei".

Walt riu outra vez. Lucas sentiu a risada em seu próprio corpo, em seu esqueleto, como um tremor elétrico, como se Walt não estivesse apenas rindo, mas convocando o riso a brotar da própria terra, a elevar-se do calçamento e entrar em Lucas pelas plantas dos pés.

"Que garoto extraordinário você é", disse Walt. "Que extraordinário encontrar você aqui."

Lucas se recompôs. Disse: "Será que posso lhe fazer uma pergunta, senhor?".

"Claro que pode. Pergunte. Responderei se for capaz."

"Senhor, os mortos retornam sob a forma de relva?"

"Retornam, meu garoto. Eles estão na relva e nas árvores."

"Só nelas?"

"Não, não só. Eles estão em toda parte, ao nosso redor. Estão no ar e na água. Na terra e no céu. Em nossas mentes e corações."

"E nas máquinas?"

"Bem, sim. Estão no maquinário também. Estão em todos os lugares."

Lucas estava certo então. Se restava alguma dúvida, ali estava a resposta.

"Obrigado, senhor."

"Fale-me sobre você", disse Walt. "De onde você é? Está na escola?"

Lucas não conseguia encontrar um meio de responder de modo simples. O que podia dizer a Walt, que relato daria de si mesmo?

Disse finalmente: "Estou à procura de uma coisa, senhor".

"O que é que você está procurando, rapaz?"

Não podia dizer que era dinheiro. O dinheiro era vital, e no entanto agora, diante do rosto e da barba de Walt, sob a curvatura de seu chapéu, parecia algo muito pequeno. Dizer "dinheiro" a Walt seria como estar de pé no corredor de Catherine, ardendo de amor, e receber um pescoço de cordeiro e um pouco de batata. Teria que dizer para que seria o dinheiro, o porquê de precisar tanto dele, e essa tarefa, essa longa explicação, estava além de suas possibilidades.

Só conseguiu dizer: "Uma coisa importante, senhor".

"Muito bem. Todos nós estamos buscando alguma coisa importante, suponho. Pode me dizer mais exatamente o que você procura?"

"Uma coisa necessária."

"Você acha que posso ajudá-lo de alguma maneira?"

Lucas disse: "O senhor me ajuda sempre".

"Fico feliz com isso. Você espera encontrar essa coisa preciosa na Broadway?"

"Encontrei o senhor."

Walt desentranhou mais riso debaixo da terra. Lucas sentiu-o através do corpo. Walt disse: "Duvido que eu seja precioso, meu garoto. Sou um velho servidor, é tudo o que sou. Sou um andarilho e desordeiro. Sabe o que eu acho?".

"O quê, senhor?"

"Acho que você devia andar por toda parte. Acho que devia procurar na Broadway e além da Broadway. Acho que deveria procurar no mundo inteiro."

"Isso seria difícil para mim, senhor."

"Não digo ao mesmo tempo, não numa única noite. Desconfio que você seja também uma espécie de poeta. Desconfio que vai passar a vida inteira procurando."

O coração de Lucas se apertou. Ele precisava do dinheiro agora. Disse: "Oh, espero que não, senhor".

"Você vai ver, você vai ver. A procura é também a meta. Você sabe o que quero dizer com isso?"

"Não, senhor."

"Mas vai saber, acho. Quando for mais velho, vai saber."

"Eu preciso, senhor..."

"O que é que você precisa?"

"Preciso saber que caminho tomar."

"Vá aonde seu coração o levar."

"Meu coração é defeituoso, senhor."

"Não é nem um pouco defeituoso. Pode acreditar em mim quanto a isso."

Lucas se encolheu. Achou que iria chorar. Esperava que Walt não visse as lágrimas correndo por seu rosto.

Walt disse suavemente: "Você gostaria que eu lhe indicasse uma direção?".

"Oh, sim, senhor. Por favor."

"Tudo bem, então. Vá para o norte. Suba até os limites da cidade e ultrapasse-os. Vá ver onde os prédios escasseiam e a relva começa."

"É isso que devo fazer?"

"É um caminho tão bom quanto qualquer outro. Se você quer instruções, eu lhe dou. Assim, digo-lhe que siga para o norte."

"Obrigado, senhor."

"Você vai aparecer aqui amanhã?", perguntou Walt. "Vai me encontrar aqui a esta mesma hora amanhã à noite e me dizer o que encontrou?"

"Sim, senhor. Se o senhor quiser."

"Eu gostaria muito. Não é todo dia que encontro alguém como você."

Lucas disse: "Uma criança perguntou...".

Walt uniu-se a ele e os dois falaram em coro. Disseram: "*O que é a relva?* trazendo-a para mim com as mãos cheias; como eu poderia responder àquele menino? Ignoro tanto quanto ele o que ela é".

"Boa noite, senhor."

"Boa noite, Lucas. Espero que você volte amanhã. Estarei aqui, aguardando."

"Obrigado, senhor."

Lucas virou as costas e se afastou. Foi para o norte, como Walt lhe dissera para fazer. Avançou a passos largos pela Broadway, passando pelas lojas e hotéis. Pouco depois, voltou-se para trás e viu que Walt ainda o observava. Lucas ergueu a mão num aceno. Walt retribuiu o gesto.

Tinha saído à procura de dinheiro e em vez disso encontrara Walt. Passou pela Union Square e seguiu adiante, até que os edifícios imponentes foram diminuindo e as pessoas escasseando, até que os campos se estenderam à sua volta, iluminados aqui e ali pelas luzes das cabanas rurais e, de modo mais intenso, pelas janelas das casas importantes, casas de tijolos e mármore, que se erguiam orgulhosamente na planície silenciosa. Ele passou como um fantasma ao longo da estrada, que às vezes era pavimentada e às vezes não. Passou por uma casa particularmente majestosa, com fachada de pedra e pórtico branco. Viu do lado de dentro (eles não fechavam a cortina, num lugar tão remoto) uma mulher suntuosa num vestido branco, erguendo uma taça de vinho tinto, diante de um retrato dela própria com o mesmo vestido. Um homem surgiu e se postou ao lado dela, um homem de colete. Seu queixo era pontudo — não, sua barba é que era da cor de sua pele, e o seu cabelo também. Lucas achou que o homem também iria aparecer no retrato, mas ele não apareceu. O homem falou algo à mulher, que riu e deu de beber a ele em sua taça de vinho. No retrato, ela continuava olhando serenamente para a frente.

Lucas os observou. Talvez os mortos estivessem presentes e ausentes daquele jeito; no mundo, mas sem fazer parte do mundo. Os mortos podiam vagar como Lucas vagou, passar pelas janelas de estranhos, espiar uma mulher e o retrato de uma mulher.

Deixou para trás o homem, a mulher e o retrato da mulher. Passou por outras casas. Por outra janela viu o encosto entalhado de uma cadeira e um espelho emoldurado que lhe mostrou as gotas de cristal de um lustre. Viu a esposa de um fazendeiro sair pela porta e estacar, ajeitando o xale. Viu um gambá caminhando como ele ao longo da estrada. O gambá andou a seu lado com seu passo rápido e curvado, sem medo, como um companheiro, por uns cinqüenta metros, e então escapuliu, fazendo antes uma pausa para mostrar-lhe a linha pálida e pronunciada de seu rabo.

Lucas foi até a rua 59 e parou diante dos portões do Central Park. Ouvira falar do parque, mas nunca estivera ali antes. Atrás do baixo muro de pedra havia árvores, negrume e o rumor que as árvores faziam. Ficou um tempo do lado de fora, e então, de modo hesitante, como se pudesse estar invadindo, entrou.

O parque estava fracamente iluminado perto dos portões, pelos postes de luz da rua 59, mas dali para dentro mergulhava numa escuridão profunda. Junto à entrada viam-se a relva e os troncos das árvores mais próximas, que eram pequenas, recém-plantadas. Eram como homens transformados em árvores, erguendo seus braços de madeira, exibindo as folhas que haviam brotado de sua carne modificada. Mais para dentro, a relva passava do verde brilhante ao jade profundo, e os troncos das árvores mais remotas eram cor de estanho, depois de ferro, depois negros. Para além do gramado jade-escuro e das árvores negras era a pura escuridão, como se a entrada do parque fosse um anel de floresta que circundava um lago negro, coberto pelo farfalhar das folhas e por um som obscuro e sem nome que devia ser de insetos ou de alguma outra coisa. Para além do bosque visível havia o som de uma atenção sem fim.

Lucas se perguntou se seria ali que os mortos residiam, os mortos que não tinham sido tragados pelas máquinas. Ali estava a relva, ali estavam as árvores. Ali estava o silêncio rumorejante e alerta, distante do mundo dos vivos, com suas luzes e sua música, suas vitrines cheias de mercadorias. Lucas juntou coragem e foi em frente, como se mergulhasse em águas de profundidade e temperatura incertas, águas que podiam ou não abrigar peixes e criaturas que não eram peixes mas viviam na água, criaturas que seriam olhos e dentes e movimentos súbitos. Nunca tinha visto uma escuridão semelhante. Nunca era assim, nem mesmo no quarto de dormir com a lâmpada apagada, nem mesmo quando ele fechava os olhos.

À medida que Lucas penetrava nele, contudo, o parque não era tão escuro quanto tinha parecido. Não era um breu. A relva sob seus pés era impenetravelmente escura, mas uniforme; as árvores eram negras, mas de um negro esmaecido, com suas formas discerníveis contra um campo escuro. Sentiu-se como se carregasse consigo uma débil iluminação, uma vela que era seu próprio ver e ouvir, sua presença humana.

Havia algo ali, em meio às árvores. Alguma coisa que ficava mais profunda conforme ele caminhava para dentro dela.

Em pouco tempo ele chegou a um parapeito de pedra, com uma ampla e curva escadaria que descia em cada uma das extremidades. Desceu as escadas. E ali, no meio de uma praça escura, erguia-se uma enorme figura. Ela abria suas asas, tocadas levemente pela luz da lua. Seu rosto estava inclinado para baixo, na direção de Lucas. Pareceu-lhe por um momento que tinha encontrado a mãe vingadora do parque, a entidade que esperava, vigiando e escutando, a entidade que havia sonhado com a existência do parque e não gostava de ter seu sono interrompido. Lucas estremeceu. Fez menção de se virar e sair correndo, embora achasse que, se fizesse isso, a figura iria bater as asas, levantar vôo e agarrá-lo com a mesma facilidade com que um terrier agarra um rato.

No momento seguinte, compreendeu que era uma estátua, apenas uma estátua. Chegou mais perto. Era um anjo de pedra, em pé num pedestal sobre uma imensa tigela de pedra cheia de água. Viu que o anjo era austero e contemplativo, que tinha olhos vazios e tristes, que virara as costas para o céu e olhava para baixo, para a terra.

Ergueu os olhos. Lá, acima das asas do anjo, estavam as estrelas.

Ele havia chegado ao coração do parque, e o que o anjo guardava — aquilo que queria mostrar a Lucas, aquilo que Walt queria que ele encontrasse — eram as estrelas. Então ele compreendeu que ali, tão distante da cidade propriamente dita, a fumaça se dissipara e as estrelas eram visíveis. Ele quase perdeu o equilíbrio ao olhar para cima. As estrelas cintilavam, brilhantes e trêmulas num campo de ébano. Havia milhares delas.

Conhecia-as, algumas delas, do mapa celeste na sala de aula. Ali estava o Cavalo. Ali estava o Caçador. Ali, tão tênues que ele não podia ter certeza, estavam, achava, as Plêiades, um cacho de estrelas pequenas, as sete, um círculo de fosforescência.

Ficou ali parado por um tempo, contemplando. Nunca imaginara aquela quietude salpicada de estrelas. Será que a fazenda em Dingle era assim? Não tinha como saber, pois a fazenda estava no passado; tinha existido antes de ele nascer. Conhecia-a, pelas lembranças dos pais, como o lugar onde as galinhas tinham morrido, onde as batatas tinham morrido. Era como sua mãe imaginava o paraíso: Dingle, só que sem a fome. Agora ele se perguntava se a fazenda ficava sob as estrelas daquele jeito. Se ficava, era natural que ela acreditasse que os mortos iam para lá.

Brotou nele uma sensação, uma grande agitação do sangue. Veio uma onda, um vento, que o reconhecia, que não o amava nem odiava. Sentiu o que sabia ser o afloramento do seu ser, da interioridade movediça que sentia desejo e temor, que era mais familiar a ele do que qualquer outra coisa pudesse algum dia vir a ser. Soube que uma substância acolhedora o rodeava, emanando das árvores e das estrelas.

Continuou contemplando as constelações. Walt o mandara ali para encontrar aquilo, e ele compreendeu. Achou que compreendeu. Aquele era o seu paraíso. Não a Broadway, nem o cavalo de rodas. Era a relva e o silêncio; era um campo de estrelas. Era o que o livro lhe dizia, noite após noite. Quando ele morresse, abandonaria seu corpo defeituoso e se transformaria em relva. Ficaria ali assim, para sempre. Não havia razão alguma para temer, pois aquilo fazia parte dele. O que ele havia imaginado como seu vazio, sua ausência de alma, era apenas o desejo por aquilo.

No apartamento, seus pais permaneciam atrás da porta. Lucas não se aventurou a entrar no quarto deles. Achou melhor deixá-los repousar. Com o repouso, talvez eles ainda voltassem a ser eles próprios.

Foi para o seu quarto e leu o livro.

What do you think has become of the young and old men?
And what do you think has become of the women and children?

They are alive and well somewhere,
The smallest sprout shows there is really no death,
And if ever there was it led forward life, and does not wait at the end to arrest it,

And ceas'd the moment life appear'd.

All goes onward and outward, nothing collapses,
*And to die is different from what anyone supposed, and luckier.**

Lucas ficou deitado na cama com santa Brígida na parede acima dele e Emily do outro lado do terreno, comendo atrás da cortina. Dormiu. Se sonhou, foram sonhos que se perderam ao despertar.

Seus pais estavam em total silêncio atrás da porta deles. Decidiu que era melhor deixá-los. Não podia mais ajudá-los. Só podia ajudar Catherine.

Estava esperando diante do prédio dela quando ela surgiu em seu vestido azul. Não se alegrou ao vê-lo. Seu rosto assumiu uma expressão de doloroso vazio, como o do anjo no parque. Ela disse: "Olá, Lucas". Virou-se e começou a caminhar na direção da Mannahatta Company. Ele caminhou a seu lado.

"Catherine", disse, "você não deve ir trabalhar hoje."

"Você já esgotou minha paciência, Lucas. Não tenho mais tempo para você."

"Venha comigo. Deixe-me levá-la embora."

Ela continuou andando. Num ímpeto de desespero, antes de se dar conta do que fazia, ele agarrou a saia dela e deu um puxão. "Por favor", disse. "Por favor."

"Me deixe, Lucas", disse ela, numa voz ainda mais terrível

* "Que fim você acha que levaram os rapazes e os velhos?/ E que fim acha que levaram as mulheres e crianças?// Eles estão bem vivos em algum lugar,/ O menor dos brotos mostra que não existe de fato morte alguma,/ E se acaso existisse, ela levaria a vida adiante, em vez de esperar para apanhá-la no final,/ E cessaria no momento em que a vida surgisse.// Tudo avança e se expande, nada desmorona,/ E morrer é diferente do que cada um supunha, e mais auspicioso." Walt Whitman, *Song of myself*, parte 6. (N. T.)

por conta de sua controlada calma. "Você não pode fazer nada por mim. E eu não posso fazer nada por você."

Ele permaneceu imóvel, contemplando-a enquanto ela caminhava para o leste, para sua máquina. Esperou que ela percorresse uma certa distância e então passou a segui-la. À medida que se aproximavam da oficina de costura, outras mulheres com vestidos azuis iguais ocupavam a rua. Ele viu Catherine juntar-se a elas. Viu quando ela atravessava a porta de entrada. Ficou ali por um tempo. Mais mulheres de vestidos azuis passaram por ele e entraram no prédio. Imaginou Catherine subindo as escadas, indo para sua máquina. Viu-a operando o pedal da máquina. Sabia que a máquina se alegraria a seu toque. Sabia que ela passara a noite esperando pacientemente, cantando para si própria, pensando em Catherine.

Não podia deixar que ela permanecesse ali. Ela não tinha idéia do perigo que corria. Ele ficou parado, impotente, diante do prédio, enquanto entravam as últimas mulheres. Era muito pequeno e estranho; não podia fazer nada mais para ajudar.

Não. Havia algo que ele podia fazer. Havia uma coisa.

O truque seria parar sua própria máquina antes que ela comesse mais que sua mão. Ele precisava fazer cálculos em segredo enquanto trabalhava. Não podia deixar que os outros percebessem que estava calculando. Sabia que não conseguiria pôr uma das mãos sob a roda e puxar a alavanca com a outra. A distância era grande demais. Mas achou que, estendendo-se para a frente, quase deitando sobre a correia, poderia puxar a alavanca com o pé e parar a roda a tempo.

Lucas adiava a cada momento o que devia fazer. Era fácil, era fatalmente fácil, continuar trabalhando. Mesmo agora, o sono acordado de sua vida de trabalho o solicitava. Ele alinhava e grampeava. Puxava, puxava de novo, conferia. Mesmo agora ele sentia sua resolução escapulir, e não só sua resolução. Seu eu estava minguando. Estava se transformando naquilo que fazia. Começou a pensar, com o passar das horas, que havia sonhado com Catherine e suas agruras, havia sonhado com tudo o que não fosse aquilo, e agora estava acordado de novo, no único mundo existente. Para sacudir a si próprio, pensou nela fazendo costuras nas blusas e camisas. Pensou na máquina de passar, com os rolos levantados, expectantes, exalando baforadas de vapor.

Estava pronto. Se não o fizesse agora, talvez não fizesse nunca. Olhou em volta. Os outros estavam entretidos em seus trabalhos. Apanhou uma chapa, pousou-a na correia. Posicionou-a perfeitamente no lugar. Era bom nessa tarefa; sentia orgulho disso. Colocou a mão esquerda — era a melhor escolha — junto à extremidade superior da chapa. Alinhou os dedos com a extremidade e ao fazer isso se acalmou. Aquele era o seu trabalho. Esticou a mão direita e puxou a alavanca.

A esteira começou a se mover. Ele sentiu o movimento dos rolamentos que movimentavam a esteira, com seu ritmo seguro e contínuo. Era assim que o ferro se sentia ao entrar. Sua mão esquerda avançou junto com a chapa. Ele se sentiu elegante como um dançarino. Experimentou um momento de beleza. Era parceiro do ferro e da máquina.

Sua mão foi levada junto. Seu corpo se esticou ligeiramente, depois se esticou mais. A ponta de seu pé escorregou da alavanca. Ele se revirou para encontrá-la de novo e perdeu a elegância. Ele parecia uma coisa besta, se debatendo. Seu pé tocou a alavanca, embora ele não estivesse seguro de que era a alavanca certa. Olhou de relance para trás. Não podia ter certeza. Quando se virou para a frente de novo, seus dedos estavam entrando embaixo da roda.

Observou a coisa acontecer. Viu que sua mão estava posicionada entre dois dentes da roda. Seus dedos deslizaram para o espaço entre eles. Os dentes morderam o ferro. Seus dedos foram tragados. Os nós dos dedos foram tragados. O cilindro da roda tocou a ponta de seus dedos. Era quente, mais quente do que ele tinha imaginado. Era quente como a boca de sua mãe quando ele enfiou os dedos nela para recuperar o pedaço de batata. Sentiu a roda esmagando as pontas dos dedos. Não havia dor. Havia um intenso e pálido nada. Com sua paciência quente e implacável, a roda esmagou os nós dos dedos. Não havia dor nem sangue. Não havia outro som que não fosse o da máquina.

Então ele voltou a si. Então viu o que tinha feito. Viu a parte maior da sua mão sendo tragada. Tentou puxar a alavanca com a ponta do pé. Perdeu o contato com a alavanca. Gritou. Não reconheceu o ruído que fez. Forcejou com o pé e encontrou de novo a alavanca. Por um momento ela não cedeu. Mas em seguida sim. Com seu pequeno estalo, a roda parou de girar.

Lucas não conseguia retirar sua mão. Ainda não havia sangue algum. Ainda não havia dor, mas havia algo. Um formigamento. Uma novidade. Permaneceu onde estava, olhando com entorpecida fascinação para o braço e para a mão desaparecida.

Ouviu o som dos outros. Alguém — seria Tom — puxou a segunda alavanca, que fazia a roda reverter seu movimento. Outra pessoa, Dan, pôs a mão sobre o pulso de Lucas quando a máquina começou lentamente a soltá-lo. Lucas viu a mão grande de Dan, com seus dois dedos a menos, acolher sua mão.

Sua mão tinha sido aplanada. Ele pensou por um momento que ela estivesse incólume, só um pouco maior. Mas não. O sangue jorrava em torno das unhas. Ele ergueu a mão grande e ensangüentada. Queria mostrá-la a si mesmo e a Dan. Em pouco tempo suas unhas estavam desenhadas em vermelho. O sangue aumentava. Corria em rios pelos dedos.

Ele caiu. Não era sua intenção cair. Num momento estava

em pé olhando para a mão, no momento seguinte estava no chão, com o teto negro acima de si. Ali estavam as polias e os ganchos. O chão tinha um cheiro forte de óleo e piche.

Chegou o rosto de Dan. Chegou o rosto de Tom. Tom pôs o braço sob a cabeça de Lucas. Quem o teria imaginado capaz de semelhante ternura?

O rosto de Dan disse: "Fique aqui com ele". O rosto de Dan se afastou.

O rosto de Tom disse: "Meu Deus". A boca de Tom era larga, seus lábios, grosseiros. Os dentes eram da cor de marfim velho.

Lucas disse para a boca de Tom: "Por favor, senhor. Mande chamar Catherine Fitzhugh, na Mannahatta Company. Diga a ela que me feri".

No hospital, um homem em pé chorava. Estava vestido com roupa de trabalho, um avental de açougueiro manchado de sangue de animais. Sua aflição era indeterminada. Parecia estar são. Postava-se com austera formalidade, como um cantor que estivesse no palco.

A seu redor estavam os outros. Estavam sentados em todas as cadeiras que havia. Estavam sentados ou estendidos no chão. Havia homens, alguns deles velhos, outros ainda jovens, feridos de maneiras que se podiam ver (um deles sangrava abundantemente de um talho na testa, outro acariciava suavemente sua perna mutilada) e de maneiras que não eram visíveis. Havia mulheres sentadas em silêncio, como se as enfermidades que as tinham levado ali fossem tão corriqueiras como ficar sentadas em suas salas de estar; uma delas, com um lenço cor de tabaco, tossia aparatosamente, fazendo um som de papel rasgado, e se inclinava para a frente de quando em quando para cuspir no chão entre seus pés. Um homem, uma mulher e uma criança se apertavam um contra o outro no chão, balançando e gemendo como se compartilhassem entre si um ferimento. Havia cheiro de suor e de outros fluidos misturado com o da amônia, como se a própria condição humana tivesse se transformado em medicamento.

Freiras em hábitos negros e um médico vestido de branco — não, eram dois médicos — agitavam-se entre os que esperavam. Às vezes um nome era chamado, e uma das pessoas levantava e desaparecia. O homem continuava em pé no centro da sala, chorando com uma insistência firme e comedida. Ele era o mestre-de-cerimônias da sala de espera, assim como o sr. Cain era o mestre-de-cerimônias do quarteirão de Lucas, seu anjo ferido e inspirado.

Lucas estava sentado no chão com as costas apoiadas na parede. Dan estava de pé diante dele. A dor era uma brancura quente e brilhante que inundava o corpo de Lucas e transbordava para o ar em volta. Lucas segurava no colo o embrulho que era sua mão, envolvida em trapos empapados de sangue. A dor se originava em sua mão mas o preenchia todo, do mesmo modo que o fogo preenche uma sala de calor e luz. Ele não fazia som algum. Tinha passado do ponto de poder falar ou chorar. A dor estava dentro dele como o livro ou a fábrica. Ele estivera sempre ali, esperando naquela sala.

Inclinou o ombro contra a perna de Dan. Dan se curvou e acariciou seu cabelo com os dedos que lhe restavam.

Lucas não era capaz de dizer quanto tempo havia passado. O tempo na sala de espera era como o tempo no quarto de seus pais e o tempo na fábrica. Passava à sua maneira peculiar; não podia ser medido. Depois que um bocado de tempo passou, Catherine apareceu. Entrou na sala com seu vestido azul, viva e ilesa. Parou em pé junto à entrada, procurando com os olhos.

O coração de Lucas bateu ardentemente contra as costelas. Isso lhe causou dor, como se seu coração fosse um ferro em brasa, inofensivo enquanto repousava na redoma do peito, mas doloroso quando tocava o osso. Ele disse "Catherine", mas não tinha certeza de ter falado de fato. Tentou levantar, mas não conseguiu.

Ela o viu. Chegou perto e se ajoelhou diante dele.

Perguntou: "Você está bem?".

Ele fez que sim com a cabeça. Lágrimas brotaram em seus olhos sem ser chamadas. Sentiu um impulso de esconder dela a mão, como se tivesse feito uma coisa vergonhosa; como se, ao ver sua mão, ela ficasse conhecendo algum segredo definitivo a respeito dele.

Catherine ergueu os olhos para Dan. Disse: "Por que ele ainda está aqui fora?".

"Disseram-nos para esperar", respondeu Dan.

"Vamos cuidar disso."

Catherine se levantou. Lucas pôde ouvir o farfalhar de seu vestido. Ela se embrenhou entre os outros, tomando cuidado para não pisar neles. Ficou parada junto ao homem que chorava até que uma freira passou, levando alguma coisa numa bandeja, uma coisa que produzia uma mancha vermelha no pano que a cobria. Catherine falou com a freira. Lucas não ouviu o que ela disse. A freira respondeu e se afastou.

Catherine voltou. Curvou-se para a frente, aproximou seu rosto do rosto de Lucas. Perguntou: "Está sentindo muita dor?".

Ele balançou a cabeça negativamente. Era verdade e não era. Ele penetrara na dor. Transformara-se nela.

Ela disse a Dan: "Ele ainda está sangrando".

Dan confirmou com a cabeça. Seria estúpido negar.

"Há quanto tempo vocês estão aqui?", perguntou ela.

"Não sei", disse Dan.

Catherine assumiu sua expressão ríspida. Por um momento Lucas sentiu como se tivesse voltado para casa, como se o hospital fosse o lugar onde ele morava.

Um médico, um dos médicos, saiu da sala onde entravam as pessoas cujos nomes eram chamados. O médico era magro (havia outro que não era magro) e sisudo. Lucas pensou por um instante que o médico era um dos homens nos guichês da fábrica, os homens que franziam a testa diante de papéis e calculavam o pagamento. Um deles era médico também. Não. O médico era outra pessoa. Catherine foi até o médico com presteza (ela caminhava depressa entre os corpos estendidos dos doentes) e falou com ele. O médico fez uma carranca. Olhou para Lucas com a testa franzida. Lucas compreendeu. Há sempre alguém mais pobre que você. Há sempre alguém mais doente, ou ferido mais gravemente.

Catherine segurou o braço do médico. Pareciam um casal de amantes se encontrando. Catherine poderia passar por namorada do médico, tomando seu braço e insistindo como uma mulher poderia insistir para que o namorado a acompanhasse em alguma incumbência que ela julgasse necessária. Lucas se perguntou se ela e o médico não teriam se encontrado antes.

O médico franziu o rosto de modo diferente — ele tinha toda uma linguagem de rugas — ao sentir a mão de Catherine em seu cotovelo coberto pela manga branca do avental. Mas, como um amante, ele a acompanhou. Ela o conduziu por entre os corpos até onde Lucas estava sentado.

Ela disse: "Ele teve a mão esmagada na fábrica".

O médico ofereceu uma nova ruga. Era um prodígio nisso. A nova ruga era torta, jovial.

Disse o médico: "Alguém ali teve metade da perna arrancada. As salas de cirurgia estão lotadas. Estamos fazendo o que podemos".

"Ele é uma criança."

"Há outros aqui que chegaram antes dele."

"É um menino que sustenta os pais, que faz um trabalho

pesado demais para ele, e teve a mão esmagada. O irmão dele morreu há menos de uma semana. O senhor precisa atendê-lo."

"Vamos atendê-lo assim que for possível."

"O senhor tem que atendê-lo agora."

O médico fez seu rosto escurecer. Contraiu os olhos, tornando-os menores, mas mais brilhantes em seu rosto escurecido. "O que está dizendo, senhorita?"

"Peço-lhe que me perdoe, senhor", respondeu Catherine. "Não tive a intenção de ser rude. Mas por favor, por favor atenda este garoto. Como o senhor pode ver, estamos desesperados."

O médico tomou uma decisão. Era mais fácil ceder, decidiu o médico. Havia outros ali fazia mais tempo que Lucas, mas eles esperariam, pois tinham aprendido a esperar.

"Venham comigo", disse o médico.

Dan ajudou Lucas a se levantar. Colocou o braço em torno das costas de Lucas e ajudou-o a andar, assim como Lucas ajudara sua mãe a voltar para a cama uma vez. Quando tinha sido isso? O médico conduziu-os, embora desse a impressão de que era Catherine quem conduzia.

Atravessaram a porta. Dava para um corredor que estava cheio de outras pessoas. A exemplo dos que aguardavam na sala de espera, eles estavam sentados ou estendidos no chão. Deixavam uma pequena trilha aberta entre eles para que os não-doentes pudessem passar. Lucas se perguntou se o hospital era como a fábrica, se tinha uma sala depois da outra, cada uma diferente e entretanto igual, uma levando à outra, como uma série de cavernas, até que depois de um certo tempo se chegava a... o quê? À cura em si. Uma jóia viva, uma bola de fogo verde e ouro.

Dan ajudou Lucas a avançar pelo caminho que os enfermos haviam deixado para eles. Tiveram que parar diante de uma perna e depois diante de um braço estendido que tinha uma cor estranha, um branco azulado, como queijo. Lucas se perguntava se eles estavam indo em direção à sala derradeira, onde a cura ficava guardada.

O quarto onde entraram era próximo do final do corredor. Era um quarto comum, embora nada ali fosse comum. Era pequeno e de um branco sujo. Havia armários com portas de vidro, uma cadeira e uma maca. Uma freira estava sentada na cadeira, inclinada sobre um homem deitado na maca. O homem, que tinha mais ou menos a idade do Pai, mas era menor e mais cabeludo, resmungava para a freira.

O médico disse: "Muito bem. Vamos ver".

Levou um momento para Lucas perceber que o médico queria ver sua mão. Tinha pensado que o médico estivesse se referindo a algo mais genérico, maior, embora não soubesse dizer o que poderia ser. Estendeu a mão. Sangue vindo dos trapos ensopados pingou no chão. Lucas contemplou as gotas vermelhas. Pensou: estou ferido.

O médico desmanchou as bandagens. Não parecia se importar com o sangue. Com a retirada dos trapos, a dor mudou. Ela se concentrou na mão de Lucas. Antes ela estava espalhada por ele todo como uma doença, mas agora estava ali; seguia o curso das bandagens enquanto elas eram retiradas, como faíscas que penetravam sua carne, agudas e excruciantes. Lucas choramingou, embora não desejasse fazê-lo. Era como se as bandagens tivessem aderido a ele, como se o médico, sem se dar conta do erro, estivesse arrancando a própria pele de Lucas.

Então a bandagem se foi. Ali estava sua mão, desnudada. Já não estava grande, como ficara na fábrica. Estava pequena e enrolada sobre si mesma, como a pata de uma galinha. Estava intensamente vermelha, como se feita de sangue. Parecia uma coisa terrível, recém-nascida.

Ele olhou nervosamente para Catherine. Estaria ela sentindo repulsa?

Ela simplesmente lhe disse: "Está tudo bem. Tudo vai ficar bem".

O médico jogou as bandagens numa lata no chão. A lata continha também outras coisas. O médico tomou em sua palma a mão lacerada de Lucas, observou-a com uma atenção aguda, mas cansada. Sua nova ruga era larga e severamente beatífica.

Catherine disse: "O que pode fazer por ele?".

O médico respondeu: "Amputar a mão. Agora mesmo".

"Não", disse ela. Parecia deter um poder, não de conhecimento, mas de recusa divina. Parecia possível — ou pelo menos não parecia impossível — que Catherine pudesse regenerar a mão dele simplesmente insistindo para que fosse regenerada.

"Você prefere que esperemos e sejamos obrigados a amputar o braço inteiro?", perguntou o médico.

"Não pode estar tão ruim assim."

"Onde a senhorita recebeu sua formação médica, mocinha?"

"Está quebrada", disse ela. "Está seriamente quebrada, mas só isso. O senhor não pode consertá-la?"

"Não aqui."

"Em outro lugar, então."

"Não há outro lugar. Não para ele."

Lucas nunca tinha ouvido falarem dele daquele jeito, como se estivesse presente e ausente. Era como estar na fábrica. Havia algo de bom — havia algo que não era ruim — em se deixar levar.

"Vamos achar algum lugar que cuide dele", disse Catherine.

"Com que dinheiro? Vocês têm dinheiro?"

"Claro que não."

"Deixe que eu lhe conte o que vai acontecer então. Você vai levá-lo ao New York Hospital ou ao St. Vincent. Vai demorar um tempo, talvez um tempo considerável, para vocês conseguirem ver alguém lá, e essa pessoa muito provavelmente vai mandá-los de volta para cá. Quando vocês chegarem aqui de novo, o braço estará gangrenado e teremos que amputá-lo, na altura do cotovelo se tivermos sorte, e na altura do ombro se não tivermos. Está entendendo?"

Catherine hesitou. Olhou para Dan.

Lucas se tornou visível então. Catherine o viu.

Disse: "Lucas, acho melhor deixarmos que o façam".

Ele concordou com a cabeça. Pairava acima de todas as sensações, exceto da dor e de Catherine. Lucas estava estranhamente excitado. Ela olhou para ele com uma preocupação extrema, com um amor profundo e duradouro.

"Você será corajoso?", perguntou.

Ele concordou novamente com a cabeça. Era capaz de ser corajoso.

"Então, tudo bem", disse ela ao médico.

"Moça esperta", respondeu ele.

"O senhor pode colocá-lo numa cama agora? Pode lhe dar alguma coisa para a dor?"

"Não temos camas disponíveis."

"Com certeza pode-se encontrar uma."

"Quer que eu desaloje a mulher que está morrendo na sala vizinha? Ou devo despejar o homem cujo coração está fraquejando?"

"Isso é monstruoso."

"Uma sala de cirurgia vai ficar livre dentro de uma ou duas horas. Ele vai ter que esperar até então."

"Algum remédio, então. Ele não demonstra a dor que sente. Não é disso."

"Temos muito poucos medicamentos."

"Como é que pode?"

"O que temos, precisamos reservar para os casos mais graves."

"Este é um caso grave."

"Este é um garoto prestes a perder a mão. Quando você me

obrigou a examinar este garoto, eu tinha acabado de deixar um homem com um pedaço de cano enterrado no crânio. Entrou por aqui" — o médico indicou um ponto acima do seu ouvido esquerdo — "e saiu por aqui." Apontou um lugar logo atrás do seu ouvido direito. "De algum modo, ele ainda está vivo. Temos morfina para ele."

Catherine hesitou. Olhou em volta pelo quarto (onde o homem continuava murmurando em sua maca sob os cuidados da freira, onde os potes estavam dispostos atrás do vidro) como se julgasse possível encontrar uma resposta ali. Sem encontrar nenhuma, disse ao médico numa voz mais baixa: "Com certeza dá para conseguir um pouco. Como o senhor pode ver, ele não está nada bem".

"Senhorita, este é um hospital de caridade. Metade das pessoas que vêm para cá não está nada bem."

Catherine fez mais uma pausa. Lucas viu que ela tomava uma decisão.

Ela disse ao médico: "Posso conversar com o senhor em particular?".

O médico disse: "Já não estamos em particular o bastante aqui?".

Ela foi em direção ao corredor, e o médico a seguiu. Ela falou com ele num tom baixo. Ele balançou a cabeça com gravidade.

Dan não dizia nada. Lucas era capaz de sentir seu silêncio. O médico ouviu Catherine e franziu ainda mais o rosto.

Lucas disse: "A grávida de nove meses está na sala de parto, sua fraqueza e suas dores aumentam".

Catherine disse com rispidez: "Lucas, fique quieto".

Ele se esforçou para ficar quieto. Apertou os dentes até fazê-los ranger.

O médico e Catherine voltaram. O médico disse: "Vou mandar darem um pouco de morfina a ele. Já que você insiste tanto".

"Obrigada", respondeu Catherine.

"Saio daqui às cinco horas."

"Eu o vejo então."

O médico disse: "Vou mandar uma das freiras trazer morfina e bandagens limpas. Voltarei quando a sala de cirurgia estiver livre".

"Tudo bem", disse Catherine.

O médico os deixou. Ali estavam eles, os três, no quarto com a freira e o homem que murmurava.

Catherine disse a Dan: "Bem, então".

Dan não disse nada, embora Catherine parecesse esperar que ele dissesse. Depois de um tempo ele disse: "Preciso voltar para a fábrica".

"Sim", respondeu Catherine.

Lucas não tinha pensado até aquele momento que ninguém iria retomar o lugar dele no trabalho. Tinha esquecido disso. Ele ficara restrito à sua mão e à sua dor, ficara restrito a Catherine. Mas Dan precisava voltar para a fábrica.

Lucas disse a Catherine: "Você vai ficar comigo?".

"Claro que vou", respondeu ela.

"Você vai ficar bem", Dan disse a Lucas.

Lucas não foi capaz de falar. Começou a se dar conta. Ele tinha causado uma interrupção, nada mais. Se Dan precisava voltar ao trabalho agora, Catherine voltaria no dia seguinte.

"Você vai ficar bem", disse Dan novamente, de modo mais lento e nítido, como se não estivesse seguro de que Lucas o ouvira da primeira vez.

Lucas disse: "De qual dos rapazes ela gosta mais? Ah, o mais rústico deles parece lindo a ela".

"Até logo então."

"Até logo", disse Catherine.

Dan fitou-a de um modo estranho. O rosto dele lembrou o

rosto que Catherine fez quando Lucas lhe levou a tigela. Havia ocorrido alguma coisa entre Dan e Catherine. Ela lhe mostrara a tigela pela qual pagara um preço alto demais. Mostrara-lhe sua mão esmagada. Ela sustentava uma postura desafiadora, ofendida e altiva.

Como não havia nada a fazer ou dizer, Dan foi embora. Depois que ele saiu, Catherine disse a Lucas: "Você precisa deitar. Infelizmente, acho que vai ter que ser no chão".

Ele respondeu: "Irei até o barranco junto ao bosque e ficarei nu e sem disfarces, estou louco para sentir o contato dele comigo".

"Shh. Quieto agora. Você precisa descansar. Precisa descansar e ficar quieto."

"Estou satisfeito — vejo, danço, rio, canto."

"Venha", disse Catherine. "Você fica pior quando delira."

Ela o ajudou a deitar no chão. Ela própria sentou no chão para que ele pudesse deitar a cabeça em seu colo. Ali, sob a cabeça dele, estavam as dobras engomadas do vestido azul dela.

Ele disse: "Você vai ficar comigo?".

"Eu já lhe disse que vou."

"Não só hoje."

"Pelo tempo que for preciso."

Lucas era a dor e o colo de Catherine. A dor era um casulo que o envolvia como bandagens incandescentes. No casulo, no colo de Catherine, era difícil pensar em outra coisa. Ainda assim, ele tentou. Agüentou firme. Conseguira trazê-la até ali, mas a salvara somente por um dia. Precisava fazer mais alguma coisa. Não sabia o quê.

"Catherine?", disse.

"Shh. Não fale."

"Você precisa vir comigo."

"Esqueça isso. Esqueça tudo."

Ele se esforçou para não esquecer. Disse: "Você estava errada ontem".

"Nem mais uma palavra."

"Você deve pegar o bebê e ir embora."

"Quieto. Quieto."

Ele era capaz de ver, através do casulo incandescente. Ela tinha que pegar o bebê e ir para um lugar como o parque à noite, um lugar de relva e silêncio. Precisava sair procurando, como Walt dissera para Lucas fazer. Havia lugares assim, não só o parque. Tinha visto as fotografias. Havia campos e montanhas. Havia bosques e lagos. Podia levá-la a um lugar assim, pensou. Encontraria um meio de fazer isso.

Na maca, o homem seguia murmurando.

Uma freira entrou no quarto. Seu hábito negro estava vivo; tinha fabricado dentro de si próprio o rosto dela, que era talhado em madeira. Ela envolveu a mão de Lucas em novas bandagens. Fez aparecer (estaria dentro de seu hábito?) uma seringa cheia de um líquido claro. Tomou seu outro braço, o que não estava ferido, com a serenidade experiente de um sapateiro pregando uma sola. Enfiou a agulha, que picou como uma abelha, uma pequena dor, uma dor interessante, de uma vivacidade diferente, como uma minúscula chama. Ela tirou a agulha e saiu. Não tinha dito uma palavra. Pelo fato de seu rosto ser talhado em madeira, ela não era capaz de falar.

Depois de algum tempo, uma flor desabrochou na mente de Lucas. Ele a sentiu: um desdobrar de pétalas, uma transformação de botão em flor aberta. A dor continuava lá, mas não estava mais dentro dele. A dor o deixara, assim como o espírito deixa o corpo dos mortos. Tinha se transformado numa cortina, tremeluzindo, como se cortinas pudessem ser feitas de vidro e o vidro fosse jaspeado de várias cores e minúsculas ocorrências de luz. A cortina pairava, frágil como o vidro, em torno de Lucas e Catherine. Circundava-os. A dor fluía por vasos capilares azuis e verdes, ou do mais suave rosa. Onde a dor era mais intensa, produzia tremores aquosos de iluminação, como a luz na superfície de um rio. A dor os rodeava, e eles estavam ali, dentro dela.

Lucas não achava que tivesse dormido. Não achava que estava sonhando. Era capaz, entretanto, de ver coisas que geralmente via em sonhos. Via que para além da cortina de dor, para além das paredes do quarto, estava o hospital, com seus feridos suplicantes e seu homem que chorava. Fora do hospital estava a cidade, com suas casas e fábricas, suas ruas por onde Walt caminhava, maravilhando-se com tudo, com ferreiros suando sobre suas forjas e com mulheres andando sob seus chapéus emplumados, com gaivotas circulando no céu como se fossem sonhos que os chapéus sonhavam. Fora da cidade estava o livro, que inventava tudo o que Walt via e amava, pois o livro amava Walt e queria lhe dar prazer. Fora do livro... Haveria alguma coisa fora do livro? Lucas não podia ter certeza. Julgava ver uma distância, uma imensidão que estava dentro e fora do livro. Julgava ver campos e montanhas, florestas e lagos, embora eles não fossem como as fotos os mostravam. Pelas fotos, eles tinham lhe parecido achatados e pardos, reduzidos a verdes sombrios e azuis superficiais. Agora ele via que eles eram coloridos de modo vívido e brilhante. Eram oceanos de relva, ondulando. Havia montanhas de um branco cegante.

A testa de Lucas foi acariciada. Catherine sussurrou-lhe algo. Ele não saberia dizer o que ela disse.

Alguma coisa disse: Lucas, está na hora.

Hora de quê?

Tudo mudou. Ele estava de pé no quarto de novo, embora fosse o quarto tal como era realmente, um pano pintado na forma do quarto, com uma cidade em volta e um oceano de relva mais além. Ele se perguntou se os outros sabiam. Perguntou-se se a freira de madeira sabia, pois ali estava ela, ali estavam suas costas, e ali estava o braço de Catherine, ajudando-o. Ele caminhava, ou parecia caminhar. A cortina de dor o seguia, cintilando e se adensando.

Ele estava no corredor onde os pacientes esperavam. Eles brilhavam com sua própria dor, inundados por ela, tornados belos e estranhos, fosforescentes. Ao caminhar entre eles, soube que eram seus amigos. Soube que os feridos, todos eles, eram a sua família, parentes a quem não fora apresentado, mas que conhecia pelo sangue.

Então ele viu Simon. Simon surgiu de uma porta e parou à sua frente no corredor.

Lucas parou. Era uma visão terrível. O rosto de Simon era uma pasta, com um olho negro fitando cegamente de sua órbita e o outro inteiramente desaparecido. O que restava de cabelo estava emaranhado, grudado no que restava de crânio. Seu braço direito, o que tinha sido preso pelo grampo e puxado para baixo da roda, eram farrapos pendurados no osso. O tecido da camisa estava amalgamado com o peito, de tal maneira que tecido e carne eram uma coisa só. Seu coração, intacto, maior do que Lucas teria imaginado, resplandecia entre as linhas nuas das costelas brancas amareladas.

Era Simon libertado, afinal, da máquina e do caixão. Era o Simon que eles não tinham tido permissão para ver. Como ele teria saído?

Simon disse: Você a trouxe para mim.

"Lucas, o que foi?", perguntou Catherine.

Simon disse: Obrigado. Estou feliz por tê-la aqui.

Uma freira veio e tomou o braço de Simon, o outro, o que ainda não estava arruinado. Puxou-o apressadamente dali.

"Está tudo bem", disse Catherine. "Aquele homem se feriu terrivelmente. Não há nada que possamos fazer por ele. Venha."

Lucas disse: Não. Não tinha certeza se tinha falado em voz alta.

Disse: Temos que partir.

Por não saber ao certo se tinha falado ou não, ele se virou e andou na direção contrária, rumo à sala de espera, movendo-se rapidamente entre os feridos, passando pelo homem que chorava, pela mãe e pelo pai que balançavam e gemiam junto ao filho. (O nome deles seria chamado alguma vez?) Viu a si próprio saindo pela porta externa para a rua. Era dia. As pessoas caminhavam, carregando pacotes.

Catherine estava ali, atrás dele. Seguira-o. Ela disse: "Volte. Por favor".

Ele começou a caminhar pela calçada. Ela o seguiu? Sim, seguiu.

Ele viu que o embrulho que era sua mão estava preso junto ao peito, perto do coração, como um segundo coração que ele portasse do lado de fora.

Catherine disse: "Pare. Lucas, pare. Você vai perder o seu lugar".

Era engraçado ouvi-la dizer aquilo. Ela achava que ele estivera esperando por um presente, por alguma maravilha que não iria querer perder, quando o que ele queria, tudo o que ele queria, era levá-la para longe dali.

Apertou o passo. Sabia muito bem para onde estava indo, para onde a estava levando, mas não sabia dar-lhe um nome. Sabia apenas que ficava naquela direção. Imaginava um lugar seguro, um lugar de árvores e montanhas. Árvores e montanhas estavam lá adiante, à frente dele, à frente de Catherine, e embora estivessem a uma distância desconhecida ele sabia que a cada passo ele a levava para mais perto delas, para mais longe dos mortos. Sabia apenas, mas sabia com plena certeza, que precisava continuar avançando. Sabia que precisava levá-la com ele e que não conseguiria fazer isso com palavras e explicações. Não tinha uma linguagem para expressar aquilo. Tinha apenas seu corpo para falar, tinha apenas suas pernas.

Catherine caminhava atrás dele. Ele estava avançando rápido demais para ela. Reduziu um pouco a marcha, para que ela não ficasse muito para trás. Ela disse: "Se você não voltar, eles não vão cuidar de você".

"A pressão do meu pé sobre a terra faz brotar cem amores."

Ela gritou: "Alguém o detenha. Por favor. Ele está doente, não sabe o que está fazendo".

Lucas viu um homem e depois outro pensarem se deviam interceder e depois decidirem que não. Havia o calombo de sangue no peito de Lucas. Havia os problemas dos outros, insondáveis, e aqueles homens tinham problemas suficientes deles mesmos.

Estava perto da Washington Square, com Catherine logo atrás, quando ouviu sirenes. Pensou a princípio que fossem trombetas, agudas e dissonantes. (Por que é que ele — por que é que todo mundo — achava que os anjos produziriam um som maravilhoso?) Julgou que ele, ele e Catherine estivessem entrando num reino prometido, que estivessem sendo saudados por uma comitiva de... não de anjos, isso não. Uma comitiva de espíritos que eram como animais, que eram como fantasmas, que eram como o sr. Cain e o homem que chorava, inescrutáveis, possuidores de uma linguagem que os vivos não conheciam mas viriam a compreender. Não eram bondosos, mas não eram cruéis. Lucas sabia que devia ir até eles. Sabia que devia levar Catherine. Sabia que os trombeteiros eram o livro e que o livro era o mundo.

Sentiu o cheiro da fumaça antes de chegar a vê-la. Por um momento pareceu-lhe apenas o cheiro habitual do ar, trazido a ele de forma intensificada. Mas aquele era mais penetrante, mais acre. Outros na rua pareciam notá-lo também. Um pedaço de brasa veio flutuando, brilhantemente laranja, como as pequenas luzes da cortina de dor, mas muito mais intenso. Ele se deteve, não teve como evitar, para contemplar a brasa passando.

Catherine o alcançou. Estava sem fôlego. Disse: "Meu Deus".

Continuou andando, apressada. Lucas a seguiu. Estava feliz por ser o que seguia. Estava feliz porque ela agora parecia entender.

A Mannahatta Company estava exalando fogo. Línguas de fogo agitavam-se como bandeiras para fora de suas janelas superiores. As janelas, algumas delas, eram quadrados cor de laranja. Colunas de fumaça negra se erguiam, gordas e aveludadas.

"Oh, meu Deus", disse Catherine. Lucas parou a seu lado. Carros de bombeiros resplandeciam na rua. Bombeiros em capas pretas, que poderiam ser maridos das freiras, lançavam para cima torrentes de água brilhante que caíam antes de chegar às janelas onde estava o fogo. Lucas pensou nas jóias na vitrine do Empório da Gaya, cintilando entre as dobras de pano desbotado.

Caminhou com Catherine até que um policial lhes disse que não podiam avançar mais. Catherine ficou parada diante dele como ficara diante do médico na sala de espera. Parecia que ela reuniria todo o seu poder de insistência. Ela lhe diria que não havia, não podia haver, um incêndio.

Disse apenas: "Eu trabalho lá".

"Sorte sua não estar lá agora", respondeu ele.

Catherine procurou Lucas, segurou-o perto dela. Observaram juntos as chamas se desfraldarem, exibindo sua beleza, que não era cruel nem bondosa. Observaram a água subir em jorros brilhantes e cair na calçada como chuva. Ouviram o clangor das sirenes.

E então, finalmente, Lucas compreendeu. Tudo tinha sido por causa daquilo. Tudo fora feito para que Catherine não estivesse na Mannahatta quando viesse o incêndio. Simon a amara; ela estava enganada quanto a isso. Ele não se casara com a máquina, ele se sacrificara à máquina, como os santos se entregavam à glória, como santa Brígida se entregava ao círculo incandescente de sua dor de cabeça. Simon soubera — pois era íntimo da maquinaria, e Lucas sabia o quanto — que as máquinas de costura da Mannahatta adoravam e desejavam suas mulheres, mas eram muito fracas para tragá-las como as máquinas maiores tragavam seus homens. Simon percebera, adivinhara (teria a máquina lhe contado?) que as máquinas de costura estavam esperando para arrebatar suas mulheres da única maneira que lhes era possível.

E apenas Catherine tinha sido poupada.

Ela o abraçou com firmeza. Ele sentiu as batidas do coração dela. Respondeu com as batidas de seu próprio coração, irrisórias batidas de passarinho, mas resolutas.

Uma mulher surgiu numa janela, sete andares acima.

Ficou em pé na janela, segurando-se no batente. Sua saia azul ondulava. O reluzente quadrado laranja fazia dela uma silhueta azul, frágil e precisa. Era como uma deusa do fogo, assomada a seu pedestal para dizer aos que se aglomeravam embaixo o que o fogo significava, o que exigia deles. A uma distância tão grande, seu rosto era indistinto. Ela virou a cabeça para olhar de novo para dentro da sala, como se alguém a tivesse chamado. Estava radiante e terrível. Ouviu alguma coisa que o fogo lhe disse.

Saltou.

Catherine gritou. Lucas agarrou-a firmemente. O coração dela ribombava em seu ouvido.

A saia da mulher se levantou e a envolveu enquanto ela caía. Ela ergueu os braços, como que para agarrar mãos invisíveis estendidas para ela.

Ao atingir o chão, ela desapareceu. Havia sido uma mulher no alto do céu, havia sido o desabrochar de sua saia, e num instante era só suas roupas, amassadas contra as pedras do calçamento, ainda tremulando levemente nas pontas, como se continuassem a viver. Policiais correram para ela.

"Oh, Senhor", disse Catherine. Não falou em voz alta.

Lucas a abraçou. Lamentava pela mulher, mas ela não era Catherine.

Sussurrou a ela: "Você teme que uma escrófula venha com a inquebrantável gravidez? Acha que as leis celestiais ainda devem ser aperfeiçoadas e retificadas?".

Com a mão sangrenta, Lucas tocou o medalhão em seu peito.

O ar ficou mais espesso. Ele podia sentir seu gosto. Podia senti-lo nos pulmões. Uma chuva de brasas caía do céu, dançava no calçamento ao redor dos policiais e dos bombeiros, ao redor da mulher desaparecida e de sua saia.

Catherine começou a chorar. Lucas a confortou. Uma coisa pavorosa estava ocorrendo, mas ele e Catherine tinham uma cortina à sua volta. Estavam dentro dela. De dentro do círculo, Lucas era capaz de ver, tão nítida como se já existisse de fato, uma casa no mar de relva. Podia ver a luz que ela acenderia à noite, sob o céu.

Havia juntado uma multidão. Lucas e Catherine estavam na fileira da frente, tão perto do prédio quanto a polícia permitia. As pessoas da multidão estavam horrorizadas e excitadas, com os rostos iluminados pelo fogo.

Era Walt ali, à distância, entre os outros, Walt com sua expressão de espantado apetite por tudo o que pudesse acontecer? Lucas via um homem barbudo que podia ser Walt e podia não ser. Havia uma mulher em pé a seu lado. Seria santa Brígida, olhando para o alto com seu rosto lívido e compassivo, seu halo discretamente escondido sob um chapéu de feltro marrom? Era parecida com ela.

Lucas acenou. Não tinha como ter certeza se eram Walt e santa Brígida, mas acenou mesmo assim. Sua mão boa abraçava

Catherine, portanto teve que acenar com a outra, com o embrulho sangrento. Sentiu-se subitamente orgulhoso. Aqui está o que ele me pediu. Aqui está o que eu fiz.

Nem Walt o viu, nem santa Brígida. Walt, porém, o encontraria no momento certo. Encontrara-o na Broadway no seu momento de necessidade; certamente o encontraria de novo. Lucas e Catherine entrariam no livro, pois o livro não acabava nunca. Lucas o recitaria para Walt e para todo mundo. Recitaria o que Walt ainda não tinha escrito, pois sua vida e o livro eram uma coisa só, e tudo o que ele fazia ou dizia era parte do livro.

Fumaça, mas não bem fumaça, aquilo que a fumaça criava, rodopiava em torno deles todos, um adensamento do ar, um agudo e doloroso avivamento. Lucas era capaz de vê-lo com a mesma clareza com que via a cortina de dor. O ar estava mais espesso; parecia-lhe que podia esticar a mão boa e agarrá-lo, formando bolas, como neve. Cintilava de brasas e fagulhas, exibindo sua semelhança com o céu noturno.

O ar tinha um gosto. Lucas revolveu-o dentro da boca. Reconheceu-o.

Os mortos tinham entrado na atmosfera. Lucas estava tão certo disso quanto estivera da presença de Simon no travesseiro. A cada inspiração Lucas levava os mortos para dentro dele. Aquele era o gosto mais amargo deles; era assim, sob a forma de calor e cinzas, que eles se apresentavam à língua. Lucas continuou acenando para o homem na multidão. Pareceu-lhe de repente que Walt devia vê-lo, devia vir até ele, e depressa. Walt precisava levá-lo para a beira do rio, mostrar-lhe o caminho para a relva.

Walt não olhou para ele, tampouco a santa sofredora. Havia muito mais a ser visto. Lucas via, como todos deviam ver, uma multidão e um prédio em chamas, uma imensa e enfeitiçante totalidade na qual um garoto acenava com o toco da mão.

Os mortos enchiam a boca e os pulmões de Lucas. Catherine chorava abraçada a ele. Ele se sentiu observado, como acontecera na noite anterior no parque, por uma presença que o conhecia para além de seu nome e de sua pessoa, para além do mecanismo de carne e osso que dormia num quarto, que desejava um cavalo de rodas. Estava exausto; estava abrupta e profundamente exausto. Achou que suas pernas iriam se desintegrar sob seu peso. Achou que cairia como a mulher caíra. Desapareceria e deixaria apenas suas roupas, fustigadas pela fumaça e pelo vento.

Esforçou-se para lembrar. Disse: "Cada átomo que pertence a mim pertence também a você".

A multidão soltou um grito, como se constituísse um único corpo. No alto, outra mulher estava em pé na janela. Sua roupa estava em chamas. Ela própria erguia-se como fogo, na forma de uma mulher. Lucas ficou olhando, como os outros. O vestido dela ardia, mas sua cabeça ainda era a cabeça de uma mulher. Poderia ser Emily ou Kate ou a moça de cabelo escuro que dissera: "Eu não sirvo, em vez dela?".

Ela olhou para baixo. Olhou para Lucas.

Ele soube, embora os olhos dela não fossem visíveis a uma distância tão grande. Ao fazer sinais com a mão, ele não chamara Walt nem santa Brígida, mas a mulher em chamas, o mais novo membro da comunidade dos mortos. Ele havia desejado ser visto, e havia conseguido.

Retribuiu o olhar dela. Não podia fazer mais nada. Seu coração ardia de fúria, repleto de seu próprio fogo. Ardia como ardia na janela Emily ou não-Emily, como ardia Kate ou a moça de cabelo escuro. Ela disse (embora não com palavras): Agora somos isto. Fomos usadas e esgotadas, vivemos em quartinhos minúsculos, comemos doce em segredo, mas agora somos radiantes e gloriosas. Não somos mais qualquer um. Somos parte de uma coisa mais vasta e mais maravilhosa do que os vivos são capazes de imaginar.

Ela disse: Deus é uma máquina sagrada que nos ama de modo tão feroz e perfeito que nos devora, a todos nós. É para isso que estamos aqui, para ser amados e comidos.

Lucas ouviu as palavras da mulher, e ouviu o coração de Catherine em seu ouvido. Compreendeu. Ele e Simon tinham feito seu trabalho. Tinham ludibriado a máquina Deus. Tinham dado mais vida a Catherine; tinham lhe dado um futuro. Ele a via fazendo cócegas em seu bebê com uma folha de relva. Via-a com o filho caminhando como cidadãos no mundo dos não-mortos. Ele próprio estava destinado a outras coisas. Estava destinado, sempre estivera, àquilo.

A mulher de fogo abriu as asas e voou.

Catherine soltou um grito. Ela e a multidão produziram um único som. A mulher de fogo veio gritando em direção à terra, deixando em seu rastro línguas de fogo. Lucas pressionou mais o ouvido contra o coração de Catherine. Seu próprio coração, juntando-se ao dela, dilatou-se em seu peito, tornando-se cada vez maior. Ele soube então que era um dos mortos e que sempre tinha sido. Sentiu o coração rebentar, como um pêssego rompendo a casca. Cambaleou, mesmo contra a vontade. O chão ficou maior. Catherine o segurou. Apoiou-o sobre um joelho. Meio inclinado, seguro por Catherine, ele ergueu os olhos. Viu a mulher cruzar o céu. Viu acima dela, acima da fumaça e do céu, um cavalo resplandecente feito de estrelas. Viu o rosto de Catherine, sofrido e inspirado. Ela pronunciou seu nome. Ele sabia que seu coração tinha parado. Quis dizer: Sou grande, contenho multidões. Sou a relva sob seus pés. Fez menção de falar, mas não falou. No céu, o grande cavalo celestial virou sua enorme cabeça. Uma beleza indizível se anunciou.

A CRUZADA DAS CRIANÇAS

Ela tinha falhado. Ninguém a censurou por isso, mas não devia ter falhado. Ela supostamente era um dos mágicos e raros, um dos que conseguiam ouvir o *plim* da intenção verdadeira, como um martelo distante que conduz um prego a seu lugar, não importa quão inflamado o interlocutor do outro lado da linha, não importa quão pouco animador o desafio. Mas ela tinha falhado. Quando veio a ligação ela pensou: garoto branco, em algum lugar entre o fim dos doze e o começo dos quinze, o típico cibermaníaco sentado num quarto fedorento que nenhuma força na Terra conseguia fazê-lo limpar, rodeado de copos de Big Gulp e controles remotos; um pálido submisso com cara de doninha, sem inflexão vocal ou corporal, que parecia encardido mesmo nas raras ocasiões em que se lavava, que tinha um ou dois amigos exatamente iguais a ele e não falava com ninguém, exceto com sua família, porque era inevitável, e com seu minúsculo bando de confrades Igors, com quem compartilhava um idioma particular e um vocabulário de paixões rasteiras, além de uma propensão a passar todo o tempo humanamente possível em obscuros quartos de dormir suburbanos em que bruxuleava a furtiva luz do computador e que fediam a chulé, lã suada e porra velha.

Esse garoto, em várias encarnações, era uma figura corriqueira na vida da unidade de prevenção. Formavam uma raça: tristes pequenos malfeitores bexiguentos meio enlouquecidos pelos hormônios e pela solidão, sentados lá com o pau numa das mãos sujas e o telefone celular na outra. Nada naquele chamado tinha sido particularmente diferente, nenhum dos sinais de perigo estava lá. Ou pelo menos foi o que ela pensou. Ela nem se lembrava direito da coisa, se é que se lembrava. Nenhuma especificação de alvo ou armamento, apenas aquela promessa em voz adolescente de explodir um cidadão comum, porque as pessoas estavam, bem — *o que há de errado com as pessoas, me diga* — fodendo com o mundo, destruindo-o — *está pensando em alguém em particular, alguém específico que você deseja explodir?* — não importa, não é mesmo, somos todos a mesma coisa — *não para nós, para nós não somos, não* — quero dizer que não importa para o mundo, não importa em termos do tempo geológico — *com quem você está furioso, acho que está furioso com alguém, não estou certa?* — não, você não entende, não estou furioso com ninguém, só vou explodir uma pessoa qualquer e achei que devia contar a alguém.

Clique.

Cat tinha colocado tarja azul no caso, mandara-o para o arquivo. Então, três dias depois, ela ouvira aquele *plim* no fundo da mente quando a notícia surgiu. Explosão na esquina da Broadway com Cortlandt, à direita do Ponto Zero, pelo menos um atingido, dois prováveis, talvez mais. Ela tinha, àquela altura, conversado com dezenas de interlocutores potencialmente mais perigosos, entre eles um sujeito que disse estar se fingindo de homossexual e freqüentando bares gay para colocar sorrateiramente veneno nas bebidas de outros homens, ajudando assim a eliminar algumas das pessoas que estavam sugando a seiva da Árvore da Vida. Ela falara com um hispânico de idade avançada que iria matar a facão os funcionários da biblioteca pública, seção principal, a menos que eles fossem no encalço de quem andava escrevendo insultos contra ele nas páginas dos livros.

Ela começara a fazer listas de novo. Vinha tentando abandonar o hábito. Mas depois que o homem que cortaria em cubos os bibliotecários desligou o telefone, lá estava, bem à sua frente, em pincel atômico num papel autocolante amarelo:

O mal está nos livros

Morte ao inofensivo

Vassoura nova?

Não era loucura. Essas eram suas anotações. Um psicólogo toma notas. Ainda assim, as dela podiam ser um tanto desconexas. Amassara o papel amarelo e jogara-o fora. Dado o clima reinante, ela não gostava da idéia de que alguém encontrasse aquelas palavras específicas escritas com sua letra. E, vá lá, também não gostava do fato de que não se dera conta plenamente de que o estava fazendo.

Talvez Simon precisasse levá-la dali por alguns dias. Talvez uma dose de praia e serviço de quarto, uma dose de puro e indiviso Simon, a ajudasse a se sentir menos irritadiça. Ela jogaria o celular BlackBerry dele nas ondas se fosse o caso. Ou o afogaria em sua piña colada.

Quando chegaram as notícias, Cat ouviu o *plim* mas não conseguiu se lembrar muito bem do telefonema. Este só voltou à sua lembrança quando chegaram os detalhes, mais de uma hora depois do incidente. Dois atingidos, não apenas um, e, impedindo maiores investigações, o que havia evaporado estivera atopetado de explosivos. O outro fora identificado como Dick Harte, incorporador imobiliário, ligado à reconstrução do World Trade Center, cujo terceiro dedo da mão esquerda, com uma aliança de casamento, tinha sido encontrado numa lixeira.

Certo. Vou explodir alguém, pensei que seria bom contar a você. Jesus.

Cat recuperou seu relatório, notificou Pete Ashberry. Se aquele garoto era o sujeito, ela tinha falhado.

Rejeitou a sugestão de Pete de ir cedo para casa. Agüentou o resto do dia, esperando para ouvir o que mais eles conseguissem descobrir no local. Conversou com um homem que ia jogar uma bomba numa Starbucks (sem especificar onde) porque eles insistiam em contratar rameiras pretas. (Ela omitiu devidamente o matiz de sua própria pele, mas lançou uma praga ao filho-da-mãe, por telepatia.) Conversou com outro homem, de sotaque eslavo, que ia matar o vice-prefeito (por que o *vice*-prefeito?) simplesmente porque, até onde ela pôde deduzir antes que ele desligasse, aquilo lhe parecia uma coisa interessante a fazer.

Ela mantinha todas as suas canetas na gaveta, nenhuma sobre a escrivaninha. Era um pouco como deixar de fumar.

Cinco minutos antes das cinco, Pete veio ao cubículo dela. Era grande como um armário de arquivo e quase tão emocionante quanto. Mas era um homem decente; enfrentava seus problemas com bravura. Sua esposa estava ficando cega. A filha se casara com um ecologista meio fanático que a arrastara para a Costa Rica para viver numa árvore.

"O que é que há?", disse Cat. Não estava de bom humor. Deveria falar manso — afinal, era muito possível que tivesse *falhado* —, mas se ficasse toda boazinha e humilde agora, se começasse a agir como alguém que precisava de perdão, talvez nunca voltasse a se dominar. Se a quisessem ver meiga, eles que se danassem.

Pete estava em pé na abertura (não dava para chamá-la de porta; era apenas o ponto em que o cubículo de um e vinte por um e cinqüenta de Cat abria para a fluorescência maior), com a boca cerrada. Pete era o único irmão na prevenção. Sua pele era cor de ébano envernizado; seu cabelo, de um cinza prateado incongruentemente belo. Quando estava sério e concentrado, você podia pôr uma caneca sob o lábio superior dele e pressionar seu nariz para acionar a função "abrir".

"Encontraram um antebraço esquerdo", disse. "E também metade de um tênis, com meio pé dentro. É um garoto."

"Meu Deus."

"Está preparada? O garoto andou até o sujeito, abraçou-o e se autodetonou."

"*Abraçou* o sujeito?"

"Assim diz a testemunha. Garoto branco, com uma jaqueta de beisebol, de aparência muito comum. Isso dizem duas testemunhas. Só uma delas viu o abraço."

"Puta que me pariu."

"Que pariu todo mundo."

"E o que descobriram sobre o tal Dick Harte?"

"Especulador. Não era nenhum Don Trump, mas era grande. Daquela gente que faz os arranha-céus se erguerem."

"Negócios suspeitos?"

"Até agora não encontraram nada. Morava em Great Neck com a segunda mulher. Alguns filhos, alguns bichos de estimação. Você sabe."

"Acha que ele conhecia o garoto?"

"Espero que sim."

Todo mundo esperava que sim. Todos deviam estar rezando em silêncio agora para que o garoto fosse filho ilegítimo de Dick Harte, ou para que tivessem feito sexo num parque em Great

Neck, ou qualquer outra coisa. Contanto que não fosse algo aleatório.

"Merda."

Pete disse: "Não sabemos se foi o seu interlocutor".

"No entanto, tenho um pressentimento."

"Sim, bem, eu também tenho. Quer ouvir a fita comigo?"

"Nada me agradaria mais."

Ela desceu o corredor com Pete rumo à sala de som. No caminho, Pete parou na lanchonete para uma xícara do último café do dia, aquele com a borra do fundo da cafeteira, com quatro doses de Equal. Cat recusou educadamente. Entrou com Pete na sala de som, que na opinião dela era o lugar menos desagradável do recinto. Era dez graus mais fresco e tinha uma iluminação menos implacável. Sentaram-se nas cadeiras de pelúcia sintética cinza. Aaron tinha deixado a fita no ponto para eles. Pete apertou o botão.

Alô. Aqui é Cat Martin. Como todo mundo, ela detestava ouvir sua própria voz no gravador. Dentro de seu crânio ela não soava tão monótona. Para ela própria, sua voz soava vigorosa e musical, enfumaçada, um pouco como o de uma jovem Nina Simone.

Alô? Ali estava ela de novo, aquela voz gutural de garoto, completamente trivial. Nervoso, um pouco queixoso, provavelmente treze anos. *Você é uma policial?*

E o seu nome, qual é?

Liguei para a polícia, e eles me transferiram para você.

O que posso fazer por você?

Nada. Não pode fazer coisa alguma por mim.

A pobre mãe dele devia ouvir aquelas palavras desde que a puberdade tornara taciturno, estranho e fedorento o seu doce filhinho. Será que alguma mãe lá fora já tinha começado a se perguntar se por acaso...?

Por que você ligou, então?

Quero lhe contar uma coisa.

Quer me contar o quê?

Silêncio. Ela podia imaginá-lo inteiro de novo, um pequeno e desesperado punheteiro num quarto forrado de cartazes de filmes sangrentos, criando coragem. Nada fora do corriqueiro, nada mesmo.

Vou explodir alguém.

Quem?

Não posso lhe dizer.

Por que você acha que não pode me dizer?

As pessoas têm que ser obrigadas a parar.

Por que você acha isso?

Temos que começar tudo de novo.

Você está pensando em parar alguém em particular?

Não importa quem será.

Importa, sim. Por que você acha que não?

Quero dizer, não importa para a companhia.

Que companhia?

A companhia para a qual todos trabalhamos.

Para quem você trabalha?

Você trabalha para ela também.

A companhia está dizendo para você ferir alguém?

Você pensa que eu sou louco, não é?

Penso que você está com raiva.

Por favor, não fale comigo do jeito que se fala com gente louca. Quero dizer, uma pessoa não importa. Os números não cabem em dígitos separados.

Você quer ferir alguém que está ferindo você. Estou certa?

Não posso lhe dizer.

Pode, sim. Diga-me o seu nome.

Estou na família. Abandonamos nossos nomes.

Todo mundo tem um nome.

Eu só queria que alguém soubesse. Achei que seria melhor.

Melhor para quem?

Eu não devia ter ligado.

Merda. Ali estava.

Você pode resolver isso sem machucar ninguém. Diga o seu nome.

Não sou ninguém. Já estou morto.

Clique.

Ela tinha mesmo metido os pés pelas mãos, então. No momento em que um interlocutor se referia a outra pessoa, imediatamente passava a se tratar de um caso de tarja vermelha. Qualquer interlocutor que alegasse estar recebendo instruções de um amigo, de Jesus, do cachorro do vizinho ou de transmissões radiofônicas que vinham das obturações de seus dentes era promovido ao nível seguinte de gravidade. Aquele tinha sido vago o bastante — ele *não devia* ligar para ninguém —, mas mesmo assim... Ela devia tê-lo mantido na linha, não devia ter pressionado tanto para que dissesse seu nome.

Será que ela estivera fazendo uma lista? Provavelmente. Teria prestado mais atenção à sua lista do que ao interlocutor? Esperava que não.

"'Estou na família'", disse ela. "'Abandonamos nossos nomes.' O que isso quer dizer?"

"Sei tanto quanto você."

"Existe alguma banda de rock com uma letra assim?"

"Estamos averiguando."

"Ótimo."

"A família. Que família?"

"A Brady Bunch.* A Máfia. A IBM. Você sabe."

* Sitcom "família" popular na TV americana nos anos 1970. (N. T.)

Certo. Ela tinha topado com um outro dia mesmo. Um cidadão de voz suave que dissera que iria sair de carro pelo país atropelando imigrantes ilegais, sob as ordens de Katie Couric.* Eles tendiam a gostar da idéia de trabalhar para celebridades ou para corporações internacionais.

"Pois eu sei", disse Cat. "Sei mesmo."

Pete disse: "Você devia ter posto tarja vermelha". Não estava querendo ser mau. Era a simples constatação de um fato. Essas coisas aconteciam.

"Você rastreou a chamada?"

"Telefone público. Esquina da Second Street com a Bowery."

"Ugh."

"Ia acontecer, mais cedo ou mais tarde." Sorveu ruidosamente seu café.

"Não pensei que fosse acontecer comigo."

"Vá para casa. Diga ao seu namorado para preparar-lhe uma bebida e levá-la a um bom lugar para jantar."

"Acha que ele era de fato tão jovem quanto parecia?"

"Isso eu não tenho como lhe dizer. Espere a investigação."

"Como um garoto conseguiria uma bomba?"

"Eu diria que no mesmo lugar onde todos eles conseguem suas armas letais. Com seus pais."

"Pete."

"O quê?"

"Nada. A gente se vê amanhã."

"Certo. Tome uns drinques, durma um pouco. Vai se sentir melhor."

Ela voltou ao seu cubículo para pegar a bolsa. Ed Short, que assumiria o turno seguinte, ainda demoraria meia hora para che-

* Âncora do programa de TV *Today Show*, da rede norte-americana NBC.

gar, mas as linhas estavam cobertas; ela podia sair um pouco antes da hora. Odiava ter que admitir, mas agora, tendo ouvido a fita, ela queria se afastar dali o mais rápido possível.

Disse uns poucos e rápidos boas-noites a colegas de trabalho que estavam ocupados em seus próprios telefones e que não pareceram notar que ela estava saindo antes do término do seu turno. Percorreu o corredor às pressas. Embora não gostasse de pensar muito nisto, os escritórios da seção talvez tivessem sido concebidos para atingir o máximo de morbidez. Seria possível pintar as divisórias dos cubículos com a cor de cadáveres de três dias? Claro. Seria possível fazer uma assobiante luz esverdeada banhar todo mundo a partir de painéis leitosos de plástico presos ao teto? Com certeza. Seria possível espalhar o cheiro de café queimado através dos ductos do ar-condicionado? Sem problemas.

Ela desceu ao saguão e passou pela segurança para sair. O céu do entardecer sobre a Broadway estava ironicamente lindo, com os ventos estelares tangendo um rebanho de delgadas nuvens róseas por um campo de lavanda queimada. Tinha sido uma sorte eles serem obrigados a instalar a unidade de prevenção ali. Ainda bem que não havia lugar disponível descendo a Center Street, onde só havia policiais, advogados e secretárias; onde a comida vinha de carrinhos de cachorro-quente ou em pratos de papelão de chineses "para viagem", e onde as lojas vendiam roupas de baile ordinárias e vistosas, concebidas para atrair fregueses tão infelizes que estavam dispostos a queimar um décimo de seus salários num suéter sintético com lantejoulas ou num par de sandálias imitando couro de jacaré só para ter alguma coisa para exibir aos outros. A esquina da Broadway com a Prince era outra coisa. Ali, o que eles vendiam era destinado a crianças de verdade, tênis extravagantes e jeans com mais bolsos e zíperes do que qualquer pessoa pudesse necessitar, e camisetas estampadas com mensagens anárquicas ou com os rostos de heróis mortos em batalha, Che, Jimi, o Grateful Dead.

Ela lançou um olhar para o centro da cidade, na direção do incidente. O local ainda estaria isolado; estariam ainda vasculhando o calçamento. Mesmo agora, era impossível não se chocar com o vazio deixado pelas torres. Pequenas nuvens lanosas flutuavam à deriva, e uma lasca de lua havia surgido, visível agora que não havia mais torres.

Aquela mesma lua estaria se elevando sobre incontáveis cidadezinhas lá fora, sobre todos aqueles territórios arborizados, de gramados brilhantes, onde os cidadãos tendiam a manter seus assassinatos encerrados em seus corações; onde os policiais dormitavam entre um crime adolescente e um ocasional distúrbio doméstico; onde eles não tinham necessidade alguma de especialistas para adivinhar as verdadeiras intenções de pretensos incendiários, envenenadores, defensores da pureza racial armados de metralhadoras Uzi e velhinhos brandindo facões.

E onde, é claro, não havia lugar para alguém como Cat. Onde ela definharia discretamente de solidão e de estranhamento, onde provavelmente se tornaria uma presença cada vez mais freqüente num banquinho de balcão da churrascaria local, tentando manter a voz baixa, dispondo seus misturadores de coquetéis em esmeradas fileiras à sua frente, esforçando-se para não fazer listas nos guardanapos do balcão.

Caminhou até a Bond Street e virou em direção ao leste. As pessoas nas ruas cuidavam de seus afazeres habituais, mas havia um peso no ar. Todos estavam assustados com as notícias. O sujeito à frente de Cat com a pasta de documentos caminhava com os ombros curvados, como se esperasse um ataque vindo do alto. As três garotas asiáticas que pararam diante de uma vitrine olharam os sapatos, olharam umas para as outras e seguiram caminho — estariam pensando que poderiam ser atingidas por uma chuva de vidro estilhaçado? O perigo que impregnara o ar nos últimos anos estava ativo agora; as pessoas sentiam seu cheiro. Hoje elas tinham sido lembradas, *nós* tínhamos sido lembrados, de uma coisa que boa parte do resto do mundo conhecera durante séculos — de que você podia facilmente, a qualquer momento, cometer seu engano fatal. De que todos seguíamos ilesos porque ninguém decidira nos matar naquele determinado dia. De que não tínhamos como saber, quando nos apressávamos para cuidar de nossos afazeres, se estávamos escapando do desastre ou correndo em direção a ele.

Cat desceu a Bond, passou pelo estratosfericamente caro restaurante japonês e pela loja micada onde outro otimista tinha colocado placas anunciando a iminente abertura de uma nova butique fadada a desaparecer em cerca de seis meses. Cruzou a Lafayette e subiu rumo à Fifth Street, à sua quadra, à sua casa, àquilo que ela passara a chamar de casa, embora ao mudar para lá, sete anos antes, fosse um lugar temporário, pós-divórcio, apenas uns cômodos obscuros e acessíveis ao seu bolso, até que ela começasse sua verdadeira vida em seu verdadeiro apartamento. Engraçado como, em apenas sete anos, o local tinha se metamorfoseado de tapa-buraco em tesouro, e como as pessoas não podiam *acreditar* que ela dera um jeito de conseguir um apartamento de terceiro andar num predinho mal iluminado e sem elevador num quarteirão em que viciados em crack não mijavam em seu vestíbulo toda santa noite. Incrível como as coisas mudam sem parar, não é mesmo? Talvez as futuras gerações passem a dar valor àqueles espalhafatosos suéteres Orlon da Nassau Street. Talvez as coisas decaiam tanto que sapatos de papelão imitando couro de jacaré feitos em Taiwan venham a parecer artefatos de uma época de ouro.

Passou entre os desalentados imigrantes da Fifth Street. As duas lituanas estavam na calçada, sentadas em suas cadeiras dobráveis de alumínio, como sempre, mas em vez de observar os transeuntes com seu habitual enfado superior, elas estavam inclinadas uma para a outra, conversando animadamente em sua língua, balançando a cabeça. O casal punk com cabelos em forma de sol caminhava ameaçadoramente, com uma fúria particular — *então, pessoal, vocês estão surpresos pra caralho porque a porra toda está explodindo diante das suas fuças?* Só o velho sem-teto, em seu posto diante da floricultura, parecia impassível, cantarolando seus inaudíveis cantochões, o pranteador profissional da vizinhança, o homem que cantava pelos mortos.

Cat entrou em seu apartamento. Por um momento imaginou a opinião que teriam dele os rapazes do destacamento antibombas se *ela* tivesse sido explodida na esquina da Broadway com a Cortlandt e eles viessem investigar sua moradia. Não muito boa. Admita: é o apartamento de alguém que deixou as coisas saírem dos eixos. Havia roupas e sapatos espalhados por toda parte; havia pratos dentro da pia. Os livros que tinham transbordado das estantes (quer dizer, tábuas e blocos de concreto) estavam empilhados pelo caminho. Eram manchas de mofo que flutuavam na xícara de café que ela pousara sobre a pilha de livros do lado do sofá? Claro que sim. Se você passasse um dedo pelo peitoril da janela, ele ficaria coberto de uma poeira aveludada e vagamente gordurosa? Pode ter certeza. Poderia ser o apartamento de um estudante de pós-graduação um pouco mais desmazelado que a média. O sofá cor de aveia com a mola quebrada — Lucy o havia emprestado até que ela conseguisse alguma coisa melhor. Isso tinha sido sete anos antes.

Foda-se. Ela estava ocupada. Estava exausta. Limpeza era uma virtude, mas não era sexy.

Conferiu a secretária eletrônica. A primeira mensagem era de Simon.

Ei, sabe alguma coisa sobre a explosão? Me liga.

Ligou para a Titan. Amelia, secretária de Simon, transferiu-a para ele.

"Cat?"

"Oi."

"O que está acontecendo? O que você sabe sobre esse troço?"

"Acho que falei com ele. Com o homem-bomba."

"Está brincando."

"Faz três dias. Ainda não temos certeza, mas acho que falei com ele."

"Falou com ele. Ele ligou pra você."

"É meu trabalho, querido. É para mim que eles telefonam."

"Onde você está?"

"Em casa."

"Quer jantar?"

"Acho que sim. Honestamente, não tenho certeza."

"Vou levar você para beber e jantar."

"Seria muito legal."

"Aonde você quer ir?"

"Em algum lugar inofensivo. Você escolhe."

"Certo. Que tal o Le Blanc?"

"Ótimo. Perfeito."

"Daqui a meia hora?"

"Meia hora."

Ele desligou. Enquanto conversavam, Cat tinha feito aquilo de novo. Apanhara uma caneta e escrevera em seu caderno de espiral:

Fortaleza da solidão?

Sujeira = nojeira?

Onde é a casinha?

Arrancou a página, amassou e jogou fora. Quando é que a atividade normal de tomar notas se tornara... aquilo? Livre associação. Teria começado depois do Onze de Setembro? Esperava que sim. Causa e efeito eram sempre reconfortantes.

Chegou ao Le Blanc em exatamente meia hora. Foi a primeira a chegar, como suspeitara. Simon nunca conseguia simplesmente desligar o telefone e sair andando, nem mesmo numa emergência. Ele vivia num estado permanente de emergência. Comerciava futuros. (Sim, ele explicara tudo para ela, mas não, ela ainda não compreendia exatamente o que ele fazia.) Fortunas transitavam pela tela de seu computador, despencando e subindo e despencando de novo. Ele era o homem atrás da cortina. Se falhasse ao cuidar dos negócios, Oz corria o risco de se dissolver numa névoa verde-esmeralda. Estaria no restaurante tão logo fosse possível.

Cat, por sua vez, não conseguia superar o hábito da pontualidade. Tinha tentado. Não fazia parte da sua natureza se atrasar para um compromisso, nunca.

Um lugar como o Le Blanc era a idéia que Simon fazia de inofensivo, porque não estava mais na moda. Três anos antes funcionava ali uma lavanderia automática, um buraco sombrio na Mott Street, e então alguém limpou as paredes centenárias de tijolo aparente, pendurou espelhos amarelados, instalou um balcão com tampo de zinco e *tchan*: virou um perfeito bistrô parisiense. Por algum tempo foi um epicentro, depois murchou. Pessoas comuns o freqüentavam agora. Numa das mesas da frente estava sentado um casal que claramente não era da região. Ele estava coberto de jóias de ouro; ela pendurara seu falso Versace nas costas da cadeira. Moscou-*riche*. Um ano antes, teriam sido barrados na entrada. A idéia de inofensivo de Cat era mais como o... bem, paciência, um restaurante inteiramente inofensivo não lhe vinha imediatamente à cabeça.

Passou por instantes de constrangimento com a *hostess*, uma moça nova, hipersorridente em sua confusão sobre o que fazer exatamente com uma mulher negra que chegara sozinha. Antes que a moça pudesse abrir a boca, Cat disse: "Vim me encontrar com Simon Dryden. Acho que temos uma reserva".

A moça consultou sua lista. "Ora, é mesmo", disse. "O senhor Dryden ainda não chegou."

"Creio que eu deva me sentar então. Você faria o obséquio de me conduzir?"

A postura majestosa, a dicção de professora antiga, a ultraformalidade sorridente. A gente faz o que tem que fazer.

"Claro", concordou a *hostess*, e conduziu Cat até a segunda mesa.

Enquanto Cat se sentava, seus olhos cruzaram com os de Fred. Fred fazia parte da legião de atores de Nova York que encarnavam garçons enquanto esperavam que as coisas dessem certo para eles. Já não era jovem, porém. Estava se tornando de fato aquilo que antes representava: um garçom espirituoso, com uma irreverência brusca e encantadora, entendido em vinhos.

"Olá, Fred", disse Cat.

"Ei", disse Fred. Perfeitamente cordial, mas de alguma maneira apático. Fora pego desprevenido. Para Cat, sem Simon, ele não dispunha de nenhum gracejo pronto.

"Como vai?"

"Bem. Vou bem. Posso lhe trazer uma bebida?"

Engraçado como podia ser difícil ficar sentada sozinha num restaurante. Engraçado ser alguém que conseguia conversar calmamente com psicopatas, mas tinha dificuldade em ser uma mulher desacompanhada que deixava um garçom pouco à vontade.

Pediu a Fred que lhe trouxesse uma Ketel One com gelo. Examinou o menu.

Gado alimentado com farinha de ossos?

Matança dos inocentes?

Veneno entre paredes?

E essa agora. Aparentemente, em momentos de tensão, ela nem precisava mais escrevê-las.

Estava na sua segunda vodca quando Simon chegou. Ainda a chocava às vezes vê-lo em público. Ele era tão irredutivelmente jovem e saudável. Era um Jaguar, era um maldito carro alegórico a desfilar por aí, mostrando aos cidadãos comuns que um mundo mais vistoso e imponente — um mundo de beleza possante, serena e encerrada em si mesma — aparecia ocasionalmente em meio à miséria dos assuntos prosaicos; que por trás da aparência insípida e cinzenta das coisas existia um reino interior de riqueza e bem-estar, de celebração urbana. Ela viu a *hostess* examiná-lo. Viu-o caminhar com a confiança de um general-de-brigada até a mesa dela, deslumbrante em seu terno azul-meia-noite, que bem poderia estar salpicado de estrelas e planetas.

Ele a beijou nos lábios. Sim, pessoal, eu sou sua companhia. Sou sua *namorada*, está bem?

"Desculpe o atraso", disse ele.

"Tudo bem. Muita loucura no trabalho?"

"*Você* pergunta isso para *mim*?" Simon franziu a testa compassivamente. Suas sobrancelhas se eriçaram como um par de lagartas cor de chocolate. Cat sentiu uma necessidade urgente de acariciá-las.

"Loucura é um conceito relativo", disse ela.

"Humm", disse ele. "Então você acha que falou com aquele cara."

Simon seria austero e equilibrado, até um pouco despreocupado, naquela que era sua primeira crise de segunda mão. Seria alguém capaz de lidar com a notícia sobre um terrorista aleatório com a mesma suavidade grave que devia empregar, ela sabia, em seus acordos de negócios.

"Vamos pedir uma bebida para você e eu lhe conto sobre o caso", disse Cat.

Ele estava sentado diante dela. Fred veio em seguida.

"Oi, Fred", disse Simon. Era um freqüentador habitual desde os dias de glória do restaurante, e era adorado por continuar a freqüentá-lo.

"E aí, parceiro?", respondeu Fred, fluente no linguajar masculino.

"Más notícias, hein?", perguntou Simon.

"Assustadoras."

"Você conhece Cat, não?"

"Claro. E aí, Cat?"

"Cat trabalha para o departamento de polícia. Está trabalhando nesse caso."

Vivo num mundo de perigo, Fred. Estou mais afundada nas coisas do que você seria capaz de imaginar.

"Está brincando", disse Fred. Cat viu-o empreender uma intrincada reavaliação. Tudo bem, ela tinha um emprego de verdade e possivelmente bem interessante. Mas em última instância isso não fazia dela uma daquelas rígidas mulheres negras, guardiãs da burocracia, que torturam o populacho nos balcões de repartições públicas ou nos guichês dos correios?

"Não tenho permissão para falar sobre isso", disse Cat.

"Certo, certo." Fred fez que sim com a cabeça, de modo compreensivo. Estava preparado para o desafio de representar um garçom a quem se podia confiar um pouco de informação reservada. Estava mais do que preparado para isso.

Cat disse: "Simon, por que você não pede alguma coisa para beber?".

Simon hesitou, depois disse: "Certo. Só uma taça de vinho, acho. Talvez um Shiraz?".

"O chileno ou o Sonóma?", perguntou Fred.

"Você escolhe."

"Chileno."

"Ótimo."

Fred acenou de novo com a cabeça, na direção de Cat. *Garçom agente secreto. Bom num momento de crise.* Afastou-se para buscar o vinho.

O que acontecia com os homens? Por que eles queriam tanto personificar alguém corajoso, competente e informado?

"Simon, meu bem", disse Cat, "você não pode dizer essas coisas. Não para garçons."

"Entendi. Desculpe."

"Você não pode ficar me exibindo para as pessoas. Além disso não sou nenhuma Foxy Brown.* Não passo de um peão, na verdade."

"É que eu tenho orgulho de você."

"Eu sei."

"Então. O que aconteceu?"

"Um garoto telefonou com uma ameaça de bomba. Isso é tudo."

"E você acha que foi esse garoto que explodiu o cara?"

"Possivelmente."

"O garoto devia conhecer o cara, certo?"

Ela hesitou. Tinha que dar *alguma coisa* a ele, não tinha? Era seu namorado. E — admita — isso fazia parte do que ela dispunha para lhe oferecer.

"Parece que sim. Meu palpite é que o caso tem a ver com sexo. É bem capaz de aparecer um boletim de ocorrência arquivado em algum lugar nas proximidades do bairro de Dick Harte, e que acabemos descobrindo que ele vinha chupando o perpetrador no banco de trás da sua BMW."

* Cantora negra de rap, muito sexy e provocante, que estourou no fim dos anos 1990. (N. E.)

Cat sabia que a palavra "perpetrador" soaria excitante a Simon. Ela prometera a si mesma parar de representar o papel de policial fora de serviço para lhe dar tesão. Saiu sem querer.

"Certo", disse Simon. Suas sobrancelhas se eriçaram. Seria gostoso depilá-las suavemente, segurá-las na palma da mão e depois colocá-las cuidadosamente de volta em seu lugar.

"O que você quer comer?", perguntou ela.

"Não sei. O atum, acho."

Simon era adepto da dieta Atkins. Muita proteína, nada de carboidrato. E, de fato, veja só os resultados.

"Vou ficar com o *steak au poivre*", disse ela. "E purê de batatas."

A mamãe teve um dia muito difícil. Tudo bem?

Foram para o apartamento dela, a despeito da bagunça. Ela estava aturdida — percebeu o quanto ansiava por sua própria cama. Simon não se incomodava com o apartamento vagabundo dela. Na verdade, dizia gostar dele. Embora ela nunca tivesse lhe perguntado, era provável que até conhecê-la ele nunca tivesse sequer posto os pés na East Fifth Street.

Ela acordou às três e meia da manhã. Não precisou olhar para o relógio. Conhecia bem aquela consciência abrupta e árida, aquele salto dos sonhos profundos para uma vigília que tinha menos a ver com o fato de ter dormido o bastante do que com uma súbita perda da capacidade de dormir. Nas noites em que aquilo acontecia, era sempre entre três e meia e quatro da manhã. Ela tinha uma coisinha para isso no armário dos remédios, mas nunca chegara a abrir o frasco. Parecia preferir a insônia ao sono induzido. Questão de controle. Uma merda, na verdade, mas o que é que podia fazer?

Simon respirava pesadamente ao seu lado. Deixou-se observá-lo enquanto ele fazia caretas reagindo a um sonho. Ele era um verdadeiro clássico. Grande, com o rosto largo de âncora de TV, vigoroso telhado de cabelo escuro começando a ganhar, aqui e ali, riscas de prata de lei. Podia ter acabado de sair da linha de montagem de uma fábrica que produzisse as Grandes Belezas Americanas. A fábrica seria em algum lugar do Meio-Oeste, não seria? E, sim, ele vinha de Iowa, não vinha? Trineto de imigrantes que haviam trocado Nova York pelas pradarias, voltara em triunfo uns cem anos depois, o príncipe exilado reconduzido ao seu verdadeiro lar por meio da Ivy League.* Rico e saudável, trinta e três anos. Praticamente adolescente na escala da vida útil de um homem.

Talvez estivesse na hora de deixar a unidade de prevenção, ainda que, fazendo isso agora, desse a impressão de estar fugindo. Na verdade, já fazia algum tempo que ela vinha pensando em sair. Você fica meio louca, trabalhando com os birutas. Você ouvia cada lunático com a mesma paciência; ficava dizendo a si mesma o tempo todo que qualquer uma daquelas pessoas podia de fato estar prestes a incendiar uma escola primária ou explodir uma loja ou matar alguém só porque era famoso. Garçons de bar devem começar a ver o mundo como um lugar repleto de bêbados; advogados devem vê-lo como constituído amplamente de gente lesada e vingativa. Psicólogos forenses eram contagiados pela paranóia. Você sabia, mais que o cidadão médio, que o mundo contém um submundo, onde os residentes agem como a maioria das pessoas, pagam aluguéis e compram comida, mas têm um pequeno algo mais. Eles recebem mensagens de seus aparelhos de televisão ou são estuprados toda noite por um astro de seriado ou descobriram que as rachaduras na calçada entre a

* Grupo de universidades de primeira linha localizadas na região nordeste dos Estados Unidos, incluindo, entre outras escolas, Princeton, Yale, Harvard e Columbia. (N. T.)

Broadway e a Lafayette emitem os nomes dos alienígenas que estão se passando por líderes mundiais.

A coisa mais surpreendente sobre essas pessoas, no fim das contas, era a sua monotonia. Todos os seus fluidos humanos corriam numa única direção; elas não se importavam com nada que estivesse fora de suas fixações. Qualquer velha tia querida de Baltimore era mais cheia de vitalidade e multifacetada, mesmo que sua vida se resumisse a ver televisão e recortar cupons de desconto de revistas. Você ficava sentada no seu mesquinho escritório do departamento de polícia — que mais se parecia com um precário serviço de encomendas do que com qualquer outra coisa — e ficava ouvindo essa gente. Você os registrava no seu computador de cinco anos de idade. Esperava que nenhum deles chegasse às vias de fato. Esperava, em seus piores dias (ninguém gostava de falar sobre isso), que um deles chegasse.

Saiu da cama, tomando cuidado para não acordar Simon, e foi até a janela. Não havia muito o que ver, só a Fifth Street três andares abaixo, mas, ainda assim, ali estava uma fatia da cidade; ali estava o velho sem-teto, ainda cantarolando diante da floricultura (estava fora até mais tarde que o habitual aquela noite); ali estavam as luzes amarelas dos postes e as fachadas marrons das casas, os pedestres de roupa escura, toda a semi-realidade esfumaçada e tingida de sépia da cidade à noite, o mais convincente cenário jamais projetado, sem oceano nem montanhas, quase sem árvores (pelo menos naquele bairro), apenas rua após rua, brilhantes e ruidosas sob um céu róseo e cinzento perfurado de antenas e caixas-d'água, enquanto logo embaixo, do outro lado da rua diante do prédio de Cat, uma fulgurante placa azul sussurrava: LAVANDERIA.

De manhã ela fez café, levou uma xícara para Simon enquanto ele ainda estava no chuveiro, ficou um momento observando-o através do vidro embaçado, o vago rosa de suas costas e pernas, o rosa mais pálido de sua bunda. Era possível um homem ficar mais sexy do que quando estava tomando uma ducha? De todo modo, aquele negócio de olhar sorrateiramente Simon enquanto ele dormia ou tomava banho não era lá muito bom sinal, era? Será que ele fazia o mesmo com ela? Não conseguia imaginar a cena. Pousou a caneca de café sobre a caixa de descarga da privada, enxugou o vapor do espelho da pia, deu uma olhada em si mesma. Nada mau para trinta e oito. Queixo firme, pele boa.

Vestidos decotados nas costas, de que comprimento?

A crosta de gelo do sono derretendo.

É o coração de um porco que você tem nas mãos

Simon surgiu, reluzente e cheio de gotas, beijou-a, apanhou seu café. Disse: "O trabalho não vai ser nada divertido hoje, não é?".

"Provavelmente não."

Pegou uma toalha, enxugou-se. Fazia, quem sabe, duas semanas ou mais que as toalhas não eram lavadas. O tempo voa.

"Me liga. Quero saber o que está acontecendo."

"Eu ligo."

"Tenho aquele maldito cliente hoje à noite. Posso estar livre lá pelas dez."

"Ótimo."

Ela se demorou mais um momento, sorvendo seu próprio café, embora estivesse na hora de deixá-lo com o minúsculo banheiro só para ele. Simon era tão despreocupadamente vivo, tão inquestionavelmente feliz por causa disso. Ele comerciava futuros. Tinha sido presidente de sua turma no último ano. Enchia o recinto com seu calor e seu cheiro ensaboado.

Quando seu filho morreu, Cat achou que tinha morrido também; pensou que seus sistemas iriam se desligar por conta própria, mas ali estava ela, nove anos depois, não só ainda viva como com ótima aparência, bem formada (pena que a carreira como autônoma não tenha decolado), livre de seu pobre e atormentado ex-marido (embora ele invadisse sorrateiramente suas fantasias), ainda capaz de atrair alguém como Simon.

Bem que ela gostaria de se odiar mais por querer seguir vivendo.

Tomou um último e profundo hausto do cheiro do banho de Simon e foi para o quarto procurar alguma coisa para vestir.

As manhãs eram boas. (*As manhãs são boas, desfrute-as.*) Ela gostava do fato de que, por toda a cidade, as pessoas estavam tomando seu café e seu banho, decidindo que roupa iriam vestir. Era o mais próximo que se podia chegar de uma inocência coletiva, essa transição em massa do sono (por mais conturbado) à vigília (por mais atormentada). Quase todo mundo, ou todo mundo que funcionava pelo menos minimamente, precisava se levantar e se vestir. Até mesmo aqueles que iriam telefonar para ela e contar-lhe seus planos de balear, esfaquear ou incendiar alguém. Até mesmo os que iriam atar uma bomba ao peito e explodir um homem de negócios em plena rua. Aqui estamos nós, todos nós, passando por esse renascimento diário em miniatura, e fazendo isso juntos.

Ela desistiu do vestido de estampa maori que havia cogitado em favor dos jeans escuros Earl. Os jeans e o suéter preto sem gola, as botas pretas de salto baixo. Não tentaria intimidar nem seduzir. Não como de costume, pelo menos.

Não ficou esperando Simon. Era, no mínimo, um dia para aparecer cedo no trabalho. Deu-lhe um beijo de despedida enquanto ele ainda estava de cueca e meias (existia alguma coisa mais comoventemente *não*-sexy do que um homem de meias pretas e sem calças?), aceitou agradecida a promessa dele de se livrar do cliente por volta das dez, quando então eles decidiriam onde iriam comer e em que apartamento iriam dormir.

Desceu as escadas cheias de lixo e saiu para a manhã, uma

manhã notavelmente fresca de junho, que reluzia nas escadas de incêndio. Parou por um momento na entrada do prédio, assimilando o ambiente. Numa manhã como aquela, era possível acreditar que o mundo era seguro e promissor. Era possível imaginar que nada de nocivo ou tóxico pudesse vicejar. Não quando a luz matinal caía obliquamente de modo tão puro de um céu azul translúcido. Não quando os gerânios da floreira da viúva do primeiro andar eram de um vermelho incandescente e um caminhão passava dizendo PROJETOS PARA FESTAS em fulgurantes letras douradas.

Alguém a estava observando. Agora mesmo. Ela era capaz de sentir. Qualquer mulher seria; era um mecanismo de sobrevivência. Olhou em volta. Uma mulher sozinha numa área como aquela, mesmo à luz do dia, era, de acordo com o código geral, o mesmo que se oferecer ao entretenimento público. Era obrigada a admitir: nos últimos tempos sua fúria tinha perdido um pouco o gume. Eles não iriam continuar molestando-a para sempre. Um dia os gemidos e os assobios cafajestes, os gritos de *Ei, tesão* teriam fim. O que seria um alívio. Ela seria apenas uma senhora negra de meia-idade, cuidando sem ser notada de seus afazeres nada notáveis. Ainda assim, tudo bem, admita: agora, naquela manhã, ali na entrada do prédio, tendo deixado seu jovem namorado no apartamento, ela se sentia inspecionada, e procurava o bando de molestadores com irada avidez, como uma princesa que tivesse encontrado o seu príncipe, mas continuasse a ser importunada pelo sapo enfeitiçado. *Ei, sapo, estou fora do mercado agora, vá coaxar debaixo de outra janela.* Ela não estava interessada, mas mesmo assim, em alguma fenda de sua mente, em alguma dobra escura e tola, temia o dia em que o sapo desistisse e saltasse dali para ir importunar outra pessoa.

Não havia ninguém por ali. Não, as pessoas sempre estavam por ali. Ninguém olhava para ela. Havia os engravatados indo apressados para o trabalho, um casal de estudantes da Universidade de Nova York a caminho das aulas matinais, um velho caminhando com dificuldade com sacos de tilintantes garrafas vazias pendendo das mãos paralíticas.

Ainda assim, a sensação era palpável. Alguém a estava espiando, nesse momento.

Desceu para a calçada, tomou o rumo do oeste. Retomou o autocontrole. Você está simplesmente sentindo sua própria versão da ansiedade que contamina todo mundo nesta manhã em que o ódio mais uma vez demonstra sua capacidade de nos encontrar onde quer que estejamos e nos sugar para outra dimensão.

Ela chegou ao seu cubículo meia hora antes do que precisava. Ed Short ainda estava lá, encerrando o turno da noite.

"Bom dia, Ed", disse ela.

"Bom dia. Chegou cedo."

"Cheguei."

Ed deu um gole no que provavelmente era sua décima quinta xícara de café. Seus olhos estavam brilhantes e úmidos. Seu cabelo cor de pardal, já ficando ralo, erguia-se da cabeça com um certo desespero condenado, mais ou menos como uma chama se aviva pouco antes de se extinguir. Ed tinha, o quê, trinta e dois, trinta e três? Era talhado para aquele serviço: jovem e um tanto maldoso, imperturbado pela imaginação, incapaz de se entediar, ansioso por extirpar os malfeitores e arremessá-los no abismo. Ele teria posto rótulo vermelho no garoto se estivesse ao telefone naquele dia. Ed punha rótulo vermelho em quase tudo. As pessoas reclamavam — rótulo vermelho significava mais trabalho, claro, além disso custava dinheiro, e a política do "é preferível pecar por excesso" tinha seus limites. Mas Ed era o típico pé no saco que chegava a chefe de departamento. Quando os Eds do mundo davam uma dentro, quando pareciam ter feito uma aposta certa (mesmo porque eles apostavam em quase tudo), o fato de terem passado anos irritando todo mundo deixava de ter importância. Eram heróis. Tinham ganhado o dia. Era impossível imaginar quantas figuras históricas, quantos grandes homens (e grandes mulheres, pois de quando em quando havia uma), eram pessoas como Ed, pessoas que nunca relaxavam, cuja fé nunca vacilava, que se mantinham firmes em seus telefones ou em seus laboratórios ou em seus cavaletes até que finalmente, finalmente, algo acontecia, enquanto a maioria das outras pessoas tendia, com o tempo, a pensar em outras coisas, a se perguntar como seria morar no interior, a especular sobre se a possibilidade de arranjar um emprego simples e criar um casal de filhos já não estaria de bom tamanho.

O que vive em salas vazias?

Até onde a luz alcança?

Existem dentes na madeira?

Cat perguntou: "O que se descobriu no local?".

"O garoto trazia amarrada no corpo uma bomba caseira. Nada de pregos ou coisas do tipo; não era para se espalhar. Apenas para incinerar tudo o que estivesse num raio de uns dois metros."

"Você pode aprender a fazer uma coisa dessas na internet."

"É. Metade do couro cabeludo de Dick Harte foi parar no parapeito de uma janela três andares acima. À parte isso, só acharam alguns fragmentos de osso e mais um dente."

"Por que você não vai para casa mais cedo?", disse ela. "Estou pronta para assumir."

"Obrigado. Estou bem. Relaxe um pouco."

Certo. Hoje ela era alguém que devia relaxar um pouco.

Ela foi para a sala de convivência, serviu-se de café — era bebível até umas dez — e tirou os jornais da bolsa.

Em corpo trinta e seis na primeira página do *Times*, acima da dobra, mas apenas oito pontos mais larga que uma manchete sobre uma nova arma experimental capaz de tornar um país inabitável sem matar seus cidadãos nem destruir suas construções. EXPLOSÃO NO SUL DE MANHATTAN. Subtítulo: Dois Mortos, Cinco Feridos em Possível Ataque Terrorista. Deus abençoe todos aqueles caras do *Times*, nossos bons pais, tentando nos dizer o que precisamos saber (o que eles acham que precisamos saber) sem explorar indevidamente nossos desejos coletivos de ser excitados, de ser tranqüilizados, de cagar de medo. É fácil imaginar os homens (e mulheres, deve haver uma mulher ou duas) lá em Midtown, agoniados para decidir quanto pânico eles devem ou não inspirar, à espera de novos detalhes. O *Post* e o *News*, evidentemente, não tinham a mesma preocupação. TERRORISTA LOUCO NO PONTO ZERO no *News*, TERROR ATACA NOVAMENTE no *Post*.

A essência das três matérias era a mesma; só o tom variava. Homem-bomba não identificado mata Dick Harte, magnata imobiliário, e morre no atentado. Nada ainda sobre o fato de o homem-bomba ser um garoto — o pessoal do setor tinha conseguido de algum modo manter as testemunhas isoladas, por enquanto. Comparações óbvias com o que o Hamas e os outros faziam em Israel. O repórter do *Post* fabricara alguma coisa sobre o homem-bomba ter gritado "Alá é grande" — encontrou algum lunático que se dizia testemunha ou então inventou tudo por conta própria —, mas, à parte isso, nada de extraordinário; só, evidentemente, o próprio evento. Os três jornais tinham juntado o que conseguiram sobre Dick Harte, embora a viúva e os filhos não estivessem falando. Havia fotos: um sujeito de aparência escrupulosamente comum, cinqüenta e três anos, com aquela estranha e pueril ausência de expressão que alguns homens às vezes adquirem quando ficam calvos, quando aquela grande testa em forma de cúpula faz seus traços parecerem menores e mais inocentes. Presidente da Calamus Development Corporation. A esposa,

Lucretia (*Lucretia?*), era uma decoradora estabelecida em Great Neck, onde eles moravam de fato. A filha Cynthia estava no último ano da escola pública, o filho Carl era segundanista numa escola da qual Cat nunca ouvira falar. O *Times* e o *Post* tinham publicado a mesma foto, em pose frontal, tirada sabe-se lá onde, que combinava com o obituário; o *News* desencavara uma fotografia de Harte em pé junto com alguns homens mais ou menos parecidos com ele, na inauguração de algo que Cat sabia ser mais um monólito de escritórios na Terceira Avenida.

Ela entrou em seu cubículo às nove, tomou seu lugar na cadeira ainda aquecida pela bunda dedicada de Ed. Examinou superficialmente os registros de Ed. Três ligações de pessoas reivindicando o atentado, todas elas escrupulosamente contempladas com rótulos vermelhos. Duas delas eram variações em torno da mesma idéia: agora vocês todos vão se arrepender (nenhuma indicação quanto àquilo de que deveríamos todos nos arrepender), e ainda não terminei; ambas eram vagas acerca de como haviam conseguido sobreviver à explosão e fazer o telefonema. A terceira ligação era de alguém que se dizia membro de uma coisa chamada Brigada do Esclarecimento e afirmava que o terror continuaria até que os EUA parassem de permitir que as mulheres matassem seus filhos antes do nascimento.

Pete apareceu por ali logo depois das nove, acariciando sua primeira xícara de café quente sem açúcar. "Como você está?", perguntou.

"O.k."

"Dormiu um pouco?"

"Um pouco."

Ele entrou no cubículo e se permitiu a ousadia de pôr a mão no ombro dela. Ela e Pete tinham mantido uma regra tácita de não se tocarem desde a noite em que, três meses antes, os dois estavam trabalhando até tarde e, de tão exaustos e desanimados, meteram-se juntos no banheiro feminino. Cat ainda não era capaz de dizer por que tinha feito aquilo; não estava nem remotamente interessada, e mesmo assim, misteriosa e inexplicavelmente, permitira que ele a levasse ao banheiro e de repente estava sentada na pia com as pernas em torno da bunda de meia-idade e sem atrativos dele; ele, porque ela deixara, porque naquele momento eles pareciam ser as únicas duas pessoas do mundo, porque sua mulher estava perdendo a visão e sua única filha tinha se tornado uma ecologista desvairada na América Latina, e ela porque... porque a mulher de Pete estava perdendo a visão e sua única filha tinha se tornado uma ecologista desvairada na América Latina, porque ela própria deixara seu único filho morrer, porque ficara recebendo telefonemas por doze horas, porque o pescoço de Pete lhe fazia lembrar o pescoço de seu ex-marido, porque aquele lugar era tão feio, silencioso e distante de tudo, porque ela dava a impressão de desejar, naquele momento, jogar tudo para o alto, decair, ser tão louca, destrutiva e irresponsável quanto as pessoas que telefonavam para ela. Ela e Pete nunca haviam falado sobre aquilo. Ambos sabiam que nunca aconteceria de novo.

"Tem certeza de que quer trabalhar hoje?"

"Absoluta. Descobriu alguma novidade?"

"Os técnicos estão dizendo que o garoto tinha treze, talvez catorze anos, mas era pequeno para sua idade. Parece que era saudável, pelo que descobriram até agora."

"Odeio isso."

"Quem não odeia?"

"Eu não quis dizer isso apenas. Quis dizer *tudo* isso."

Pete fez que sim com a cabeça, de um modo cansado, circunspecto. Cat hesitou. Havia uma regra não escrita na unidade. Ninguém especulava, nunca. Ninguém dava uma de filósofo. Ninguém ficava ruminando sobre o notável crescimento do número de interlocutores menores de dezoito anos e visivelmente bem formados, nem sobre a elevação da taxa dos que levavam a cabo suas ameaças, de um a cada mil para um a cada seiscentos e cinqüenta nos últimos cinco anos. Ninguém ficava discursando sobre o colapso da família ou da civilização em geral; ninguém mostrava preocupação com gases atmosféricos, comida contaminada por radiação ou raios lançados à Terra por alienígenas hostis. Esse era o reino dos que faziam os telefonemas.

Cat disse: "Desculpe. Estou um pouco cansada".

"Claro que está."

Ela se endireitou na cadeira. "O que eles conseguiram com a mulher e os filhos?", perguntou. "Alguma coisa?"

"A mulher está histérica. A filha também. O filho veio de Vermont, cheio de disposição, quer ser útil e investigar a coisa até o fim *et cetera*, mas não é capaz de nos dizer nada. Papai era um sujeito decente. Treinava jogadores aspirantes, pagava as contas em dia. Quer minha opinião? Acho que o filho está mais feliz do que nunca."

"O que ele faz em Vermont?"

"Escola especial para quem tem baixo desempenho, garotos que usam mais drogas que o habitual. Uma coisa assim."

"Interessante."

"Estamos investigando isso."

"Eles estão com as fitas em Washington?"

"Estão."

"E vão entrar em contato?"

"Ninguém vai pegar você por ter deixado passar um indício tão pequeno."

Eu não devia ligar para ninguém. Meu Deus.

"A não ser, claro, que eles decidam que precisam de fato pegar alguém, e nesse caso eu pareço ser a melhor candidata."

"Improvável. Por que se preocupar com isso agora?"

"Obrigada."

"Volto aqui mais tarde para ver como vão as coisas."

"Você é o máximo."

Ela se pôs a trabalhar. Foi uma manhã movimentada, o que não surpreendeu ninguém. Sempre demorava umas vinte e quatro horas para os telefonadores ocuparem seus postos. Quando um grande evento chegava ao noticiário, só os mais impulsivos corriam imediatamente para o telefone. A maioria, os lunáticos pequeno-burgueses, precisava remoer o assunto, elaborar em sua própria mente a maneira como o evento em questão tinha a ver com eles, antes de decidir que alguém numa posição de autoridade devia ficar sabendo a respeito. Agora eles estavam em pleno ataque. Ela falara com cinco em seus primeiros vinte minutos, três deles tão dispersivos que nem mesmo Ed teria lhes atribuído tarja vermelha, um mero trio de vociferadores querendo que alguém soubesse que ainda não se tinha visto nada, que o pior ainda estava por vir, que o Dia do Juízo se avizinhava. O quarto era um inglês que queria lhe dizer que ouvira por acaso uma conversa no saguão do seu prédio e percebera que aquele incidente fazia parte do plano do seu vizinho de arruinar pequenos negócios no distrito financeiro; infelizmente, ele não podia dizer o nome do vizinho nem o seu próprio, por medo de represálias, mas, com base naquela informação, esperava que a polícia soubesse como agir. O quinto precisava dizer que uma certa prova tinha sido plantada no local do crime por adeptos da supremacia branca, para incriminar a fé muçulmana. Esse declarou seu nome: Jesus Mohamed, sacerdote da Igreja da Luz e do Amor. Dispunha-se a ajudar a polícia no que fosse necessário.

Ela deu rótulo vermelho ao inglês e a Jesus Mohamed, desencadeando assim as investigações sobre suas vidas e suas personalidades que iriam custar aos contribuintes, por baixo, uns quinze mil dólares. Ela se perguntava se aquelas pessoas sabiam, se ao menos passava pela cabeça delas, quanto dinheiro e energia elas queimavam pelo simples fato de darem aqueles telefonemas. Era melhor, claro, que não soubessem.

Entre um telefonema e outro, ela arquivou o que precisava ser arquivado, escreveu seus lembretes, verificou a correspondência, que não tinha nada de extraordinário, só meia dúzia de ameaças e uma praga, escritas algumas à mão, outras no computador e no que parecia ser uma máquina de escrever. As cartas sobre a explosão só começariam a chegar no dia seguinte. O dia começava a estabilizar seu *momentum*, a parecer um dia como os outros. Aquilo iria passar, não iria? Acabariam descobrindo que o garoto tinha sido um objeto sexual de Dick Harte, ou então descobririam que ele era só um louco comum (o novo tipo de louco comum), um esquisitinho sem amigos, saco de pancadas dos outros, obcecado por jogos de computador desde antes de ter aprendido a andar. Era — e que outra coisa poderia ser? — mais um desastre num mundo propenso ao desastre; trágico, mas inevitável. A vida seguiria em frente.

A ligação veio um pouco antes das dez e meia. Foi transferida diretamente para ela — quem telefonou pediu para falar com Cat Martin. Ela imaginou que fosse um de seus interlocutores assíduos. Um punhado deles lhe telefonava pelo menos uma vez por semana, e o dobro disso ligava esporadicamente, quando acabava o remédio, ou era lua cheia, ou os jornais (eram leitores, esses sujeitos) tinham noticiado alguma coisa terrível que podia, segundo uma lógica qualquer, ser culpa de alguém. Antoine sempre ligava para falar de alguma coisa que estorvasse a condução dos cidadãos (uma conspiração da indústria automotiva para eliminar o sistema de transporte público); Billy podia ser esperado toda vez que saísse alguma coisa sobre as condições hostis em outros planetas (uma tentativa permanente de disfarçar o fato de que alienígenas estavam aqui havia décadas e eram torturados em campos de concentração governamentais). Antoine, Billy e os outros tinham sido investigados muito tempo antes. Antoine vivia de um seguro de invalidez num pardieiro em Hell's Kitchen; Billy era lixeiro em Staten Island. Os assíduos tendiam a adorar padrões. Vasculhavam diariamente as notícias em busca de evidências suplementares. Ela não conseguia condená-los completamente. Quem não ansiava por padrões?

Ela atendeu. "Aqui é Cat Martin."

"Alô?"

Adolescente branco. As sinapses dela estalaram.

"Alô. Em que posso ajudá-lo?"

"Você falou com meu irmão?"

Cat pressionou a tecla verde. Surgiu a informação de que era uma ligação da área de código 212.

"Quem é seu irmão?"

"Ele me disse que tinha ligado para você."

Não, adolescente não. Esse garoto soava mais novo, nove ou dez anos. Sua voz era serena, até um pouco afásica. Drogas, provavelmente. Um punhado dos OxyContins da mãe.

"Qual é o seu nome?"

"Você falou com ele? Desculpe, mas preciso saber."

"Quando ele teria ligado?"

"Semana passada. Terça-feira."

Merda. Ali tinha coisa.

"Eu teria que verificar as gravações. Você pode me dar o nome dele?"

"Estamos na família. Não temos nomes."

Mantê-lo falando. Dar aos rapazes todo o tempo possível.

"Em que família vocês estão?", perguntou ela.

"Ele me disse que falou com você. Eu só quero ter certeza."

"Você está com algum problema? Não quer me deixar ajudá-lo?"

"Eu estive pensando. Você pode me dizer o que ele lhe contou?"

"Se alguém está fazendo mal a você, posso fazê-lo parar."

Não, nada de declarações. Formular todas as frases como perguntas. Mantê-lo respondendo.

"Eu não sabia."

"O que você não sabia?"

"Pensei que ele fosse simplesmente colocar a bomba em algum lugar e sair correndo."

"Você pode me falar sobre a bomba?"

"Você disse a ele para não fazer aquilo?"

"Quem é o seu irmão? O que você acha que ele fez?"

"Eu não devia ter telefonado. Só estou apavorado. Desculpe."

"Não vai me dizer do que é que está com medo? Não vai me deixar ajudá-lo?"

"É legal da sua parte. Mas você não tem como ajudar."

"Tenho, sim."

"Você é feliz?"

Que *porra*...? Ninguém jamais tinha lhe feito essa pergunta.

Cat disse: "Acho que você está *in*feliz. Tem alguém o obrigando a fazer alguma coisa que você não quer?".

"Você faria a mesma coisa. Não faria?"

"O que é que você acha que eu e você faríamos?"

"Somos todos a mesma pessoa. Todos queremos as mesmas coisas."

"Não podemos nos encontrar? Você não acha que deveríamos conversar pessoalmente?"

"Ninguém morre de fato. Seguimos vivendo na relva. Seguimos nas árvores."

Ele estava saindo de controle. Cat manteve a voz calma.

"Por que você acha isso?"

“Cada átomo meu pertence a você também.”

Clique.

Ela esperou um momento para ter absoluta certeza de que ele desligara. Quando levantou da cadeira, Pete já estava no cubículo dela.

“A porra de um A”, disse ele.

“Que diabo? *Irmãos?*”

“Ele estava num telefone público. Bem no alto de Washington Heights.”

“Eles já estão lá?”

“Estão a caminho.”

“Hum.”

“Aquela frase de novo: ‘Estamos na família’.”

“É de alguma banda de rock?”

“Até agora não descobrimos. Continuamos investigando.”

“Estão investigando filmes, programas de TV?”

“Estão, Cat. São bons nisso.”

“Certo.”

“O que foi aquilo que ele disse no final?”

“Não estou bem certa. Acho que era de Whitman.”

“O quê?”

“Acho que era um verso das *Folhas da relva*, de Walt Whitman.”

“Poesia?”

“Seria poesia, sim.”

“Puta que me pariu. Volto mais tarde para colocar as coisas em dia”, disse ele.

“Certo.”

Pete saiu às pressas. Cat tinha que permanecer a postos para o caso de uma nova ligação. Não receberia nenhuma chamada que não fosse nominalmente para ela.

Passaram-se trinta minutos. Esta era uma das coisas que ela não tinha previsto: o tempo de espera, o ficar à toa. Ao entrar no trabalho policial, ela se imaginara rodando por aí em carros disfarçados ou pousando de helicóptero. Não tinha antevisto tanto tempo de espera junto ao telefone. Não imaginara uma vida tão semelhante ao trabalho numa grande empresa, cumprindo devidamente sua pequena parte na engrenagem geral.

Cada átomo meu pertence a você também. Não era exatamente isso, mas quase. Um garoto que citava Whitman? Cat era provavelmente a única pessoa do departamento capaz de identificar aquilo; era, sem dúvida, a única no prédio que lera Winnicott e Klein, Whitman e Dostoiévski. Qualquer que fosse a diferença que isso pudesse fazer.

Você falou com meu irmão? Puta que pariu. Um garoto se auto-explode e seu irmão menor telefona para investigá-lo. Um quadro estava surgindo — havia aquilo pelo menos. Um garoto desaparecido que tinha um irmão mais novo — supondo que fosse verdade, mas quem saberia? — seria muito mais fácil de rastrear. Seriam filhos de fanáticos de uma seita? Isso era uma coisa mais rural, aqueles messiânicos que criavam filhos no meio do mato, ensinando-os a odiar o mundo pecaminoso e felicitando a si próprios por servir ao Senhor. Estava mais para Idaho ou Montana, aquelas famílias virtuosamente homicidas que de vez em quando saíam dos eixos. Mas os cinco distritos de Nova York também tinham a sua cota. Não haviam acabado de prender um sujeito que mantinha um tigre adulto e um jacaré bem grande em seu apartamento de um dormitório no Brooklyn? Essa gente estava por toda parte.

Ela poderia ter beijado Pete quando ele finalmente voltou.

"O que há de novo?", perguntou.

"O telefone fica na esquina da St. Nicholas com a 176. Longe de qualquer coisa. Nenhum garoto na área, nenhuma testemunha por enquanto."

"Merda."

"Você está bem?"

"Estou."

"Vou conferir de novo daqui a pouco."

"Obrigada."

Ficou sozinha. Estava encarcerada em seu cubículo, na esperança remota de uma nova ligação. Mamãe está esperando. Ligue para ela. Ela nunca vai deixar você sozinho.

A manhã passou. Cat arquivou algumas coisas, atualizou seus e-mails. Recebeu uma ligação, às onze e quarenta e cinco, de alguém procurando por Cat Martin, e seus cabelos curtos ficaram em pé, mas era apenas Greta, a única mulher entre seus interlocutores assíduos, telefonando para lhe dizer que a explosão fora causada pelo espírito atormentado de uma garota escrava que tinha sido assassinada no local em 1803 e que a única maneira de apaziguá-la era ir até lá imediatamente e celebrar o ritual da extrema-unção. Greta morava na Orchard Street, trabalhara como costureira por mais de cinqüenta anos, tinha oito netos, era provavelmente uma boa pessoa.

Todos queremos as mesmas coisas. Ela continuava a ouvir a voz aguda e hesitante do garoto, sua estranha cordialidade. Havia — como defini-lo? — algo de inocente nele. Abstraindo o assunto tratado, ele soaria a qualquer pessoa como um garoto decente e comum. Provável efeito de drogas, porém. Ou de desagregação mental.

Pete passava por ali regularmente, bendito seja, para dizer a ela que ainda não tinham encontrado coisa alguma, e ao meio-dia e meia ele lhe trouxe uma pizza da Two Boots.

"Parece um bom dia para dizer: 'Dane-se a dieta'", disse ele.

Pimentões e cogumelos. Ele conhecia o gosto dela. Ela lhe ofereceu uma fatia, prontamente aceita.

"Até onde você acha que vai a gravidade da coisa?", perguntou ele.

"Não sei bem. O que diz a sua intuição?"

"Que é uma coisa pequena que parece grande."

Cat dobrou a ponta da sua fatia de pizza, deu uma mordida grande e gulosa. Havia no mundo alguma coisa que fosse tão deliciosa, tão inteiramente satisfatória quanto uma fatia de pizza de pimentão e cogumelos?

Ela disse: "Você acha que são só os dois garotos".

"Acho. Penso nos irmãos Menendez."*

"Um garoto de catorze anos realmente despirocado, que não está mais entre nós, e seu impressionável irmão mais novo."

"Nosso primeiro imitador."

Ela concordou com a cabeça. Desde o Onze de Setembro, eles vinham matutando sobre a ausência de desdobramentos. Não a Al-Qaeda: essa era uma preocupação de outro departamento. Cat, Pete e o resto do pessoal da prevenção vinham se perguntando por que outros cidadãos comuns americanos não haviam se inspirado no evento. Aquilo tinha sido um presente dos terroristas aos gravemente perturbados. Agora você podia explodir um latão de lixo — ou gritar "Fogo!" num maldito cinema lotado — e causar à cidade de Nova York mais uma perda de um bilhão de dólares em receitas de turismo.

Ela perguntou: "Recebendo instruções de...?".

"Uma força superior. Você sabe."

Ela sabia. A cada dez casos de ameaças que chegavam às últimas conseqüências, nove eram de pessoas que estavam obedecendo a alguém ou a alguma coisa. Eram servos de uma causa.

* Em 1989, os adolescentes Lyle e Erik Menendez mataram os pais a tiros, nos Estados Unidos. (N. T.)

"O primeiro disse que era preciso obrigar as pessoas a parar", disse ela.

"Quer saber meu palpite? Dick Harte estava fazendo sexo com os dois."

"Não há registro de garotos desaparecidos de lugar algum próximo a Great Neck."

"Ele estava motorizado. Há garotos em toda parte."

Cat disse: "Eu não consigo imaginar Dick Harte como alguém que roda por aí procurando garotinhos para transar".

"Acontece o tempo todo."

"Eu sei. Estou falando sobre uma intuição, só isso."

"Tudo bem", disse Pete. "Dick Harte é um homem de família temente a Deus que nunca tocou em ninguém, a não ser em suas duas esposas. Por que o garoto o escolhe?"

"Estou só pensando alto. Prevejo que mais cedo ou mais tarde descobriremos um desaparecimento e encontraremos um pai que andou torturando seus filhos a vida toda. O mais velho, ao chegar a certa idade, decide que aquilo tem que ter fim, que alguém tem que pagar. Mas não consegue chegar ao ponto de matar o próprio pai. Escolhe um sujeito que parece seu pai. Alguém da mesma idade e tamanho."

"É possível."

"Se os meninos não eram da área, se não eram filhos de gente que Harte conhecia, isso sugere que eram o tipo de garotos que podiam ser abordados por um estranho de carro."

"O que acontece o tempo todo", disse Pete.

"Sem dúvida. Mas alguma coisa na voz desses meninos, especialmente na do segundo... Não consigo imaginá-los vagando por um parque, esperando que algum sujeito os apanhe em seu carro bacana e chupe seus pintos por dez dólares. Não me convence."

"Ei, supostamente você é que tem doutorado."

"Grande vantagem..."

"Então você acha que o cara que eles querem mesmo matar é o pai deles."

"Não me comprometa com isso."

"Nem pensei nisso."

"Prevejo que encontraremos um cidadão que está tão atormentado com o sumiço de seu filho mais velho que vem torturando o mais novo em dobro. O garoto acabará se revelando cúmplice do plano, será arrancado do seu desgraçado lar e colocado num outro lar desgraçado, onde vai morar e receber tratamento até atingir idade suficiente para sair, arranjar um emprego e criar uma família para começar a torturar seus próprios filhos."

"Sua visão é sombria", disse ele.

"A sua não é?"

"Por que um garoto assim iria citar poesia?"

"Boa pergunta. Estão vasculhando Whitman em busca daquela merda de 'na família'?"

"Já verificaram. Não é de Whitman."

"É uma pena."

"É mesmo."

Ela passou o dia esperando por uma chamada que não veio. Era engraçado — normalmente ela se sentia grotescamente popular no trabalho. Era muito procurada. Hoje estava ali sentada junto ao telefone, implorando para que ele tocasse, como uma colegial apaixonada.

Localizou uma especialista em Whitman da Universidade de Nova York, uma certa Rita Dunn, e marcou um encontro com ela para a manhã seguinte. À parte isso, ficou matando tempo. Arquivou mais algumas coisas. Reviu antigos relatórios que estavam abandonados no fundo de uma gaveta.

Ficou uma hora além do seu período de trabalho, e então desistiu de continuar esperando. Tinha seu celular, claro — se o garoto ligasse de novo, poderiam transferir a chamada para ela onde quer que ela estivesse. Caminhou para casa durante o crepúsculo de mais um dia perfeito de junho, em meio a cidadãos que se recusavam a abandonar o hábito de lhe parecer suspeitos. O sujeito que nervosamente descarregava caixas de um caminhão de padaria, o corredor com blusão de Princeton, até mesmo o cego que tateava a rua com sua bengala — todos pareciam terroristas potenciais. Eles *eram*, de fato, potenciais. Todo mundo era. O truque consistia em seguir vivendo com a convicção de que quase todo mundo era, na verdade, inofensivo. Essa a ironia crucial do trabalho. Se você não tomasse cuidado, podia ficar tão paranóico quanto as pessoas com quem lidava.

Somos todos a mesma pessoa. Todos queremos todos as mesmas coisas.

Seu apartamento lhe pareceu particularmente pequeno. Tinha a faculdade de crescer ou encolher, dependendo de como tinha transcorrido o dia. Hoje lhe pareciam ridículos aqueles pequenos cômodos em que ela, uma mulher de trinta e oito anos, de formação refinada e cara, se via morando. Lembre-se: é um privilégio. No mercado atual, um minúsculo apartamento de um quarto na Fifth Street custa mil e quinhentas pratas, no mínimo. Dê-se por satisfeita com sua vida de inquilina. Aproveite o fato de viver acima da linha da pobreza.

Ela ia se servir de um copo de vodca, mas desistiu. Melhor permanecer sóbria e fria como uma rocha, para o caso de o garoto telefonar. Preparou então uma xícara de chá, apanhou seu Whitman na estante e se aninhou no sofá com ele.

I celebrate myself,
And what I assume you shall assume,

For every atom belonging to me as good belongs to you. *

Whitman, Walt. Ela não pensara nele, de fato, desde a época da faculdade. Sim, ela era uma leitora ávida, mas não o tipo de pessoa que ficasse sentada em casa à noite para ler poesia por prazer. Sabia o básico: grande poeta visionário americano, viveu em alguma parte do século XIX e produziu em sua longa existência esse livro enorme, que ele não parou de revisar e ampliar, do mesmo modo que um outro homem poderia ter passado a vida reformando e ampliando sua casa. Grande, com uma enorme barba de Papai Noel, um chapéu desajeitado. Gostava de meninos.

Gostava de meninos, não gostava? Era verdade? Folheou o livro.

Twenty-eight young men bathe by the shore,
Twenty-eight young men, and all so friendly,
Twenty-eight years of womanly life, and all so lonesome. **

Certo. E o que mais?

The beards of the young men glisten'd with wet, it ran from their long hair,
Little streams pass'd all over their bodies.
An unseen hand also pass'd over their bodies,
It descended tremblingly from their temples and ribs. ***

* "Eu celebro a mim mesmo,/ E o que eu aceito você aceitará,/ Pois cada átomo que pertence a mim pertence também a você." Walt Whitman, *Song of myself*, parte 1. (N. T.)

** "Vinte e oito rapazes banham-se na praia,/ Vinte e oito rapazes, e todos tão amáveis,/ Vinte e oito anos de uma vida de mulher, e todos tão solitários." Walt Whitman, *Song of myself*, parte 11. (N. T.)

*** "As barbas dos rapazes reluziam com as gotas d'água que caíam de seus longos cabelos,/ Pequenos rios escorriam por seus corpos,/ Uma invisível mão também percorria seus corpos,/ e descia trêmula pela fronte e pelas costelas." Walt Whitman, *Song of myself*, parte 11. (N. T.)

Teria o garoto lido aquilo? Talvez sim, talvez não. Ele havia citado a estrofe inicial, nada mais. Um garoto esperto pescava todo tipo de coisas.

Ainda assim, havia algo de sexual naquilo. Um garoto abraça um homem mais velho e explode junto com ele.

Somos todos a mesma pessoa. Todos queremos as mesmas coisas.

Ela seguia ouvindo a voz dele em sua cabeça. Exibindo seu desempenho infantil, ela pensou. Uma criança fazendo o possível para atuar como uma criança.

Contudo, ela não intuía o homicida dentro dele. O garoto, evidentemente, era louco por definição. Ainda assim, ela se orgulhava de certa habilidade para detectar os verdadeiramente perigosos. Não era capaz de especificar os detalhes, embora houvesse uma abundância de sinais bem documentados. Aquilo era outra coisa. Um cheiro, um bafo. Um zumbido — essa era a melhor palavra de que dispunha para aquilo. Como se ela pudesse ouvir o minúsculo som produzido por uma ligação ruim, a partícula de transmissão defeituosa que fazia do assassinato mais do que mera fantasia.

O que complicava as coisas era o fato de que, de quando em quando, alguns deles tinham razão. As indústrias de tabaco tinham *mesmo* descoberto um ingrediente secreto que fazia os cigarros viciarem mais. Os norte-coreanos vinham *de fato* seqüestrando turistas japoneses para instruir seus espiões sobre os detalhes dos costumes japoneses. Aqueles ruídos vindos do apartamento vizinho eram produzidos por um tigre adulto de verdade.

Ouviu alguma coisa no corredor, bem perto da sua porta. Um arranhão. Como um salto raspando no chão de ladrilho. Era provavelmente Arthur, o vizinho do lado, fazendo uma pausa para sua respiração enfisêmica antes de continuar cambaleando, mas ela conhecia os ruídos que Arthur fazia; conhecia *todos* os sons habituais que os moradores produziam nos corredores. Aquele não era familiar.

Ergueu a cabeça até então inclinada para o livro. Apurou os ouvidos.

Lá estava ele de novo. Um som furtivo, de raspagem. Se estivesse no meio do mato, poderia ser um gambá arranhando as telhas.

O mato — dentes no escuro lá fora?

Ela se levantou, foi até perto da porta e ficou ali parada. Nada, agora. Mesmo assim estava trêmula. Um pouco trêmula. Dada a situação. Ela não tinha arma, embora trabalhasse na prevenção. Nunca quisera ter uma. Agora considerava a idéia.

Ela disse "Olá?", e se sentiu envergonhada pelo temor infantil de sua voz. Que se fodessem. Que se fodessem os que a queriam ver mansinha. Abriu a porta.

Ninguém. Só a melancolia habitual do corredor, sua repulsiva luz de aquário, seus ladrilhos da cor de dentes podres. Deu um passo para fora e olhou devidamente em volta. Vazio. O som viera provavelmente da rua ou do outro apartamento vizinho (onde o jovem casal drogado e divagante estava sempre empenhado em algum projeto misterioso que envolvia pequenas marteladas e um infindável arrastar de móveis). Não havia nada nem ninguém.

Demorou mais um instante para que ela visse o que estava na parede diante de sua porta. Em giz branco, numa letra cursiva perfeita, ainda que um tanto artificial, de escola primária, alguém escrevera: MORRER É DIFERENTE DO QUE CADA UM SUPÕE, E MAIS AUSPICIOSO.

Nem Pete nem os rapazes do FBI puderam obter muita coisa. Eles interrogaram os vizinhos, claro, e claro que ninguém sabia de nada, nem tinha visto pessoa alguma agir de modo estranho etc. Como todos os moradores sabiam, era um tanto trabalhoso mas não impossível se esgueirar pelo labirinto de ruelas e depósitos de lixo atrás do prédio e entrar sorrateiramente pela porta quebrada dos fundos. Os habitantes do prédio tinham acabado de celebrar o quinto aniversário de sua campanha permanente para convencer o proprietário a consertá-la.

Em pé na sala de estar de Cat, suando majestosamente, Pete sorvia o expresso que ela fizera para ele.

"Como está o café?", perguntou ela.

"Forte."

"É o único jeito que eu sei fazer."

"Sinceramente, não tenho a menor idéia de como esse idiota descobriu onde você mora."

"Há pelo menos uma dúzia de possibilidades."

"Certo."

Essa era uma das surpresas — não havia nenhum sistema elaborado para manter os policiais anônimos. Isso só acontecia no cinema. A bem da verdade, o sistema que de fato existia era para os figurões de alto escalão, e não funcionava muito bem. Praticamente qualquer pessoa com força de vontade e um computador podia rastrear um policial, um agente do FBI ou um auditor da Receita, bater à sua porta numa noite qualquer e entregar uma mensagem letal. Só os chefões mais graduados tinham proteção.

Pete disse: "Quer que um dos homens fique com você esta noite? Ou prefere ir para um hotel?".

"Posso passar a noite no apartamento do Simon."

"Se eles conseguiram o seu endereço daqui, podem saber também a respeito dele."

"O prédio do Simon é provavelmente mais seguro que o quartel-general do FBI. Algum rei exilado mora numa das coberturas, além de um punhado de empresários altamente seqüestráveis."

"Você telefonou para ele?"

“Ia fazer isso agora. A esta altura ele já deve ter se livrado do seu cliente.”

“Ligue para ele. Quero que você se acomode em algum lugar.”

Ela discou para Simon do seu celular. Contou-lhe toda a história.

“Meu Deus”, disse ele.

“Estou, para falar a verdade, meio aturdida.”

“Venha agora mesmo.”

“Eu vou.”

Pete a levou. Deixaram os rapazes do FBI recolhendo as dez mil impressões digitais de cada centímetro do local. Quem sabe? Talvez eles descobrissem alguma coisa.

Pete entrou no saguão do prédio de Simon na Franklin. Deu um discreto assobio de admiração diante do revestimento de marchetaria em bordo, da silenciosa explosão de lírios rosados sobre a mesa da recepção.

“Que luxo”, murmurou sob a respiração.

Ela se apresentou a Joseph, o eficientíssimo porteiro coreano.

“Até amanhã”, ela disse a Pete.

“Deve ser bacana”, disse ele.

“Vejo você amanhã cedo”, respondeu ela bruscamente.

“Certo. A gente se vê de manhã.”

Simon a esperava no apartamento. Abraçou-a. Ela se surpreendeu ao perceber que estava a ponto de chorar, não tanto de exaustão ou nervosismo, mas de pura alegria de ter alguém a quem recorrer.

“Inacreditável”, sussurrou ele.

“Inacreditável”, disse ela.

Ela sentou no sofá, rejeitou a oferta de uma bebida. Adorava o apartamento dele, sentia-se devidamente culpada por adorá-lo, mas adorava mesmo assim. Quatro quartos amplos no vigésimo segundo andar, mais de três metros e meio de pé-direito. As pessoas que caminhavam nas ruas lá embaixo, que procuravam as bananas menos amassadas no mercado da esquina, que esperavam não ser atropeladas pelos táxis — elas não tinham a menor idéia do que pairava sobre elas, daqueles oásis de granito e ébano, daqueles santuários. Das planícies devastadas às alturas alpinas, onde viviam os magos. Ali em cima eram as luzes do templo e uma isolada quietude de neve.

Simon era colecionador. Mapas do século XIX, porcelana chinesa, brinquedos clássicos, caixas de música. Cat continuava sem saber: por que aqueles objetos específicos, entre todas as coisas que havia no mundo? Nunca perguntara. Preferia o mistério. Simon comprava e vendia futuros. Ele via alguma significação especial nos mapas, nos vasos, nos brinquedos. Ela gostava que fosse assim. Já bastava o tempo que passava buscando explicações no trabalho.

Simon sentou-se ao seu lado. "E agora, o que acontece?", perguntou.

Ela viu o brilho em seus olhos. Ele estava excitado.

"Eles estão investigando meu prédio. Não acho que vão encontrar alguma coisa."

"Como podem não encontrar nada?"

"Há milhares de impressões digitais num prédio como o meu. E... Bem. Está na hora de você saber. Não somos realmente tão bons nisso. Trabalhamos duro, muito duro. Mas uma boa parte do tempo acabamos simplesmente prendendo a pessoa errada, e essa pessoa vai para a cadeia, e todo mundo se sente mais seguro."

Simon permaneceu em silêncio, balançando a cabeça afirmativamente. Não parecia surpreso, ou decidira não parecer surpreso. Disse: "O telefone público é estranho, não é? Por que não um celular?".

"Os celulares têm donos. Esse cara é brilhante, a seu modo. Baixa tecnologia é a melhor opção. Você põe algumas fichas, diz o seu discurso e cai fora. Não podemos vigiar cada telefone público das cinco regiões da cidade. Esses merdinhas são espertos."

"Vocês acham que vão conseguir pegá-lo?", perguntou Simon.

"Temos que conseguir. Não podemos deixar escapar uma coisa tão grande."

"E o seu papel é...?"

"Voltar para o trabalho amanhã cedo e esperar uma nova ligação."

"Só isso?"

"Por enquanto, só."

Ele estava desapontado, claro. Queria vê-la rodando por aí num carro disfarçado. Queria que ela solucionasse o caso, salvando a pátria. Não era sexy nem interessante ficar esperando ao lado do telefone. Era — diga logo — maternal demais.

Ela disse: "Eu estava lendo Whitman. No mesmo momento um maníaco escrevia um verso de Whitman na parede diante do meu apartamento".

"Nunca li Whitman", disse ele.

Claro que não. Você é Cedar Rapids. É Cornell e mestrado em administração em Harvard. Sua gente não faz poesia. Não precisa dela.

Breque.

Ela disse: "Chapman levava consigo um exemplar do *Apanhador no campo de centeio* quando atirou em John Lennon".

"Na sua opinião, por que o garoto teria escolhido Whitman?"

"Estou tentando descobrir."

"Por que Chapman escolheu Salinger?"

"Bem, eu diria que era para alimentar a percepção narcisista que tinha de si mesmo como um ermitão sensível. Ele se identificava com Holden Caulfield. Holden estava certo e o resto do mundo estava errado. Outras pessoas podiam considerar uma má idéia matar John Lennon, mas Chapman achava que sabia mais que elas."

"Você acha que o seu garoto sente a mesma coisa com relação a Whitman?"

"Não sei. Vou falar amanhã com uma pessoa que estuda Whitman na Universidade de Nova York."

"Está cansada?"

"Meu Deus, se estou."

"Vamos dormir."

Cat se enfiou embaixo das cobertas enquanto Simon ainda estava no banheiro, cumprindo seus rituais. O quarto de Simon era o santuário supremo, onde ficava guardada a melhor parte de seu tesouro. Ao longo da parede sul, prateleiras exibiam fileiras e mais fileiras de vasos, pratos e jarros de um verde pálido e um cinza lunar. Na parede oposta uma coleção de engenhocas antigas e caixas de música encarava as peças de porcelana. Tios Sam de ferro fundido, carros de bombeiro puxados por cavalos, ursos dançarinos, caixas entalhadas que ainda guardavam as canções favoritas de gente morta cem anos antes. *Brinquedinhos, observem a serenidade perfeita de um jarro milenar. Peças de porcelana, nunca esqueçam o quanto os humanos sempre amaram uma canção sentimental e o som de uma moeda caindo da máquina.*

Cat se deixou afundar nos travesseiros macios, nos lençóis de tecido finíssimo. Claro que gostava daquilo. Por que não iria gostar? Tinha chegado ali por acaso. Se ela e Simon não tivessem ido ao Citarella casualmente na mesma hora (comeram os melhores bolinhos de siri; ela adorava bolinhos de siri), se não estivesse chovendo, se eles não tivessem feito sinal para o mesmo táxi no mesmo momento...

Simples assim. Rápido e fácil. Um pequeno gracejo no banco de trás do táxi. (*Você vende o futuro? Quero dizer, puta merda. Você fala com assassinos?* Isso sim *é uma puta merda.*) Uma xícara de café e aquela coisa que ele fazia com os polegares, cingindo o aro da xícara, tamborilando um pouco. Ele tinha belos polegares (ela era obcecada por mãos masculinas) e um jeito especial de comprimir o lábio inferior — foi isso o que fez a coisa acontecer, inicialmente. Pouco tempo depois, ele se revelou um daqueles homens que se importam se uma garota está sentindo prazer, e ela gostou de saber disso. Tudo bem, ele era mais concentrado do que apaixonado, seu jeito de fazer amor tinha algo de negociação (é preciso fechar esse acordo, é preciso manter o cliente satisfeito), mas mesmo assim ele era carinhoso na cama, e ela julgou que poderia, com o tempo, fazê-lo relaxar. Havia aquela compenetrada determinação dele em vê-la gozar; havia a impossível beleza e a segurança de sua opulenta vida de branco. Suas coleções e seus sofás macios de couro, seu gigantesco chuveiro cromado. O que tinha sido mais importante no começo: os polegares, os lábios e o sexo dedicado ou o patrimônio?

O homem. Ela não era daquele tipo. Nunca correra atrás de sujeitos ricos, nem na juventude, quando era devidamente tentadora.

Fosse como fosse, ali estava ela, segura, no quarto dele, bem acima das ruas. Era — admita — mais ou menos uma cagada. Provavelmente. Era um pouco cru. Não era? Ela dava a ele uma certa bossa mundana; massageava seu ego. Ela o tornava mais complicado. E ele lhe dava, bem... aquilo ali.

E amor. Ela de fato o amava, e ele parecia amá-la também. Ela passara anos sem qualquer coisa que pudesse ser chamada de amor. Não imaginara encontrar Simon ou alguém daquele tipo, mas ali estava ele. Ali estavam seus polegares, lábios e sobrancelhas; ali estavam sua seriedade e sua prosperidade; ali estava sua personalidade secreta, aquela pequenina, ofendida, zangada qualidade que ela percebia nele, que ela julgava detectar no rosto dele quando dormia.

Simon saiu do banheiro nu e achegou-se a ela na cama. Disse: "Você acha que o garoto vai ligar de novo?".

"É difícil saber."

"Você deve ter um palpite, não?"

Ela disse: "Uma vez que o perpetrador faz um contato como esse, há grande chance de querer retomá-lo".

Dane-se, fale sacanagens para ele. Você está cansada demais para resistir.

"Faz sentido", disse ele.

"O que você tenta fazer", explicou ela, "é suplantar o objeto existente. Se tiver sorte, se tiver muita sorte, pode se tornar a pessoa que o sujeito ama e deseja destruir. Ele começa a redirecionar todo esse sentimento para você."

Que vergonha. Isso nem era verdade. Só papo erótico.

"Assim como acontece na psicoterapia", disse Simon.

"Sim e não. Você precisa ser compassivo e ao mesmo tempo impositivo com alguém desse tipo. Um sujeito assim em geral quer um chefe. Uma voz na cabeça dele está dizendo para fazer algo que ele suspeita que esteja errado. Ele quer uma nova voz. Foi provavelmente por isso que ligou na primeira vez."

Era o bastante? Agora eles poderiam simplesmente fazer sexo, ou não fazer, e ir dormir?

Ele disse: "Então, você está tentando se tornar a voz na cabeça dele?".

Passou a ponta rósea de um dedo pelo antebraço dela, como se estivesse lendo em braile. Eles poderiam fazer juntos um bebê maravilhoso, sem dúvida. Pele cor de caramelo, cabelo de caracóis revoltos. Cat provavelmente ainda era jovem o bastante. Talvez fosse.

"Sim", disse ela. "Em oposição aos extraterrestres, ou à CIA, ou ao que seja."

"Você tenta ser a nova ilusão, melhor que a outra."

"Isso mesmo. E, se não funcionar, você caça o desgraçado e fode com ele."

Funcionou. Simon a beijou e levou a mão até seu peito.

Ela acordou faltando quinze para as quatro. Manteve por cinco minutos a remota esperança de voltar a dormir, então escorregou para fora da cama. Foi para a sala de estar, tirou *Folhas da relva* da bolsa e começou a ler:

I have said that the soul is not more than the body,
And I have said that the body is not more than the soul,
And nothing, not God, is greater to one than one's self is,
And whoever walks a furlong without sympathy walks to his own funeral, drest in his shroud,
And I or you pocketless of a dime may purchase the pick of the earth,
And to glance with an eye or show a bean in its pod confounds the learning of all times,
And there is no trade or employment but the young man following it may become a hero,
And there is no object so soft but it makes a hub for the wheel'd universe,
*And I say to any man or woman, Let your soul stand cool and composed before a million universes.**

* "Eu já disse que a alma não é mais que o corpo,/ E já disse que o corpo não é mais que a alma,/ E que nada, nem Deus, é maior, para cada um, que seu pró-

Fechou o livro, foi até a janela e contemplou a cidade adormecida. Dali, tudo o que estava vinte e dois andares abaixo parecia adorável e remoto. Havia luzes, silêncio e as poucas estrelas suficientemente brilhantes para penetrar na névoa da metrópole. Havia as janelas de Tribeca e depois o céu vazio.

Onde estaria o garoto naquele exato momento? Estaria dormindo? Tinha a impressão de que não. Imaginava-o lá fora, tão desperto quanto ela própria; talvez estivesse olhando também por uma janela.

Luke teria doze anos agora. Desde que ele morrera, ela tivera a certeza de que ele estava em algum lugar; sentia isso tão profundamente quanto sentira sua presença dentro dela pouco depois da fecundação. Nunca fora religiosa. Não permitira que o sofrimento a mandasse rastejando para a igreja. Talvez isso pudesse ter ajudado, mas era algo que não estava dentro dela; parecia-lhe uma espécie de insulto final a hipótese de forjar súbitas convicções histéricas das quais ela passara toda a infância tentando escapar. Tudo bem, leve meu filho, mas não espere que eu vista o véu e me ajoelhe diante da estátua. Não espere que eu bata palmas ou erga minha voz em cânticos. Se tivesse feito isso, ela teria se perdido completamente.

Entretanto, Luke não tinha desaparecido. Ela não tinha idéia de onde ele pudesse estar. Não estava no céu, e não era um

---

prio eu,/ E que quem caminha duzentos metros sem compaixão caminha para seu próprio funeral, vestido em sua mortalha,/ E que eu ou você, sem um centavo no bolso, podemos comprar a nata do mundo,/ E que lançar um mero olhar em volta ou mostrar o feijão dentro de sua vagem confunde o saber de todas as épocas,/ E que não há ofício ou emprego em que um jovem não possa se tornar herói,/ E que não há coisa alguma fraca demais para ser o eixo da engrenagem do universo,/ E digo a qualquer homem ou mulher: Deixe que sua alma se erga serena e impassível diante de um milhão de universos." Walt Whitman, *Song of myself*, parte 48. (N. T.)

fantasma, mas estava em algum lugar. Não tinha evaporado. Ela sabia disso com uma certeza visceral. Era sua única crença. Isso e a ação da justiça num mundo perigoso.

Perigo — nosso pai verdadeiro?

Onde vivem os mortos?

Estas cortinas — Simon é mesmo de confiança?

Ela se enfiou na cama pouco antes do amanhecer. Não estava com nem um pouco de sono, mas se fizesse de conta, se atuasse como alguém prestes a cair no sono, talvez pudesse enganar a si mesma, como fazia às vezes. Simon respirava regularmente a seu lado, murmurava no meio de um sonho. Ele nunca tinha problemas para dormir. Ela tentava não odiá-lo por isso.

Estava ainda entre o sono e a vigília quando seu celular tocou. Eram seis e dez.

"Aqui é Cat Martin."

"Cat, estou com o seu interlocutor na linha. Vou transferi-lo agora mesmo."

Era Erna, ligando do centro. O coração de Cat disparou. Simon abriu os olhos, piscou confusamente. Ela pôs um dedo sobre os lábios.

Disse: "Vá em frente, Erna".

Houve o breve soluço eletrônico da transferência. E então lá estava a voz dele.

"Alô?"

Soava ainda mais jovem do que ela se lembrava.

"Alô. Quem é?"

"Hum. Eu liguei antes."

"Sim."

Manter a calma. Manter o tom prosaico.

"Eu podia me meter numa encrenca", disse ele.

"Você não está em encrenca nenhuma, se me deixar ajudá-lo. Você escreveu uma coisa numa parede ontem à noite?"

"O quê?"

"Você me escreveu uma coisa ontem à noite? Numa parede?"

"Ah. Sim."

"O que estava tentando me dizer?"

"Bem. O que estava escrito."

Simon estava sentado na cama agora, observando-a, com os olhos bem abertos.

"Você acha que é auspicioso morrer?", perguntou ela. "Acha que morrer é uma coisa boa?"

"Acho que ainda não quero morrer", disse o garoto.

"Quem quer que você morra?"

"É assim que funciona. Eu não sabia. É assassinato, se você não vai, também."

"Tem alguém mandando você machucar a si próprio?"

"Eu bato e rufo o tambor pelos mortos."

"Isso é Whitman, não é?", perguntou ela.

"Quem?"

"Walt Whitman. Você aprendeu essas palavras com Walt Whitman?"

"Não. Walt não fala desse jeito."

"Onde as aprendeu então?"

"Em casa."

"Escute. Escute com muita atenção. Alguém está lhe dizendo para fazer coisas que são ruins para você, que são ruins para outras pessoas. Não é culpa sua. Alguém está machucando você. Você me diz onde está e eu vou aí ajudá-lo."

"Não posso."

"Não precisa ter medo. Não há nada a temer, mas você precisa me deixar ajudá-lo. Diga-me de onde está ligando. Pode dizer. Está tudo bem."

"O próximo é hoje."

“Conte-me o que ele está obrigando você a fazer. Você não precisa fazer.”

“Tenho que ir.”

“Não vá. Você está em apuros, e não é culpa sua. Posso ajudá-lo.”

“Você acha que uma grande cidade resiste?”

“O que você acha?”

“Adeus.”

Ele desligou.

Simon disse: “Era ele”. Tremia inteiro, com intensa competência.

“Era.”

“O que ele disse?”

“Fique quieto um minuto, está bem?”

O celular dela tocou, como ela previa. Era Pete.

“Puta que pariu”, disse ele.

“Onde ele estava?”

“Telefone público em Bed-Stuy.”

“Vão fazer outro hoje.”

“Isso é o que ele diz. O que você acha?”

“Assim, de improviso, eu diria que não tenho certeza.”

“Obrigado por compartilhar sua opinião.”

“Eu diria que ele falava sério.”

“Eu também diria. Que merda era aquela sobre Walt?”

“Francamente, agora você me pegou. O idiotinha parece ter decorado o livro inteiro.”

“Ele diz que as palavras vêm de casa. O que isso significa?”

“Eles são vagos, Pete. Como você bem sabe.”

“Em quanto tempo você pode chegar ao escritório?”

“Vinte minutos. Mais ou menos.”

“Vejo você lá.”

Ela desligou. Simon olhava fixo para ela, numa prontidão executiva.

"Tenho que ir para o trabalho", disse ela.

"Certo", disse ele.

Ele estava incrivelmente deslumbrante daquele jeito, ele que era uma figura potente em seu próprio círculo, mas não passava de um espectador naquele ali, no da esposa por assim dizer, olhando para ela com aqueles seus inverossímeis olhos de ágata, com seu cabelo eletricamente desordenado, seu rosto com a barba por fazer. Pareceu por um momento que ela podia parar, simplesmente parar; jogar seu emprego para o alto e mudar-se com Simon para o reino *dele*, para sua vida de alta octanagem e baixo risco, para a quietude e a segurança dele, comprando e vendendo o futuro, garimpando mapas e jarros para trazê-los para casa. Ela estava a caminho de um escritório austero onde o equipamento era ultrapassado e o ar-condicionado pifava a toda hora, onde a maioria dos seus colegas eram direitistas fanáticos ou estudantes medianos ou apenas esquisitos demais para trabalhar em empresas privadas, que exigiam os melhores e mais brilhantes; onde os vilões eram tão patéticos e fora de forma quanto os heróis; onde toda a luta entre a ordem e o caos não encerrava nenhuma beleza, nenhuma filosofia, nenhuma poesia; onde a própria morte parecia barata e fajuta. Ela queria — como poderia dizer a ele? — buscar abrigo em Simon, viver pacificamente ao lado dele em sua beleza eriçada e descuidada, em seu contentamento elétrico. Ela queria abandonar-se ali, ficar. Mas evidentemente ele não iria querê-la desse jeito.

Ela saltou da cama. "Ligo para você mais tarde", disse.

"Certo", respondeu ele.

Ficaram em silêncio. Agora seria a hora de um deles dizer "Amo você". Se estivessem nesse ponto.

"Até mais", disse ela.

"Até", respondeu ele.

Era um verdadeiro Dia das Bruxas na repartição. Ela nunca sentira o ar tão agitado. Aquilo nunca tinha acontecido de verdade: um psicopata anunciando suas intenções, com todas as indicações de que as levaria a cabo. Era coisa de cinema.

Ed estava quase ejaculando nas calças. Seu cabelo, ou o que restava dele, parecia estar em pé.

"Que inferno", disse.

"Descobriram alguma coisa em Bed-Stuy?", perguntou ela.

"Neca. Queria que fosse *eu* a falar com ele."

"E o que você lhe diria?"

"Acho que ele precisa de uma figura paterna."

"Você acha?"

"Não se ofenda. Está fazendo um ótimo trabalho com ele."

"Do meu jeito."

"Sem ofensa. Só acho que talvez um homem pudesse tirar mais coisas dele. É uma tremenda sorte ele ter ligado aqui e se apegado a você."

"Você não acha que uma mulher tem a mesma eficácia com ele?"

"Ei. Não venha dar uma de Angela Davis pra cima de mim."

Ed era um daqueles sujeitos da nova safra, que pareciam pensar que se fossem francos a respeito de seu sexismo e de seu racismo, se simplesmente chegassem *dizendo* as coisas abertamente, estariam pelo menos semi-absolvidos. Pareciam pensar que, se o racismo era inevitável, o melhor, o mais varonil e honroso, era ser sincero. Ela, francamente, preferia o sigilo.

"Eu nem sonharia com isso", disse ela.

"Um pai mau está dizendo a ele para fazer coisas más. Um pai bom talvez tivesse uma chance maior de mandá-lo fazer coisas boas. Uma figura materna não tem a mesma autoridade. Ela é um refúgio. Não pode se contrapor ao pai mau. Só pode consolar."

"Não sou capaz de expressar o quanto espero que você esteja errado sobre isso."

"Tomara que eu esteja. Vamos *pegar* esse merdinha."

Ed tinha um timbre assassino na voz. Tinha a pura e reluzente convicção dos quase inteligentes. Quando Ed ficava assim, Cat ouvia o *plim* dentro de sua cabeça. Ele era um verdadeiro homicida.

"Ééé", disse ela. "Vamos pegá-lo."

Pete entrou no cubículo, trazendo café preto para ela.

"Você é um amor", disse ela.

"Estamos na estaca zero", contou ele.

"Nunca estamos na estaca *zero*."

"Examinaram os registros dentários de mais de dois mil garotos desaparecidos. Nenhum deles corresponde aos dentes que encontramos."

"Que decepção."

"É como se aquele primeiro garoto tivesse surgido do nada."

"Ou como se ninguém soubesse, ou se importasse, que o primeiro garoto está desaparecido."

"Eu sei, eu sei. É curioso, de todo modo."

"Concordo. É curioso."

Ed entrou na conversa. "Ou alguém nunca teve o cuidado de mandar seu filho a um dentista."

"É sempre uma possibilidade", disse Cat. "Você notou como ele começa a se desmantelar quando fica agitado?"

"Continue", disse Pete.

"Sua coerência desmorona. Ele começa a despejar versos de Whitman. Ou, como ele diria, de casa."

"Ele se torna cada vez mais aleatório", sugeriu Ed.

"Talvez", disse Cat. "Ou talvez, na cabeça dele, ele se torne cada vez menos aleatório. Tenho o palpite de que o poema *é* a linguagem dele. É o que está na sua cabeça. Talvez, para ele, dizer algo como 'Estou com medo de morrer' exija um esforço maior do que 'Você acha que uma grande cidade resiste?'."

"*Isso* é que soa como um esforço e tanto, para mim", disse Ed.

Cat quis dizer "Tenho um palpite", mas não podia dizer esse tipo de coisa na frente de Ed. Ele usaria aquilo contra ela. Ela era a garota formada na Columbia, que lera mais livros que todos os homens juntos, que ingressara no serviço público porque não conseguira montar um escritório próprio. Era agressiva demais e qualificada de menos. Era alguém que se fiava em palpites.

Ela disse: "É só uma idéia, Ed. Para mim, parece que é um bom momento para darmos rédeas às nossas idéias, não acha?".

Postura majestosa, dicção professoral. Ela precisava mesmo parar com aquilo. O problema é que funcionava. Na maior parte das vezes.

"Claro, claro", disse Ed. "Com certeza."

"Tem alguma coisa estranha nas associações que o garoto faz", disse ela. De volta a uma voz normal. "É como se ele estivesse programado. Um conceito determinado aciona o mecanismo, ele tem a frase, mas não tem a visão geral que dá sentido ao circuito. Ele é como um veículo dos desejos de outra pessoa. A poesia significa alguma coisa para ele, mas ele não é capaz de dizer o que é."

"Pensei que tivéssemos uma evidência a esta altura", disse Pete. "São *garotos*."

"Alguém os está instigando", disse Cat.

"Não sei", disse Ed. "Ninguém assumiu a autoria até agora."

Cat disse: "A menos que, quem quer que seja o autor, ele *deseje* que esses garotos nos falem. A menos que seja essa a sua maneira de assumir a autoria".

Pete disse: "Comecei a ler o tal livro do Whitman ontem à noite. Não vejo nenhum sentido nele, francamente".

"Vou encontrar uma mulher da Universidade de Nova York mais tarde."

"Ótimo."

"O que mais nós sabemos sobre Dick Harte?", perguntou Cat.

"Um monte de coisas", respondeu Pete. "Mas nada que chame a atenção. Nenhum histórico de envolvimento com meninos. Nem com meninas. Nada que pudéssemos encontrar. É tudo muito padrão. Cursou escola de direito..."

"Onde?"

"Cardozo. Não Harvard. Exerceu durante alguns anos, depois entrou no ramo de imóveis. Casou com uma moça decente, ficou rico, abandonou a moça decente e casou com outra moça decente, mas mais bonita. Teve dois belos filhos com a segunda mulher. Casa grande em Great Neck, casa de campo em Westhampton. Tudo somado, um sujeito muito comum."

"Exceto por todo esse dinheiro", disse Cat.

"Certo. Mas é de imóveis. Não encontramos negócios escusos. Seus funcionários não o amavam, mas também não o odiavam. Recebiam salários em dia. Recebiam benefícios. Tinham bônus de Natal todos os anos, além de uma festa no Rihga Royal."

"De acordo com a minha experiência", disse Cat, "muito poucos ricos não têm inimigos."

"Todos os inimigos dele eram do seu nível. Rivalidades normais de negócios, sujeitos que ele passou para trás, sujeitos cujos imóveis ele vendeu por um preço baixo. Mas essas pessoas não o *odiavam*. Não funciona desse jeito. É como um clube. Dick Harte era um dos sócios menos desprezíveis."

"E o que me diz do filho que teve de ser mandado para estudar em Vermont?"

"Só um garoto perturbado. Envolveu-se com drogas, as notas começaram a baixar. Mamãe e papai o despacharam para o interior. Tenho certeza de que eles não estavam contentes com isso, mas não me parece grande coisa."

"O que Dick Harte estava fazendo no Ponto Zero?", perguntou Cat.

"Ele fazia parte de um grupo de empresários que faz pressão para que haja mais espaço para lojas e escritórios na reconstrução. Em oposição aos que defendem um memorial e um parque."

"Isso pode significar uma grande coisa para muita gente", disse Cat.

"Mas para um garoto de dez anos?"

"É um garoto de dez anos que decorou *Folhas da relva*."

"Um maluco", acrescentou Ed.

"Ou talvez um sábio", disse Cat.

"Uma coisa não exclui necessariamente a outra", disse Pete.

"Não", respondeu Cat. "Não exclui."

Ela passou a manhã esperando em seu cubículo, ansiosa por uma nova ligação. Quem eram os grandes personagens que esperavam na literatura?

Penélope — esperando por Odisseu, desfazendo a cada noite o que tecia durante o dia

Rapunzel, em sua torre

Branca de Neve, a Bela Adormecida e todas as outras princesas comatosas

Não conseguiu pensar em nenhuma história de homens cuja tarefa era esperar. Mas, como dissera Ed, *Ei, não venha dar uma de Angela Davis pra cima de mim*. Faria o possível.

Ouviu a fita várias vezes. Examinou *Folhas da relva*.

They prepare for death, yet are they not the finish, but rather the outset,
They bring none to his or her terminus or to be content and full,

Whom they take they take into space to behold the birth of stars,
to learn one of the meanings,
To launch off with absolute faith, to sweep through the ceaseless
*rings and never be quiet again.**

Ah, garoto. Quem você quer levar ao espaço para ver o nascimento das estrelas?

Às dez e meia, ela jogou o celular dentro da bolsa e saiu rumo ao gabinete de Rita Dunn na Universidade de Nova York. Dunn ficava num prédio na Waverly. Um daqueles prédios, Cat nunca soube exatamente qual, tinha sido a tal fábrica opressora, onde ocorrera o incêndio. Ela conhecia a história vagamente — as saídas tinham sido bloqueadas para impedir as trabalhadoras de escapar mais cedo do serviço. Alguma coisa assim. Houvera um incêndio, com todas aquelas mulheres trancadas lá dentro. Algumas tinham saltado. De um daqueles prédios — seria o mesmo no qual ela estava entrando? — mulheres com as roupas em chamas tinham saltado, estatelando-se bem ali na calçada ou um pouco mais adiante. Agora aquilo tudo era a Universidade de Nova York. Era alunos e consumidores, uma cafeteria e uma livraria que vendia blusões de moletom da universidade.

Cat subiu ao nono andar e se anunciou à secretária do departamento, que lhe indicou com a cabeça o corredor.

Rita Dunn se revelou uma ruiva quarentona, vestida com

* "Elas [as palavras dos verdadeiros poemas] preparam para a morte, e contudo não são o fim, mas sim o começo,/ Elas não levam ninguém à estação final, nem deixam ninguém contente e pleno,/ Aqueles que elas arrebatam, elas levam ao espaço, para que vejam o nascimento das estrelas, para que aprendam um dos significados,/ Para que partam com fé absoluta, atravessem os anéis sem fim e não parem nunca mais." Walt Whitman, *Song of the answerer*, parte 2. (N. T.)

um paletó verde de seda e pesadamente maquiada. Delineador escuro, ruge aplicado com perícia. Em torno do pescoço, um colar de contas cor de âmbar pouco menores que bolas de bilhar. Parecia mais uma patinadora artística aposentada do que uma professora de literatura.

"Olá", disse Cat. Deu a Rita Dunn um momento para se recompor. Ninguém dizia: "Pelo telefone você não parecia uma negra". Mas todo mundo pensava.

"Olá", respondeu Rita, e sacudiu a mão de Cat com entusiasmo. As pessoas adoravam conversar com policiais quando não estavam enrascadas.

"Obrigada por abrir uma brecha em seu tempo para me receber."

"É um prazer. Sente-se."

Indicou para Cat uma cadeira rangente de imitação de couro diante de sua escrivaninha e sentou-se, ela própria, atrás da escrivaninha. Seu gabinete era um caos de livros e papéis (*irmã na desordem*). Na parede atrás dela, um pôster de Whitman — narigão batatudo de velho, olhinhos escuros mirando de uma fresta em meio ao algodão da barba e do cabelo. Na janela do gabinete de Rita Dunn, a folhagem de uma planta aranha balançava diante da vista do Washington Square Park. Será que um dia costureiras se precipitaram para aquela janela, perseguidas pelas chamas? Teriam elas subido àquele peitoril e saltado?

"Então", disse Rita Dunn. "Você quer saber uma ou duas coisas sobre o senhor Whitman."

"Quero."

"Posso lhe perguntar o que está procurando exatamente?"

"Está relacionado a um caso que estou investigando."

"Tem alguma coisa a ver com a explosão?"

"Sinto muito, mas não posso discutir os detalhes."

"Entendo. Um caso envolvendo Walt Whitman. Ele está em apuros?"

"Eu sei que não é comum."

Rita Dunn juntou os dedos em forma de telhado íngreme, tocou com eles seus lábios cor de mogno. Cat sentiu, abruptamente, a força da atenção dela. Era palpável. Como se alguém tivesse apertado o botão de ligar, uma faísca cintilou em seus olhos perfeitamente delineados. Certo, pensou Cat. Você se veste desse jeito para tapear os homens, não é mesmo? É uma guerreira clandestina.

"Gosto das coisas incomuns", disse Rita. "Gosto muito. Você pode me dar uma pista a respeito de por onde podemos começar?"

"Digamos o seguinte. Pode me dar alguma idéia da mensagem de Whitman a seus leitores?"

"Sua mensagem era complicada."

"Entendi. Diga apenas o que lhe vem primeiro à mente."

"Hum. Você sabe alguma coisa, mínima que seja, sobre ele?"

"Um pouco. Eu o li na faculdade. E tenho lido de novo."

"Ótimo. Está bem. Whitman, como você provavelmente sabe, foi o primeiro grande poeta visionário americano. Ele não celebrava somente a si próprio. Celebrava todas as pessoas e todas as coisas."

"Certo."

"Ele passou a vida, e foi uma vida longa, ampliando e revisando *Folhas da relva*. Publicou o livro por conta própria. A primeira edição apareceu em 1855. Houve nove edições ao todo. A última, que é chamada edição do leito de morte, apareceu em 1891. Você pode dizer que ele estava escrevendo o poema que *era* os Estados Unidos."

"Que ele amava."

"Que ele de fato amava."

"Você o chamaria de patriótico então?"

"Não é bem o termo correto para Whitman. Não acho que seja. Homero amava a Grécia, mas a palavra 'patriótico' lhe parece certa para ele? Acho que não. Um grande poeta nunca é algo tão provinciano."

Ela apanhou uma espátula com cabo de madrepérola, correu a ponta de um dedo pela lâmina. Aristocratas que aspiravam chegar a um trono qualquer talvez se vestissem de um modo tão impecavelmente exagerado, pensou Cat. Talvez possuíssem o mesmo substrato de vigilância feroz e cordial.

Cat disse: "Mas, lendo-o hoje, alguém poderia interpretá-lo como patriótico? Poderia *Folhas da relva* ser lido como uma espécie de hino nacional ampliado?".

"Bem, você não acreditaria em algumas das interpretações que já ouvi. Mas, na realidade, Whitman era um extático. Era uma espécie de dervixe. O patriotismo, você não acha, implica uma determinada noção fixa de certo e errado. Whitman simplesmente amava o que *existia*."

"Indiscriminadamente?"

"Sim e não. Ele acreditava no destino. Imaginava que a sequóia estava feliz pelo machado, porque era o destino da árvore ser derrubada."

"Então ele não tinha nenhum senso particular de bem e mal."

"Ele entendia a vida como transitória. Não estava particularmente preocupado com a moralidade."

"Certo", disse Cat.

"Isso ajuda alguma coisa?"

"Hum-hum. A frase 'Na família' significa alguma coisa para você?"

"Você quer saber se eu a reconheço como sendo de Whitman?"

"Não é de Whitman."

"Achei mesmo que não era. Embora eu não possa dizer que saiba cada verso."

"Mas a frase sugere alguma coisa a você?"

"Não muito. Você pode situá-la em algum tipo de contexto?"

"Digamos, como uma declaração. Se alguém lhe diz 'Estou na família'. À luz de Whitman."

"Bem. Whitman se identificava com todo mundo. Em Whitman não há vidas insignificantes. Há donos de fábricas e trabalhadores de fábrica, há grandes damas e prostitutas, e ele se recusa a tomar partido de qualquer um deles. Considera-os todos valiosos e fascinantes. Considera-os prodigiosos."

"Do mesmo modo, digamos, que um pai se recusa a favorecer um filho em detrimento dos outros?"

"Sim, suponho que você possa dizer isso."

"E quanto à idéia de trabalhar para uma companhia?"

"Como assim?"

"Se alguém diz 'Todos nós trabalhamos para a companhia'. À luz de Whitman."

"Hum. Eu poderia fazer uma interpretação arriscada, suponho."

"Faça isso, por favor."

"Bem. Quando Whitman publicou a primeira edição de *Folhas da relva*, a Revolução Industrial estava em pleno andamento. Pessoas que tinham vivido em fazendas ao longo de gerações estavam todas mudando para as cidades grandes na esperança de ficar ricas."

"E..."

"Um punhado delas de fato enriqueceu. Quase todas as outras trabalhavam doze horas por dia nas fábricas, seis dias por semana. Era o fim do mundo agrário e o início do mundo mecanizado. Você sabia que o *tempo* universal não existia até por volta do final do século XIX? Eram duas horas numa aldeia, três horas em outra. Foi só com as ferrovias transcontinentais que todos nós tivemos que chegar a um acordo sobre quando eram duas ou quando eram três, para que as pessoas pudessem tomar seus trens. Demorou o tempo de uma geração inteira só para convencer as pessoas de que elas tinham que se apresentar no trabalho todo dia à mesma hora."

"Todo mundo trabalhava para a companhia, por assim dizer."

"Pode-se dizer que sim. Mas, na verdade, é impossível enquadrar um poeta como Whitman dessa maneira. Ele estava escrevendo sobre a industrialização? Sim, estava. Estava escrevendo sobre a família? Certamente. E estava também escrevendo sobre desmatamento, sobre sexo, sobre a expansão para o oeste. Você pode abordá-lo de praticamente qualquer ângulo e encontrar alguma coisa que parece sustentar uma tese ou outra."

"Entendo."

"'Pleno da paixão, vibração e força da Vida, alegre, formado sob as leis divinas para as ações mais livres, o Homem Moderno eu canto.' Receio que se você insistir em concentrar demais o foco aqui ou ali, você perde o sentido maior."

Cat disse: "'Morrer é diferente do que cada um supõe, e mais auspicioso'".

"Você também decorou o seu Whitman, então."

"Só um ou dois versos. Não quero tomar mais o seu tempo."

"Acho que não fui de muita ajuda."

Ela se levantou graciosamente, uma duquesa compadecida que atingira os limites de sua habilidade em interceder nos mistérios mais ordinários do mundo, em suas pragas e calamidades naturais. Havia desgraças que seriam provavelmente enfrentadas de modo mais apropriado pelos métodos locais — por cânticos e fogueiras rituais, pelo rabisco de pentagramas.

"Posso lhe fazer mais uma pergunta?", disse Cat. "Não tem a ver com Whitman."

"À vontade."

"Foi aqui que aconteceu o incêndio, aquele que matou todas aquelas mulheres? Foi neste prédio?"

"Não, na verdade aquele prédio fica logo depois de virar a esquina. Faz parte do departamento de bioquímica agora."

Cat se levantou e foi até a janela. Embaixo estava tudo calmo. Havia estudantes apressando-se para a aula e, no final do quarteirão, o brilho da folhagem do Washington Square Park.

Ela telefonou para Pete do seu celular quando saiu à rua.

"Ashberry."

"Acabo de falar com a especialista em Whitman."

"Ela disse alguma coisa?"

"Ao que parece, você pode interpretá-lo como uma espécie de voz do *status quo*. Por exemplo, se você trabalhasse numa ocupação horrível numa fábrica, doze horas por dia, seis dias por semana, ali estava Whitman para lhe dizer que sua vida era formidável, que sua vida era poesia, que você era um rei em seu mundo pessoal."

"Você acha que o garoto pensa assim?"

"Acho que *alguém* pensa assim. Acho que alguém está falando pela boca desse garoto."

"Você está voltando para cá?"

"Estou."

"A gente se vê."

Pete estava esperando no cubículo de Cat quando ela chegou. Não perguntou sobre Whitman. Disse: "A mulher de Dick Harte acaba de nos dar alguma coisa".

"O quê?"

"Ele acordou no meio da noite, na véspera do dia em que foi morto. Disse ter ouvido um barulho."

"Um barulho?"

"Uma dessas coisas que acontecem no meio da noite."

"Ele ficou assustado?"

"Ela não disse assustado. Apenas que ele disse que ouviu um barulho. E que ele disse que ia ver o que era."

"*Ela* ficou assustada."

"Sim. Mas toma uma coisinha para ajudá-la a dormir. Não levanta facilmente, ao que parece."

"E?"

"E ele levantou, saiu do quarto. Ficou fora por uns dez minutos. Voltou, disse que não era nada e os dois voltaram a dormir."

"É isso?"

"É isso", disse Pete.

"Acha que quer dizer alguma coisa?"

"Provavelmente não. O que você acha?"

"É difícil dizer. Provavelmente não."

"Pelo menos agora ela está falando."

"E a filha?"

"Ainda na estratosfera. Seriamente perturbada."

"Que acontece com o filho?"

"Cooperativo à beça. Assustado e cooperativo. Detetive juvenil, parece estar gostando de sua fama súbita."

"Como as pessoas em geral gostam."

"Ele é uma figura, conforme descobrimos. Sério histórico de drogas, ultimamente convertido a Jesus. Aquela escola em Vermont é, basicamente, uma prisão para garotos ricos."

"Interessante."

"Semi-interessante. Você não acha que o filho está envolvido, acha?"

"Não. Não acho."

"Não vamos conseguir nada com a família, me parece. Quero dizer, não acho que exista alguma coisa a ser conseguida."

"Provavelmente você está certo", disse ela.

No entanto, uma imagem invadiu sua mente. Ela imaginou Dick Harte desperto, caminhando por uma casa grande e escura, de pijama (ele estaria de pijama, não estaria?; um homem calvo de cinqüenta e três anos, sem nenhum registro de drogas ou de sexo ilícito, um homem que pagava suas contas em dia, cuja bela mulher número dois mandava a si própria a Plutão toda noite, com a ajuda de uns fármacos básicos), averiguando um suspeito ruído noturno. Como seria estar na pele de Dick Harte? Estaria ele satisfeito? Estaria se sentindo próspero em seu íntimo? Será que ele tivera uma premonição aquela noite, bem ali na abundância imponente de Great Neck? Cat imaginou-o descendo as escadas, caminhando descalço sobre o parquê e os tapetes orientais, não encontrando nada de errado, mas preocupado. Imaginou-o indo até uma janela — uma janela da sala, digamos, de vidro duplo, com opressivos desenhos em relevo (a esposa é decoradora, certo?); digamos que essa janela abrisse para uma extensão de gramado negro, com sebes e roseiras e a escura cintilação de uma piscina. Ela viu Dick em pé à janela, olhando para fora. Viu-o percebendo — ele teria sentido, mais do que visto — que uma criança estava em seu gramado, um garoto magricela, ereto e alerta, estranho e solene: uma sentinela, contemplando a casa dormente de Dick Harte da maneira como um guerrilheiro poderia lançar um último olhar a uma aldeia, com suas luzes apagadas e seus habitantes adormecidos, antes de incendiá-la. A criança teria desaparecido imediatamente, nada mais que uma sombra em forma de criança, dissolvida numa mancha de escuridão onde uma roseira não ostentava flor alguma. Dick teria se afastado, dando de ombros, e voltado para a cama, assegurando a sua dopada esposa que não havia nada a temer.

Pete disse: “Só queria que você soubesse. Vejo você mais tarde”.

“Estarei bem aqui. No meu tear.”

"Hein?"

"Nada. A gente se vê depois."

Sentou-se à sua mesa, retomando a espera. Seria possível que o garoto tivesse ido à residência de Dick Harte para ver seu parceiro de morte em casa? Improvável. Ela estava fazendo uma projeção. Admita: você quer que Luke esteja lá fora no escuro, espionando você. Você quer e você teme. Não pôde deixar de imaginar a si própria olhando para a Fifth Street de sua janela, tarde da noite, e vendo-o na calçada, com três anos de idade, fitando a janela com os olhos bem abertos. Ali estaria ele, de olhos escuros, curioso, dado a acessos inexplicáveis de riso, com os dedos dos pés um pouco tortos, apaixonado por caminhões e por qualquer coisa da cor vermelha.

Ele estaria amoroso? Ou furioso? Ele a teria perdoado?

Um corte em seu coração. A decisão do doutor me mandou para a Columbia. O que me trouxe aqui.

O que ela havia feito para merecer perdão? Nada lhe vinha imediatamente à lembrança.

Aconteceu quando faltavam dez para as cinco.

Cat soube primeiro por Aaron, o sujeito da radioescuta. Ele passava correndo por seu cubículo e enfiou sua cabecinha de lontra porta adentro.

"Houve mais um", disse.

"O quê?"

"Acaba de chegar a informação. Central Park."

"O que você sabe?"

"Parece a mesma coisa. Bomba. Bem junto à Fonte Bethesda."

Saiu em disparada. Cat levantou da cadeira num salto, trombou com Pete quando saía para o corredor.

"Merda", disse Pete.

"O que você sabe?"

"Na porra do Central Park. Na porra da Fonte Bethesda."

"Um garoto?"

"Ainda não sei. Estou indo para lá."

"Também vou."

"Você não pode ir. Seu lugar é aqui."

Certo. O trabalho dela era ao telefone. Não dava para saber quem telefonaria, e seu celular captaria o som ambiente se ela fosse ao local do evento. Era melhor não discutir.

"Mantenha-me informada", disse.

"Tá."

Ela voltou para seu cubículo.

Ele tinha feito, então. O merdinha caminhara até alguém no parque e levara-o junto consigo para contemplar o nascimento das estrelas.

Ela ficou ali. Não havia mais nada que pudesse fazer. O departamento balançava e se agitava em torno dela; ela era seu centro imóvel. Chegaram notícias. A vítima era um tal Henry Coles, afro-americano, vinte e dois anos, casado mas separado. Um filho de cinco anos, que vivia com a mãe. Trabalhava no Burger King. O perpetrador, de acordo com uma testemunha, era um garoto de onze ou doze anos, vestido com uma camiseta dos Mets* e algum tipo de boné. Henry Coles tinha saído para caminhar e desfrutar um pouco de luz e de ar antes do início do seu turno de trabalho. O garoto veio por trás, abraçou-o e explodiu.

Merda.

Cat ouvia fiapos das conversas telefônicas que aconteciam nos outros cubículos. Hoje não houve o habitual efeito retardado — os cidadãos da Dimensão Bizarra estavam seriamente per-

* *Mets*: famosa equipe nova-iorquina de beisebol, cujo nome oficial é New York Metropolitans. (N. T.)

turbados. *Por que você acha que o governo iria querer fazer isso? Você, pessoalmente, conhece membros da Al Qaeda? Quando seu televisor alertou pela primeira vez sobre a nação ariana?*

O telefone de Cat não tocou. Ela esperou. Não havia mais nada que pudesse fazer.

Pensou em Henry Coles, irmão de outro planeta. Ou antes, de outro país ali no próprio planeta dela. Ela naturalmente não conhecia Henry Coles, e se Ed Short ou outro do seu tipo tivesse ousado generalizar a respeito do pobre filho-da-puta aniquilado, ela lhe teria metido a mão. Não estava para brincadeiras. Mas, vá lá, em particular, ali na inquietação da sua semi-sala, ela podia deixar a mente divagar um pouco. Vinte e dois anos, com um filho que ele não sustentava (não fritando hambúrgueres), provavelmente pondo em prática um golpe ou outro, tentando sobreviver, tentando ser digno, se não poderoso, batalhando a cada momento para se sentir alguém, para seguir em frente, para não desmoronar, para não estar no lugar errado na hora errada, para não cometer o erro que poderia jogá-lo numa prisão para o resto da vida. Ela conhecia, sim, Henry Coles. Tinha sido casada com ele.

Ou não. Daryl conseguira mais do que trabalhar no Burger King; era esperto e elegante; ganhara um dinheiro razoável trabalhando para o Serviço de Encomendas United (era capaz de *entregar*, puxa se era) e estava freqüentando aulas preparatórias para direito na Hunter. Porém, não tinha como passar, tinha? Não possuía a dicção correta; não possuía a postura. A mãe de Cat nunca se cansara de insistir que Daryl não estava à sua altura. Cat tivera vestidos de igreja e aulas de piano. Haviam lido para ela todas as noites.

Daryl. Ainda penso em seu pescoço e em suas mãos. Espero que Los Angeles esteja dando certo para você. Espero que esteja pensando no curso de direito novamente.

Ela o imaginou caminhando pelo Central Park, como podia muito bem ter feito. Andando com passos largos, esperançoso, assustado e furioso, consciente do desassossego que causava às moças brancas que empurravam carrinhos de bebês, mortificado com aquilo, alegre com aquilo. Para trás, vacas. Dick Harte podia ter erguido arranha-céus, mas não era capaz de assustar as mães no Central Park simplesmente ao passar por elas. Cat viu Henry Coles atravessar diante da fonte exatamente como Daryl poderia ter feito, erguendo os olhos para o anjo de perfil vincado e grandes pés de moça do campo; o anjo que estava sempre ali, dia e noite, estendendo suas pesadas asas para todos, mas oferecendo o paraíso apenas a seus escolhidos. Para trás, vaca. Vou fazer meu próprio paraíso. E você não vai estar nele.

E então, vindos de trás, dois pequenos braços o envolveram. Então, luz ofuscante e o anúncio de um barulho impossível.

Ela se esforçou para imaginar o menino. Não havia muito com que trabalhar. Camiseta dos Mets, algum tipo de boné. Ela o viu pequeno, mesmo para a sua idade; pálido e sério; uma criatura espectral com olhos extraordinariamente brilhantes e pequenos dedos ágeis, como os de um gambá. Um Gollum, um menino encantado. Ele teria sido um bebê apático, e à medida que foi crescendo tornou-se passivo e medroso, estranhamente vazio, infinitamente sugestionável; uma personalidade postiça, um daqueles seres misteriosos desprovidos de uma essência íntima, algo que todas as outras pessoas tomam por certa. Teria sido, ao longo de toda a sua curta vida, um membro plausível do mundo dos mortos, esperando sua hora chegar.

Ela ficou por ali até depois das sete, quando Pete voltou.

"Oi", disse ele.

"Oi."

Ele se recostou na parede do cubículo. Ela nunca o vira tão exausto. Seus olhos estavam úmidos; seu rosto, cheio de manchas.

"O que sabemos?", perguntou ela.

"Garoto negro, boné baixado sobre o rosto, e então, bum. Não sobrou mais nada para a testemunha ver."

"Era negro?"

"Assim diz a testemunha."

Ele devia ter presumido que ela era branca, quando telefonou. Era natural. Garotos negros sempre presumem que a pessoa em cargo de poder é branca.

Mas o garoto tinha soado a ela como um branco também. Engraçado. Duas pessoas negras, a policial e o homicida, cada um presumindo que o outro fosse branco. Engraçado.

Estamos na família. Já não temos nomes mais.

Ela disse a Pete: "Ao que parece, eles não eram parentes, então".

"É improvável. Saberemos assim que tivermos o exame de DNA."

"Um garoto branco eliminou um sujeito branco, e um garoto negro eliminou um sujeito negro."

"É."

"Um sujeito negro que trabalhava no Burger King."

"Ele não tinha nem mesmo um endereço. Dormia aqui e ali. Nos últimos tempos estava aboletado na casa da mãe, na rua 132."

"Bem diferente de Dick Harte."

"Não poderia ser mais diferente."

"É como se eles estivessem dizendo que ninguém está seguro. Você não está seguro se é um magnata dos imóveis e tampouco está seguro se trabalha para ganhar salário mínimo."

"Parece verdade."

"Continuo pensando nessa merda de 'na família'."

"Vamos descobrir alguma coisa sobre isso. Provavelmente é algum obscuro videogame japonês. Ou uma dessas igrejas mercenárias."

"Você acha que acabou por aqui?", disse ela.

"Espero que sim."

"Dois garotos malucos que diziam ser irmãos."

"Quer jantar?"

"Quero."

Ela apanhou a pilha de folhetos de refeições para viagem na gaveta de cima de sua mesa. Decidiram por comida tailandesa.

Pete disse: "Pode ser que não haja um padrão".

"Vamos encontrar um."

"Tem certeza?"

Ela hesitou. Que diabo, não tenha medo de falar. Vocês são uma dupla de funcionários públicos exaustos esperando sua comida tailandesa chegar; vocês podem transgredir as regras.

"Eu fico pensando", disse ela. "Está ficando cada vez mais difícil *ver* os padrões, não acha?"

"Estamos todos atarantados nos últimos dias."

"Espero que seja isso. Espero que simplesmente não estejamos sendo capazes de ver o que está aí."

"Ou seja..."

"Ou seja, espero que exista alguma coisa a ser vista. Espero que não seja apenas... aleatoriedade. Caos."

"Não é."

Ela o encarou de modo firme e duro. Por um momento, pensou: "O que vou fazer é ter outro filho e criá-lo longe de tudo isto, numa casa nas montanhas, junto a um córrego não poluído onde ainda nadam peixes não mutantes, onde teremos livros e não teremos televisão, e vou enfrentar da melhor maneira possível o tédio e o racismo, vou dar um jeito, não vou ficar sentada num banquinho de bar toda noite, vou ficar em casa e ler para o garoto, e durante os dias vou trabalhar na clínica local ou ser orientadora num colégio, ou aprender a tricotar blusas e vendê-las naquelas malditas feiras de artesanato". E também pensou: "Se você tivesse algum juízo, Pete Ashberry, iria querer isso também. Iria admitir que somos imigrantes, que nossa terra natal é estéril demais para nós, dura demais; que o que deveríamos mesmo fazer é comprar um bom e confiável carro usado e rodar continente adentro para ver o que conseguimos encontrar para nós".

"Tenho certeza de que você está certo."

"Você fez um bom trabalho. Fez o melhor que alguém podia fazer. Você não tinha como salvar esse garoto."

E soou como uma branca no telefone

E deixou-o morrer

E sou uma vasilha rachada, e sou uma xícara vazia

"Nunca saberemos isso, não é?", disse ela.

"Seja menos dura consigo mesma."

"Estou tentando."

"Vai ficar bronqueada se eu lhe der um pequeno conselho?"

"Vai depender do conselho."

"Não misture essas coisas com o que aconteceu com seu próprio filho."

Ela balançou a cabeça afirmativamente, bateu de leve no queixo com o indicador. Provavelmente tinha sido uma burrice contar a Pete sobre Luke. Você relaxa o controle, trabalhando com alguém todo dia. Você lhe conta coisas. Faz sexo com ele no banheiro das mulheres.

Ela disse: "Você não tem algum tipo de *teoria* elaborada sobre mim, tem, Pete?".

"De jeito nenhum."

Um silêncio desceu e ficou. Será que ela o constrangera? Deixara-o envergonhado? O.k., então, dê-lhe alguma coisa. É um homem bom; gosta de você.

Ela disse: "Eu não o levei a um outro médico".

"Você não tinha razão para levá-lo."

"Não tínhamos mais dinheiro. Nosso seguro era uma merreca."

"E um médico lhe disse que eram gases. Crianças têm estranhas dores e pequenos desconfortos o tempo todo. Gases era um diagnóstico plausível."

"O diagnóstico errado."

"Você não sabia disso."

Eu suspeitei. Tive uma intuição. Decidi acreditar no médico. Disse a mim mesma: crianças têm estranhas dores e pequenos desconfortos o tempo todo.

"Não", disse ela. "Eu não sabia."

"Então seja menos dura com você mesma. Você consegue?"

Um corte no seu coração. Ele se meteu na cama, junto a Daryl e a mim, disse que sentia mais sede do que jamais sentira, e morreu. Bem ali.

"Claro", disse ela. "Consigo sim."

A comida chegou. Eles comeram, conversaram sobre outras coisas, jogaram fora as embalagens vazias. Pete voltou para sua sala. Cat ficou por ali mais um pouco, sem nenhuma boa razão. Só restava a limpeza agora, só restava a investigação; os rapazes ensandecidos estavam mortos, e o trabalho de descobrir quem eles eram caberia a outros. Discou o número de Simon. Ele telefonara três vezes desde o evento, deixara mensagens. Acreditaria quando ela lhe dissesse que estivera ocupada demais para ligar de volta, embora fosse, obviamente, uma mentira. Ela era a pessoa menos ocupada no departamento. Ela evitara falar com Simon (admita) porque não se sentira com disposição para isso, não se sentira disposta a ser firme, apaixonada e sabida.

Amelia a transferiu para ele.

"Cat. Meu Deus, eu estava preocupado."

"Desculpe não ter ligado antes. Está uma loucura aqui."

"Você pode sair daí agora?"

"Posso. A gente se encontra na sua casa, está bem? Você me dá um drinque e me põe para dormir."

"Feito. Vou poder sair daqui a uns quarenta e cinco minutos."

Quarenta e cinco minutos era um bom tempo para Simon. Quem podia saber que flutuações nos futuros precisavam de sua atenção imediata?

"Vou chegar lá pelas nove então."

"Ótimo. Você está bem?"

"Relativamente."

"Bom. Vejo você às nove."

Ela disse boa-noite a Pete e saiu para a rua. Caminharia um pouco entre os cidadãos aterrorizados, até que Simon pudesse se livrar dos detalhes do que quer que fosse que ele estava resolvendo.

Começou a descer a Broadway. Quem não soubesse o que havia acontecido poderia facilmente acreditar que era apenas mais uma noite qualquer na metrópole. As calçadas estavam um pouco menos abarrotadas, as pessoas se moviam com um grau a mais que o habitual de desconfiança e diligência, mas se você tivesse acabado de chegar da Mongólia ou de Uganda não teria senão as impressões turísticas de sempre. A cidade estava sendo chacoalhada apenas em suas partes menos visíveis, em seus filamentos, em seus sonhos sobre si mesma. As pessoas estavam assustadas e, sim, era impossível saber por enquanto quanto dinheiro estava se esvaindo, quantas reservas eram canceladas, quantas corporações cogitavam mudar de cidade, mas a Broadway ainda estava repleta de táxis e caminhonetes, as lojas ainda estavam abertas, infelizes ainda pediam trocados aos passantes. A engrenagem da metrópole, a imensa poesia dissonante da metrópole (obrigado, sr. Whitman), seguia ressoando. Era preciso derrubar um prédio para fazer as coisas parecer diferentes. Esta noite não havia vigílias à luz de velas, nem coroas de flores, nem mulheres em prantos. Tudo seguia em frente.

Quatro pessoas tinham ido para o espaço para contemplar o nascimento das estrelas. Tudo seguia em frente. O que mais se podia fazer?

Ela passou os olhos pelas vitrines ao longo da parte de baixo da Broadway. Estava faminta por normalidade, assim como poderia estar faminta por um sanduíche de *pastrami* no pão de centeio. Não queria ser ela mesma. Não naquele momento. Queria, naquele momento, ser uma consumidora, uma pessoa comum, sem temor, sem fadiga, livre de tudo o que não fosse a cota habitual de amargura e culpa, simplesmente alguém com um pouco de tempo para gastar a caminho da casa do namorado.

As vitrines naquele trecho estavam cheias de calças jeans, tênis de corrida, cosméticos em liquidação ou, de quando em quando, ervas chinesas. As lojas mais caras estavam nas ruas transversais. A Broadway era para os jovens, os quase-pobres, os que se encantavam facilmente. Ela não era jovem nem se encantava facilmente. Podia ter caminhado a esmo para leste ou para oeste, entrando em diferentes bairros, mas isso seria olhar as vitrines, e ela não conseguia fazer isso. Era trivial demais. Podia quando muito caminhar devagar ao longo de sua rota inevitável, esquadrinhando as vitrines pelas quais estaria passando de todo modo, sendo assim *casualmente* trivial, esperando até que fossem nove horas.

Foi logo depois que ela atravessou a Canal Street que a sensação voltou. Alguém a estava espiando. Ela continuou andando. Não olhou em volta. Não na mesma hora. Esperou até chegar a uma vitrine de loja (uma loja de quinquilharias, ao que parecia, mas não importava). Fez de conta que avaliava a mercadoria exposta e aproveitou para lançar um rápido olhar para a rua atrás de si. Nada e ninguém. O.k., um casal de brancos que se acotovelava disputando quinquilharias espalhadas pelo vento, uma mulher idosa sentada na beirada de um cais de carga, balançando as pernas maltrapilhas como uma criança velha e exausta.

Ainda assim, Cat tinha aquela sensação. O formigamento incômodo na parte de trás do pescoço.

Reajustou o foco, olhou de verdade para as mercadorias na vitrine. Empório da Gaya. Era um pouco estranho para a Broadway — um estabelecimento que combinava mais com o East Village. Sua vitrine estava abarrotada de bugigangas: um casaco andrajoso com gola de pele falsa, dois pares de patins antigos, um globo de luz de discoteca, montes de bijuterias emaranhadas, uma cabeça de manequim masculino com o queixo proeminente, beatificamente alegre sob uma multicolorida peruca afro. Uma miscelânea total — coisas que foram reunidas porque o dono da loja as encontrara em algum lugar e julgara que alguém talvez quisesse comprá-las. O mundo transbordava de produtos, velhos e novos; era impossível acomodar a todos. Nos níveis inferiores, a mera quantidade inviabilizava a organização.

Demorou-se um momento diante do triste butim. Para a maioria das pessoas do mundo, aquilo teria o aspecto de um tesouro, não teria? Era preciso estar entre a minoria privilegiada para saber que aquelas coisas eram uma porcaria mesmo quando novas, aquele casaco de falsa dama rica, aquela pastorinha de porcelana lascada, aquele pacote de misturadores de coquetel de plástico com cabos de sereias.

Em meio à bagunça das bijuterias havia uma tigela meio escondida. Tinha sido descuidadamente atulhada com broches dourados e um colar de pérolas falsas, mas o aro estava visível, alvo e brilhante como a lua, decorado em sua extremidade superior com símbolos de algum tipo, que talvez tivessem sido flores, anêmonas-do-mar ou estrelas. Quinquilharia, provavelmente — o que mais poderia ser, considerando-se o lugar onde tinha ido parar? — , e contudo não *parecia* quinquilharia, mesmo sob a luz fluorescente da vitrine. Parecia emitir um fulgor esmaecido, mas perceptível, como um relógio de pulso na escuridão, embora fosse de um branco bem puro. Parecia, pelo que ela podia ver da tigela, um tesouro fora do lugar, uma coisa genuinamente rara, confundida com um cacareco qualquer. Objetos assim apareciam de vez em quando, não apareciam? Os desenhos de Da Vinci não ficaram ocultos em meio a gravuras de botânica? As cartas de Melville jazeram empilhadas entre velhas contas e listas amareladas de compras. Seria, talvez, chinesa, a tigela? Seria algo que Simon gostaria de ter em sua coleção?

Entrou na loja. Cheirava a mofo e a lã suada, com um toque também de incenso de sândalo. Parecia mais a desordenada despensa de uma casa do que uma loja. Havia pilhas de sapatos, uma prateleira de roupas curvada pelo peso de velhos paletós e blusas, e uma cesta redonda de papelão que proclamava, em letras rabiscadas com pincel atômico, que as mercadorias dentro dela custavam cinqüenta centavos a unidade.

Uma mulher estava sentada no fundo, atrás de um balcão de vidro. Era desbotada e gasta como suas mercadorias. Seus cabelos grisalhos caíam até os ombros, e seu rosto era vago, como se alguém tivesse desenhado os traços de uma mulher na parte da frente da sua cabeça e depois tentado apagá-los. Ainda assim, ela era majestosa, à sua maneira decadente. Sentava-se ereta na cadeira, com um vaso cheio de penas de pavão à direita e um espelho oval à esquerda, como uma pequena rainha do submundo, soberana dos perdidos e irrelevantes.

Cat buscou assumir também uma postura régia. *Não tenho a menor intenção de enfiar sorrateiramente alguma de suas lamentáveis porcarias na minha bolsa.*

"Olá", disse a mulher, sem sinal algum de malícia ou suspeita. Dava a impressão de estar sentada ali entre aquelas coisas havia anos, esperando para ver se naquele dia alguém finalmente entrava na loja.

"Olá", disse Cat. Voz normal. "Será que eu podia dar uma olhada naquela tigela da vitrine?"

"Tigela?"

"Sim. Está bem ali. Tem jóias dentro dela. Está à venda?"

"Ah, a tigela. Só um minuto, por favor."

A mulher se levantou. Era ostensivamente magra. Usava um vestido frouxo estampado de rosas e uma espécie de xale púrpura sobre os ombros. Foi até a vitrine, curvou-se e despejou a bijuteria para fora da tigela. Trouxe-a para Cat.

"Aqui está", disse.

A tigela era, de fato, impressionante. Qualquer um podia ver isso. Era mais ou menos do tamanho de um ninho de pardal, e luminosa; parecia amplificar a iluminação estagnada do ambiente. Cat tomou-a da mão da mulher. Era mais leve do que imaginara, quase sem peso. Mesmo olhando de perto, ela não era capaz de dizer o que significavam os símbolos pintados ao longo do aro externo. Não pareciam chineses. Cada um era diferente dos outros, mas todos eram variações do mesmo desenho: um círculo que emanava raios finos, alguns retos, outros ondulados, alguns longos, outros curtos.

"É linda", disse Cat.

"Não sei de onde veio."

"Está à venda?"

"São dez dólares."

Cat hesitou, repentina e absurdamente em dúvida: se era de fato tão adorável quanto parecia, por que custava tão pouco?

"Vou levar", disse.

Deu dez dólares à mulher e esperou enquanto ela embrulhava a tigela numa folha de jornal. Cat pensou em dar a tigela a Simon. Nunca lhe dera nada como aquilo; só lhe comprara livros, e uma vez uma gravata que ele ficara admirando quando eles estavam juntos na Barneys. Nunca antes ela lhe dera algo que tivesse a ver com o senso de beleza dela própria, algo destinado a se juntar aos troféus cuidadosamente selecionados que ele mantinha em seu castelo. Nunca ousara fazer isso.

A mulher enfiou a tigela embrulhada numa velha sacola plástica da rede de farmácias Duane Reade. Entregou-a a Cat.

"Faça bom proveito", disse a mulher.

"Obrigada", respondeu Cat. "Vou fazer."

Ao sair da loja, ouviu um estrépito. Cascos de cavalo, galopando. Ficou paralisada. Lá vinha ele, na direção dela. Um cavalo baio, sem cavaleiro, correndo Broadway acima. Por um instante, o mundo oscilou em seu eixo. Uma coisa tremenda e impossível estava acontecendo. E então o mundo se endireitou novamente. Era um cavalo desembestado. Apenas isso. Um carro encostou no meio-fio para se esquivar dele, outro tocou a buzina. O cavalo corria pelo meio da rua, com os cascos faiscando no asfalto. Depois de um momento um carro de polícia apareceu em sua perseguição, com as luzes girando e a sirene berrando. Havia um estábulo ali perto, não havia? Onde eram mantidos os cavalos da polícia. Cat ficou parada ao abrigo da porta da loja. O cavalo passou correndo. Era lindo, não havia como negar. Crina negra esvoaçando, flancos marrons fortes e brilhantes. Uma manifestação arcaica e maravilhosa, surgida por uma fresta na urdidura do tempo e do espaço. Ele não parecia assustado. Estava apenas correndo. O carro de polícia vinha atrás, piscando suas luzes. O cavalo seguiu galopando, perseguido pela viatura.

A mulher da loja saiu para a rua e ficou parada ao lado de Cat. "Terrível", disse.

"Meu Deus."

"É a segunda vez este mês."

"É mesmo?"

"Alguma coisa os está assustando", disse a mulher. "Isso não costumava acontecer."

"O que a senhora acha que é?"

"Alguma coisa no ar. Os animais sabem."

Cat ficou ali com a mulher, vendo o cavalo desaparecer Broadway acima em meio a freadas estridentes e buzinas, levando consigo o contínuo som oco de seus cascos e o lamento da sirene. O que aconteceria quando ele chegasse à Canal Street?

"Você não deixou a tigela cair, deixou?", perguntou a mulher.

"O quê? Ah, não."

Estava, na verdade, segurando a tigela bem firme junto ao peito, como que para protegê-la, ou como se tivesse acreditado de modo automático que o objeto poderia lhe servir de escudo.

"Ótimo."

A mulher da loja balançou a cabeça afirmativamente. Pareceu por um momento que o incidente tinha sido concebido para desapossar Cat de uma tigela de dez dólares e que a mulher estava contente em saber que as coisas não tinham acabado tão mal no fim das contas.

As duas mulheres viram quando o cavalo se deteve. Não houve nenhum som de colisão. O cavalo parou na Canal Street, ergueu-se um pouco nas patas traseiras. Os policiais saltaram de seu carro. Na esquina da Broadway e da Canal houve uma ruidosa confusão de gente e luzes, e acima de tudo via-se a cabeça do cavalo, agitando-se. Houve um lampejo dos olhos e dentes do cavalo, um fio de saliva oscilante, brilhando à luz da rua.

"Uau", disse Cat.

Às nove (seria uma má idéia, um sinal de desespero, estar sempre pontualmente no horário?) ela se apresentou a Joseph, o porteiro, e subiu. Simon recebeu-a na porta. Abraçou-a, beijou seu cabelo.

"Meu Deus", sussurrou. "Santo Deus."

"Caso medonho", disse ela.

Ele a acomodou em um dos sofás, preparou-lhe uma bebida. Ela lhe contou a história. Ele ouviu com sisuda avidez.

"Meu Deus", disse, quando ela terminou.

"Então, parece que é isso", disse ela.

"Não pode ser *isso*."

"Não. Quero dizer, para mim é isso, chega. Os garotos estão mortos. Vou voltar a conversar com os loucos habituais."

"Então, agora, só resta o quê? A autópsia?"

"Hum-hum. Pode levar muito tempo. Dois garotos fodidos que fizeram algum tipo de pacto, inspirados em terroristas. Foram à internet, aprenderam a produzir bombas caseiras. Não conseguimos entender por que nenhum pai ou mãe telefonou."

"Qual é seu palpite?"

"Negação. Pura e simples. Se você telefona para a polícia e obtém a confirmação, então de fato aconteceu. Se você não telefona, ainda pode dizer a si mesmo que seu filho simplesmente fugiu de casa."

"Você acha que esses garotos sofreram abusos?"

"Provavelmente. Ou talvez não. Algumas vezes acaba-se descobrindo que essas pessoas tiveram infâncias relativamente comuns."

"Está com fome?"

"Não. Já comi."

"Quer mais um drinque?"

"Por favor."

Ele pegou o copo de sua mão. A garganta dela se apertou, e de repente ela estava chorando. Num momento ela não estava, e no momento seguinte estava. Veio para fora em soluços grandes e ofegantes. Ele a tomou nos braços.

"Está tudo bem", disse ele suavemente. "Está tudo bem."

Ela não conseguia parar. Não queria parar. Deixou-se continuar chorando. Sufocou com os próprios soluços, esforçou-se para recuperar o fôlego. Era como se uma pedra estivesse alojada em sua goela e ela tentasse colocá-la para fora.

"Está tudo bem", disse ele de novo. "Está tudo bem."

Finalmente o choro cedeu. Ela se deixou ficar nos braços dele.

"Desculpe."

"Tudo bem."

"É que... Eu fiz merda."

"Não acho que tenha feito."

"Aqueles meninos me ligaram, e eu não os ajudei."

"Está tudo bem."

Ela hesitou quanto a falar ou não sobre o fato de ter soado como uma branca a um garoto negro. Decidiu não falar. Sabia que as declarações apaziguadoras dele não teriam significado algum para ela. Achava que devia falar com ele sobre aquilo de todo modo — em nome, você sabe, da *proximidade* deles —, mas estava combalida, preocupada com outras coisas, não seria capaz no momento, era simplesmente duro demais por enquanto.

O que ela disse foi: "Não tenho certeza de ser capaz de continuar fazendo isso".

"Você precisa dormir um pouco."

"Eu sei. Mas não acho que as coisas estarão melhores pela manhã."

"Vamos esperar para ver."

"Acho que talvez eu tenha que encontrar outro tipo de trabalho."

"Espere para ver, está bem?"

"Certo. Ah, eu trouxe uma coisa para você."

"Trouxe?"

"Só um segundo."

Ficou em pé, um tanto cambaleante. Já estava levemente bêbada. Apanhou a tigela na bolsa e entregou a ele.

"Não tive tempo de embrulhar para presente", disse.

Ele tirou a tigela da sacola plástica, desfez o embrulho de jornal. E lá estava ela, em suas mãos. Sim, era de fato uma coisa maravilhosa. Era ainda mais evidente ali, naquela sala, onde só o que era raro e maravilhoso podia entrar.

"Uau", disse Simon.

"Veio de uma loja de quinquilharias. Mas é bonita, não é?"

"É."

"É chinesa?"

"Não. Nunca vi nada parecido antes."

Ele depositou a tigela na mesa de centro. Ela brilhava como uma opala, parecia enfeitada por minúsculas centelhas.

"Obrigado", disse ele.

"Você gosta?"

"Sim. Gosto."

"Eu só... Eu a vi numa lojinha estranha, e achei que você iria gostar."

"E gostei mesmo. Muito."

"Ótimo. Fico feliz."

Ele se levantou. "E agora", disse, "está na hora de você ir para a cama."

"É. Está mesmo."

Ela soube no momento em que ele pôs a mão sobre o seu ombro. O toque dele era terno e doce, mas alguma coisa havia mudado. Escorregou o braço em torno da cintura dele. Alguma coisa havia mudado.

"Vamos", disse ele.

Entraram no quarto dele. Ela começou a se despir.

"Você vem para a cama também?", perguntou.

"Ainda não. É cedo. Tenho uma pilha de coisas para fazer."

Ela tirou as roupas, meteu-se na cama. Simon sentou na beirada do colchão, ajustou as cobertas sobre ela. Não poderia ser mais gentil. Contudo, havia alguma coisa errada.

Ela disse: "Não fique acordado até muito tarde, está bem?".

"Não vou ficar."

Ela tomou a mão dele, acariciou as pontas dos dedos. "Simon", disse.

"Ahn-hã?"

Diga logo. Mais cedo ou mais tarde, um dos dois tem que dizer.

"Amo você."

"Amo você também."

Fácil. Natural. Nenhum estranhamento. E entretanto...

Ele a beijou. Apagou a luz e saiu do quarto.

Caiu em si depois que ele fechou a porta. Ela chorara em seus braços. Trouxera-lhe um presente, antecipando nervosamente sua reação. Pela primeira vez, não conseguira ser forte, cínica, espertinha, como um tira. Pela primeira vez, tinha sido como as outras mulheres (houvera, claro, um certo número de outras mulheres): frágil, carente, ansiosa por agradá-lo, grata por sua atenção.

Tentou afastar o pensamento. Era só uma noite, pelo amor de Deus. Era uma maldita crise. Quem não desabaria? Voltaria a ser ela mesma pela manhã. (Não voltaria?) Era isso o que acontecia quando duas pessoas se conheciam melhor. Ninguém permanecia firme em seu personagem o tempo todo. Intimidade era isso. Ver um ao outro atravessando os momentos difíceis. Não precisar — não *querer* — ser poupado dos temores e dúvidas, das crises de choro, das auto-recriminações.

Mesmo assim, ela tinha um pressentimento. Estava estragada agora, aos olhos dele. Já não era mais rara e maravilhosa. Não era uma sólida deusa negra da força policial. Era alguém que desmoronava, que precisava de ajuda, que aguardava o julgamento dele.

Ela podia ver como aquilo iria acabar. Pensava que podia ver. Simon não era um homem mau; não estava no quarto ao lado planejando como se livrar dela. O que ele tinha, suspeitava ela, era um lugar vazio onde antes haviam estado sua admiração e seu desejo. Ele não pensaria naquilo. Faria café para ela de manhã. Seria mais amável. Não a abandonaria quando ela mais precisava dele. Mas um desenlace estava a caminho. Ela era capaz de senti-lo, de vê-lo, ainda a meses de distância, mas a caminho: o fim do interesse dele por ela. O início da existência dela na cabeça dele como alguém que uma vez ele namorou. Não era surpresa. Não era exatamente uma surpresa. Simon era um colecionador. Ela compreendia agora que ele estava colecionando os incidentes de seu próprio passado, e que um dia ele chegaria ao seu presente, casado com uma bela e elegante mulher branca da sua própria idade ou alguns anos mais jovem, criando filhos, referindo-se de vez em quando à sua juventude, durante a qual ele comprara obras de arte e antigüidades em vez de pagar para estudar, durante a qual ele fora a clubes e restaurantes conhecidos apenas pelos privilegiados, durante a qual ele namorara uma bailarina da companhia de Mark Morris e depois uma artista de instalações que estivera na Bienal e depois, por um breve período, uma mulher negra mais velha, uma psicóloga da polícia que estivera envolvida com aqueles ataques terroristas e que chegara a falar com os próprios terroristas.

Ele estava programado para isso. Rapaz talentoso de Iowa, perfeitamente educado, ambicioso — ele naturalmente iria querer, iria mesmo necessitar, uma fase indomada antes de assumir a vida que estivera esperando por ele desde o momento de sua concepção. Tudo estava predeterminado. Se ele e Cat não tivessem se conhecido quando se conheceram, ele teria encontrado sem demora outra figura pitoresca. E durante todo esse tempo sua verdadeira e legítima esposa estava em algum lugar, esperando por ele.

Ela, Cat, era um item de colecionador, não era? Era um exemplar exótico — os homens sempre tinham achado isso. Firme, ultracompetente garota negra que leu mais livros que você; que não liga a mínima para detalhes domésticos e é capaz de ganhar de goleada em qualquer jogo que você escolher. Eles gostavam da garota durona, mas não morriam de amores pela nervosa. Não estava incluída no pacote que assinaram. Ela e Daryl talvez tivessem sobrevivido juntos à morte de Luke, mas não puderam sobreviver ao remorso dela. Daryl teria sido capaz de consolá-la por um mês ou dois. Não conseguiria agüentar um ano daquilo, não quando ela não lhe dava nada em troca. Não quando ela ficava lhe dizendo, sem parar, que tinha matado o filho deles e que ele era um idiota por achar que a amava. Se você diz uma coisa dessas com certa freqüência, qualquer pessoa acaba por acreditar.

Quem podia condenar de verdade esses sujeitos por pedir arrego quando a merda toda vinha à tona? Ela também não gostava daquilo.

O celular dela tocou. Ela acordou de um salto, acostumada a ouvi-lo em qualquer circunstância. Mas onde estava ele? Onde estava *ela*? Na casa de Simon. Na cama de Simon. Ele não estava ali. O relógio dizia que eram doze e quarenta e três. Ela se levantou. Estava nua. Foi para a sala de estar, onde Simon, sentado junto à sua milenar mesa greco-italiana, trabalhava em seu laptop.

"Meu celular", disse ela com voz grogue.

"Eu não sabia se devia acordá-la", respondeu ele.

Ela tirou o telefone da bolsa, verificou a origem da chamada. Pete.

"O que há?", disse ela.

"Adivinhe quem acaba de entrar na Sétima Delegacia? Walt Whitman."

"O quê?"

"Está sentada? Uma *mulher* de idade que diz ser o maldito Walt Whitman. Entrou na Sétima, disse que queria se entregar. Estou na delegacia agora."

"Está brincando."

"Nunca falei mais sério. Ela diz que é mãe de um dos perpetradores e que o nome dela é Walt Whitman."

"Que diabo."

"Ela sabe sobre o troço do Whitman. É tudo o que posso lhe dizer."

"Estou indo."

"Sabe onde é, não sabe?"

"Sei."

Ela desligou. Simon já estava de pé, numa prontidão excitada. "O que está acontecendo?"

"Walt Whitman se entregou. Acontece, porém, que Walt Whitman é uma mulher."

"O quê?"

"Ligo para você depois."

Ela voltou para o quarto para se vestir. Simon estava colado nela.

"Cat. O que está acontecendo?", perguntou.

"E eu sei lá?"

Não pôde deixar de pensar o quanto ele deveria estar querendo trepar com ela agora.

Vestiu suas roupas. Simon a acompanhou até a porta. Ela o beijou ali. Tomou o rosto dele nas mãos, beijou-o leve e delicadamente.

"Telefone logo que puder", disse ele.

Ela se demorou um momento. Na mesa de centro repousava a tigela, perfeita à sua modesta maneira, brilhando como gelo sob a luz dos spots. Não era rara nem fabulosa, não teria lugar entre os tesouros antigos nas prateleiras, mas Cat a havia dado a ele, e sabia que ele a conservaria. Ele poderia colocar suas chaves e moedas dentro dela quando chegasse em casa à noite.

"Até logo, querido", disse ela. Postura majestosa. Dicção de professora.

A mulher estava sentada na sala de interrogatório número três, na Sétima. Pete estava com ela, assim como o corpulento Bob (olhos de raposa, cheiro de torrada queimada) e o assustador Dave (cabelo estilo Duran Duran, gavinhas tatuadas subindo pelo pescoço, única parte visível de sabe Deus o que ele levava estampado no resto do corpo), do FBI. Cat foi levada à sala por um detetive hispânico de rosto amável.

A mulher tinha uns sessenta anos e estava sentada ereta como um cabide de chapéus na cadeira molambenta da delegacia. Seu cabelo branco — branco ártico, branco incandescente — estava preso na parte de trás do pescoço longo e pálido. Ela trajava um vestido disforme cor de café e um paletó masculino de tweed com as mangas arregaçadas nos pulsos, revelando um forro modesto de listras cinza. Suas mãos de dedos longos estavam espalmadas afetadamente sobre o tampo da mesa, como se ela estivesse à espera de uma manicure.

Por um momento, Cat pensou: "É a mulher de quem eu comprei a tigela". Não era. Claro que não era. Ainda assim, a mulher à sua frente poderia ser a irmã mais velha da outra.

"Oi, Cat", disse Pete.

O Corpulento e o Assustador cumprimentaram com a cabeça.

Cat disse à mulher na cadeira: "Me contaram que a senhora é Walt Whitman".

"Os garotos me chamam assim", disse a mulher. Sua voz era forte e clara, surpreendentemente profunda; sua dicção era precisa.

"É um nome incomum para uma mulher", disse Cat.

"Sou uma mulher incomum."

"Estou vendo."

"Eu vim para dizer a vocês que está começando", disse a mulher.

"Está começando o quê?"

"O fim dos dias."

"Poderia ser um pouco mais específica?"

"Os inocentes estão se sublevando. Naqueles que pareciam mais inofensivos é que reside o perigo."

"O que a senhora quer dizer exatamente?"

"Ímpeto, ímpeto, ímpeto, sempre o ímpeto procriador do mundo."

"Escute, minha senhora...", disse o Corpulento.

Cat o cortou bem depressa. "A senhora conhece o seu Whitman."

"Você acredita em reencarnação?", perguntou a mulher.

"Não tenho certeza."

"Vai acreditar."

"A senhora é a reencarnação de Walt Whitman?", perguntou Cat.

A mulher a encarou com melancólica afeição. Seus olhos eram de um azul leitoso, um azul estranho, de albino, sem foco. Se Cat estivesse desinformada, pensaria que a mulher era cega.

A mulher disse: "É tempo".

"Tempo de quê?"

"De começar de novo."

"Começar de novo o quê?"

"O mundo. O mundo machucado."

"E como a senhora acha que o mundo está começando de novo?"

A mulher balançou a cabeça pesarosamente. "Aqueles meninos estavam mortos de todo jeito", disse.

"Que meninos?"

A mulher não parecia particularmente instável. Seus olhos pálidos mantinham-se firmes. Seus pálidos lábios cor-de-rosa também. Ela disse: "Ninguém os queria. Um foi deixado num beco em Buffalo. Pesava menos de um quilo e meio. Outro foi comprado de uma prostituta em Newark por duzentos dólares. O menino do meio tinha sido escravo sexual de uma pessoa particularmente desagradável em Asbury Park".

"Diga-me o que a senhora pensa que a senhora e os garotos estão fazendo."

"Estamos revertendo o fluxo", disse ela.

O Assustador disse: "Com quem vocês estão atuando?".

A mulher olhou para Cat com uma expressão bondosa e astuta de cansaço. Disse: "É chegada a hora de fazer o anúncio. Não podemos esperar pelo último. Ele está demorando mais do que o previsto".

"Quem é o último?"

"Não consigo encontrá-lo. Me pergunto se ele foi para casa."

"Onde é a casa?"

"Você não quer ir procurá-lo? Ele gosta de você. Ele confia em você, acho."

"Procurá-lo onde?"

A mulher disse: "Rivington, 327. Apartamento dezenove. Se ele estiver lá, cuide dele".

Ela sorriu. Tinha dentes minúsculos e perfeitos, simétricos como jóias.

Pete disse: "A senhora está nos dizendo que esse garoto está no número 327 da Rivington?".

"Estou dizendo que talvez esteja", respondeu a mulher. "É difícil seguir o rastro dos filhos, não é? Por mais que você se esforce."

"Ele está armado?", perguntou Pete.

"Bem, sim, é claro que está", respondeu a mulher.

Pete disse ao Assustador: "Vamos".

Cat sabia quem mais iria junto com eles. Se havia de fato um garotinho sentado no apartamento com uma bomba, ele seria exterminado pelo batalhão. Ninguém estava apegado, àquela altura, à idéia da captura de uma pessoa viva.

"Boa sorte", disse Cat.

A mulher disse a Cat: "Você não vai?".

"Não. Vou ficar aqui conversando com a senhora."

"Você deveria ir. Se ele estiver lá, você é a única que ele vai querer ver."

"Não vai acontecer, minha senhora", disse o Assustador.

"A senhora poderia nos dizer o que acha que nós vamos encontrar lá?", perguntou Pete.

"Vocês não estarão em perigo. Posso lhes dizer isso."

"Obrigado. É bom saber."

"Se o encontrarem, vocês vão trazê-lo aqui?"

"Certo", disse Pete. Para Cat ele acrescentou: "Vou manter contato".

"Até mais."

Pete e o Assustador partiram. O Corpulento permaneceu ameaçadoramente junto à porta enquanto Cat se sentava numa cadeira em frente à mulher, cujas mãos continuavam espalmadas cuidadosamente sobre a mesa, com os dedos bem abertos. Suas unhas, olhando mais de perto, não estavam limpas.

Cat disse: "A senhora sabe que se o seu garoto estiver lá eles serão muito duros com ele, não sabe?".

"Não há nada que eles possam fazer", respondeu ela.

"Eles podem fazer muita coisa."

"Eu odiaria que eles o machucassem. É claro. Ninguém quer que uma criança seja machucada."

"Mas a senhora está machucando suas crianças. Sabe que está."

"É melhor, você não acha?, acabar logo com a coisa. Um lampejo, um momento de dor, e então você está em outro lugar. Está no seu caminho."

Cat se manteve firme durante um acesso violento de raiva. Disse: "Conte-me um pouco mais sobre aquilo que a senhora veio anunciar".

A mulher se inclinou para a frente. Seus olhos ganharam uma luz remota, nublada. Ela disse: "Ninguém mais está seguro numa cidade. Nem se for rico. Nem se for pobre. É tempo de voltar para o interior. É tempo de viver da terra de novo. É tempo de parar de poluir os rios e derrubar as florestas. É tempo de voltarmos a viver em aldeias".

"Por que vocês estão fazendo isso?", perguntou Cat.

A mulher suspirou e prendeu atrás da orelha uma mecha rebelde do seu cabelo branco como um fantasma. Poderia passar por uma professora idosa, fatigada pela juventude e pela burrice de seus alunos, mas ainda esperançosa, ainda disposta a explicar.

"Olhe em volta", disse ela. "Você vê felicidade? Vê alegria? Os americanos nunca foram tão prósperos, as pessoas nunca tiveram tanta segurança. Nunca viveram tanto, com tão boa saúde, em toda a história. Para alguém de cem anos atrás, para não ir mais longe, este mundo pareceria o próprio paraíso. Podemos voar. Nossos dentes não apodrecem. Nossos filhos não ficam com febre num momento para morrer no momento seguinte. Não há esterco no leite. Há *leite*, tanto quanto desejarmos. A igreja não pode nos assar vivos por causa de diferenças secundárias de opinião. Os anciãos não podem nos apedrejar até a morte por termos cometido o crime do adultério. Nossas colheitas nunca fracassam. Podemos comer peixe cru no meio do deserto, se quisermos. E olhe para nós. Estamos tão obesos que precisamos de covas maiores nos cemitérios. Nossas crianças de dez anos estão usando heroína, ou matando as de oito anos, ou fazendo as duas coisas. Estamos nos divorciando mais rápido do que nos casamos. Tudo o que comemos tem que estar lacrado, porque, se não estiver, alguém pode ter colocado veneno ou alfinetes. Um décimo de nós está na cadeia, e não conseguimos construir as novas prisões com rapidez suficiente. Estamos bombardeando outros países simplesmente porque eles nos deixam nervosos, e a maioria de nós não apenas é incapaz de encontrar esses países no mapa como nem sabe em que continente ficam. Traços da substância antiinflamável que colocamos em cortinas e carpetes estão começando a aparecer no leite materno de nossas mulheres. Então me diga. Você diria que a coisa está dando certo? Esta parece a você uma história que merece continuar?"

O Corpulento disse: "É, mas ainda não há nada que supere um Big Mac". Ele limpava a unha de um dedo com a unha do polegar da outra mão.

"E a senhora acha que pode fazer alguma coisa a respeito disso?", perguntou Cat.

"Cada um faz o que pode. Faço parte do plano de dizer às pessoas que está tudo acabado. Chega de sugar a vida do resto do mundo para que uma minúscula porcentagem da população possa viver confortavelmente. É um projeto enorme, posso lhe garantir. Mas a história é sempre mudada por um pequeno grupo de pessoas muito determinadas."

Isso fez o Corpulento se interessar novamente. Ele disse: "Com quem a senhora está trabalhando?".

“Nós não nos vemos tanto quanto gostaríamos”, disse a mulher.

“Dê-nos um nome.”

“Não temos nomes.”

“A senhora chama a si mesma de Walt”, disse o Corpulento.

“Os garotos me chamam assim. Não sei como começou, na verdade, mas parece que eles se confortam com isso, então eu permiti. Você sabe como são as crianças.”

“Qual é o seu verdadeiro nome?”, perguntou o Corpulento.

“Não tenho um nome verdadeiro. É sério, não tenho. Deram-me um, muitos anos atrás, mas eu nem lembro direito qual era. Não é meu. Nunca foi.”

“A senhora está na família”, disse Cat.

“Ora, é isso, querida. Estou. Todos estamos, não vê?”

“O que a senhora quer dizer com isso?”, perguntou Cat. “Família de quem?”

“Ah, você sabe.”

“Não sei, não. Gostaria que me contasse.”

“Você esquecerá seu nome falso no devido tempo.”

“A senhora trabalha para a companhia?”, perguntou Cat.

“Todos nós trabalhamos para a companhia. Mas ela está encerrando as atividades.”

“Fale-me sobre a companhia.”

“Receio já ter dito tudo o que havia. Não tenho mesmo mais nada a dizer.”

Alguma coisa aconteceu com os olhos dela. Eles se tornaram vítreos, como os olhos que os taxidermistas punham nas órbitas dos animais mortos.

“Walt?”, disse Cat.

Nada. A mulher seguia sentada com as mãos espalmadas na mesa, fitando cegamente o ar diante do seu empertigado rosto cor-de-rosa.

* * *

Pete telefonou menos de vinte minutos depois, para o celular de Cat.

"Você o encontrou?", perguntou ela.

"Não. Não tem ninguém. Acho que você deveria vir aqui. Consiga um patrulheiro para trazê-la."

"Estou indo."

O prédio na Rivington era uma das últimas velhas ruínas, espremida entre uma loja de pranchas de skate e um bar de vinhos. Seu reboco marrom, de aspecto calcário, estava coberto de crostas, como um doce muito velho. Do outro lado da rua um armazém restaurado, com os tijolos brilhantes renovados pelos jatos de areia, ostentava uma faixa verde que anunciava a iminente disponibilidade de apartamentos de luxo do Ironworks Condominium.

A porta de aço galvanizado, que dizia AMORTERREINA e CAÇA ÀS DROGAS em letras brilhantes de tinta fresca, estava aberta. Cat entrou. A porta levava a um saguão amarelo cheio de cicatrizes, iluminado por um círculo fluorescente que zumbia. Ala da Desolação. Entretanto, alguém pusera um vaso cheio de flores artificiais sobre uma instável mesa dourada logo na entrada do vestíbulo. Margaridas cinzentas, espinhosas rosas de cera e, pairando sobre as flores, empalado numa longa haste de plástico, um anjo dessecado feito de plástico e fibras.

Cat subiu as escadas, encontrou a porta do apartamento dezenove. Estava aberta.

Lá dentro, Pete, o Assustador e os rapazes do esquadrão antibombas estavam em pé no meio de um aposento pequeno e sombrio. Cat parou um instante para se localizar. A sala estava em ordem. Nenhuma confusão. Cheirava a verniz e, levemente, a gás. Havia um velho sofá bege, um pouco parecido com o que havia em seu próprio apartamento. Havia um par de cadeiras díspares, uma mesa toda lascada e riscada, mas apresentável, certamente encontrada na rua. E cada uma das superfícies, exceto as dos móveis, estava coberta por páginas de livros, cuidadosamente alinhadas, amareladas sob camadas de goma-laca.

As paredes, o teto e o chão estavam cobertos pelas páginas de *Folhas da relva*.

"Puta que pariu", disse Cat.

"Puta que pariu", concordou Pete.

"O que você me diz disso?", perguntou o Assustador.

Cat caminhou lentamente pela sala. Era tudo Whitman.

"É o lar", disse ela. "É onde os garotos cresceram."

Do outro lado do quarto, uma abertura em arco dava para um pequeno corredor. Este também estava coberto de páginas. Ela resolveu dar uma volta.

Cozinha, banheiro, dois quartos de dormir, iluminados por lâmpadas nuas atarraxadas em soquetes que pendiam do teto. As lâmpadas eram fracas, provavelmente de quinze watts, e emitiam uma luz baça, diluída. A luz doentia e o verniz que cobria as páginas nas paredes tornavam tudo sépia, sem substância, como se ela estivesse caminhando dentro de fotografias de quartos. O lugar era aconchegante, a seu modo insano e desolado. A cozinha era mais apresentável que a dela. Panelas, gastas mas limpas, pendiam de ganchos sobre o fogão. Na bancada, uma lata de café Folgers continha talheres de prata. No primeiro quarto havia três camas de armar alinhadas, cada uma delas escrupulosamente arrumada, com seus cobertores cor de areia dobrados e um travesseiro amarelo-claro em cada uma das cabeceiras. Engradados plásticos de leite continham modestas pilhas de roupas. No segundo quarto havia outra cama de armar, idêntica às anteriores. Ele continha também uma antiga máquina de costura, das de pedal, negra e brilhante, num suporte de carvalho.

Poderia ser a versão de baixo orçamento de um quartel ou de um orfanato. Exceto, claro, pelo fato de que tudo — os armários da cozinha, as janelas — estava coberto por páginas de livro.

"Ela os mantinha aqui", disse Cat a Pete.

"Quem?"

"Os garotos. Ela os recolheu ainda pequenos e os criou aqui."

"Você está de sacanagem."

"Ela erigiu uma família de pequenos assassinos. Obteve a custódia de meninos que ninguém queria e os trouxe para cá. Ela planejou isso durante anos."

"Tem certeza?"

"Não tenho certeza de nada."

"Tem alguma idéia sobre os motivos?"

"O que você acha que resiste? Você acha que uma grande cidade resiste?"

"Que está dizendo?"

"De acordo com ela, é o fim dos tempos. Os inocentes estão se rebelando."

"Loucura."

"Hum-hum. Completa."

"As digitais dela não estão batendo com nada do que foi encontrado nos arquivos até agora."

"Nem vão bater. Ela não é ninguém. Ela vem de lugar nenhum."

"Você está começando a soar um pouco como ela."

Ela disse: "Estou fazendo meu trabalho. Me projetando na mente do suspeito".

"Não é um lugar agradável para se estar."

Nunca foi, querido.

Ela disse: "Honestamente, Pete, estávamos esperando por isto. Você sabe que estávamos".

"Eu não estava."

"Não *isto*. Você sabe o que quero dizer. As pessoas vêem como é fácil deixar o mundo apavorado até a medula. Não é tão difícil abalar o sistema, no fim das contas. Você pode fazer muita coisa com algumas crianças perturbadas e alguns explosivos preparados com material de construção."

"Dá um tempo, está bem? Claro que todo mundo está enlouquecido, mas o mundo segue em frente. Uma velha bruxa maluca e dois garotos retardados não vão fazê-lo em pedaços."

"Eu sei. Eu sei disso."

"Então o que você está dizendo?"

"Você se importa se eu me soltar um pouco?"

"Não. Vá em frente."

"Você provavelmente está certo. Uma velha bruxa e duas crianças doentes. Mas ela me disse acreditar que a história é modificada por um grupo pequeno de pessoas."

"Isso significa, digamos, alguns milhares de bolcheviques. É uma puta de uma diferença."

"Claro. É completamente diferente."

"Não use esse tom de voz comigo."

Pete devia conhecer aquele tom de voz. Sua mãe provavelmente o usara.

"Desculpe. Estou só dizendo que parece possível, ou não parece impossível, que esse bando maltrapilho de malucos com que topamos faça parte de algo maior. Algo com um potencial consideravelmente maior."

"Mais deles?"

"Ela mencionou uma família ampliada."

"Meu Deus."

"Ela provavelmente é só uma louca, Pete. Provavelmente está fazendo tudo isso por conta de sua própria personalidade doida de velha branca."

"Mas você não pensa assim."

"Não sei o que pensar. Sério, não sei."

Pete enfiou as mãos bem fundo nos bolsos. Seu rosto estava cinzento, a testa rebrilhava com lantejoulas de suor. Por um momento ela conseguiu vê-lo como uma criança. Devia ter sido um menino teimoso e obstinado, enfurecido com a lentidão e a mesquinhez do mundo. Nunca devia ter contado a ninguém, e certamente não a sua mãe pobre e sacrificada, a respeito de suas convicções sobre o que sussurrava no fundo de seu armário, sobre o que esperava avidamente embaixo da sua cama.

As crianças sabem onde os dentes estão escondidos

Só nos contam o que acreditam que possamos ouvir

Pete disse: "Você deveria voltar e interrogá-la".

"Eu não faço interrogatórios."

"Chame como quiser. Vá conversar com a velha vaca assassina."

"Com prazer. Você espera a vinda de mais pessoal, certo?"

"Mais ou menos metade da corporação."

"Pete?"

"Sim?"

"Eu quase ia dizendo: 'Não se preocupe'. Mas por que eu diria uma coisa dessas?"

"Tome um táxi para voltar à delegacia, está bem? Preciso de todos os rapazes aqui."

"Adoro táxis."

"Peça o recibo."

"Você sabe que eu vou pedir."

Demorou um tempo para conseguir um táxi numa região tão próxima aos conjuntos habitacionais. Quando uma alma corajosa finalmente parou (Manil Gupta, de acordo com o seu documento; obrigada, Manil), ela se deixou afundar na semi-escuridão com cheiro de pinho do banco de trás e ficou olhando a cidade passar.

Pediu a Manil que a levasse para casa, e não para a delegacia, de modo que ela pudesse apanhar seu exemplar de *Folhas da relva*. Talvez ela quisesse se reportar ao livro durante a conversa com a mulher, e não lhe parecia provável que houvesse um exemplar nas dependências da Sétima.

Manil concordou com a cabeça e se pôs a caminho. Embora ele a estivesse levando apenas até a East Fifth, ela gostou de ser conduzida daquele jeito, de passar o controle a outra pessoa. A Nova York da noite avançada que se via de um carro em movimento era relativamente calma e vazia, mais ou menos como qualquer outro lugar na América noturna. Só nesses momentos brandos era possível compreender realmente que aquela metrópole resplandecente e estragada fazia parte de um continente adormecido; uma vastidão onde os faróis de automóveis respondiam às constelações; um fértil tapete negro de campo e bosques salpicado pelo brilho ártico dos postos de gasolina e das lanchonetes abertas vinte e quatro horas, cidade após cidade com suas janelas fechadas e seus colares de luzes das ruas, esparsamente povoadas pelos trabalhadores dos turnos da noite, os insones com suas luzes de leitura, as mães tentando consolar bebês com cólicas, as garçonetes e os frentistas de postos, os *disc jockeys* enviando música para quem pudesse estar ouvindo.

Desceu do táxi na esquina da Fifth Street, pagou a Manil e lhe deu uma gorjeta generosa. De início, ao se aproximar do seu prédio, ela meramente percebeu que uma pessoa pequena estava encolhida junto à porta de entrada. Encontrar alguém dormindo ali não era incomum. Estava acostumada a saltar por cima de bêbados e mendigos para entrar no prédio. Aquele era menor que a maioria, porém. Estava sentado com as costas apoiadas na porta de entrada, os joelhos dobrados tocando o peito e envolvido numa velha jaqueta cáqui do Exército. Era branco. Quando chegou ao primeiro degrau, ela soube.

"Oi", disse ele. Ali estava sua voz.

Embora fosse difícil dizer por causa da sua posição encolhida, ela calculou que ele tivesse pouco mais de noventa centímetros. Uma criança muito pequena. Ou seria um anão? Olhava para ela por trás da gola levantada de sua jaqueta desproporcionalmente grande. Tinha um rosto pálido e redondo. Olhos grandes, escuros, e uma boca pequena, franzida, como se ele estivesse assobiando. Lembrava uma corujinha empoleirada num galho de árvore.

"Olá", disse ela. Calma. Fique calma, muito calma.

Ficaram em silêncio por um momento. O que ela devia fazer? Podia fazer os rapazes chegarem ali em menos de dez minutos, e estava bloqueando a única saída dele. Mesmo que ele conseguisse dar a volta nela, ela provavelmente poderia segurá-lo.

Ainda não, porém. Não naquele instante. Ela subiu um degrau. Ele não pareceu se importar com aquela aproximação. Aquela podia ser a única chance de fazê-lo falar. Depois disso, seriam os interrogatórios.

Ela disse: "Você está bem?".

Ele fez que sim com a cabeça.

Cat tocou o telefone celular no bolso do casaco. "Decidiu me deixar ajudá-lo?"

Ele concordou de novo com a cabeça. "E você decidiu me deixar ajudá-la também, certo?"

"Como você quer me ajudar?"

"Cada átomo meu pertence a você também."

"Eu sei", disse ela.

"Eu trouxe uma coisa."

"O que você trouxe?"

Ele abriu a jaqueta. Amarrado a seu pequeno tórax havia um

pedaço de cano de aço. Parecia preso com fita adesiva de encanamento. Na mão direita ele segurava um isqueiro, daqueles de plástico que se encontram em toda parte. Era vermelho. Ele o acendeu, produzindo uma pequena chama.

Ela tomou fôlego. Concentração. Fique calma e concentrada.

"Você não quer fazer isso", disse ela. "Eu sei que não quer."

"Temos que fazer coisas difíceis às vezes."

"Ouça-me. Walt está lhe dizendo para fazer uma coisa ruim. Eu sei que parece certo, mas não é. Acho que você sabe disso, não sabe?"

Ele hesitou. Olhou para ela com expressão suplicante. Deixou a chama se apagar.

"Você tem que fazer de um jeito que não seja assassinato", disse ele. "Tem que fazer com amor."

"Você tem uma grande quantidade de amor dentro de você, acho. Estou certa?"

"Não sei", disse ele.

"E agora você está sozinho. Certo?"

Ele concordou com a cabeça. "Nós nos mudamos", disse. "Não estamos mais em casa."

"Agora só tem você."

"Bem. Eu e Walt."

"Walt deixou você sozinho?"

"É a minha vez."

"Você está com medo de Walt?"

"Não."

"Do que você tem medo?"

"Não sei bem."

"Acho que talvez você esteja com medo de se ferir. Acho que também está com medo de ferir outras pessoas. Estou certa?"

"Não é assassinato se você faz com amor."

"Está com medo de não sentir amor o bastante?"

"Acho que sim."

"Acho que você tem uma porção de amor dentro de você. Acho que você é adorável e também corajoso. É corajoso da sua parte querer falar comigo."

"Isso é bonito. Mas não é verdade. Você não sabe."

"O que é que eu não sei?"

Ele hesitou. Sua pequena boca franzida se torceu para dentro.

Ela disse: "Ouça. Você está confuso. Você sabe que o que Walt está lhe dizendo é errado. Quero que você tire essa coisa do seu peito e a dê para mim. Então tudo ficará bem. Prometo".

Ele se levantou. Não tinha mais que noventa centímetros de altura. Era impossível dizer, sob aquela jaqueta enorme, o quanto ele era ou não deformado. Os olhos eram levemente grandes demais, a boca pequena demais. Sua cabeça redonda era grande para o seu corpo frágil. Erguia-se entre os ombros da jaqueta como uma abóbora. Como um desenho da lua num livro infantil.

"Não sou capaz de dizer o que devo fazer", disse ele.

"É, sim. Tire essa coisa e dê para mim. Garanto que você vai ficar bem. Tudo vai ficar bem."

"Eu não queria mudar. Nós sempre moramos lá."

"É duro mudar de casa. Posso entender por que você está aborrecido."

Ele concordou com a cabeça, sério. Cat foi colhida por um acesso terrível de compaixão. Ali estava um monstro; ali estava uma criança assustada. Ali estava um garotinho torturado que a qualquer momento podia mandar a ambos pelos ares. Os ouvidos dela zuniam. Percebeu com surpresa que não estava com medo, não exatamente com medo.

"*Estou* aborrecido", disse ele.

Ela hesitou. O que poderia dar certo? Bondade demais, e ele poderia decidir que a amava o bastante para matá-la. Bondade de menos, e ele poderia fazer o mesmo por pura raiva.

Deu um passo em direção a ele. Por que não? Não faria a menor diferença, se ele detonasse o explosivo. E se aproximando dele ela talvez pudesse surpreendê-lo, imobilizar seus braços, pegar a bomba. Ele precisava fazer fogo e acender o estopim. Ela provavelmente teria tempo para impedi-lo. Mas não podia ter certeza.

"Sinto muito", disse ele. Seu nariz começou a escorrer.

"Não se culpe. Você não tem por que se sentir culpado."

Quem quer que o tivesse envolvido naquilo o abandonara. Nenhuma criança reage bem ao abandono, nem mesmo as mentalmente perturbadas. Ela decidiu. Sua melhor chance era levá-lo para dentro, tentar conquistar sua confiança. Esperar até que ele baixasse a guarda, e então entrar em ação.

Ela disse: "Você está com fome?".

"Um pouco."

"Por que não sobe comigo? Posso fazer alguma coisa para você comer."

"É mesmo?"

"Sim. Vamos lá, vai ser legal."

Ela subiu os dois últimos degraus e ficou em pé ao lado dele. Tirou as chaves da bolsa. Sua mão tremia (engraçado, ela não *achava* que estava com medo), mas conseguiu destrancar a porta.

"Entre", disse.

Segurou a porta aberta para ele. Ele esperou. Queria que ela entrasse primeiro, não queria? Devia saber que, se ela ficasse atrás dele, poderia agarrar seus braços.

Ela entrou na frente. Ele a seguiu.

"É lá em cima", disse ela.

Subiu as escadas, com o garoto logo atrás, e abriu a porta do apartamento. Ele se recusou a entrar antes dela. Permaneceu dois passos atrás.

"É bacana", disse ele.

Não era bacana. Era uma espelunca. Estava sujo. Havia sapatos e roupas espalhados por todo lado.

Uma vassoura para varrer tudo
Não mais festas para planejar
Estamos em família

"Obrigada", disse ela. "Porque você não tira a jaqueta?"

"Estou bem assim."

Ela entrou na cozinha. Ele a seguiu de perto. Ela abriu a minigeladeira. Não havia muita coisa nela. Havia dois ovos, porém, que provavelmente ainda estavam bons. Pão não tinha. Ela pensou que talvez houvesse biscoitos salgados em algum lugar.

"Que tal ovos mexidos?", perguntou.

"O.k."

Ela lavou a frigideira, que estava afundada na água da pia havia dias, e passou por um momento surreal de embaraço por sua inépcia como dona-de-casa. O garoto estava em pé a alguns passos de distância, observando-a. Sob aquela luz, ela pôde constatar melhor o quanto ele era deformado. Seus ombros, frágeis como os ossos de um pássaro, pendiam para a direita. Suas orelhas eram meras protuberâncias, de um rosa brilhante, como pelotas de chiclete grudadas em cada um dos lados de sua grande cabeça redonda.

"Onde estão seus filhos?", perguntou ele.

"Não tenho filhos."

"Não tem nenhum?"

"Não."

Ele estava ficando agitado. Olhava em volta do apartamento e apalpava o isqueiro. Aparentemente, pensava que toda mulher tinha que ter filhos.

"O.k., sim", disse ela. "Eu tenho um filhinho chamado Luke. Mas ele não está aqui agora. Está muito longe."

"Ele vai voltar logo?"

"Não. Ele não vai voltar logo."

"Luke é um nome bacana."

"Quantos anos você tem?", perguntou ela enquanto quebrava um ovo numa tigela.

"Sou o mais novo."

"E qual é o seu nome?"

"Não tenho nome."

"Como as pessoas o chamam então?"

"Eu sei quando elas estão falando comigo."

"Seus irmãos não tinham nomes também?"

Ele abanou a cabeça.

Cat quebrou o segundo ovo. Ficou observando por um momento as duas gemas, seu amarelo profundo, flutuando na pálida viscosidade. Era tão normal: dois ovos numa tigela. Bateu-os com um garfo.

"Você amava seus irmãos?", perguntou.

"Sim."

"Deve sentir falta deles."

"Sinto."

Ela jogou os ovos na frigideira. Corriqueiro, corriqueiro. Fazer ovos mexidos para uma criança. Devia atirar a frigideira quente nele? Não, as mãos dele ainda estavam dentro da jaqueta, segurando o isqueiro. Era muito arriscado. Raspou os ovos com uma espátula, jogou-os num prato com dois biscoitos integrais Triscuits.

"Venha", disse ela. Ele a seguiu até a mesa na sala de estar. Ela pôs o prato diante dele, voltou para buscar talheres e um copo de suco de oxicoco. Era isso ou água de torneira.

Se ele explodisse aqui, o apartamento inteiro iria pelos ares.

Ela lhe trouxe um garfo, um guardanapo e o suco. Sentou-se na outra cadeira, em frente a ele.

"Você não quer um pouco?", ele perguntou.

"Não estou com fome agora. Vá em frente."

Ele comeu com inocência e apetite. Ela ficou olhando.

"Você sempre viveu com Walt?", perguntou.

"Sim." Ele tomou um gole do suco de oxicoco e fez uma careta.

"Não gostou do suco?", perguntou ela.

"Não, tudo bem. É que eu nunca tinha experimentado." Tomou mais um gole.

Estava tentando agradá-la. Estava sendo educado.

"Walt machuca você?", perguntou ela.

"Não."

"Então por que você acha que ela quer que você morra? Isso não me parece amor."

"Nós não morremos. Viramos relva. Viramos árvores."

"É isso que Walt diz a vocês?"

"Está na nossa casa."

"O que é que está na sua casa?"

"Tudo."

"Você vai à escola?"

"Não."

"Com que freqüência você saía?"

"No começo, nunca. Então chegou a hora, e nós saímos."

"Como foi isso?"

"Foi difícil. Quero dizer, eu fiquei surpreso."

"Com a grandeza do mundo?"

"Acho que sim."

"Você gostou dele?"

"No começo, não. Era tão barulhento."

"Agora você gosta?"

"Gosto."

"É por isso que não tem tanta certeza de estar pronto para se transformar em árvores e relva?"

"Não sou corajoso", disse ele. "Não sou amoroso. Meus irmãos eram."

"Posso lhe dizer uma coisa?"

"Ahn-hã."

"O mundo é mais lindo e extraordinário do que você pode imaginar. Não é só a cidade."

"Eu sei disso. Está escrito na parede."

"Mas é diferente quando você vê. Existem montanhas. Existem bosques, e eles estão cheios de animais. Existem oceanos. Existem praias cobertas de conchas."

"O que são conchas?"

"São... São as mais lindas caixinhas arredondadas. O oceano as fabrica. E quando você as coloca perto do ouvido, pode ouvir o som do oceano dentro delas."

"O oceano faz caixas e se enfia dentro delas?"

"Ele enfia o seu som dentro delas. Você não iria gostar de ir a uma praia e ver as conchas?"

"Acho que sim."

"Eu poderia levar você lá. Quer que eu faça isso?"

"Acho que sim."

"Você pode ter uma vida longa e maravilhosa. Pode ver o oceano. Pode andar de barco."

Por que ela se sentia um pouco culpada dizendo-lhe aquelas coisas?

Ele disse: "Eu gosto de cachorros".

"Claro que gosta. Os cachorros são legais."

"Mas eles podem morder a gente, certo?"

"Não, um cachorro não iria morder você. Um cachorro iria amar você. Iria dormir com você à noite."

"Acho que eu teria medo."

"Você não precisaria ter medo. Eu estaria junto com você."

"Estaria?"

"Sim. Estaria. Agora, por que você não tira essa coisa do seu peito?"

"Eu não devo fazer isso."

"Deve, sim. É a coisa certa a fazer."

"Você acha mesmo?"

"Acho, sim."

"E você vai ficar comigo?"

"Eu prometo que vou."

Sua pequena boca se contraiu mais ainda. "Você não quer virar relva e árvores?", disse ele.

"Ainda não. E também não quero que você vire."

"Podemos fazer isso depois, certo?"

Ela disse: "Vou pegar o isqueiro e tirar essa coisa de cima de você agora. O.k.?".

"Ah, não acho que você deva fazer isso", disse ele.

"Não creio que as conchas farão seu som para você se você estiver com essa coisa amarrada. Elas são muito sensíveis."

"Ah. Bom. O.k."

E, fácil assim, ele entregou o isqueiro a ela. Ali estava, um pedaço de plástico vermelho que se podia comprar em qualquer lugar por noventa e nove centavos. Ela o enfiou no bolso de sua calça jeans.

Ajudou-o a tirar a jaqueta. Por baixo, o peito dele estava nu. Ele era tão magro, seu esterno tão encovado — a bomba deve ter sido pesada para ele.

Pegou uma tesoura e cortou a fita adesiva que prendia a bomba a seu peito. A fita continuou grudada na pele quando Cat a puxou. Ele se contraiu. Ela ficou surpresa ao descobrir que odiava lhe causar dor.

Em posse da bomba, ela a depositou sobre a bancada da cozinha. Era apenas um pedaço de cano de trinta centímetros com uma tampa em cada ponta e um estopim que saía de um furo feito numa das tampas. Fácil de comprar, fácil de montar. Ali estava ela sobre a sua bancada, perto da cafeteira e da torradeira.

Ele agora era inofensivo. Era apenas um garotinho.

“Então agora nós vamos?”, disse ele, ansioso.

Ela hesitou. Sabia o que tinha que fazer. Tinha que levá-lo para ver as conchas na delegacia. Ele agora não poderia feri-la, nem a ninguém.

Mesmo assim. Ele estava tão confiante. Estava tão contente com a idéia de ser levado a uma praia. Não tinha idéia do que estava prestes a lhe acontecer. Ela devia pelo menos deixá-lo dormir um pouco, antes.

“Não agora”, disse ela.

“Não?”

“Temos que esperar até amanhecer. Não dá para vê-las direito à noite.”

“Ah. O.k.”

“Você deve estar cansado. Não está?”

“Não. Bem, talvez um pouco.”

“Vamos. Você tira uma soneca e então, quando o sol tiver levantado, nós vamos.”

“O.k.”

Ela o levou a seu quarto, fez com que tirasse a calça jeans. Ali estava ele vestido só com uma minúscula cueca. Era tão franzino. Seu ombro direito era uns sete centímetros mais baixo que o esquerdo. Ela o acomodou na sua cama.

“Esta cama é legal”, disse ele.

Ela se sentou na beirada do colchão, tocou o cabelo fino dele. “Agora durma”, disse.

“Se eu tivesse um cachorro, ele iria mesmo dormir comigo à noite?”

“Ahn-hã.”

“Um cachorro iria gostar de ir à praia?”

"Ah, sim. Os cachorros adoram a praia."

"Você já teve um cachorro?"

"Muito, muito tempo atrás. Quando eu era uma garotinha."

"Qual era o nome dele?"

"Smokey. O nome dele era Smokey."

"Smokey é um bom nome."

"Você falou sério quando me disse que não tem um nome?"

"Ahn-hã."

"Existe algum nome que você use para você mesmo?"

"Na verdade, não."

"Temos que lhe dar um nome."

"Eu gosto de Smokey."

"Smokey é nome de cachorro."

"Ah."

"Agora durma."

"O.k."

Ele fechou os olhos. Depois de alguns minutos, sua respiração se estabilizou.

Ela ficou sentada, observando aquele menino encantado, aquela criança gnomo. O que fariam com ele? Ele não fizera mal a ninguém, isso pesaria a seu favor, mas outras pessoas saberiam, tanto quanto ela, que ele teria sido plenamente capaz de fazê-lo. Ainda assim, era uma criança, uma criança muito sugestionável — poderia ser reeducado. Assim que sua foto chegasse aos jornais, bons samaritanos fariam fila para adotá-lo depois que o governo tivesse feito seu serviço.

Mas será que eles o soltariam algum dia? As pessoas estavam assustadas; estavam *seriamente* assustadas. Iriam querer estudá-lo, claro, mas iriam querer de fato reabilitá-lo? Improvável. Que tipo de mensagem seria emitida se você pudesse fazer parte de um grupo que explodia cidadãos ao acaso na rua, passar por uma terapia intensiva e depois ser solto para voltar à sociedade? Não, era tolerância zero com os terroristas. Mesmo com os terroristas mirins.

Ali estava ele, dormindo na cama dela. Ali estava o diabo — uma criança malformada que fora destinada a morrer num beco em Buffalo, nascida prematuramente de uma mulher que tinha usado sabe Deus quantas drogas. Ali estava ele, sonhando em ser levado a uma praia para segurar uma concha junto a sua orelha anômala. Querendo ser chamado por um nome de cachorro.

Enfiou a bomba na bolsa, junto com o exemplar de *Folhas da relva*. Era loucura levá-la consigo, mas não podia deixá-la no apartamento com o garoto, podia? Pegou seu vidro de comprimidos no armário de remédios, levou um para o quarto junto com um copo de água e acordou o garoto.

Ele piscou, confuso. Não parecia amedrontado, porém, não como uma criança normal se sentiria ao acordar num lugar estranho. Já fazia algum tempo que tudo era estranho para ele. Tinha se tornado o jeito do mundo.

Ela disse: "Sinto muito por acordá-lo. Quero que você tome esse comprimido".

"O.k.", disse ele. Simples assim. Nenhuma pergunta. Terno e medroso ao mesmo tempo.

Ele abriu a boca. Ela colocou o sonífero em sua língua e deu-lhe a água. Ele engoliu obedientemente.

"Volte a dormir agora", disse ela. Sentou a seu lado até que ele caísse no sono de novo, o que aconteceu em poucos minutos.

Então ela saiu silenciosamente do apartamento e trancou o menino do lado de dentro. Ao girar a chave na fechadura ela hesitou por um momento diante da possibilidade de um incêndio, viu a si própria como uma daquelas mulheres que aparecem no noticiário, aquelas que tinham só saído por um momento para comprar cigarros ou leite, deixando as crianças sozinhas porque não havia ninguém com quem deixá-las, ninguém para cuidar delas, era sempre ela, só ela, e precisava de cigarros, precisava de leite, precisava ser alguém que sai para cumprir uma tarefa simples, e então alguns minutos depois lá estava ela, contida por um bombeiro ou um vizinho, chorando e gritando enquanto as chamas faziam seu serviço.

Foda-se. Ele vai ficar bem. Por favor, fique bem, pequeno assassino.

Foi caminhando até a delegacia. Eram uns quinze quarteirões, mas ela precisava de tempo, precisava de solidão. Queria ser alguém andando sozinho. Pareceu-lhe fugazmente, ao caminhar pelas ruas despovoadas, que ela podia escapar da sua vida por completo, ser simplesmente uma pessoa qualquer num lugar qualquer, ela mesma, mas ilesa e sem temores, ignorante dos perigos escondidos, uma mulher com um emprego e um filho e o rosário normal de dificuldades, os problemas de aluguel e mantimentos. Isso lhe pareceu, enquanto caminhava, uma felicidade inimaginável.

Pete estava à sua espera na frente da delegacia. Fumava um cigarro. Tinha deixado de fumar havia anos. Deu uma tragada profunda e caminhou pela calçada para encontrar-se com ela.

Disse: "Houve outro". Sua voz era suave e baixa.

Por um momento ela pensou que o garoto explodira seu apartamento. Não, ela estava com a bomba na bolsa.

Tinha uma bomba na bolsa. Bem junto do seu exemplar de Whitman.

"Onde?", perguntou ela.

"Chicago."

"Chicago?"

"Chegou por telégrafo faz vinte minutos."

"O que eles sabem?"

"Parece a mesma coisa."

"Em Chicago."

"A merda ainda está surgindo. Nenhum documento ainda, mas combina. Vítima única, até onde se sabe. Na Lake Shore Drive."

"Que foda!"

"É."

"O que a velha contou a você? Alguma coisa?"

"Quer saber? Quer saber a única coisa que ela disse desde que você saiu?"

"Manda."

"Disse que estava esperando para falar com você. Caso contrário, nada."

"Acho que é melhor eu entrar lá e falar com ela então."

"É. Acho que é o melhor a fazer."

Entrou com Pete na delegacia, na sala de interrogatório. A mulher estava exatamente como Cat a deixara. Mesma postura empertigada, mesmos olhos de taxidermista. Estava rodeada, porém, por meia dúzia de brutamontes do FBI.

Pete a anunciou. Os sujeitos do FBI saíram a contragosto. Cat se sentou em frente à mulher, que piscou, balançou levemente a cabeça e ofereceu a Cat um sorriso oblíquo e maroto.

Cat disse: "Estive em seu apartamento".

"Mas ele não estava lá, estava?"

"Não", disse Cat. "Não estava."

"Ele vai chegar. Eu não me preocuparia."

"Eu vi o que está nas paredes."

"Achei que eles deviam crescer com poesia. Foi bom para eles, acho."

"Por que escolheu Whitman?"

"É o último dos grandes. Todos os que vieram depois parecem tão insignificantes."

"Não pode ser essa a única razão."

"Todo mundo quer uma razão, não é? Digamos, então, o seguinte. Whitman foi o último grande homem que amou de verdade o mundo. A mecanização estava apenas começando quando ele viveu. Se pudermos voltar a um tempo como o de Whitman, talvez possamos amar o mundo de novo."

"Essa foi a mensagem que a senhora quis que os garotos recebessem?"

"Ah, na verdade eu não acho que você recebe uma mensagem da poesia. Você recebe um senso de beleza. Eu queria que os meus garotos compreendessem a beleza. Minha família está trazendo de volta a beleza."

"A senhora disse que fazia parte de uma família maior."

"As pessoas estão tão dispersas hoje em dia. Costumávamos viver em aldeias."

"Onde está o resto da sua família?"

"Infelizmente perdemos contato."

"Acho que a senhora pode me dizer onde alguns deles estão."

"Não, na verdade, não posso. Eu apenas criei meus bebês aqui em Nova York. Ninguém nunca telefona. Ninguém escreve."

"A senhora disse: 'Está na hora'. Alguém deve ter lhe dito isso."

"Ah, isso foi decidido há muito, muito tempo. Vinte e um de junho deste ano. É o primeiro dia do verão. É quando os dias começam a ficar mais curtos. Não parece sempre vir cedo demais, esse anoitecer?"

Uma grande mão do FBI pousou no ombro de Cat. Ela olhou para cima. Sujeito mais velho, estranha semelhança com o Dengoso de *Branca de Neve*. Nunca o vira antes.

Ele disse: "Vamos assumir agora".

"Foi um prazer conversar com você, querida", disse a mulher.

"Dê-me um pouco mais de tempo", disse Cat.

"Vamos assumir agora", repetiu o homem.

Ela entendeu. Os interrogadores estavam prontos para entrar. A persuasão normal tinha atingido o seu limite.

Cat disse à mulher: "É melhor a senhora me dizer algo do que sabe. Agora. Essas outras pessoas não vão ser gentis com a senhora".

"Não espero que ninguém seja gentil comigo. Até logo."

"Até logo então."

A mulher disse: "Tome conta dele".

"Tomar conta de quem?"

A mulher riu, de modo súbito e mordaz. Seu riso era alto, cristalino, musical; embora parecesse genuíno, ela enunciava claramente: *Ha ha ha ha ha ha ha ha ha*. Então, de modo igualmente súbito, parou.

Pete saiu com Cat para a calçada. Uma brisa com um toque de fumaça descia a Pitt Street, vinda do norte. Buzinas de caminhões berravam na Ponte Williamsburg.

"Doce mãe de Deus", disse Pete.

"Não acho que eles vão conseguir tirar mais alguma coisa dela."

"Você pode se surpreender. Eles trouxeram os caras que não aceitam o não."

"Quero dizer, acho que ela não sabe nada."

"Ela sabe coisas."

"O.k. Provavelmente ela sabe sobre um plano que foi colocado em andamento anos atrás. Provavelmente conhece alguns nomes que não são nomes verdadeiros, ligados a pessoas que nunca serão encontradas."

"Esses caras conseguem fazer muita coisa a partir de uma pequena informação."

"Sei disso."

"Você devia ir para casa e descansar um pouco."

"E você?"

"Daqui a pouco. Eu também estou fora da jogada agora."

"Mas..."

"A coisa me assusta, isso é tudo. Vou ficar por aqui um pouco mais. Simplesmente não estou pronto para ir para casa e dormir."

"Entendo. Posso ficar com você."

"Não. Vá descansar. Você entra no serviço daqui a umas três horas."

"Certo."

"Chicago. A porra de Chicago."

"Ela disse que tem uma grande família."

Ele fechou os olhos, oscilou levemente, como se pudesse perder o equilíbrio. Disse: "Não quero pensar sobre isso".

"Quem quer?"

"Certo", disse ele. "Quem quer?"

Ficaram ali parados, no silêncio das três da madrugada. Algo estava acontecendo. Talvez não fosse grande coisa; talvez fosse pequeno e apenas *parecesse* grande, como Pete dissera poucos dias antes. Talvez fosse apenas um imitador, um cidadão da Dimensão Bizarra radicado em Chicago, alguém que tivesse visto as manchetes e pensado: "Hum, abraçar alguém e mandá-lo para o espaço, que idéia interessante, por que não pensei nisso antes?". Ou talvez, na pior das hipóteses, fosse um punhado de lunáticos espalhados por aí — perigosos, sim, mas não decididamente perigosos, não a ponto de mudar a história. Quantos bolcheviques tinham derrubado o czar? Ela deveria saber.

Mesmo assim. Ela tinha um pressentimento, e era alguém que se fiava em pressentimentos.

"Pete?"

"Sim?"

Ela queria lhe dizer que devia haver algum lugar. Devia haver relva e montanhas, uma casinha. Não era heróico — na verdade era até um tanto covarde — querer dar o fora, pensar em salvar a si própria e talvez mais uma pessoa ou duas, tentar levar a vida em alguma aldeia enquanto outros atuavam nas linhas de frente.

E, além disso, Pete não poderia ir. Tinha obrigações. Mesmo sem obrigações, ele não era do tipo casinha-no-campo. Não iria saber o que fazer consigo mesmo.

Sombra e água

O murmúrio do mundo

Sua caneca e seu jardim

"Não comece a fumar de novo", disse ela.

"É só agora."

"Certo. Até mais."

"Até."

Deixou-o ali, em pé, na brisa revigorante, sob o rumor da ponte Williamsburg.

O garoto acordou pouco depois das sete. Cat estava sentada na beirada do colchão.

"Oi", disse ele.

"Oi."

"Vamos agora?"

"Sim. Vista sua roupa."

Ele saltou da cama, meteu-se na calça jeans e na jaqueta. Cat apanhou um bloco de papel amarelo e uma caneta.

"Estou pronto", disse o garoto.

"Só um minuto", respondeu ela.

Ela escreveu:

Pete

Tenho que ir embora. Não estou no meu juízo perfeito. Fico me perguntando se estive louca durante anos sem me dar conta. Parece que peguei alguma coisa de todos os malucos com quem andei conversando. Acho que não quero essa vida nem qualquer outra que esteja à mão. Preciso encontrar outra coisa para fazer.

~~O que eu quero dizer~~. Tente se manter seguro. Quero lhe agradecer por todo o amor que você me deu. Se não for insuportavelmente fora de moda.

Cat

Colocou o bilhete na bancada da cozinha. Ainda tinha a bomba na bolsa. Não seria uma boa idéia deixá-la ali. Pensaria num modo de se livrar dela para que ninguém a pegasse.

"O.k.", disse ao garoto. "Também estou pronta agora."

Não havia nada para dar a ele de café-da-manhã. Conseguiria alguma coisa no caminho da estação de trem.

O trem era a melhor opção. Ela não tinha carro, e se alugasse um ele poderia ser rastreado. Passagens de avião deixariam registro também. Bilhetes de trem você podia comprar com dinheiro vivo, e ninguém precisava saber seu nome ou qualquer coisa a seu respeito.

Desceu com ele até o térreo, fez uma pausa na entrada do prédio, examinando o quarteirão de um lado a outro. Era o cenário habitual de início da manhã. Os empreendedores a caminho do trabalho, o sapateiro erguendo a porta gradeada de sua oficina. O velho falando sozinho diante da floricultura do outro lado da rua. Era só mais um dia na East Fifth.

Ela hesitou. Era sua última chance de fazer a coisa certa e racional. Podia entregar o garoto. Perderia o emprego, é claro —

não era uma boa conduta dopar um suspeito perigoso e mantê-lo em seu apartamento por uma noite. Mas poderia arranjar outro trabalho. Poderia arranjar outro namorado. Podia entregar o garoto e seguir sendo uma cidadã respeitável. O que ela estava fazendo — o que ela ainda não tinha feito, mas estava prestes a fazer — seria irreversível.

O garotinho tomou sua mão. "Alguma coisa errada?", perguntou.

"Não", disse ela. "Nada errado."

Com uma sensação de vertiginoso atrevimento, como num mergulho insensato e incômodo, ela conduziu o menino rua abaixo.

Parou num caixa eletrônico e sacou quinhentos dólares da conta-corrente, mais quinhentos dólares da poupança. Era o máximo possível. Dinheiro seria um problema, claro. Se ela usasse seus cartões de crédito ou retirasse mais dinheiro em outro caixa eletrônico no dia seguinte, eles seriam capazes de localizá-la. Pensaria em alguma solução. Tinha que pensar.

Levou o garoto a um mercado coreano, comprou duas sacolas cheias de comida e pagou com seu cartão Visa — não faria diferença alguma realizar sua última compra em Nova York. A comida seria suficiente por uns dois dias. Comprou um sanduíche de ovo no pão de levedo para o garoto e outro para si própria. Ele comeu seu pão cautelosamente, em mordidas minúsculas, no táxi que os levou à Penn Station.

"Quanto tempo demora para chegar à praia?", perguntou.

Certo. A praia. Tinham que rumar para o sul, não tinham? Melhor passar aperto num clima quente.

Ela disse: "Vai demorar um pouco. A praia fica bem longe".

Ele concordou com a cabeça enquanto mastigava. "Isso é bom", disse.

Chegaram à Penn Station. Ela comprou dois bilhetes para

um trem que partia para Washington D. C. em vinte e cinco minutos. Trocariam de trem em Washington. Fariam baldeação um par de vezes.

A Penn Station estava ocupada principalmente por homens e mulheres de negócios àquela hora. Eram os pequenos manda-chuvas (os grandes viajavam de avião) indo a Boston ou Washington para fechar acordos, parados em pé agora no luminoso lugar nenhum da estação, bebericando cafés da Starbucks, falando ao celular, protegendo suas pastas de trabalho dos ladrões, com as cabeças cheias de fluxogramas e relatórios de custos; homens de ternos decentes embora enfadonhos, mulheres com penteados impecáveis e maquiagem pesada, cada um fazendo sua parte, agendando almoços, telefonando para fazer perguntas de última hora a seus chefes ou pedir instruções aos cônjuges, conferindo suas contas, propondo novos negócios, mantendo as coisas em marcha.

E ali estava ela, segurando a mão de uma criança defeituosa, com duas sacolas de mantimentos, uma bomba caseira e um exemplar de *Folhas da relva*. Os outros cediam-lhe um pouco de espaço a mais, sem perceber, do jeito que os nova-iorquinos fazem quando percebem a presença de alguém estranho. Mulher negra com criança branca deficiente. Loucos. Ou tão infelizes, tão despojados, a ponto de ser loucos por inércia. Ali, então, estava o início de sua estranha vida nova.

Cada átomo que pertence a mim pertence também a você.

O trem foi anunciado, e eles embarcaram. Ela encontrou dois assentos, deixou a janelinha para o garoto. Quando o trem se pôs em movimento, ele pressionou seu rosto no vidro.

"Aqui vamos nós", disse ele.

"É. Aqui vamos nós."

Estava aterrorizada e exultante. Não tinha como ser muito otimista quanto às perspectivas deles — era difícil desaparecer, e ela já estava reduzida a oitocentos e setenta e poucos dólares, depois de pagar o táxi e comprar as passagens de trem. Muito provavelmente estava apenas adiando o inevitável, e não seria nada bom para ela se eles fossem pegos. Ela iria para a cadeia. Pete interviria em seu favor. Isso ajudaria. Um advogado alegaria que ela perdera o próprio filho e sucumbira à tensão do trabalho. Talvez fossem condescendentes com ela. Talvez não.

E talvez, apenas talvez, ela e o garoto conseguissem escapar. Acontecia. As pessoas desapareciam. Talvez, apenas talvez, ela conseguisse arranjar um emprego de garçonete ou balconista em Sarasota ou Galveston ou Santa Rosa. Tomaria o cuidado de ficar fora das grandes cidades. Talvez pudesse alugar um pequeno apartamento perto de uma praia, arranjar um emprego simples, dar ao garoto uns livros para ler, conseguir-lhe um cachorro. Eles provavelmente iriam ter que se deslocar constantemente. As pessoas ficariam curiosas. Iriam querer saber por que o garoto não estava na escola, e dizer a elas que ele não era normal, que ela o ensinava em casa, só se sustentaria por algum tempo. Mas se eles se mudassem sempre, se morassem em vários lugares, talvez conseguissem erradicar seus passados, tornar-se apenas uma mulher com uma criança tentando sobreviver neste mundo vasto e penoso. Havia tanta gente lá fora vivendo anonimamente. Era possível, ou não era impossível, que eles pudessem se juntar ao contingente.

O trem saiu da longa escuridão do túnel para os pântanos de Nova Jersey. O garoto ficou sem fôlego diante da paisagem, embora não passasse de taboas e pequenos charcos espumosos de água verde-escura.

"Está gostando?", perguntou ela.

"Ahn-hã."

"Sabe o que a gente precisa fazer? Dar um nome a você."

"Eu gosto de Smokey. Gosto mesmo."

"Smokey não é um bom nome para um garoto."

"Luke?"

“Ah, não, acho que não.”

“Eu sei que seu outro garoto tem esse nome. Mas posso tê-lo também, você não acha?”

“Não sei. Acho que você deveria ter um nome só seu.”

“Eu gosto de Luke.”

Ele voltou para a janela, extasiado. Embora o campo de taboas se interrompesse periodicamente por faixas de asfalto cheias de caminhões de entregas e estivesse pontilhado por postes de luz e chaminés, Cat tinha que admitir que havia algo de... rústico nele, se não exatamente bonito. Mesmo ali, tão perto da cidade, havia curtas extensões de terra que provavelmente tinham sido daquele jeito antes mesmo que a primeira árvore fosse derrubada para a construção da primeira casa de fazenda. Era uma manhã luminosa, que apontava para uma tarde quente e sem nuvens. O sol matutino dourava o pântano, cintilava na água escura.

Eles estavam indo, então. Estavam a caminho de algum lugar; não havia como saber o que lhes aconteceria. Era manhã em toda parte. Era manhã em Dayton, em Denver, em Seattle. Era manhã nas praias e nas florestas, onde os predadores noturnos haviam retornado para suas tocas e os medrosos animais diurnos, aqueles destinados a ser comidos, vagavam à procura de comida. Era manhã nos telhados de lata das fábricas e nos picos das montanhas, manhã nos campos e nos pátios de estacionamento, manhã nos quartos alugados onde mulheres sem dinheiro faziam o que podiam para manter os filhos vivos e com saúde — onde cultivavam a esperança, dado o que tinham em mãos, de fazê-los felizes, pelo menos uma parte do tempo.

Uma gaivota quase dolorosamente branca mergulhou e, por um momento, voou lado a lado com o trem. Cat pôde ver a pérola negra de seu olho, o brilhante ponto laranja da parte de baixo de seu bico.

Deu uma rápida olhada dentro da bolsa. Sim, a bomba ainda

estava lá. Seu celular estava piscando. Alguém deixara uma mensagem. Ela desligou o telefone.

O garoto se virou de costas para a janela. Seu rosto brilhava de excitação.

Disse: "Sabe de uma coisa?".

"O quê?"

"O menor dos brotos mostra que não existe de fato morte nenhuma."

"Certo."

Virou-se de novo para a janela, olhando extasiado enquanto o trem chegava com estrondo a Nova Jersey. Ele era inofensivo agora. Tinha sido desarmado. Era apenas um garotinho, feliz pela primeira vez na vida. Ela podia atingi-lo, não podia? Podia convencê-lo. Era para isso que tinha sido treinada.

Tocou seu ombro frágil. Ele ergueu o braço e acariciou a mão dela, sem tirar os olhos do que passava pela janela. Foi um gesto diminuto, diminuto o bastante, mas incomum. Foi a primeira abertura que ela o viu ceder sem precaução, a primeira que revelava a confiança distraída de uma criança amada. Ele começava a responder, a confiar nela. Era um ser inviável, irreparavelmente lesado, e era um garotinho que queria ver as conchas, que queria ter um cachorro. Estava deixando que ela o salvasse.

Ele se virou para ela e sorriu. Ela não o tinha visto sorrir antes. Seu sorriso era arqueado, como o de uma cabeça feita de abóbora.

Ele disse: "Agora você está na família também".

Seu sorriso era demente. Era alegre, descarado, cheio de uma malícia tão louca que ele devia sentir como felicidade.

O *plim* soou na mente de Cat. Ali estava um assassino. Ali estava o rosto da intenção verdadeira.

E então, de repente, ela compreendeu. Caíra direitinho.

Precisamos fazer com que saibam que ninguém está a salvo. Nem o rico. Nem o pobre.

Essa, então, era a mensagem: ninguém está a salvo, nem mesmo as mães. Nem mesmo as pessoas dispostas a sacrificar tudo em nome do amor. Ela e o garoto estavam avançando ruidosamente em direção ao dia em que, com leite sobre a mesa e um cachorro farejando migalhas, seu filho adotado, seu segundo Luke, o garoto que ela havia resgatado, decidiria que finalmente a amava o bastante para assassiná-la.

Ela podia, claro, entregá-lo. Podia telefonar para Pete; podia se livrar do menino quando o trem parasse em Newark. Claro que ela teria problemas, mas sobreviveria de uma maneira que seria impossível para ele. Ele seria trancafiado em instituições correcionais; nunca mais se ouviria falar dele.

Ele sempre podia optar por matá-la. Ela sempre podia decidir por livrar-se dele.

Mas por enquanto, pensou, eles podiam seguir juntos. Podiam protelar a decisão por algumas horas, talvez meses, talvez anos. Ela talvez ainda quisesse ser sua mãe, mesmo que isso se revelasse fatal. E ele talvez não estivesse esperando, afinal de contas, para fazer a coisa com uma faca de cozinha ou um travesseiro quando ela estivesse dormindo; talvez ele quisesse fazer gradualmente, como as crianças vêm fazendo desde o início dos tempos. Em certo sentido, ele já a matara, não? Encerrara sua vida e a trouxera para aquela vida nova, para aquele louco renascimento, avançando vertiginosamente num trem para dentro da vasta confusão do mundo, para o seu simultâneo e ininterrupto colapso e regeneração, suas pequenas promessas duras como pedra, seus proprietários e seus trabalhadores, seus santuários que nunca resistiam, que não eram jamais concebidos para resistir.

Morrer é diferente do que cada um supõe, e mais auspicioso.

A criança continuou sorrindo seu sorriso homicida.

Cat sorriu de volta.

COMO A BELEZA

Ela poderia ter sido linda. "Linda" era, evidentemente, uma aproximação. Um termo terráqueo. A palavra mais próxima na língua dela era "keeram", que mais ou menos significava "melhor do que útil". Era o mais perto que seu povo podia chegar de uma abstração grandiosa. O grosso do vocabulário deles tinha a ver com condições climáticas, com perigos de vários tipos, e com aquilo que podia ser comido, trocado ou usado como combustível.

Pelos padrões da Terra ela era um lagarto de quase um metro e meio de altura, com narinas proeminentes e olhos pouco menores que bolas de golfe. Mas Simon acreditava que ela devia ter sido esplendorosa em seu planeta de origem. Devia ter sido melhor do que útil lá.

Ele a via todo fim de tarde, caminhando com as crianças pelo parque. Ela sempre vinha à mesma hora, logo depois que o turno dele começava. Seus movimentos eram discretos mas decididos. Sua pele era verde-esmeralda. Tinha um brilho imaculado de pedra preciosa, raro entre os nadianos. Eles eram mais musgosos, em sua maioria. Suas peles eram mais sarapintadas, sujeitas a manchas ocre ou marrom-escuras. Por isso as pessoas teimavam que eles eram oleosos e malcheirosos. Eles não eram oleosos. Não cheiravam *mal*. Todas as criaturas tinham algum cheiro. O cheiro dos nadianos era doce e puramente fermentado. A maioria das pessoas nunca chegava perto deles o bastante para saber disso.

As crianças, ambas louras, pareciam amá-la. As crianças humanas tendiam a amá-los, especialmente as mais novas. Ela conduzia com competência seus dois lourinhos pela alameda do parque. Falava a eles com suavidade. Cantava de quando em quando, com aquele som sibilante que todos eles faziam, numa progressão de cinco notas: *ee-um-fah-um-so*. Seriam carinhosos, os nadianos? Era um tema de debate permanente. Será que eles amavam os seres humanos ou aquilo era apenas simplicidade tingida de desespero? As crianças não pareciam se importar com isso.

Ele a viu conduzi-las em direção ao banco onde estava sentado. A criança mais velha, o menino, provavelmente de quatro anos, corria na frente. Encontrava alguma coisa — uma pedra, uma folha — e a trazia para ela. Ele e ela examinavam o objeto, avaliando em silêncio seu valor. As coisas rejeitadas eram jogadas de volta. As outras ela enfiava no bolso de sua capa. Tão logo uma decisão era tomada, o menino partia em busca de um novo tesouro, incansável como um *spaniel*. Tudo isso era testemunhado com cético interesse pela garotinha, de três anos no máximo, que se mantinha junto à nadiana. Ela brincava com a barra da capa da babá. De quando em quando erguia o braço e segurava os dedos finos e longos de uma mão verde-esmeralda. Parecia despreocupada quanto às unhas cor de estanho de cinco centímetros de comprimento.

Quando a babá e as crianças estavam ao alcance de sua voz, Simon disse: "Ei". Ele vinha dizendo ei para ela fazia vários dias. Tinha havido progressos: nenhuma reação, depois um sorriso, depois um sorriso e uma inclinação de cabeça, depois um aceno.

Hoje ela respondeu.

"Bochum", disse ela. Sua voz era suave. Tinha aquele assobio. Soava como uma flauta capaz de falar.

Ele sorriu. Como resposta, ela dilatou as narinas. Os nadianos não eram de sorrir. Suas bocas não funcionavam desse jeito. Alguns dos menos adaptados entravam em pânico quando alguém sorria para eles. Achavam que a exibição dos dentes significava que eles estavam prestes a ser comidos.

"O que ele está encontrando?", perguntou Simon, inclinando a cabeça em direção ao menino.

"Ah, muitas coisas", disse ela em inglês.

O menino, que se afastara um pouco, viu que sua babá estava dirigindo a atenção a outro. Voltou correndo.

"O parque está cheio de tesouros", disse Simon. "As pessoas não têm idéia."

"Sim."

O menino se introduziu entre a babá e Simon. Encarou Simon com um ódio franco e sem culpa.

A nadiana pousou sua mão provida de garras na minúscula cabeça loura. Não admira que algumas pessoas ainda considerassem uma temeridade contratá-las para cuidar de crianças.

"Tomcruise", disse ela, "vamos mostrar o que encontramos?"

Tomcruise abanou a cabeça. A garotinha se escondeu nas dobras da capa da nadiana.

"É timidez", disse ela a Simon.

"Claro que é. Ei, Tomcruise, eu sou inofensivo."

A nadiana ajoelhou-se ao lado do menino. "Vamos mostrar mármore para ele?", perguntou. "É bonito."

Tomcruise balançou a cabeça de novo.

"Crilich", disse ela ao garoto. Suas narinas vibraram inspirando o ar, como anêmonas irritadas. Ela provavelmente fora proibida de falar nadiano com as crianças. Acrescentou depressa: "Vamos então".

Ela se ergueu. Preparou-se para retomar a caminhada com as crianças. Para Simon, disse: "É timidez".

Era ousada. Muitos deles nunca se atreviam a conversar. Alguns não conseguiam sequer responder a uma pergunta direta. Se ficassem em silêncio, se permanecessem tão invisíveis quanto possível, o infortúnio seria evitado ou pelo menos prevenido.

"Qual é o seu nome?", perguntou Simon.

Ela hesitou. Suas narinas se alargaram. Quando um nadiano ficava nervoso, as narinas se expandiam e ofereciam um vislumbre de membranas mucosas de veias verdes, dois círculos de pele interna fresca e tenra como uma folha de alface.

"Catareen", disse ela, de um modo tão suave que ele mal conseguiu ouvi-la.

"O meu é Simon", respondeu. Sua voz soou mais alta que o habitual. Os nadianos podiam fazer você se sentir maior e mais ruidoso. Os nadianos eram esquivos e indiretos. Eram mudos como fios telefônicos cortados.

Ela moveu a cabeça afirmativamente. Em seguida olhou para ele.

Ele nunca vira um nadiano fazer aquilo. Nem sequer sabia com certeza se eles estabeleciam contato visual uns com os outros. Reservavam o foco de sua atenção para o que estivesse a seu lado ou se aproximasse por trás. Aquela estava em pé segurando a mão de uma criança humana com cada uma de suas garras cor de esmeralda e olhava diretamente para o rosto dele sem medo ou submissão. Ele nunca trocara olhares com um nadiano antes. Podia ver que os olhos dela eram de um flamejante amarelo-laranja, com profundezas cor de âmbar. Podia ver que eles eram atravessados por incandescências rutilantes de um laranja tão profundo que beirava o violeta. As ranhuras das pupilas indicavam calma e uma régia inteligência.

Você é alguém, ele pensou. Você é alguém. Mesmo um planeta como o seu deve ter princesas e rainhas guerreiras. Mesmo que seus palácios sejam de pau-a-pique. Mesmo que seus exércitos sejam desorganizados e imprestáveis.

Ela moveu de novo a cabeça. Seguiu em frente. A garotinha continuou a se envolver na barra da capa da nadiana. O menino virou a cabeça para olhar para Simon com uma expressão de puro triunfo, levando seus tesouros intocados pelo olhar impuro de um estranho.

Enquanto eles atravessavam a Bow Bridge, Simon podia ouvir a doce cantiga dela. *Ee-um-fah-um-so.*

Tirou o escâner do bolso de zíper, reexaminou sua agenda. Ameaça geral até seu primeiro cliente, um nível sete às sete e meia. Seguido por dois três e um quatro. Odiava os setes. Qualquer coisa acima de seis (ou mesmo de cinco, para falar a verdade) era difícil. Tinha que recusar os níveis nove e dez sem hesitação. Estavam além de sua capacidade. Eles pagavam bem, e ele precisava do yen. Mas conhecia seus limites.

Simon manteve sua atitude de ameaça até sete e vinte. O período entre clientes era de salário mínimo, e a maioria dos atores preferia, naturalmente, o maior número possível de compromissos. Simon preferia as horas intermediárias. O parque estava verde e silencioso, pontilhado de pálidas luzes amarelas. Às vezes, numa noite pouco movimentada, poderiam se passar vinte minutos sem nenhum grupo de excursão — nada e ninguém, a não ser o crepúsculo na relva, as brisas com aroma de clorofila. Seguindo as determinações, ele se mantinha dentro do personagem mesmo quando sozinho. Espreitava e fazia cara feia. Sentava-se numa série de bancos com os músculos retesados e as tatuagens exibindo suas ondulações fosforescentes. Grupos esporádicos de excursão e seus guias passavam rapidamente, murmurando entre si. Os excursionistas nunca se afastavam muito do globo de luz verde e dourado que pendia sobre a cabeça do seu guia.

Simon passou por Marcus duas vezes em suas rondas nas margens da Rambla. Arriscou uma piscadela na segunda vez, embora a fraternização pudesse causar demissão sumária. Os bandidos do parque não eram amistosos. Você podia brincar com seus parceiros se fizesse parte de uma gangue, mas atores brancos não eram aceitos no trabalho de gangue. Como havia uma contínua, embora modesta, demanda por caucasianos entre a clientela geral, a Encontros Perigosos Ltda. mantinha um punhado deles em sua folha de pagamentos, mas insistia que trabalhassem sozinhos. Gangues errantes de homens brancos aterrorizando o Central Park eram algo inadequado demais. A Velha Nova York construíra sua reputação com base na fidelidade histórica. Então Marcus, Simon e os outros atores brancos trabalhavam sozinhos, como lobos solitários que tinham saído — assim dizia o prospecto — de famílias bêbadas e violentas para este escabroso reino selvático, onde seus vícios se multiplicavam à medida que suas opções minguavam, homens desesperados que rapinavam qualquer presa fácil que calhasse de vagar inocentemente por sua área. Ele, Marcus e os outros avulsos eram os itens mais baratos do cardápio. Ser atacado por uma gangue custava cinco vezes mais.

Seu nível sete das sete e meia estaria na Fonte Bethesda. Pôs-se a andar naquela direção.

A pracinha estava vazia quando ele chegou. Não achou ruim, embora os faltosos pagassem apenas seus vinte por cento de depósito, dos quais sua cota seria de dez. Ainda assim, ficaria feliz em se livrar do sete, cumprir seus três e quatros e ir para casa dormir. Talvez pudesse compensar a perda com alguns serviços extras no dia seguinte.

Tinha que esperar os quinze minutos regulamentares. Postou-se num dos lados da praça, à sombra da colunata, onde o cliente não o veria ao chegar, conforme o combinado, pela escada do oeste. Rosnou para um grupo de turistas que passava. Olhou para suas filhas adolescentes com apetite de lobo, murmurou que as xoxotas chinesas eram as mais gostosas, para o caso de eles entenderem inglês. Geralmente eles adoravam coisas desse tipo. Talvez lhe dessem uma gorjeta, por intermédio de seu guia, assim que estivessem a salvo fora do parque. Talvez o guia ficasse com o dinheiro.

Treze minutos. Catorze minutos. E então, um instante antes que ele estivesse oficialmente liberado para ir embora e recolher o depósito, seu nível sete chegou.

Era Euro. Corpulento, cinqüentão, virginal em sua rósea e gorda calvície. Parecia nervoso. Seria sua primeira vez? Simon esperava que não — não no nível sete. Bennie, da Encontros Perigosos, acompanhou o cliente até a beira da praça. Conversaram em sussurros na base da escada, e então o cliente entrou caminhando na praça, desacompanhado. Tinha Astrohair azul. Vestia um terno de mercúrio. Era alemão, provavelmente, ou polonês. Os alemães e os poloneses adoravam seu cabelo sintético. Adoravam seus ternos líquidos.

Caminhava a passos largos. Escutara cuidadosamente aquilo que Bennie devia ter lhe dito a propósito de caminhar com atitude, deixar a coisa acontecer como uma surpresa. Modo de dizer.

Simon deixou o cliente chegar à metade do caminho, bem diante do olhar vazio e da mão estendida do anjo. Então foi em sua direção. Notou que o homem ficou tenso. Ele continuava, porém, obedecendo às instruções. *Você vai ouvir passos. Não se vire para olhar. Um nova-iorquino nunca faria isso. Siga em frente, apertando o passo.*

O cliente apertou o passo. As luzes halogênicas faiscavam em seu cabelo azul-cobalto.

Simon assumiu sua posição, ao lado do cliente, mas ligeiramente atrás. Disse: "Ei, amigo. Posso lhe pedir um favor?".

O cliente continuou andando, como faria um nova-iorquino.

"Ei. Estou falando com você."

Nada. Tinha prestado muita atenção.

Simon agarrou o cotovelo do cliente. Um terno de mercúrio era sempre estranho para ele — aquele aspecto aquoso, aquele leve calor que eles emitiam.

Agora o cliente se virou para encará-lo. *Uma vez que o contato físico foi feito, você está livre para reagir.*

"*Was vollen Sie?*"

Nada de inglês então?

"Preciso de um pequeno empréstimo", disse Simon. "Estou numa maré de azar."

"Não posso ajudá-lo", respondeu o cliente. Falava inglês, no fim das contas. Ótimo.

"Ah, acho que você pode, sim." Simon segurou firme o cotovelo do cliente, como se ele fosse um parceiro de dança. Agarrou a lapela do terno. Estavam a uns seis metros da colunata. Simon ergueu um pouco o cliente, levou-o em direção à penumbra, empurrou-o contra uma coluna.

Simon disse: "Cada espécie por si e para si, para mim o macho e a fêmea".

O cliente disse: "O quê?".

Maldito *chip* de poesia.

Simon chegou mais perto. Podia sentir o cheiro do suor do homem. Podia sentir o aroma de verbena de sua colônia. Muitos euros gostavam de perfume floral.

"Acho que pode, sim", disse outra vez.

"O que você quer?", perguntou o homem asperamente.

"Você sabe o que eu quero", respondeu Simon. Decidiu forçar o sexo com aquele. Era um passo duvidoso, mas seus instintos estavam afiados. A maioria dos clientes queria mais que violência pura.

"Você quer o meu dinheiro?", disse o homem, ofegando.

Simon se aproximou ainda mais. "Éééé", sussurrou. "Quero o seu dinheiro."

Quero sua bunda gorda e macia também. Quero que você a empine em direção ao céu para que eu possa enterrar meu pinto grande e tatuado nela. Nunca dito, claro. Subentendido.

"Não quero lhe dar o meu dinheiro."

Primeira recusa. Conforme as instruções. Ótimo.

"Não se trata do que você quer, garotão."

"O que você vai fazer comigo se eu não lhe der o dinheiro?", perguntou ele, num tom de coquetismo desconsolado.

Não fazia parte das instruções. O cliente estava resvalando para a pornografia. Era provavelmente um consumidor de sexo em busca de uma variação. O assalto era para ser sexy, mas havia limites nesse departamento. Isso tinha sido exposto claramente.

"Acho que você sabe."

"Não. Não sei."

Aquilo poderia ser computado como uma segunda recusa? De acordo com o contrato, sim. O cliente poderia reclamar. Mas tinha assinado o papel.

"Eu o esbofetearia um pouco. Assim." Simon deu-lhe um rápido tapa, de mão aberta. As pontas dos dedos contra a macia bochecha branca. "Mas com mais força."

"Você me machucaria?"

"Toque cego de amor e luta! toque encapuzado de afiados dentes!"

"*Was?*"

Foco. Concentração.

"Eu machucaria você, velhinho", disse ele. "Machucaria mesmo. Vai me passar algum yen agora?"

Houve uma pausa. Simon disse de novo: "Quero o dinheiro. Preciso dele. Agora".

O cliente disse: "Não. Não vou lhe dar coisa alguma".

Terceira recusa. Compromisso inicial cumprido.

"Vai", disse Simon. "Vai, sim."

Segundo bofetão, de mão cheia. Forte o suficiente para fazer surgir um fio de saliva dos lábios do cliente. Um fio que conectava sua boca à mão de Simon como um filamento líquido de teia de aranha.

"Não. Por favor. Pare."

Esse era sempre um momento traiçoeiro. Os novatos às vezes esqueciam a palavra de segurança. Esqueciam que "não" significava sim. Tinham assinado o papel. Tudo tinha ficado claro. Mesmo assim, um freguês insatisfeito não era boa coisa.

Aquele cliente, porém, não parecia particularmente inocente. Podia até ser estreante em assaltos. Mas parecia improvável que fosse estreante em pagar para brincar.

Simon aplicou outro bofetão, com as costas da mão. Os nós de seus dedos estalaram dolorosamente contra o maxilar do cliente. A cabeça do cliente caiu para trás e bateu na coluna de pedra com um som oco.

"Por favor", disse o cliente. "Por favor, me deixe em paz."

"Não até você me dar o que eu preciso."

Simon agarrou dois pedaços da parte da frente do terno tremeluzente. Levantou o cliente do chão e empurrou-o com força moderada contra a coluna. Nível seis agora. Estava quase no fim.

"E se eu não tiver dinheiro?", disse o cliente, arfando. Sua voz estava estridente de excitação. "O que você vai fazer comigo?"

Simon tentou enviar um sinal telepático. Não é sexo, senhor. É assalto. Sexo é mais caro.

"Vou ferrar o seu rabo", disse Simon. Não ofereceu nenhuma insinuação de sadomasoquismo dessa vez. Falou no tom gélido e monótono de um genuíno assassino.

Os olhos do cliente estavam esbugalhados. Muitos choravam. Era hora de dar mais uma volta no parafuso. Era hora de concluir o serviço.

O cliente não disse nada. Olhou ofegante para Simon, com os olhos brilhando. Sinais inequívocos de excitação. O cliente estava sendo satisfeito, pensou. O cliente teria uma história para contar aos amigos quando voltasse a Frankfurt ou Berlim.

"Eu. Vou. Arrebentar. Seu. Rabo. Gordo. E triste", disse Simon. "Está me entendendo?"

"Sim", balbuciou o homem.

Havia variações nos níveis sete e superiores. Era preciso improvisar. Era uma dança. Não havia nenhum meio confiável de saber o que seu parceiro realmente queria até que você entrasse no salão. Não haveria sangue. Não haveria armas. Talvez uns socos, porém. Talvez uma cabeçada. Talvez...

Simon tomou uma decisão. Esperava estar certo.

Meteu a mão entre as pernas do cliente. O cliente tinha uma ereção, como Simon suspeitara. Agarrou o saco do cliente e apertou.

"Não", gritou o sujeito, em delírio. "Não vou lhe dar coisa alguma."

Agora estava terminado. Simon tinha feito o serviço. Soltou as lapelas do cliente. O cliente deslizou para baixo. Teria caído, mas Simon segurou-o pelas axilas, girou seu corpo e puxou a carteira para fora do bolso traseiro. A respiração do homem vinha em suspiros sufocados. Simon segurou seu colarinho com uma das mãos e bateu a cabeça dele ritmicamente contra a coluna. Eram as chamadas pancadinhas de amor. Tirou as notas da carteira, fez uma aferição rápida. Sim, era a quantia exata. Jogou a carteira no chão.

"Você é um rapaz de sorte", sussurrou. "Tem sorte de não estar mortinho agora mesmo."

Soltou o colarinho do cliente. O cliente ofegava, agarrado à coluna com os dois braços, o rosto amassado contra a pedra.

"Repita comigo", rosnou Simon. "Sou um rapaz de sorte."

"Não. Não vou repetir."

Simon deu-lhe um último tapa na parte de trás de sua brilhante cabeça azul. "Diga."

O cliente resfolegou. Sua voz quase não era audível: "Sou um rapaz de sorte".

"Fez direitinho, camarada."

Simon decidiu dar-lhe um bônus. Enfiou os polegares como ganchos por baixo do cinto do cliente, baixou suas calças até os joelhos e aplicou-lhe uma palmada nas arrepiadas nádegas nuas.

"Juro que para mim não existe nada que não seja a imortalidade", disse. A essa altura, o cliente não pareceu notar a incongruência.

Simon saiu andando. Pensou com esperança numa gorjeta, embora a experiência indicasse que os alemães não eram confiáveis quanto a isso.

Voltou para a sua biboca às quatro e vinte. Serviu-se de uma dose de Liquex, ficou olhando seu brilho de água-marinha. Era um copo cheio de suco de serotonina azul brilhante, prestes a ser engolido por um homem que tinha cumprido seu dia de trabalho. Belo? Provavelmente, de um jeito modesto. Havia sido, obviamente, concebido para ser belo, para atrair o comprador. Várias possibilidades de cores tinham sido cogitadas e descartadas antes que a companhia chegasse àquela, à cor precisa de uma piscina à noite.

A intenção empresarial diminuía a beleza do líquido, amesquinhando-a. As incidências mais potentes da beleza eram aquelas que surgiam como descobertas pessoais, aquelas que pareciam concebidas especificamente para você, como se alguma vasta inteligência o tivesse escolhido e quisesse lhe mostrar uma coisa.

Simon descalçou as botas. Tirou a fétida camiseta pela cabeça e jogou-a num canto. Debruçou-se sobre a cabeceira da cama e deu um gole em seu drinque faiscante.

Havia uma mensagem no vid. "Fale comigo", disse Simon. Marcus foi surgindo, tremeluzente. Claro. Quem mais ligaria?

Mini-Marcus apareceu, pálido e bruxuleante. Seria bom ter um vid com uma resolução melhor. Seria bom ter uma porção de coisas.

O tremeluzente Marcus disse: "Não sou ninguém, quem é você? Você também não é ninguém? Ligue pra mim quando chegar".

Desapareceu em meio a um chuvisco de faíscas. Simon disse: "Marcus". O vid murmurou o número. Marcus respondeu no segundo toque. Reapareceu com uma resolução ligeiramente melhor, estando ao vivo.

"Ei, Simon", disse sua imagem. Ainda estava paramentado com suas roupas pretas e suas botas. Não havia removido o delineador ainda. Seu modelo, extraído dos arquivos Infinidot, era Keith Richards sem um tostão. Simon tinha sido aconselhado a mudar sua primeira escolha: Malcolm McDowell mais de um século atrás, em *Laranja mecânica*. Ponderando diante dos vids antigos, acabara decidindo, em vez disso, por Sid Vicious, e acrescentara cabelo de Morrissey.

"Eu celebro a mim mesmo, e o que eu aceito você aceitará. Como foi a sua noite?"

"O de sempre. Ouça. Acho que um zangão esteve me espiando hoje."

"Sério?"

"Não tenho plena certeza. Mas sim. Juro que ele ficou pairando sobre mim por, digamos, quase um minuto."

"Podia não estar interessado em você. Onde você estava?"

"Perto da concha acústica."

"Eles cruzam a concha acústica. É uma área de acampamento. Estão sempre procurando nadianos lá. Você sabe disso."

"Tenho um pressentimento. Só isso."

"Certo. Mas você não acha que está sendo, digamos, sensível demais?"

"Espero que sim. Só tenho um pressentimento. Já faz uns dois dias. Não queria falar nesse assunto."

"Estou satisfeito — eu vejo, danço, rio, canto."

"Dá para parar com isso?"

"Você sabe que eu não consigo."

"Estou começando a pensar", disse Marcus. "Talvez toda essa coisa do 21 de junho seja uma loucura. A Velha Nova York é arriscada demais para nós. Eles vigiam muito de perto aqui."

"Eles vigiam os nadianos e os turistas. Subprostitutos indecentes como nós estão bem embaixo na lista de prioridades."

"Ainda assim..."

"Só mais uns dias, Marc."

"Eu me pergunto se deveríamos ir cada um para um lado."

"Não diga isso."

"Atraímos muita atenção, Simon."

"Partir nos rastros da chegada, perpétuo pagamento de perpétua dívida."

"Concentre-se. Por favor."

"Eu ficaria solitário sem você, Marc. E você, sem mim."

"Eu sei. Só fico pensando que..."

"Prefiro arriscar junto com você. Ouça. Tome um Liquex ou dois, descanse um pouco, encontre-me amanhã no café-da-manhã."

"No Freddy's?"

"Onde mais?"

"O.k. Duas horas?

"Duas horas."

"Boa noite."

"Bons sonhos."

Marcus desligou. Dissolveu-se num tremor de poeira prateada.

Simon acabou de beber seu Liquex e serviu-se de outro. Será que Marcus estava mesmo exagerando? Tinha tendência ao nervosismo. Mesmo assim. A Velha Nova York era mais arriscada que outros lugares, não havia como negar. Mas era o melhor lugar para levantar rapidamente algum yen sem precisar responder a perguntas.

Simon deu cabo de metade da garrafa de Liquex. Deixou que a bebida o mergulhasse num morno lusco-fusco de pesadelo que fazia as vezes de sono. Sonhou com gente caminhando calma e soberanamente para dentro de um rio. Sonhou com uma mulher que ostentava um segredo em torno do pescoço.

Rolou para fora da cama à uma e meia. Tomou um dermaescama, vestiu sua roupa de rua. Levi's, Puma, uma andrajosa camiseta CBGB.* A Velha Nova York requeria trajes de época em qualquer tempo. Era parte do acordo.

A East Fifth Street estava cheia de simuladores e de gente que tinha ido ali para vê-los. Os punks marchavam com seu jeito raivoso. As velhas senhoras tagarelavam em suas sacadas. Rondo, o sem-teto de plantão, estava em seu posto diante da floricultura, vociferando suas arengas. No meio do quarteirão, uma cápsula de turismo expeliu um batalhão de Sinos. Simon avançou depressa para o Freddy's, esquivando-se dos turistas. Alguns captaram um vid dele, embora ele não fosse uma atração popular. Era um habitante comum do East Village; era feijão-com-arroz. Havia tantos

* Iniciais de Country Bluegrass Blues, clube noturno que serviu como epicentro do movimento punk em Nova York. (N. T.)

espécimes mais exóticos. Quem se importava com um músico maduro quando havia garotas de cabelo cor-de-rosa com serpentes enroladas em torno do pescoço? Quando havia velhos dementes vestidos em trapos ressecados, vaticinando sobre o fogo sagrado e o advento do deus inseto?

O Freddy's não estava lotado àquela hora. Marcus já se encontrava lá. Numa mesa dos fundos, curvado sobre um *e* duplo. Jorge, que era Freddy durante o turno das dez às quatro, saudou Simon com um sardônico bom-dia, já que eram duas da tarde. Pousou o expresso com leite de Simon na mesa quase ao mesmo tempo que a bunda de Simon aterrissava no assento. Jorge era um sujeito de boa aparência, ainda jovem. O que é que ele estava fazendo ali, desempenhando o papel de Freddy, todo cheio de gracejos mordazes, durante horas pouco movimentadas? Claro que devia haver uma história. As histórias geralmente envolviam um fracasso em algum outro lugar e uma estada temporária na Velha Nova York para levantar um pouco de dinheiro antes de seguir em frente. Alguns dos simuladores estavam ali temporariamente havia vinte anos ou mais. Alguns tinham começado a viver vinte e quatro horas por dia, sete dias por semana, na pele de seus personagens. Alguns tinham mudado de nome.

Marcus não parecia estar muito bem. Entregava-se ao café como se fosse seu único amigo.

"Ei, garoto", disse Simon. "Está se sentindo melhor?"

O rosto de Marcus se contraiu, como se ele estivesse reprimindo um arroto. O pescoço ficou tenso. Então irrompeu de dentro dele: "Já que eu não podia parar para pegar a Morte, Ela parou para me pegar". Imediatamente, ele olhou em volta, furtivamente envergonhado.

"Está tudo bem", disse Simon com brandura.

"Não está, não. Não há nada, neste momento, que a gente possa dizer que esteja 'bem'."

"Um zangão. Um artefato teleguiado, sobrevoando a concha acústica quando você por acaso estava ali. Não é grande coisa."

"Mas eu lhe disse. Tive um pressentimento. Por um tempo."

"Sou delatado por traidores, falo coisas malucas, perdi o juízo."

"Estamos ferrados."

Simon tomou a mão de Marcus na sua, pressionou-a e depois soltou. Disse: "Não podemos ficar nervosos o tempo todo, Marc. O que seria de nossas vidas?".

"Por quê, exatamente, você acha que nós *não deveríamos* ficar nervosos o tempo todo?"

Era uma pergunta pertinente, embora talvez inoportuna. Parecia ter havido uma eleição. Os cristãos pareciam ter reconquistado a maioria no Conselho. De que outro modo se explicaria a onda de comédias e dramas cristãos por todo o vid e a crescente dureza da força policial? Se os cristãos tinham de fato vencido uma eleição, não era uma boa notícia para os símulos ou para qualquer outro artificial.

Simon disse: "Não me encha o saco, está bem? Se você não tomar cuidado, vou despejar o discurso de exortação".

"Quando chegarmos a Denver, vou matar o filho-da-mãe."

"Como se você pudesse."

"Fico me perguntando. E se não tiver nada lá?"

"Não é uma linha de raciocínio muito produtiva."

"Certo. O.k. Ele está lá em Denver, esperando, e não apenas vai nos consertar, vai também nos dar sapatos novos e férias de graça na ilha paradisíaca de nossa escolha."

"Melhor. Concentre-se no futuro. Mais três dias e estaremos fora daqui."

"E a caminho de algum desolado lugarejo do interior, só porque um chip nos manda ir para lá."

"Não me consta que você tenha outro compromisso."

"Todas as coisas varridas para longe... Isto... é imensidão..."

"Aprendeu direitinho, camarada."

"Estou cansado, Simon. Estou farto disto."

"Do quê, exatamente, você está farto?"

"Da coisa toda. Estou farto de ser ilegal. Farto de sentir que não sou ninguém em particular. Farto de despejar versos de uma porra de uma *poesia* que eu nem sequer compreendo."

"E em Denver, em 21 de junho, talvez você venha a compreender."

"A mensagem tem mais de cinco anos, Simon. É como um bilhete numa maldita garrafa."

"Pródigo, você me dá amor! Portanto amor eu também lhe dou."

"Cala a porra da boca."

"Não consigo."

"Deus me ajude. Eu também não."

Simon mandou Marcus para casa com a recomendação de que se preocupasse menos. Foi fazer algumas compras. Precisava de café, de dermabase e de lâminas de laser. Tentou se concentrar no imediato. Tentou não ficar nervoso o tempo todo.

Era sábado. As ruas estavam congestionadas. Mesmo assim foi à Broadway atrás do café. Era lá que ficava a boa loja de café. Além disso, tinha que matar o tempo até a hora de entrar no serviço de novo.

A Broadway estava cheia de jovens étnicos, passando em bandos. Mais os turistas. Mais um monte de falsos turistas em trajes de época: papai e mamãe do Meio-Oeste vestindo blusões de náilon iguais; casal euro consultando um mapa; ruidosos japoneses de Burberry e Gucci apontando câmeras antigas para qualquer coisa que se movesse. Mais, evidentemente, um nadiano aqui, outro ali, fazendo entregas ou serviços de limpeza. A bem da verdade, havia quem insistisse que a Velha Nova York deveria se livrar dos nadianos. Mas por enquanto eles eram tolerados. Quem mais faria o trabalho que eles estavam dispostos a fazer?

Simon comprou seu café e seus artigos de banheiro. De volta a sua casa, assistiu a um vid. Queria ver o programa finlandês sobre a mulher que abandona o marido para ficar com um andróide, mas ao que parece tinha sido substituído por alguma coisa envolvendo uma adolescente que começa a ver a Virgem Maria em locais inesperados (num ônibus, no cinema, sempre como uma fantasmagórica aparição tremeluzente, com um sorriso ansioso e aflito) e renuncia ao namorado. Viu isso então. Era sexy a seu modo. Lésbico. Em seguida engoliu um hispanolanche, vestiu seu equipamento, apresentou-se no parque e assumiu seu posto.

Caminhou pelo parque ao norte do Prado das Ovelhas. Tinha um nível seis às sete.

Era um daqueles crepúsculos suaves, com uma vaga incandescência esverdeada. Os borrifadores de clorofila estavam apontados para o alto. Em tributo ao início do verão, tinham sido soltos os primeiros vaga-lumes. O gramado se estendia rumo a um confim cor de lavanda, sumindo entre árvores até que, vigiando tudo, surgiam a rocha calcária e os zigurates do Central Park Sul, onde as janelas cintilavam. Espalhados pela amplidão havia vários simuladores — os corredores, os patinadores, os que levavam os cachorros para passear — e, como sempre, os grupos de excursão, que, de onde Simon estava, podiam passar por ajuntamentos de monges ou freiras a caminho de suas práticas religiosas, seguindo as líquidas cintilações dos globos de luz de seus guias.

Era lindo. Ele disse a si mesmo a palavra. Seria algum pequeno distúrbio bagunçando seus circuitos? Talvez.

Decidiu caminhar ao léu até os limites de seu próprio território, no lugar em que ele fazia divisa com o de Marcus. Nada de errado nisso, tecnicamente falando. Ele era livre para perambular dentro de suas fronteiras. Se acontecesse de avistar Marcus, se acontecesse de eles cruzarem um com o outro brevemente na área em que seus gramados se tocavam, quem iria saber ou se importar? Faria bem a Marc lembrar que Simon estava ali, pensando nele. Poderia acalmá-lo um pouco.

Quando andava a passo lento em direção ao território de Marcus, um zangão zumbiu por perto, pairando a baixa altitude. Haviam modificado o design no ano anterior, tornando-os menos sinistros, em resposta às queixas dos turistas. Os "zangões" não mais giravam bolas pretas cravejadas de sensores luminosos vermelhos. Tinham sido disfarçados, adelgaçados, equipados com asas douradas sem utilidade alguma. Agora eram pequenos pássaros de vigilância. Eram pombos dourados que farejavam o crime.

Não havia sinal de Marcus na área da concha acústica. Simon esperava que ele não tivesse enviado um vid dizendo-se doente ou, pior, que simplesmente tivesse faltado sem dar satisfação. Se as autoridades estivessem desconfiadas, qualquer modificação da rotina seria tolamente suicida.

E então ele chegou. Estava com o traje completo. Fazia suas rondas. Os circuitos de Simon vibraram com a identificação.

Marcus o viu. Caminhou casualmente, sem chegar muito perto. Simon continuou avançando. Continuou fazendo a cara mais malvada possível. Em silêncio, rogou a Marcus que fizesse o mesmo.

Marcus estava a menos de dez metros de Simon quando o zangão baixou bruscamente. Ficou pairando diante de Marcus. Suas asas douradas zumbiam. O zangão falou. Marcus respondeu. Simon não conseguia distinguir as palavras, nem de um nem de outro. O zangão devia estar esperando respostas. Marcus daria as respostas. Eles verificariam os registros na Infinidot. Amanhã eles teriam outras perguntas, mais traiçoeiras, mas amanhã Simon e Marcus já teriam partido. Escapuliriam dois dias antes do planejado, estariam a caminho de Denver quando as autoridades voltassem a procurá-los. Pena que eles não teriam tempo de juntar mais alguns yens.

O zangão falou de novo. Marcus parecia confuso. O novo modelo não funcionava muito bem. Aquela versão lustrosa, com aspecto de pombo, tendia a ser esquisita e muitas vezes inaudível. O zangão repetiu o que havia dito. Fez-se um momento de silêncio. Marcus ficou parado, com sua roupa preta e suas grandes botas sob o bater das asas douradas de um pássaro espião, enquanto a escuridão se adensava em torno deles.

O zangão falou mais uma vez. Simon podia captar o tom de sua voz, mas não o sentido. Marcus olhou para o chão, como se estivesse vendo alguma coisa escrita a seus pés.

E então começou a correr.

Não, pensou Simon. Não corra. Faça qualquer coisa menos isso. Se tiver que correr, não corra na minha direção.

Ele correu na direção de Simon.

Vá se foder, Marcus. Pedaço covarde de ferro-velho. Quinquilharia travestida de homem. Isso só vai piorar muito as coisas.

O zangão hesitou. Estaria à espera? Será que alguém no quartel-general da Infinidot estava consultando um superior?

O zangão subitamente deu meia-volta e saiu atrás de Marcus. Avisou: "Pare. Não corra".

Marcus corria na direção de Simon.

O zangão abriu fogo. Isso era impossível. Eles não atiravam no primeiro encontro. Um raio vermelho brilhante decepou o braço direito de Marcus na altura do ombro. Simon ficou paralisado. O braço caiu. Ficou estendido no chão, com a extremidade cortada fumegando. Os dedos se contraíram. Marcus não diminuiu o ritmo. O zangão disparou novamente. Dessa vez, errou o tiro e incinerou um arbusto cerca de um metro à esquerda de Marcus. Marcus avançou mais alguns passos antes que o zangão pairasse bem acima de sua cabeça. Ele bombardeou: um raio, outro raio, outro raio, a intervalos de fração de segundo. O outro braço de Marcus caiu, e em seguida sua perna esquerda. Ele ainda correu por um momento numa perna só. As cavidades dos braços estavam fumegando. Ele olhou para Simon. Não disse nada. Não fez sinal algum de reconhecimento. Olhou para Simon com perfeita neutralidade, como se nunca tivessem se encontrado. E então desabou.

O zangão decepou a perna restante de Marcus. Ele ficou deitado de bruços. Já não era mais do que cabeça e tronco. Não produzia som algum. O zangão ficou pairando menos de um metro acima do que sobrara de Marcus. Lançava para baixo um raio atrás do outro. Trinchou a carne até que só sobrou o núcleo: um cilindro prateado articulado por uma dobradiça prateada a uma esfera também prateada ligeiramente maior que uma bola de softball, com um palmo do couro cabeludo de Marcus ainda grudado nela. O arcabouço jazia na relva, soltando fumaça. Um cheiro de metal queimado misturado com clorofila. Os membros, ainda se contraindo em espasmos, ainda cobertos de carne, estavam espalhados como roupas despidas descuidadamente.

Simon ficou imóvel. O zangão deteve-se por um momento sobre os destroços. Gravou seus vids. Depois voou rapidamente até Simon. Pairou diante de seu rosto, com as asas vibrando.

Disse: "Ahum pobema hi?".

"O quê?", disse Simon.

Alguém no quartel-general ajustou o áudio. "Algum problema aqui?" Tinha uma voz humana, tornada deliberadamente eletrônica pelos que projetaram o aparelho. Era considerada mais futurista assim.

Simon disse: "Eu compreendo os grandes corações dos heróis, a coragem dos tempos atuais e de todos os tempos".

Porra. Concentração.

"Algum problema aqui?", repetiu o zangão.

"Não", respondeu Simon. "Nenhum."

"Você está trabalhando?", perguntou o zangão.

"Sim. Trabalho para a Encontros Perigosos."

"Tem documento?"

Tinha. Exibiu-o. O zangão gravou um vid.

"Volte para o trabalho", disse.

Simon obedeceu. Enquanto se afastava, arriscou um rápido olhar para trás, para os restos queimados do que havia sido Marcus. Os destroços emitiam uma tênue luz enquanto o zangão voava em círculos sobre eles, gravando mais vids. Era isso o que eles eram, então. Carne combinada com um arcabouço de titânio. A carne podia ser raspada como se fosse chantili. Simon apertou seu próprio bíceps, de modo brando mas investigativo, entre o polegar e o indicador. Havia uma haste lá dentro, prateada e brilhante. Marcus tinha sido, em essência, um sonho que seu esqueleto sonhara. Simon era isso também.

Disse: "Amaldiçoado aquele que degrada ou avilta o corpo humano vivo".

Esperava que o zangão não tivesse ouvido.

Voltou para seu banco habitual junto ao lago e sentou. Faltavam quinze para as sete. Devia pôr-se a caminho de seu primeiro cliente. Mas se demorou no banco, fazendo cara feia para um bando ruidoso de turistas que passava caprichosamente por ele, gorjeando uns para os outros, virando-se para olhar para ele enquanto o guia os instava a andar mais depressa, cutucando-se uns aos outros, uns mais rijos, outros mais corpulentos, todos de meia-idade (a Velha Nova York não tinha muito cartaz com os jovens), de classe média (não fascinava os ricos tampouco), ávidos por ser surpreendidos, piscando com atenção, segurando firmemente suas bolsas e seus cônjuges, pisando duro com seus sapatos esportivos, uma turma multicolorida, que ninguém chamaria de heróica, mas de viva sim. Todos eles vivos.

Simon não estava vivo, tecnicamente falando. Marcus tampouco estivera.

E agora Marcus estava onde ambos tinham estado menos de cinco anos antes, quando não eram nada. Quando ainda não tinham sido fabricados. O que havia acabado? Carne e circuitos elétricos, um conjunto de microchips. Nenhuma lembrança do sorriso da mamãe ou da voz do papai; nenhum cachorro de estimação ou brinquedo favorito ou verão na fazenda. Apenas cognição, iniciada abruptamente numa fábrica da periferia de Atlanta. Uma luz subitamente acesa. A sensação de alguma coisa que surgiu do escuro plenamente formada e que queria continuar. Devia ser o implante de sobrevivência. Era surpreendentemente poderoso.

Agora Marcus não era nada, não queria nada, e o mundo seguia impassível. Marcus era uma janela que se abrira e voltara a se fechar. A vista, fora da janela, era indiferente ao fato de a janela estar aberta ou fechada.

Era hora de Simon ir ao cliente das sete. Mas lá vinha ela. Ali estava a nadiana, seguindo seu caminho com seus dois lourinhos. Decidiu vê-la uma última vez.

Hoje o garoto tinha uma espécie de brinquedo na mão, uma coisa brilhante que aparentemente desbancara a procura por pedras e mármores. Ele saltitava, agitando o objeto dourado sobre a cabeça. A garotinha dançava atrás dele, pedindo para brincar um pouco com aquilo, o que o menino obviamente recusava.

Quando o pequeno grupo chegou perto, Simon disse: "Ei, Catareen".

"Bochum", respondeu ela.

Ele queria lhe dizer alguma coisa. O que poderia ser? Talvez apenas isto: que não voltaria a vê-la. Quando ela viesse ao parque no dia seguinte, encontraria outro sujeito no lugar dele. Será que ela seria capaz de perceber que não era ele? Será que, para eles, os humanos eram todos parecidos? Ela diria bochum ao seu substituto pensando que ele ainda era Simon?

Queria que ela se lembrasse dele.

O que o menino segurava acabou se revelando um zangão em miniatura: asas minúsculas que batiam freneticamente, globo ocular saltado, abertura central por onde os raios seriam disparados. O menino apontou para Simon. Disse: "*Zzzzap*".

Catareen virou o zangão para o lado com uma garra. "Não, Tomcruise", disse. "Não aponte para as pessoas."

O rosto do menino ficou vermelho. Provavelmente não era atribuição dela discipliná-lo. Ele provavelmente sabia disso. Apontou a arma de modo mais preciso para o coração de Simon. Disse "*Zzzzap*" de novo, desta vez mais alto.

Simon disse: "Sou o escravo caçado, tremo de medo das mordidas dos cães".

Não. Contenha-se. Concentre-se.

A nadiana, porém, não deu mostras de ter percebido nenhuma coisa de anormal no que ele dissera. Talvez todos os sentimentos expressos em inglês fossem igualmente estranhos para ela.

"Menino é jovem", disse ela. Havia um sinal de exasperação em sua voz? Os nadianos eram difíceis de interpretar. Suas vozes eram tão sibilantes, tão escorregadias e chiadas.

Simon disse: "Há quanto tempo você está aqui?".

Ela precisou de um momento para calcular. Anos terrestres versus anos nadianos. Disse: "Dez anos. Um pouco menos".

"Está indo tudo bem?"

"Sim."

Que mais ela poderia dizer? Estava provavelmente contando a verdade ou quase. Devia ser melhor do que a chuva perpétua. Devia ser melhor do que reis que buscavam ler nas próprias fezes sinais de glória — e os encontravam. Devia ser melhor do que arrancar todo o lodo que fosse possível da água de beber, e do que ouvir a cada minuto o som de asas de couro sobre a cabeça. Mesmo assim... Os nadianos deviam ter esperado coisa melhor quando migraram para a Terra. Deviam ter imaginado a si próprios como algo melhor que serviçais, babás, varredores de rua. Ou talvez não. Difícil saber até onde a imaginação deles era capaz de levá-los.

O menino mantinha sua arma mirada para Simon. "*Zap zap zap zap zzzzap.*"

"Ouça", disse Simon. "Foi ótimo. Ver você todo dia."

Ela se retesou levemente. "Você vai embora?", perguntou.

"Oh, bem, a gente nunca sabe, não é? Hoje aqui, amanhã em outro lugar."

"Sim", disse ela. "Foi ótimo."

A garotinha tomou sua iniciativa. Agarrou o cobiçado brinquedo e recebeu o tabefe que ela certamente sabia que o menino estava pronto a lhe dar. Desabou no chão, aos berros.

A nadiana ergueu-a, segurou-a junto a... seus seios? Elas tinham seios? Nenhuma evidência exterior, mas elas alimentavam seus bebês, não alimentavam? Ele sabia que os nadianos eram mamíferos. Tinha saído nos jornais muito tempo antes. Quando os jornais ainda estavam interessados.

"Tomcruise", disse ela com dureza. "Não bata na Katemoss."

O pequeno Tomcruise retomou a concentração, apontou o zangão na direção do baixo-ventre de Simon. "*Zap zap zap zap zap.*"

"Vou levá-los para casa", disse ela.

"Onde você mora?"

Ela hesitou. Não era uma pergunta que ela devesse responder, não quando formulada por um simulador estranho no parque. Ela olhou para o oeste. Estendeu um dedo verde.

"Lá", disse.

O San Remo. Endereço venerável de executivos e presidentes de empresas, os poucos privilegiados que tinham permissão para viver no parque e eram poupados de ficar mudando constantemente de região e de dormitório. Ela tinha um bom emprego, relativamente falando.

O pequeno Tomcruise aparentemente se cansou de matar Simon e de ser ignorado. Escolheu aquele momento para correr de volta na direção de onde eles tinham vindo.

"Tomcruise", chamou Catareen. Ele não lhe deu atenção. Estava no comando. A garotinha choramingava nos braços da nadiana.

"Tenho que ir", ela disse a Simon.

"Eu também", respondeu ele. "Estou atrasado para um compromisso. Até logo."

"Arday."

"Desparafusem as fechaduras das portas!", disse ele. "Desparafusem as próprias portas dos seus batentes!"

Ela assentiu com a cabeça e foi atrás do menino.

Faltavam dois minutos para as sete. Se andasse depressa, Simon poderia chegar com menos de cinco minutos de atraso. Apertou o passo. Cortou caminho pela Cherry Hill.

Chegara à fonte quando lançou um olhar para trás. Queria vê-la uma última vez. O que viu foi Catareen em pé no caminho junto ao lago com um zangão zumbindo sobre sua cabeça e falando com ela. As crianças se agarravam a ela. Ela respondeu. O zangão falou de novo. Ela respondeu de novo. Então o zangão partiu na direção errada, para longe de Simon, rumo a Strawberry Field.

Ela fizera aquilo. Fizera? Provavelmente sim. Dissera ao zangão que Simon rumara para oeste, e não para o leste.

Simon avaliou suas opções. Passou em revista as possibilidades. Alguma coisa estava acontecendo. Devia ter havido uma eleição então; as leis deviam ter mudado. Estavam exterminando artificiais agora. Provavelmente não era uma boa notícia para os nadianos tampouco. Uma repressão de qualquer tipo em geral incluía os nadianos.

A questão era: ir embora agora ou cumprir seu turno? Deixar de se apresentar ao compromisso das sete horas seria incriminador. Comparecer facilitaria sua localização.

Pensou no núcleo de titânio de Marcus, esfriando junto à concha acústica.

Decidiu. Partiria imediatamente. O fato de não se apresentar ao trabalho depois da eliminação de seu parceiro levantaria suspeitas, mas as chances eram provavelmente melhores. Se aparecesse para o encontro das sete, e se fosse preso, estaria contando com a clemência de um conselho que talvez já tivesse sido derrubado. Poderia estar infringindo novas leis sem nem ao menos saber quais eram.

Havia outro fator. A nadiana.

Será que ela sabia o que significava dar uma informação falsa a um zangão? Era difícil dizer o que os nadianos sabiam. Eles não eram organizados. Não eram informados.

Simon viu Catareen se afastar com as crianças.

O garotinho contaria a seus pais. Isso parecia certo. Mesmo que a Infinidot não verificasse os vids do parque, não constatasse que Catareen havia mentido para um zangão e não informasse imediatamente o Conselho, ela sem dúvida perderia o emprego só pelo fato de ser alguém a quem um zangão quis interrogar. *Não podemos con-*

fiar nossos filhos a alguém que... Não haveria mais trabalho para ela. Nada melhor que varrer ruas. Implantariam um sensor nela. Em última análise ele havia arruinado a vida dela ao lhe dirigir a palavra.

Oh, Cristo! Meu ataque está me dominando!

Concentração.

Simon tomou outra decisão. Não tecnicamente uma decisão. Seus circuitos internos lhe disseram o que ele faria. Tentaria proteger a nadiana do mal, porque as ações dele a tinham exposto ao mal. Era algo que estava dentro dele.

Quando Catareen chegasse ao San Remo, se tornaria inalcançável. As opções de Simon eram: interceptá-la agora ou esperar que ela voltasse ao parque no dia seguinte. Vinte e quatro horas era tempo demais para esperar.

Partiu às pressas para o San Remo. Se corresse pelo caminho em torno do lago, poderia chegar lá antes dela.

Esperou-a nos limites do parque, recostado no muro de pedra do outro lado do Central Park West.

Não podia entrar no saguão. Não convinha tampouco esperar sob a marquise. Os simuladores que representavam porteiros o mandariam sair dali. Permaneceu à sombra das árvores. Eram sete e quinze. Será que as autoridades já sabiam que ele havia fugido? Será que a Encontros Perigosos as alertara? Difícil saber. As autoridades às vezes eram mais espertas do que se poderia esperar. E às vezes surpreendentemente relapsas.

Catareen apareceu às sete e dezenove. Ainda trazia no colo a garotinha, que caíra no sono. O menino saltitava em volta com seu zangão, num êxtase de assassinato. Simon atravessou a rua correndo. Tinha que alcançá-la antes que ela chegasse perto demais da entrada.

A vinte passos da esquina, saltou diante dela, assustando-a. Ela emitiu um guincho estridente. Um som nada agradável. Sua pele se escureceu. As narinas se contraíram ao extremo.

"Está tudo bem", disse ele. "Sou eu. O sujeito do parque. Lembra?"

Ela precisou de um momento para se recompor. Ele ficou pensando como teria sido difícil para ela não deixar cair a menina. Ela disse: "Sim".

O menino fitou Simon boquiaberto, paralisado pela fúria.

Simon disse: "Preciso lhe perguntar: o que você disse ao zangão lá no parque?".

Ela hesitou. Talvez estivesse se perguntando se Simon trabalhava para as autoridades, se ela cometera um erro fatal. Os nadianos viviam o tempo todo numa angustiante incerteza quanto a quem deviam obedecer. A maioria achava mais fácil obedecer a todo mundo. Isso os levava às vezes a ser presos ou executados.

"Está tudo bem", disse ele. "Não quero lhe fazer nenhum mal. É sério. Temo que você tenha se colocado em apuros lá. Por favor. Diga-me o que contou ao zangão."

Ela respondeu: "Eu disse que você tinha ido para o outro lado".

"Por que fez isso?"

Erro. Quando um nadiano se sente acusado, pode ficar catatônico. Uma teoria: eles se faziam de mortos na esperança de que o agressor perdesse o interesse. Outra teoria, mais difundida: eles decidiam que já estavam mortos e assim facilitavam as coisas para todo mundo.

Ela endireitou as costas. (Não tinha ombros.) Olhou diretamente para ele com seus brilhantes olhos cor de laranja.

Disse: "Tentei ajudar você".

"Por que quis me ajudar?"

"Você é homem bom."

"Não sou um homem. Fui programado para ser algo que parece bom. Você tem idéia do tamanho da encrenca em que provavelmente se meteu?"

Ela respondeu: "Sim".

"*Tem mesmo?*"

"Sim."

"Não tenho tanta certeza."

"Estou pronta para ir embora", disse ela. "Não tenho alegria."

Então o garotinho chegou a seu limite. Deu um berro. Sabia que alguma coisa estava acontecendo; provavelmente não lhe importava o quê. Estava sendo negligenciado. Sua babá estava conversando com um estranho. Segurando seu zangão com firmeza, o menino correu berrando para a entrada do prédio.

Simon disse a Catareen: "Venha comigo".

"Para onde?"

"Simplesmente venha. Aqui você está ferrada. Não temos tempo a perder."

Arrancou a menina dos braços dela. Catareen estava surpresa demais para resistir. A garotinha acordou e gritou. Simon correu com ela até a entrada do prédio, chegando lá um segundo antes do menino.

Entregou a menina ao porteiro. "Tome", disse. "Cuide deles."

O porteiro pegou a menina chorosa, começou a falar qualquer coisa. Simon já tinha ido. Agarrou o cotovelo de Catareen.

"Temos que andar muito depressa", disse.

Desceram a rua 75, rumaram para o oeste. Ela era uma boa corredora. A velocidade era um dos destaques na lista dos talentos nadianos.

Chegaram à estação de metrô na rua 72 Oeste e desceram as escadas. Simon colocou-os para dentro com seu cartão magnético. Vários simuladores se aglomeravam em grupos na plataforma. O metrô não era popular junto aos turistas. Os turistas tinham suas cápsulas flutuantes para se deslocarem de um lugar a outro. Somente alguns teimosos, fanáticos por história, desejavam viajar de metrô, e só por distâncias curtas. A maioria esmagadora de usuários era de simuladores indo ou voltando dos complexos residenciais.

Simon e Catareen pararam na plataforma, ofegantes. Ele disse: “Estamos no lado que vai para o subúrbio”.

Ela não disse nada. Ele implorou em silêncio para que ela não ficasse catatônica.

“Temos que ir até as ruas da dezena Noventa, acho”, disse ele. “Existem carros lá. Vamos precisar de um.”

A nadiana mais uma vez ficou em silêncio. Seus olhos de lagarto fitavam os trilhos vazios em frente.

“Temos que tentar atravessar a ponte George Washington. Uma vez em Jersey, estaremos fora da jurisdição da Infinidot.”

Ele também estaria ilegal em Nova Jersey, mas o sistema de repressão do Conselho não se comunicava muito bem com o da Infinidot. E Catareen talvez não tivesse cometido algo que fosse considerado crime em Nova Jersey. Era impossível conhecer as variações de estado para estado.

O trem chegou. Seu estrépito era sempre impressionante. As portas se abriram com estrondo, e Simon empurrou Catareen em direção a elas. Ela avançou. Ele lhe ficou agradecido por isso.

O vagão estava quase vazio. Havia quatro outras pessoas, todas elas simuladores. Dois mensageiros de bicicleta com trancinhas rastafári; um ortodoxo, também com trancinhas; um mendigo com boné dos Mets, duas blusas sobrepostas e sandálias de dedo. Todos voltando para casa.

Agruparam-se no fundo do vagão. Pareciam tensos. Simon se perguntou por um momento se eles sabiam, se algum tipo de boletim instantâneo sobre ele e Catareen tinha sido emitido pela Infinidot e chegado aos cidadãos em geral. Improvável. Então se lembrou: ele estava com uma nadiana.

"Sente-se", disse a Catareen. Ela se sentou. Ele se sentou ao lado dela.

Disse: "Podemos saltar na rua 96. Tudo bem com você?".

As narinas dela se dilataram. Os globos laranja de seus olhos piscaram duas vezes.

"Vou supor que você está bem", disse ele. "Vou supor que você me dirá se não estiver bem. Vou supor que, quando for o momento, você será capaz de agir."

Do outro extremo do vagão ele sentia que os simuladores que voltavam para casa não olhavam para ele e Catareen. Quando o trem se pôs de novo em movimento, os dois mensageiros e o ortodoxo se levantaram e mudaram de vagão.

Simon viu que o falso mendigo estava indeciso. Deveria trocar de vagão também? Fez menção de se levantar, em seguida desistiu. Os nadianos eram inofensivos, afinal de contas. O único problema é que eram oleosos. E fediam.

Simon viu de relance um zangão pela janela do metrô depois que o trem passou pela estação da rua 79. Era um borrão de asas douradas.

Tinham enviado um zangão aos túneis do metrô. Ele estaria esperando na estação seguinte.

Simon disse a Catareen: "Os membros defeituosos são amarrados à mesa do anatomista; o que é amputado cai horrivelmente num balde".

Ela piscou. Tomou fôlego.

Ele tentou novamente. Disse: "Um zangão acaba de passar".

"Eu vi."

"Ele estará esperando na rua 96", disse. "Provavelmente vai seguir o trem até o fim da linha. Agora provavelmente estamos ferrados."

Ela disse: "Espere aqui".

Levantou-se. Caminhou rapidamente até a extremidade

oposta do vagão, onde o falso mendigo estava sentado sem olhar para ela.

Parou em pé diante dele. Ele continuou olhando para o chão, torcendo para que ela não o agredisse por um yen, como os nadianos faziam às vezes. Ela se curvou um pouco para a frente, de modo a entrar no campo de visão dele. Abriu a boca e mostrou duas fileiras de pequenos dentes serrilhados. Silvou. Simon nunca ouvira um som como aquele. Era agudo e urgente — parecia um miado, mas era mais gutural.

Ela ergueu ambas as mãos e manteve-as diante do rosto do falso mendigo. Estendeu suas garras. Sua pele irradiava um verde derretido. Ela parecia maior e mais brilhante.

O falso mendigo emitiu um gritinho. Ela lhe disse: "Fique em silêncio. Passe suas roupas para cá".

O falso mendigo olhou desesperado na direção de Simon. Simon deu de ombros. Esse pequeno ato de violência não permitida, não recreativa, agitava um pouco seus circuitos, embora não fosse ele o assaltante. Sentiu as vísceras entorpecidas e um ardor atrás dos olhos.

Catareen tomou o rosto do falso mendigo nas garras de uma mão verde esmeralda e girou-o para fazê-lo olhar para ela.

Sibilou: "Tire as roupas e dê para mim. Agora".

Ele obedeceu. Tirou o boné e ambas as blusas. Empurrou com o pé as sandálias de dedo.

Ela disse: "A calça".

Ele se levantou e tirou com esforço a ensebada calça de trabalho. Entregou-a a ela. Ficou ali parado, em pé, subitamente aterrorizado em sua roupa de baixo.

Catareen atirou as roupas para Simon. Disse: "Vista-as. Depressa".

Ele fez o que ela disse. Enquanto ele vestia uma das blusas, ela se agachou, como um gato, e encostou uma garra ameaçadora na garganta trêmula do simulador.

Simon ouviu-a dizer: "Não se mexa. Não fale".

O falso mendigo não se mexeu nem falou.

Enojado, mas sem perder a eficiência, Simon vestiu a calça folgada por cima da sua. Enfiou o boné dos Mets na cabeça.

O trem parou na estação da rua 96.

"Vá", gritou Catareen a Simon. "Não estamos juntos."

"E você?", perguntou ele.

Os olhos dela brilharam como um forno alaranjado. "Faça o que eu digo."

Ele fez. Saltou do trem.

O zangão sobrevoava a plataforma, verificando os passageiros que desembarcavam. Simon seguiu caminhando de modo relaxado. Puxou a aba do boné alguns centímetros para baixo e manteve os olhos no chão. Atores desembarcados e uns poucos nadianos caminhavam para as catracas de saída. Avançou com eles. O zangão zumbia sobre as cabeças, mantendo uma órbita circunscrita às proximidades da saída. A certa altura oscilou, bateu na parede de ladrilhos, se endireitou. Todos olhavam para o zangão com curiosidade. Simon também olhou. Agir como todo mundo. Por um instante seus olhos fizeram contato com o olho rotatório do zangão. Este o avaliou. Gravou um vid. Adejou até o cidadão seguinte. Simon passou pela catraca e subiu as escadas junto com os outros.

Emergiu entre os armazéns e as lojas vazias da esquina da rua 96 com a Broadway. Hesitou. Sabia que devia seguir naturalmente em frente, mas onde estava Catareen? Simulou ler um velho holograma que anunciava um concerto. Gatos cantores. Só dava para fingir estar lendo por menos de um minuto.

Ela surgiu subindo as escadas depois de trinta segundos. Passou perto dele, mas não perto demais. Disse suavemente: "Não juntos".

Certo. Ele seguiu andando, vários passos atrás dela. Ela atravessou a Broadway. Ele também. Na outra calçada da Broadway, ela tomou o sentido oeste na rua 96, e ele também.

Era uma área de armazéns, nada mais. Algumas lojas de mantimentos, alguns trechos de puro abandono onde estacas e cercas caídas desbotavam e enferrujavam. Maquinário de fábricas opressoras e carroças puxadas a cavalo de Five Points (estavam pensando em fechá-lo; era difícil encontrar simuladores para trabalhar ali), Gatsbymóveis de Midtown dos anos 20, caixotes e caixotes de parafernália hippie que vinha se deteriorando ali desde que o Conselho fechara a Positively Fourth Street. As atrações não começavam antes que se chegasse aos restaurantes negros e às espeluncas de jazz do Velho Harlem, e então se estava no fim do parque.

Quando chegaram a um trecho tranqüilo da West End Avenue, ela se virou para ele.

"Não sabia que vocês eram capazes disso", disse ele.

"Somos."

"Como você saltou do trem?"

"Saio rápido. Homem vai contar zangão próxima parada. Nós corremos."

"Vamos precisar de um carro", disse ele.

"Pode conseguir um?"

"Eu *sou* um carro. Mais ou menos."

Ele escolheu um Mitsubishi de época estacionado num terreno abandonado. Torceu para que fosse um de verdade. Metade deles era só lataria. Simon tocou o trinco eletrônico, sentiu o código numérico. Digitou os números e abriu a porta. Era um carro de trabalho. Ele puxou os fios, deu a partida. Deu a ela o lugar do passageiro.

Ela pôs o cinto de segurança.

Ele dirigiu até a avenida Henry Hudson e tomou a direção norte. Disse: "Não consigo acreditar que você fez aquilo".

Ela continuou olhando diretamente para a frente, com os longos dedos verdes dobrados sobre o colo.

A avenida estava dividida. Carros de época à direita, cápsulas flutuantes à esquerda. Não havia muitos carros, mas havia uma corrente contínua de cápsulas flutuantes cheias de turistas. Do interior das cápsulas, banhado por uma luz limpa, ártica, as pessoas olhavam para Simon e a nadiana avançando com estrépito no Mitsubishi. Eles deviam estar se perguntando o que seria aquilo — um homem tatuado, com um boné dos Mets e duas blusas, dirigindo um carro compacto ao lado de uma babá nadiana. Deviam estar consultando seus guias de viagem.

Ele disse: "Espero que não se ofenda com a minha pergunta, mas preciso saber. O que você fazia em Nadia?".

"Eu era criminosa", disse ela.

"Está brincando. Roubava dos outros?"

"Eu era criminosa", disse ela. Não disse mais nada.

Adiante, a ponte George Washington se estendia iluminada por cima do rio. Ele pegou a ponte. Disse: "Precisamos nos livrar do carro assim que chegarmos a Nova Jersey. Vou conseguir uma cápsula para nós".

Ela concordou com a cabeça. Mantinha as mãos recolhidas sobre o colo.

Estavam na metade da ponte quando a voz de um zangão soou acima deles. "Ball doo behackle ober do doo rark."

"Não parar", disse ela.

"Nem pensei nisso."

Ele pisou fundo no acelerador. O Mitsubishi roncou e aumentou um pouco a velocidade.

"Provavelmente estamos ferrados", disse Simon.

Então o zangão apareceu a seu lado, zumbindo junto à janela. Disse: "Saia da pista e pare à direita".

Simon deu uma guinada na direção do zangão. Este bateu

no vidro da janela e foi parar em cima do carro. Simon podia ouvir o som das asas sobre o teto, como o de uma abelha de metal presa numa garrafa.

O zangão reapareceu quase imediatamente na frente do carro. O primeiro raio estilhaçou o pára-brisa. Pedacinhos brilhantes de vidro voaram para todo lado.

Simon gritou: “Este é o hálito das leis, das canções, das atitudes”. Deu uma guinada para a direita dessa vez. O zangão foi em seu encalço.

“Abaixe-se”, disse para Catareen.

Ela se abaixou. Ele se abaixou. O segundo raio fez um buraco fumegante no encosto de cabeça onde estivera a cabeça de Simon. Um cheiro de espuma plástica queimada tomou conta do ar.

Com a cabeça quase tocando os joelhos, ele era incapaz de ver a estrada. O carro se inclinou, raspou na cerca de proteção. Catareen ergueu a cabeça um pouco acima do painel e pôs uma das mãos no volante. Ajudou a conduzir o carro de volta para a pista. O vento entrava pelo vão do pára-brisa inexistente.

Um novo raio foi disparado, em direção à cabeça de Catareen. Ela desviou no momento exato. O raio atingiu o console entre o motorista e o assento do passageiro. Produziu uma pequena chama e uma espiral de fumaça plástica.

Simon ergueu a cabeça o suficiente para ver a estrada. O zangão não estava visível. Então apareceu. Estava a seu lado de novo. Simon pisou no freio. Os pneus guincharam. O carro serpenteou. O raio do zangão atravessou a cabine.

Simon acelerou e virou bruscamente o volante. Invadiu a pista das cápsulas flutuantes e arrancou o pára-choque dianteiro de uma cápsula. Ela tocou a buzina. Ele viu que havia espaço para o Mitsubishi apenas no acostamento à esquerda da cápsula. Deu uma guinada em direção ao acostamento.

O zangão estava atrás deles agora. Tentou atingir o vidro traseiro. Perdeu o primeiro tiro, que saiu muito alto e mandou o raio para dentro de Nova Jersey. Na segunda vez, estilhaçou o vidro traseiro e atingiu o rádio. Bruce Springsteen começou a cantar "Born to run".

Simon e Catareen ficaram cobertos de estilhaços de vidro. As cápsulas flutuantes buzinavam ferozmente. A que estava bem em frente freou, e Simon desviou bruscamente para ultrapassá-la. O carro trepidava. Não tinha sido feito para aquilo. Simon tampouco tinha sido feito para aquilo.

Bem em frente, ambas as pistas estavam vazias, exceto por uma cápsula flutuante a uns trinta metros. Simon costurou de uma pista a outra o mais rápido que pôde. Um raio atingiu sua bochecha. Ele sentiu a queimadura. Deu uma guinada brusca para a direita no mesmo instante em que outro raio atravessava o boné de beisebol (súbito cheiro forte de material sintético queimado) e atingia de raspão seu couro cabeludo. Não era capaz de avaliar a gravidade dos ferimentos. Sabia que estava vivo. Sabia que podia continuar dirigindo.

O zangão voava logo atrás do buraco onde antes ficava o vidro traseiro. Emitia uma leve tossida metálica e chacoalhava no ar. Quando voltou a se aprumar, disparou. Dessa vez, mirou muito alto e à esquerda, atingindo a cápsula flutuante que agora diminuía a velocidade, trinta metros à frente. O zangão dava a impressão de estar emperrado. Atingiu a cápsula flutuante sete vezes seguidas. Os primeiros dois disparos perfuraram o lustroso trem de pouso branco da cápsula, deixando dois buracos marrons fumegantes do tamanho de moedas de vinte e cinco centavos. O terceiro estilhaçou uma janela e matou sumariamente uma pessoa que parecia ser uma sino. O quarto matou o homem sentado ao lado da mulher e que ficara de pé quando o raio anterior a matara. O quinto e o sexto tiros destruíram outras duas janelas. O sétimo atravessou o vão da janela destruída pelo sexto.

Simon pôde ver o caos dentro da cápsula. Era impossível dizer se o piloto havia sido atingido. A cápsula desviou para a direita, subiu um pouco e avançou de lado pela ponte até parar de vez, bloqueando ambas as pistas. Ficou flutuando lá, pouco mais de um metro acima do asfalto.

O zangão estava do lado de Catareen agora. "Abaixe-se", gritou Simon. Ela se enfiou sob o painel. Os nadianos eram rápidos. O raio passou assobiando pelo assento subitamente vazio do passageiro. Simon deu outra guinada. O raio seguinte atingiu a porta do passageiro logo abaixo de onde havia estado a janela.

Ele sabia o que tinha a fazer. Apontou o carro diretamente para a cápsula flutuante que bloqueava as pistas. Disse para Catareen: "Fique aí mesmo", e pisou no acelerador.

A cápsula arranhou ruidosamente o teto do Mitsubishi quando eles passaram por baixo dela. Ouviu-se um estranho som de velcro. Por um momento Simon sentiu o carro hesitar como se fosse uma coisa viva, avaliando seu estrago. Viu a barriga branca da cápsula flutuante. Foi como passar embaixo de uma baleia.

O fim da ponte estava logo adiante. Uma placa dizia BEM-VINDO A NOVA JERSEY.

Então eles saíram da ponte e da Velha Nova York. O zangão ficou pairando atrás deles no limite da ponte. Gravou seus vids. Será que os seguiria ilegalmente? Simon sentiu que o operador tomava uma decisão. Havia a questão dos turistas mortos, algo nada bom para a Infinidot. Seria mais conveniente infringir a lei e perseguir Simon e Catareen do outro lado de uma divisa estadual? O estrago do caso seria menor se terminasse com uma prisão?

O zangão girou sobre si mesmo e voou de volta para a Velha Nova York. Os operadores de "zangões" não eram bem pagos. Tendiam à tristeza e às drogas que tornavam a tristeza mais suportável. Aquele ali talvez tivesse tomado uma dracma ou duas durante a perseguição. Talvez tivesse atingido seu limite. Devia saber que seu emprego já estava perdido. Talvez estivesse contente com isso. Vários falsos ladrões da lista de simuladores da Encontros Perigosos tinham sido operadores de "zangões" que haviam perdido o ânimo. Tendiam a ser bons ladrões de mentira.

Simon e Catareen seguiram com estrépito por um quilômetro ou mais. Bruce Springsteen cantava "Born to run" sem parar no rádio. Os fios estavam derretidos. Em pouco tempo Simon estacionou o carro num descampado vazio à beira da estrada. Nova Jersey não era bem-cuidada. Nada na costa leste era, a não ser os parques temáticos. O Conselho mantinha o Nordeste livre do crime, mas não estava muito interessado em iluminação urbana, boas estradas e outros confortos numa região tão distante da Assembléia do Sul.

O carro trepidava. Emitia uma onda de calor. Simon espanou com as mãos os pedacinhos de vidro de sua camisa. Averiguou seu estrago pessoal. Uma queimadura vermelha brilhante riscava sua bochecha direita até o lóbulo da orelha. Tirou o boné e viu grudada nele uma parte do lado esquerdo de seu couro cabeludo. Nada grave. As queimaduras chiavam com um calor de cauterização que não chegava a ser desagradável.

Catareen olhava fixamente para a frente. Tinha dobrado as mãos sobre o colo de novo.

"Conseguimos", disse Simon.

"É", disse ela.

"Você é boa."

"E você."

"Existo como sou, isso basta. Temos que planejar o que fazer agora."

"Para onde ir."

"Certo. Sei que eu disse que tentaria conseguir uma cápsula para nós."

"Disse."

"Na verdade, isso talvez seja difícil. Essas carroças velhas não são problema para mim. Segurança de cápsula é uma coisa totalmente diferente."

"Vamos nisto?"

"Até onde pudermos. Essas coisas precisam de combustível. Talvez não haja combustível fora da Velha Nova York."

"Vamos até onde pudermos."

"Se tivermos sorte, se tivermos muita sorte, o carro nos levará a atravessar Nova Jersey. Uma vez em outro estado, verei o que posso fazer por nós. Em termos de transporte."

"Vamos em que direção?", perguntou ela.

"O que você diria de irmos para Denver?"

"Denver." Ela deu ao nome um acento sibilante, aflautado.

"Hum. Como poderei explicar isto? Versão curta e grossa: sou um símulo. Você sabe a respeito dos símulos?"

Esperou por uma resposta. Ela parecia ter ficado muda de novo. Olhava fixamente à frente pelo vão do pára-brisa inexistente, em direção ao trecho de grama seca e matagal. Uma embalagem passou voando. Gummi Bears.

Ele disse: "Sou experimental. Fui feito por uma companhia chamada Biologe. Já ouviu falar?".

Nada saiu de Catareen. Ele prosseguiu. O que mais podia fazer?

"A Biologe perdeu a chance de trabalhar com as patentes genéticas animais, onde estava o dinheiro graúdo. Surrupiou algumas patentes-chave humanas, meio que burlando a fiscalização, numa época em que a legislação ainda era obscura. Mas a Biologe teve dificuldade em transformar suas patentes em verdadeiros lucros. Uma porção de problemas potenciais de relações públicas, como você certamente pode imaginar. O pessoal de marketing da companhia finalmente chegou ao que parecia o ponto perfeito: humanóides para viagens de longo alcance pelo espaço. Entidades que seriam resistentes e confiáveis, capazes de raciocínio abstrato, plenamente equipadas para fascinar formas de vida alienígenas, mas que não se incomodariam com a perspectiva de uma viagem de quarenta ou cinqüenta anos da qual talvez não houvesse retorno.

"Ainda assim, era arriscado. A Biologe terceirizou o trabalho a pessoas obscuras com pequenas companhias de empreendimento e pagou-as bem, mas com a condição de que a Biologe iria retirar seu nome se um experimento desse errado. Uma dessas pessoas era um autônomo chamado Lowell, Emory Lowell, residente em Denver. Lowell bolou um jeito de excitar certas linhas de células para casá-las com circuitos obsoletos. O núcleo era mecânico, mas dele brotava matéria orgânica. Que se constituía em forma humana em torno do núcleo. Um pouco como um Chia Pet."*

Chia Pet. Como ele sabia daquilo? Lowell devia tê-lo introduzido em seus circuitos como uma piada. Ele também parecia saber a respeito das balas PEZ, do sabonete infantil Mr. Bubble e do Alce Alceu.

"Novidade de época", ele disse a Catareen. "Carneirinhos e coisas artificiais de onde brotava grama. Não importa. A Biologe estava mal de dinheiro naquele tempo e pressionou Lowell para que desvelasse seu protótipo antes do que ele pretendia. Seguiram-se discussões acaloradas. Ele continuou insistindo que, se tivesse mais seis meses ou um ano, poderia nos aperfeiçoar, pode-

* Boneco que representa em geral um bicho de estimação ou uma figura humana, com uma parte artificial e outra formada por uma planta viva, que simula seus pêlos. (N. T.)

ria surgir com um material tão resistente quanto a carne, com a notável faculdade que a carne tem de se manter e se regenerar, e sem nenhuma das qualidades humanas de nível mais elevado. Pensamento abstrato. Emoções. Porque seria imoral, pelo menos em alguns sentidos, engendrar uma coisa assim e enviá-la para o espaço."

Catareen continuava olhando para a frente. Simon decidiu imaginar que ela estava ouvindo o que ele dizia.

"Houve alguns fracassos, que foram devidamente encobertos. Fui produzido na terceira linhagem. Na época em que fui desenvolvido, a Biologe tinha esgotado os prazos, a paciência e o dinheiro, e eles partiram direto para a produção, sob os protestos de Lowell. Houve uma grande publicidade a nosso respeito, mas não nos tornamos propriamente populares. Aqueles grandes contratos previstos não se materializaram, e em seguida a própria exploração espacial degringolou depois de Nadia. A Biologe faliu. Mas há rumores de que Lowell ainda está lá, queimando as pestanas. De que se sente culpado por ter criado seres que ficaram no quase. De que ele está achando um jeito de manipular os códigos e nos tornar..."

Ela disse: "Tornar o quê?". Estava ouvindo então.

"Bem. Um pouco mais humanos. Aparar as arestas."

"Você quer?"

"Eu quero *alguma coisa*. Sinto uma falta."

"Falta."

"Não sei como chamar. Não estou assim tão interessado em sentimentos, para falar a verdade. Não do tipo choramingas. Mas existe alguma coisa que os biológicos sentem e eu não. Por exemplo, compreendo a beleza, domino o conceito, sei quais são os critérios, mas não a sinto. Quase cheguei a senti-la algumas vezes. Mas nunca com certeza, nunca de verdade."

"Você quer stroth", disse ela.

"Pode repetir?"

"Stroth. Não sei dizer de outro jeito."

"O.k. Digamos que eu sinta falta de stroth então. Sinto que existe alguma coisa terrível, maravilhosa e assustadora que está além do meu alcance. Sonho com isso. Eu sonho, diga-se de passagem. A coisa paira acima de mim ocasionalmente. E então desaparece. Sinto como se estivesse sempre no limiar de alguma coisa que nunca chega. Quero tê-la, ou então me libertar dela."

"Vamos para Denver", disse ela.

"Eu tenho que ir para Denver. Tenho alguma coisa na minha mente a respeito de 21 de junho deste ano. Só a data, em Denver. É essa coisa rumorejante, pulsante, que está sempre presente, como uma canção que não consigo tirar da cabeça. Marcus também a tinha. Foi implantada por alguma razão."

"Vamos para Denver", disse ela de novo.

"Denver fica a quase dois mil quilômetros daqui. E talvez não haja nada lá. Lowell provavelmente só está fazendo um trabalho comum em algum lugar. Ou morto. Ele já não era jovem quando tudo isso começou."

"Vamos ver."

"Tudo isso eu engulo, e o gosto é bom, acho bem gostoso, e se torna meu."

"Sim", disse ela.

Rodaram por boa parte de Nova Jersey sem falar nada. Escureceu. Apareceram as estrelas. Não podiam correr muito, pois o vento soprava em seus rostos pelo vão do pára-brisa destruído e as estradas estavam cheias de buracos grandes o bastante para esconder uma criança. Simon checava o medidor de combustível a cada três minutos. A cada três minutos havia um tanto a menos. Bruce Springsteen cantava sem parar.

* * *

Não tiveram problemas em Nova Jersey, porém. Às vezes uma cápsula passava por eles, com destino aos palácios de compras e de jogos. Seus ocupantes os encaravam, mas seguiam adiante. Eles rodaram ultrapassando quilômetros e quilômetros de fábricas vazias e suas janelas de vidros quebrados, fileiras e fileiras de casas abandonadas. Os nadianos sentavam-se ao redor de fogueiras que soltavam centelhas no ar escuro. Nos arredores de uma cidade que, de acordo a placa em sua entrada, chamara-se Nova Brunswick, os faróis do carro iluminaram um bando de crianças nadianas à beira da estrada. Elas ficaram como que imobilizadas pelos faróis e olharam pasmadas o Mitsubishi que passava. Seus olhos faiscavam. A maioria estava nua, mas uma delas havia modelado um vestido com embalagens de alimentos e o que pareciam ser bandagens.

Simon perguntou a Catareen: "Há muitos de vocês que gostariam de não ter vindo para cá?".

"Alguns."

"*Você* preferia não ter vindo?"

"Tive que vir."

"Porque era uma criminosa em Nadia."

Nenhuma resposta. De novo o olhar fixo e o alargamento das narinas.

Tinham percorrido cinco quilômetros dentro da Pensilvânia quando acabou o combustível. O carro engasgou, enguiçou e parou. Simon desviou-o para o acostamento. Tratando-se da Pensilvânia, as estradas eram um pouco melhores, mas haveria outras dificuldades ali. A Pensilvânia tinha sido terceirizada para a Magicom, como parte de um acordo que incluía, de modo mais promissor, o Maine e a maior parte do Leste do Canadá. A Pensilvânia não era um estado prioritário, mas mesmo assim a Magicom instituía mais leis que o Comitê Territorial de Nova Jersey. Ali um humano (ou o que passasse por humano) e uma nadiana viajando juntos despertariam mais suspeita.

O carro tinha parado em meio a campos de relva cercados por árvores. A noite era silenciosa e muito escura.

Simon disse: "Fim da linha para o Mitsubishi".

Catareen piscou e respirou fundo.

Ele disse: "Seria bom dormirmos um pouco. Não no carro. Vamos sair por aí e tentar dormir um pouco. Tudo bem para você?".

"Sim."

Saíram do carro e caminharam por um campo em direção às árvores. O terreno era irregular. Tinha o cheiro da clorofila borrifada no parque, só que menos forte. À medida que eles caminhavam, a canção de Bruce Springsteen foi ficando cada vez mais fraca, até se dissolver inteiramente na quietude rumorejante da noite.

Quando estavam entre as árvores, demoraram algum tempo para encontrar um local razoável para se deitar. O chão estava cheio de gravetos e folhas. Limparam a área junto ao tronco de uma árvore que se curvava levemente para dentro, de modo a poderem repousar a cabeça em sua casca. Não era o que se podia chamar de confortável. Era o que havia.

Simon se estendeu na terra recém-limpa. Catareen se sentou a seu lado. Ela não se deitou.

Ele perguntou: "Você se incomoda com o tanto que eu converso com você?".

"Não", disse ela.

"É o meu programa. Fico cada vez mais expansivo até que me indiquem algum tipo de limite claro. Então eu me estabilizo mais ou menos naquele nível de intimidade. A menos que o outro indique que quer menos. Posso baixar alguns graus se você quiser. Esse é um dos problemas que Lowell estava supostamente tentando resolver quando a Biologe nos tornou públicos. É uma capa de repressão contra meus impulsos agressivos. Foi concebida para me impedir de matar você."

"Você deve ser bom", disse ela.

"Sim. Mas não há emoção alguma por trás disso. Isso a incomoda?"

"Não."

Talvez ela estivesse dizendo a verdade. Como saber, com um nadiano?

"Então", disse ele, "imagino que você não goste de falar sobre o seu passado em Nadia."

Silêncio.

Ele disse: "Mas e aqui? Você tem uma família aqui? Tinha uma família lá?".

Nada.

"Você já teve uma família? Foi casada? Teve filhos?"

Mais nada.

Ele disse: "Acha que consegue dormir?".

"Sim", respondeu ela.

"Desabo sobre mato e pedras, os cavaleiros esporeiam seus cavalos relutantes e passam bem perto."

"Boa noite", disse ela.

"Boa noite", ele respondeu.

Fez um montículo de terra para lhe servir de travesseiro e cruzou as mãos sobre o peito. Depois de pouco tempo, caiu no sono. Sonhou com um menino olhando para um homem que olhava por uma janela para a escuridão onde estava o menino. Sonhou com um trem que voava sobre um campo dourado, rumo a algum destino indescritivelmente fabuloso.

Acordou com a primeira luz da manhã. Ela ainda dormia. Estava enrolada sobre si mesma, formando uma bola. Sua cabeça repousava sobre o ombro dele.

Teve então a oportunidade de contemplá-la.

A cabeça era levemente maior que um cantalupo. Não tinha cabelo algum. Os olhos, fechados, ainda brilhavam através das membranas raiadas das pálpebras. A pele, na penumbra, era de um verde profundo, quase negro. A pele deles não era escamosa. Isso era um mito. A pele dela era lisa e macia como uma folha. Fina e de aparência frágil como uma folha.

Ela respirava regularmente durante o sono. Assobiava aquela pequena melodia involuntária. A fina linha de sua boca sem lábios era apenas isso: uma linha. A boca deles não era expressiva. Estava tudo em seus olhos e narinas. A pequena e lisa cabeça exercia uma leve pressão sobre o ombro dele enquanto ela dormia.

Então ela acordou. Suas pálpebras piscaram várias vezes. Estava imediatamente desperta e inteiramente vigilante. Sentou-se.

Ele disse: "Tudo bem?".

"Sim", respondeu ela.

"Temos que começar a andar. Temos que nos manter fora da estrada."

"Sim."

"Vamos roubar uma cápsula de algum jeito. Não vai ser fácil."

"Eu posso roubar", disse ela.

"Não estou dizendo que é difícil do ponto de vista filosófico ou moral. E sim que os sistemas de segurança de uma cápsula são difíceis de vencer. Vou tentar."

"Sim. Tente."

"Se conseguirmos uma cápsula, não deveremos ter muitos problemas na Pensilvânia. A Pensilvânia, em sua maior parte, é constituída de refugiados. Que são majoritariamente inofensivos.

Mas depois estaremos em Ohio. Ohio é o começo dos Territórios Livres."

"Sim."

"Você sabe alguma coisa sobre isso?"

"Pouco."

"Está tudo ainda muito indefinido por lá. Depois do desastre nuclear, praticamente todo mundo, daqui até as Montanhas Rochosas, foi evacuado. Temporariamente, a princípio, mas as pessoas na verdade não voltaram. Quem está lá agora, em sua maioria, são aqueles que se recusaram a partir, e ainda é impossível saber o quanto eles foram afetados pela radioatividade. São eles e os nômades que subiram da Assembléia do Sul ou desceram do Canadá. Eles podem ser bem sórdidos. São as pessoas que não funcionam direito na sociedade civilizada. Alguns são evangélicos. Outros são criminosos."

"Como em Nadia", disse ela.

"Suponho que sim. De certo modo."

"Agora andamos", disse ela.

"Sim. Está na hora."

Conseguiram se manter paralelos à estrada, embora por longos trechos o mato raquítico sumisse, e eles tivessem que atravessar o campo aberto. Avançavam depressa, mas não demais. Cápsulas flutuantes passavam por eles na estrada, menos de um quilômetro à esquerda. Se alguém os olhasse de relance e os avistasse, eles quase passariam por refugiados à procura de comida e abrigo. Seriam menos plausíveis como um homem perambulando com uma nadiana. Esperavam que ninguém que os visse da estrada ficasse tão desconfiado a ponto de alertar a Magicom. Não podiam fazer mais do que torcer.

Atravessaram grandes extensões de relva e matagal. Passaram uma vez por uma área residencial abandonada, fileiras bem traçadas de casas idênticas rodeadas de mato crescido. As casas tinham sido uma idéia repetida indefinidamente. O tempo e as intempéries as tinham desbotado, tornando-as semidiáfanas, como casas de papel. Havia uma satisfação peculiar em sua silenciosa mesmice, no modo como seus modestos telhados pontiagudos se recortavam como pequenos dentes contra o céu branco e vazio. Em sua silenciosa e contínua ruína.

Quase no meio da tarde eles se depararam com um complexo que tremeluzia acima da estrada. Era um falso Gehry* oval e prateado de cinqüenta andares, decorado com pequenos ornamentos externos e contendo, no lado sul, uma espécie de barbatana de uns doze metros, formando um ângulo hesitante em direção ao céu. Sob sua prateada e inclinada laje devia estar a área de estacionamento.

"Enfim", disse Simon. "A civilização. Provavelmente este é um dos últimos complexos habitados em direção ao oeste."

"Sim."

"Segurança máxima, com certeza. Mas vamos pensar um minuto por aqui."

"Sim."

"Eles não nos deixariam entrar na área residencial, nem na de negócios. Poderíamos provavelmente nos esgueirar até a área de comércio, mas estariam de olho em nós a cada segundo."

Ela disse: "Eles fazem entregas lá?".

"Entregas? Claro. O tempo todo."

"Isso não é muito vigiado?"

"Provavelmente não. Você está pensando que poderíamos nos aproximar da garagem de entregas e tentar roubar uma cápsula de carga?"

* Referência ao arquiteto pós-moderno canadense Frank Gehry, que projetou, entre outros edifícios famosos, o Museu Guggenheim de Bilbao, na Espanha. (N. T.)

"Sim."

"O problema é o seguinte: não consigo atacar ninguém. Posso furtar uma cápsula, mas não sou capaz de ameaçar um motorista. Meu programa não me permite. Eu travaria. Seria recolhido. Se alguma coisa realmente grave acontecer a alguém, eu posso ficar desativado para sempre."

"Você era assaltante na Velha Nova York."

"Eu conseguia fazer isso porque os clientes queriam que eu fizesse. Era um dos poucos empregos que eu podia arranjar sem um currículo."

"Eu consigo ameaçar."

"É, eu vi."

"Eu ameaço, você dirige?"

"Sim. Posso dirigir, sem problemas. Só não posso fazer mal, ou ameaçar fazê-lo, a qualquer criatura viva com medula espinhal."

"Eu ameaço. Você dirige."

"Bom, vamos dar uma olhada."

Foram até a base do complexo e ficaram na beirada de sua praça, raiada por rachaduras de onde brotava o mato. Devia ser um complexo de aluguel barato. As portas de vidro da entrada não estavam muito limpas. Bons pedaços de revestimento de estanho tinham despencado. Quadrados marrons salpicavam a superfície nos lugares onde não havia mais titânio.

A segurança não devia ser das mais sofisticadas. Devia estar equipada ainda com o antigo modelo que supostamente identificava todo mundo que entrava, mas que na verdade interrogava automaticamente uma em cada três pessoas e lançava um raio paralisante na qüinquagésima primeira. O problema havia sido encoberto. Como substituir o sistema teria sido o mesmo que admitir a culpa, alguns dos complexos mais antigos e baratos ainda o mantinham.

"As entregas devem ser feitas por trás", disse Simon.

"Vamos", disse ela.

"Claro. Vamos."

Nos fundos do complexo uma rampa descia em curva do andar térreo e terminava num portão de aço que se elevava quando um entregador era identificado. Estava vazia agora. Nas proximidades, tambores de lixo brancos e azuis resplandeciam ao sol. Aquele complexo provavelmente desativara seu sistema de eliminação de resíduos tóxicos para economizar dinheiro. Provavelmente empregava nadianos para remover os resíduos de produtos mais letais. Os nadianos deviam despejá-los nos campos que Simon e Catareen tinham atravessado a pé.

Ela disse: "Nós esperamos. Escondidos".

"Onde vamos nos esconder?"

"Tambores."

"Não devíamos chegar muito perto daquilo."

"Pouco tempo."

"Acho que, se não ficarmos muito tempo, o pior que pode nos acontecer é ficar meio atordoados."

"Não tem outro."

Ele e Catareen agacharam-se atrás dos tambores de lixo tóxico. Para experimentar, Simon tocou um deles com a ponta dos dedos. Estava quente. Dos tambores emanava um brilho fantasmagórico, pouco visível — uma aceleração e uma clarificação do ar. Simon se perguntou se os residentes dos andares mais baixos do complexo não teriam dores de cabeça que não sabiam explicar. Se seus filhos não teriam problemas dentários.

Depois de um momento, ouviram o zumbido de uma cápsula que se aproximava. Catareen se ergueu depressa. "Você espera", disse. Saiu em disparada de trás dos tambores e deitou de bruços no meio da rampa.

Um momento depois a cápsula de entrega surgiu no campo de visão. O motorista parou a alguns metros do vulto de Catareen.

Ela ergueu a cabeça e olhou para o piloto da cápsula. Simon pôde ouvi-la dizer: "Por favor. Socorro, por favor".

Ele ouviu a voz amplificada proveniente da cabine do piloto. "Qual é o problema?" Era a voz esganiçada e ansiosa de um adolescente.

Ela levantou um braço, moveu debilmente uma garra verde pelo ar. "Por favor", gemeu.

O piloto devia estar decidindo o que fazer. Devia passar flutuando por cima dela, entrar e informar alguém? Ou devia intervir diretamente? As opiniões se dividiam quanto a prestar auxílio a nadianos. Algumas pessoas se recusavam de modo categórico. Outras, em compensação, eram excessivamente prestativas.

Simon viu o jovem sair da cápsula. Disse consigo mesmo, em silêncio: "Você é um bom rapaz, lamento que sua atitude esteja prestes a mudar".

O jovem entregador curvou-se sobre Catareen. Ela hesitou, sussurrou algo. De repente estava em cima dele. Tinha as garras apertadas em torno de seu pescoço. Como o rapaz era pelo menos trinta centímetros mais alto que ela, ela cravou os pés em seu abdome. Era muito rápida. Era como um lagarto. Por um momento Simon a viu como um animal capturando sua presa. Então saiu correndo de trás dos tambores.

O homem das entregas — o *rapaz* das entregas — estava pálido e trêmulo entre as garras de Catareen. Tinha cabelos laranja desbotados e era coberto de sardas.

Disse: "Por favor, não me machuque".

Simon vacilou. Seus circuitos zumbiram. O garoto queria ser machucado, não queria? Queria sem saber que queria. Seria verdade? Ou Simon estaria interpretando errado os sinais?

Simon disse: "Não vamos fazer a você nada do que você não queira".

"Entre na cápsula", Catareen disse ao rapaz. "No lado do passageiro."

Tremendo, o rapaz subiu à cápsula com Catareen pendurada nele como uma criança endemoniada. Simon se instalou no assento do piloto. Virou a cápsula e flutuou para a estrada. O rapaz estava sentado a seu lado, com Catareen ferozmente encolhida em seu colo.

Simon viu que o rapaz entregava leite de soja no complexo. Caixas cor de laranja com esse conteúdo estavam empilhadas perto do fundo da cápsula.

O rapaz disse: "Por favor. Oh, por favor, leve a cápsula. Não vou fazer nada".

Simon hesitou. Precisava fazer o que fosse melhor para o rapaz. Travaria se lhe fizesse mal. Mas parecia não saber determinar se o rapaz queria ser poupado ou ameaçado.

Catareen não dizia nada. Mantinha as garras no pescoço esquelético do garoto.

Quando Simon tentou falar, percebeu que sua voz não estava funcionando. Tentou de novo. Num tom baixo, conseguiu dizer: "Vamos liberar você daqui a pouco. Você vai poder voltar caminhando. Tudo ficará bem".

Sua voz tinha adquirido uma distorção mecânica. Sentia-se como se estivesse dirigindo embriagado. Dedicou atenção ao volante.

O rapaz choramingava sob o aperto de Catareen. Simon dirigia o melhor que podia. Chacoalhava um pouco, mas conseguia manter-se na estrada.

Quando viram uma estrada secundária se aproximando, Catareen disse: "Vire aqui".

"Oh, Deus, oh, não", disse o garoto. Devia estar pensando que eles pretendiam matá-lo.

Disse: "Por favor, por favor, por favor".

Então deu um branco em Simon. Seus circuitos pararam de funcionar. Ele era capaz de ver, mas não de se mexer. Viu sua mão paralisada na alavanca de direção da cápsula. Viu a estrada secundária ficar para trás.

Catareen disse: "Não virou?".

Ele não conseguia falar. Só conseguia ficar sentado como estava, paralisado, olhando. A cápsula desgarrou para a direita. Simon não conseguiu corrigir. Quando Catareen compreendeu que ele não tinha condições de dirigir, a cápsula já tinha saído da estrada para a terra e o mato do acostamento. Tremia levemente.

Catareen tirou as garras do pescoço do rapaz. Enquanto ela pousava uma das mãos na mão imobilizada de Simon para conduzir a cápsula de volta à pista, o rapaz abriu a porta do passageiro e saltou.

Simon, ainda paralisado, olhou pelo espelho esférico e viu o rapaz cair na terra. Sua visão começou a ficar nublada. Lutava para se manter consciente. Viu o rapaz rolar duas vezes na terra, levantando uma nuvem de poeira, ficando cada vez mais distante à medida que a cápsula avançava. Sua vista começou a se extinguir. Um branco se formou na periferia de sua visão e foi se fechando. Ele se esforçou ao máximo. Viu o rapaz se sentar.

A visão de Simon voltou. Seus dedos sobre a alavanca de direção começaram a ter sensibilidade de novo. Afastou a mão de Catareen de cima da sua, fez a cápsula dar meia-volta e foi ao encalço do garoto.

"Não voltar", disse Catareen.

Ele a ignorou. Não tinha escolha.

Parou a cápsula no lugar onde o rapaz estava sentado, vacilante, na terra. Desceu e foi até o rapaz.

Disse: "Tudo bem com você?".

O garoto estava pálido como um cadáver. Estava sentado em cima das pernas dobradas. Seu rosto estava machucado. Simon sentiu seu metabolismo tornar-se lento outra vez. Sentiu a visão se esbranquiçando.

Repetiu: "Tudo bem com você?".

Lentamente, o rapaz fez que sim com a cabeça. Simon acocorou-se a seu lado, verificou seus braços e pernas. Aparentemente nada estava quebrado.

"Ao que parece você está bem", disse Simon.

O rapaz então começou a chorar. Tinha uma porção de marcas na testa. Tinha um nariz aquilino e pálidos olhos opacos.

"Acha que pode ficar de pé?", perguntou Simon.

O rapaz, de início, não conseguiu falar, pois estava chorando. Depois balbuciou: "O que vocês vão fazer comigo?".

Havia uma inequívoca nota de excitação em sua voz.

Era um nível sete, portanto. Os circuitos de Simon zumbiram.

Ouviu a si próprio dizer: "Vou ferrar com o seu rabo".

O rapaz deu um grito. Arrastou-se para trás na terra. Virou-se de bruços e começou a rastejar para longe, no meio da relva.

Não. Contenção. Concentração.

Simon disse: "Quero sua bunda gorda e gostosa. Quero que você a empine bem alto para que eu possa enterrar nela meu grande pinto tatuado".

Porra.

O rapaz uivou. Arrastou-se pela relva e ergueu-se de modo vacilante sobre as pernas. Voltou a cair. Simon sentiu suas sinapses queimando e sua cognição entrando em pane. Era inadequado, mas não exatamente desagradável.

Disse: "Tão certo como as estrelas retornam depois de imergir na luz, a morte é grande como a vida".

Em seguida Catareen estava fora da cápsula e perseguia o

rapaz. Simon observava, impotente. Viu-a agarrar o garoto, que soluçava e tinha assumido a cor do cimento. Viu-a vasculhar os bolsos dele e tirar seu vid. Viu-a retornar e, com algum esforço, empurrar a ele próprio, Simon, de volta para dentro da cápsula. Ele conseguiu se mover com os empurrões dela. Durante a paralisia, na fase inicial, ainda era capaz de responder a comandos, embora não conseguisse iniciar nenhum tipo de ação.

Ela o colocou no assento do passageiro e sentou-se no do piloto. Deu meia-volta com a cápsula e acelerou.

Aos poucos a capacidade de movimento de Simon retornou. Ele a sentiu voltando. Era um calor crescente, um desabrochar interno. Foi capaz de dizer: "Acho que fiquei meio catatônico lá atrás, né?".

"Sim", respondeu ela. Estava concentrada na estrada.

"Circuitos. Programas. Não há nada que eu possa fazer."

"Eu sei." No entanto, ela estava furiosa. Ele era capaz de sentir isso. Seguiram flutuando em silêncio.

Ele a vira saltar sobre um garoto como um lagarto apanhando um besouro. Compreendeu que uma parte do que se dizia sobre os nadianos provavelmente era verdade. Eles tinham aspectos animais. Eram capazes de causar estragos.

Finalmente ele disse: "Não temos muito tempo, você sabe".

"Sei", disse ela.

"Tudo o que aquele garoto tem a fazer é acenar para que um bom samaritano pare com sua cápsula. O que já pode ter acontecido. Nesse caso, a Magicom deve vir com tudo atrás de nós."

"Sim."

"Nesse caso, não convém ficarmos na estrada principal."

"Não."

Mesmo assim, ela seguia em frente, com uma concentração inexorável em seus olhos cor de laranja. Lagarto, ele pensou. Lagarto da porra.

Ele disse: "Há estradas velhas por toda a Pensilvânia. Parece que há um desvio ali na frente".

"Sim."

"Talvez eu devesse dirigir."

"Eu dirijo."

"Só tive um problema porque machucamos aquele garoto. Pensei que tinha explicado tudo a você."

"Eu dirijo", disse ela.

Ele decidiu não discutir. Ela parecia ser um piloto razoável. Parar para trocar de assento os faria perder tempo.

Ela tomou a estrada que se afastava do caminho das cápsulas. Uma placa deteriorada dizia HARRISBURG. Passaram pelas ruínas de um povoado. Os estados administrados pelo Conselho haviam começado a demolir lugares como aquele, ou pelo menos era o que se dizia. De acordo com os rumores, a Magicom estava tentando vender a Pensilvânia, mas não encontrava compradores.

Catareen pilotava a cápsula de modo competente sobre a estrada rachada e irregular. Casas abandonadas e fachadas de lojas caíam aos pedaços, assim como os McDonald's, os Wendy Kentuckys e os Health-4-Evers, em meio a mato e escombros. A maioria estava vazia. Algumas tinham sido tomadas por nadianos, que levantaram seus toldos estragados pelo sol. Eles cuidavam de suas crianças, de seus trapos pendurados nos varais, de suas pequenas fogueiras.

Catareen e Simon viajaram horas sem parar. Mantinham a cápsula apontada para o oeste. A paisagem era sempre a mesma, casas vazias, franquias, lojas esporádicas e de vez em quando um shopping center abandonado, todos tão parecidos uns com os outros que Simon chegou a temer que os dois estivessem flutuando em círculos sem perceber. Na época em que esses lugares funcionavam, deviam ter sido mais individualizados. Ele temeu que pudessem ir parar de novo em Nova Jersey. Que fossem dar no complexo onde tinham roubado a cápsula de entregas.

Tinham que se fiar apenas no indicador direcional da cápsula. Só podiam seguir em frente.

A noite caiu. Cada um deles tinha tomado duas caixas de leite de soja. Precisavam de comida. Seguiram flutuando mudos e famintos dentro do escuro nada. Os faróis da cápsula mostravam milhas e milhas de estrada avariada que não levava a nada mais que a esperança de Emory Lowell. Perseguiam uma data e um lugar que Lowell havia implantado em Simon cinco anos antes.

Se a nadiana estava preocupada, não dava mostras. Simplesmente dirigia, com sua incessante concentração de olhos de réptil.

Finalmente ele disse: "É melhor parar para passarmos a noite".

"Hora mais", respondeu ela.

"Não. Devemos parar agora."

Viu que a boca sem lábios dela se contraiu. Ela era uma mulher-lagarto que queria as coisas do seu jeito. Era imperiosa e de poucos amigos.

Então ela disse: "Se você quer".

Desviou para a beira da estrada. Desativou a cápsula, que suspirou e emudeceu. Os globos de luz se apagaram. Baixou uma escuridão absoluta, tornada viva pelos ruídos dos insetos.

"Podemos nos livrar de uma parte do leite de soja e dormir na parte de trás", disse ele.

"Ou casa."

Ela indicou com sua pequena cabeça ovóide uma fileira de casas do outro lado da estrada, recortadas nitidamente contra as estrelas, como um desenho infantil de uma cordilheira.

"Tecnicamente elas ainda são propriedade privada", disse ele.

Ela meneou os dedos no ar — um gesto nadiano de desdém, ele supôs.

"Ei", disse ele. "Somos criminosos, certo? O que significa um pequeno arrombamento e invasão?"

Desceram da cápsula. Simon ficou em pé por um momento no matagal, esticando as costas. Estavam numa vasta imensidão negra de casas vazias. Uma infinidade de constelações pairava sobre suas cabeças. Num lugar tão distante das luzes urbanas, elas eram incontáveis.

O sol de Nadia era uma das estrelas logo acima da silhueta negra dos telhados. Aquela estrelinha de merda logo ali.

Ele percebeu que Catareen estava em pé ao seu lado. Podia se mover muito silenciosamente, aquela gente. Aqueles lagartos.

Ela disse: "Nadia".

"Ahn-hã."

"Nós dizemos Nourthea."

"Eu sei."

O nome "Nadia" sempre fora uma aproximação irônica. Um dos jornais de direita começara a chamá-lo de planeta Nada, já que sua riqueza e sua sabedoria não se materializavam nunca. O nome acabou pegando.

Ela disse: "Você foi?".

"Eu, pessoalmente? Não. Fui manufaturado uns cinco anos atrás. Na verdade, sou um dos últimos que eles fizeram."

"Por que não legal?"

"Você quer dizer por que eles se dão ao trabalho de caçar um pobre, velho e inofensivo artificial como eu?"

"Sim."

"Há uns dois anos o Conselho identificou todos os artificiais como propriedade roubada, porque todo o debate sobre vida natural versus vida fabricada seguia sem parar. Éramos monstros e abominações. Ou então éramos as vítimas inocentes da ciência e merecíamos proteção. Falou-se em reservas especiais para nós. Alguém no Texas inventou e patenteou um aparelho de medição de alma, mas os tribunais o proibiram. Finalmente as pessoas que mais se aterrorizavam conosco surgiram com uma solução. Como éramos manufaturados, nós, *símulos*, fomos declarados propriedade da Biologe. E pelo fato de estarmos andando à solta por aí, éramos roubados. Tínhamos, essencialmente, roubado nossos próprios corpos. Fomos declarados contrabando. Ordenaram-nos que nos devolvêssemos. Mas a Biologe estava inativa àquela altura. Então, a alternativa era nos entregarmos às autoridades até que o nosso proprietário legal viesse nos reclamar. O que, obviamente, não ocorreria nunca. Ficaríamos retidos numa espécie de depósito até que isso acontecesse, isto é, nunca. Uns poucos de fato ficaram. Até onde sei, estão sentados em celas até hoje com etiquetas pregadas nas orelhas. O restante de nós fez o possível para desaparecer. Mas, na qualidade de propriedade roubada, somos inerentemente ilegais. Infringimos a lei ao continuar na posse de nós mesmos."

"E eles odeiam?"

"Bem, 'odiar' talvez não seja exatamente a palavra. Pode-se dizer que pensam em nós como uma má idéia. Uma complicação desnecessária na discussão permanente sobre a alma eterna. Eles só querem que a gente não exista."

"Nadianos também."

"Bem. É diferente. Vocês são alienígenas legais. Sendo biológicos, seu direito à vida está fora de questão. O que não é o caso de todos os seus outros direitos."

"Vivemos sem nenhum stroth."

"A aflição é uma das minhas peças de roupa", disse ele.

"Sim", respondeu ela.

A noite murmurava ao redor deles. Certos insetos permaneciam. Os pássaros provavelmente tinham partido para sempre.

Simon disse: "Sei que você não gosta de perguntas".

"De algumas perguntas."

"E eu não vou perguntar sobre o seu passado ou a sua família ou qualquer um desses assuntos claramente proibidos."

"Obrigada."

"Mas eu queria saber. Quero dizer, aqui estamos nós. Você tem um emprego, um lugar para morar. Talvez não seja o melhor dos empregos, mas, dado o que está disponível para você..."

"Para alguém como eu."

"Desculpe, eu não quis ofender. Você sabe aonde quero chegar, não sabe? Por que você está aqui? Se chegarmos a Denver, se por algum milagre Lowell estiver mesmo lá, o que você espera que aconteça com você?"

"Morrer em Denver."

"É um tanto melodramático, não acha?"

"Não."

Então ela ficou impassível, com o olhar fixo. Embora ele não pudesse vê-la com clareza, sabia o que suas narinas estavam fazendo. Estava aprendendo a detectar essas condições quando surgiam nela. O ar entre eles mudava. Uma ausência legível e quase audível se anunciava.

"Por que você faz isso?", ele perguntou. "Quero dizer, para onde você vai quando fica assim?"

Suavemente, ela exalou a pequena melodia nadiana. *Ee-um-fah-um-so.*

"Estou perguntando", disse ele, "porque sinceramente é um pouco assustador para mim quando você se fecha. Eu já percebi mais ou menos que você acaba voltando, mas mesmo assim. Seria muito difícil para você simplesmente, sei lá, agüentar um pouco mais? Seria não-nadiano demais?"

Nada. A melodia da respiração, suave na escuridão.

"O.k. Bem, estou contente com esta nossa conversa. Vamos encontrar um lugar para dormir, está bem?"

"Sim", disse ela. Disse isso, pelo menos.

Atravessaram a estrada e foram até o loteamento. Era uma das aldeias que a Titan construíra para os prestes-a-ficar-ricos. Varandas frontais, sótãos, floreiras nas janelas. Houvera rumores de que esses locais eram feitos de algum material que desmoronava com o tempo e produzia emanações tóxicas, embora a alta incidência de tumores cancerígenos entre os aspirantes a ricos pudesse também ter sua origem no solo ou na água de suas diversas regiões natais.

Catareen conduziu-os diretamente à terceira casa da primeira fileira. Deu a impressão, por um momento, de que ela já estivera ali antes, de que tinha alguma conexão com aquela casa em especial, embora isso fosse, claro, extremamente improvável. Era talvez um hábito nadiano de sempre escolher a terceira coisa numa série, ou de fazer escolhas arbitrárias com uma exibição ritual de certeza. Ou qualquer outra coisa. Quem iria querer, naquela hora avançada, se dar ao trabalho de perguntar?

A porta da frente estava trancada. A maioria das pessoas tinha partido com a esperança de voltar. As janelas também estavam trancadas. Simon sugeriu que tentassem outra casa, mas Catareen havia encasquetado com aquela. Acabaram quebrando a janela com um Krishna sintético que silenciosamente tocava sua flauta silenciosa em meio a um círculo de cravos-de-defunto mortos havia muito tempo, no gramado dianteiro. O plexiglass, ao ser estilhaçado, produziu um som musical agudo e desesperado.

Depois que eles se esgueiraram janela adentro, viram-se numa sala de estar que tinha sido despojada de tudo o que podia ser carregado com facilidade. O que restava era um sofá e duas cadeiras baixas e desajeitadas, cobertas de dourado, cor-de-rosa e azul-pavão, que brilhavam o bastante para ser visíveis até no escuro. Havia uma mesa baixa, entalhada, um vid gigante e um globo de luz em forma de candelabro antigo.

“Vamos ver se tem alguma comida”, disse Simon.

Entraram na cozinha, onde encontraram isto condimentado, aquilo em conserva. Tudo, porém, precisava de água para ser reconstituído, e obviamente não havia água.

Catareen segurava um pacote metálico nas mãos e virava-o de todos os lados, como se tivesse a esperança de descobrir alguma instrução secreta para converter em comida as cascas secas que havia dentro sem precisar de água. Observando-a daquele jeito, Simon sentiu-se invadir pela percepção da vida desconhecida dela — escarafunchando toda migalha que pudesse ser produzida pelo solo duro e morto de Nadia, vindo para a Terra numa das Naves da Promessa e chegando, ao final da viagem de dezessete anos, num mundo pós-desastre nuclear onde um alienígena tinha sorte se conseguisse trabalho na limpeza ou cuidando de crianças. Agora ela estava ali, na cozinha abandonada de uma família transferida para outro lugar, segurando um pacote de comida não comestível, a caminho de um lugar onde ela não tinha nada a fazer, para onde estava indo simplesmente porque não podia mais ficar no lugar onde estivera.

Simon disse: "Vamos ter alguma idéia a respeito de comida amanhã de manhã. Agora vamos dormir".

"Sim", disse ela. Pousou o pacote cuidadosamente na bancada da cozinha, como se fosse algo precioso e frágil.

Subiram as escadas, passando pelas paredes com as marcas de holopinturas que tinham sido retiradas. No andar de cima havia três modestos quartos de dormir, cada um com uma cama nua e uma cômoda vazia. Por algum acordo tácito, ambos escolheram os quartos que haviam pertencido às crianças, e não o quarto dos pais, ligeiramente maior e com uma cama de casal.

"Boa noite", disse Simon. Ela respondeu com um breve e militar aceno de cabeça e foi para o seu quarto.

Simon se estendeu na modesta cama infantil. O quarto vazio, com sua única janela que dava para a janela da casa vizinha, parecia uma cela de convento, embora sua desaparecida ocupante tivesse contemplado uma holofoto recortada de uma revista e pregada na parede, assim como um único pé de meia rosa-claro, enrodilhado como um ponto de interrogação no pé da cama. A holofoto era de Marty Mockington em seus primeiros tempos, rodopiando com uma graça infantil e fatídica em meio a um campo de papoulas cantantes. Simon ficou olhando Marty Mockington dançar sem parar, jovem e viva, resplandecente. Talvez não fosse um dos retratos favoritos da criança, do contrário não teria sido deixado para trás. Devia ser uma imagem secundária em meio às dúzias que teriam coberto as paredes. Simon era capaz de imaginar brevemente a criança — uma menina, a julgar pela meia — deitada ali, diante da parede de ícones cantantes e dançantes. Será que ela imaginava a si própria no futuro, saindo daquele quartinho para o mundo das holofotos? Provavelmente. As crianças acreditavam em destinos extravagantes. Agora ela devia estar... quem poderia saber onde? Fazendo um trabalho escravo na Assembléia do Sul, muito provavelmente, ou, se tivesse sorte, se seus pais tivessem conseguido os papéis necessários, sendo treinada para algum trabalho semi-escravo no Canadá. A Eurásia estava fora de questão para gente como aquela. A menina estava num lugar qualquer, e Marty Mockington, uma estrela menor em sua constelação particular, morta havia vinte anos agora, seguia dançando na parede do seu quarto e continuaria fazendo isso por cem anos ou mais, até que os fótons pifassem, até que as papoulas começassem a murchar e seu exuberante interlúdio de dança (calcanhar, dedo, salto) fosse ficando lento, lento, até parar de vez.

Simon fechou os olhos. Vieram fragmentos de sonhos. Uma sala estava, de alguma forma, cheia de estrelas. Um homem orgulhoso e feliz cujas mãos eram chamas.

Acordou com uma luz brilhando dura e branca em seus

olhos. Por um momento pensou que talvez ainda estivesse sonhando, sonhando com uma luz terrível.

Uma voz masculina disse, de trás da luz: "Aqui está outro".

Outro *o quê*, Simon se perguntou.

Uma segunda voz, feminina, disse: "Não é um nadiano".

"Não. Não é."

Simon saltou da cama e ficou de pé, piscando diante da luz. Disse: "Só precisávamos de um lugar para dormir. Não íamos roubar nada".

"O que eles estão fazendo aqui?", perguntou a voz feminina. "Pergunte a ele o que estavam fazendo aqui."

Os olhos de Simon se acostumaram à luz. Podia discernir duas figuras em pé atrás do clarão. Uma era alta e estava de capuz, a outra menor, com uma auréola de cabelo crepitante em torno da cabeça.

Simon disse: "Somos viajantes. Não queremos fazer mal nenhum".

"As pessoas sempre dizem isso", respondeu a voz masculina. "Mas o mal vem de qualquer jeito."

Uma terceira voz soou, vinda do corredor. Disse: "O que vocês acharam aí?".

Era uma voz de garoto. Um garoto falando com uma autoridade de gente grande.

"Um despossuído", respondeu o vulto de homem por trás do globo de luz. "Parece loucura."

Simon ainda vestia as blusas andrajosas que havia roubado e as calças desbotadas por cima do seu uniforme de trabalho preto, cheio de zíperes. Parece loucura. Certo.

Por um momento sentiu-se estranhamente envergonhado.

Outras pessoas entraram no quarto. Simon disse: "Será que dá para baixar um pouco a luz?".

Seguiu-se uma pausa, durante a qual o homem com o globo

de luz deu a impressão de estar esperando autorização. Aparentemente autorizado, ele apontou o globo de luz ligeiramente para baixo, tirando-o dos olhos de Simon, e revelou o seguinte: ele próprio, portador do globo de luz, um homem de setenta anos ou mais, vestido numa velha fantasia de Halloween: Obi-Wan Kenobi. O crepe sintético do manto ondeava em torno de sua magra silhueta; seu cabelo grisalho cintilava por sob o capuz, que era pequeno demais para ele e mais parecia um solidéu em sua cabeça. A seu lado estava uma garota de uns dezessete anos, uma Virgem Maria, com um manto azul e branco. Logo atrás deles estava Catareen, subjugada por um Jesus completo. Este tivera o rosto maquiado, com os espinhos implantados na testa.

Tanto o Jesus como a Virgem Maria portavam pistolas de raio paralisante.

De algum lugar invisível nas proximidades de Catareen, o garoto disse: "O quê, exatamente, vocês dois estão fazendo aqui?". Sua voz soava como tesouras cortando lata.

Simon respondeu: "O mito do paraíso revela a alma; a alma é sempre bela".

"A poesia não responde de fato à pergunta, responde?"

O garoto deu um passo adiante. Tinha provavelmente onze ou doze anos. Era disforme. Sua cabeça, grande como uma sopeira, equilibrava-se desajeitadamente sobre seus ombros magros. Seus olhos eram maiores e mais redondos do que deveriam. Seu nariz e suas orelhas mal existiam. Vestia o que parecia ser um roupão de banho masculino, com as mangas arregaçadas e a parte de trás arrastando no chão. Ornamentos pendiam de cordões em torno do pescoço: uma lata esmagada de atum Aphrodite, um símbolo da paz de plástico cor de laranja, um vidro de esmalte MAC, uma caveira de gato de dentes amarelos.

Simon lançou um apelo silencioso e fútil a Catareen. *Ajude-me um pouco aqui. Veja se é capaz de fazer algo mais útil do que* ficar aí passivamente subjugada, como se o cativeiro fosse sua verdadeira condição natural.

Ele disse: "Só estávamos de passagem. Isso é tudo".

O garoto perguntou: "Para onde você vai querer dizer que estavam indo, numa estrada como esta? Ela só leva a outras estradas iguais."

"Nós só saímos da estrada de cápsulas por um tempo. Queríamos ver como era o campo."

O Jesus disse: "Isto aqui é o campo. É assim que nós somos".

O garoto disse: "Eu sou Luke. Da Nova Aliança".

"Eu sou Simon."

"Quem é a sua amiga?"

"O nome dela é Catareen."

"Encontramos sua cápsula aqui em frente. Vimos a janela que vocês quebraram."

"Sinto muito pela janela. Eu posso, bem, eu posso deixar meu nome, e se os donos da casa um dia voltarem, posso tentar indenizá-los..."

"Isso não é comum, o quadro que vocês dois formam", disse Luke. "Um homem e uma nadiana numa cápsula cheia de leite de soja. Estou tentando atinar com as explicações razoáveis e inocentes."

Catareen disse: "Sem dinheiro. Sem nada, nós".

O velho disse: "Não usamos dinheiro. Nunca tocamos nele".

"Nunca", disse o Jesus.

"Permanecemos limpos."

Simon disse: "Nós também. Estamos tentando chegar a uma irmandade no Colorado".

Havia uma chance de se passar por cristãos em fuga. Era uma chance pequena, mas em todo caso...

"Uma irmandade que aceita nadianos?", perguntou Luke.

Simon disse: "Quisera contemplar com distanciamento minha própria crucificação e minha coroação sangrenta".

Oops.

A Virgem Maria gritou: "Eles estão com Satã!".

"Ah, suponho que sim", desse Luke, com uma expressão de fatigado desapontamento.

O velho disse: "Vamos matá-los aqui mesmo ou levá-los ao tabernáculo?".

"Ao tabernáculo", disse Luke.

O Jesus disse: "Vamos fazer aqui mesmo".

"Não. Vamos levá-los ao tabernáculo", replicou Luke. Estava claramente acostumado a mandar.

"Ah, está bem, então", disse o Jesus, claramente acostumado a obedecer.

Simon e Catareen foram levados escada abaixo e tirados da casa. Ali, estacionado na estrada em frente à cápsula de entregas, estava um antigo trailer coberto de decalques desbotados que retratavam armas, peixes e mamíferos.

"Dê a Obi-Wan Kenobi o conector da sua cápsula", Luke disse a Simon.

Simon obedeceu. O velho tomou dele o conector como um esquilo apanhando uma noz.

Seguiu-se um debate, bastante longo, sobre quem deveria ir em qual veículo. Determinou-se que Luke e o Jesus levariam Simon e Catareen no trailer, e a Virgem e o velho iriam atrás deles na cápsula de entregas. Simon e Catareen foram colocados bruscamente na parte de trás do trailer. Era uma casa em miniatura ali dentro. Uma pequena cozinha com uma mesa e bancos e uma cama dobrável. Era de um colorido brilhante, como as coisas antigas. Tinha cheiro de fôrma de pão e plástico quente.

Luke entrou na parte de trás com Simon e Catareen. Tomou a arma de raio paralisante do Jesus e apontou-a para eles. O Jesus permaneceu na porta, tilintando as chaves da ignição na mão perfurada.

"Você acha que pode cuidar deles aí atrás?", perguntou o Jesus.

"Sem dúvida", respondeu Luke. "Quanto à arma, porém, ela está ajustada para paralisar, certo? Nível cinco não é mortal, certo?"

"Está no nível cinco?"

"Está."

"O.k. Cinco é bom. Cinco deixa-os sem sentidos, mas não mata."

"Ótimo."

Luke apontou a arma paralisadora para o Jesus e disparou. Um brilhante raio azul atingiu o peito magro coberto pelo roupão branco. O Jesus olhou para Luke com uma expressão de profunda decepção. Então seus olhos giraram para trás em suas órbitas e ele se dobrou sobre si mesmo, caindo para fora do trailer, na rua.

"Rápido", Luke disse para Simon e Catareen. "Vamos sair daqui."

Simon fitou o Jesus caído. Um de seus pés calçados de sandálias, surpreendentemente pequeno, ainda pendia do estribo do trailer. O resto de seu corpo estava esparramado no asfalto numa atitude de extática libertação.

"O que você está planejando exatamente?", perguntou Simon.

Luke estendeu-lhe a arma. "Leve-me como refém", disse. "Pegue as chaves e dirija o mais rápido possível."

"Tem certeza?"

"Absoluta. Aponte a arma para mim."

Simon não teve problemas para fazer isso, devido aos desejos nada ambíguos do garoto.

"Vou sair na frente de vocês", disse Luke. "Apanhe as chaves e leve-nos embora daqui. Está entendendo?"

"Acho que sim."

"É melhor pegarmos o trailer e abandonar a cápsula. O trailer é melhor fora das estradas."

"Certo."

"Faça-os devolver o conector da cápsula para que eles não possam nos seguir."

"Como quiser."

"O.k. Vamos."

Luke chutou o pé do Jesus para longe do estribo. Ergueu as mãos e saltou para fora. Simon lançou um olhar a Catareen: será que ela pensava que aquilo era algum tipo de armadilha? Ela agitava seus longos dedos em direção à porta, no gesto nadiano característico de impaciência.

Do lado de fora do trailer, ela ouviu Luke dizer: "Pelo amor de Cristo, não atire".

Catareen agitou os dedos de modo ainda mais urgente. Tudo certo então. Se aquilo era um equívoco, ele deixaria que fosse problema *dela*.

Simon pulou atrás de Luke e apontou a arma paralisante para suas costas franzinas. Disse: "Ande. Vou matar você se não fizer exatamente o que eu disser".

Ele era bom naquilo, não havia como negar.

"Só não quero que me machuque", choramingou Luke.

A Virgem e Obi-Wan ficaram paralisados junto às portas da cápsula, piscando muito, confusos. Parecia a Simon uma encenação desnecessariamente elaborada, uma vez que o conjunto da platéia era uma garota adolescente e um velho em fantasia de Halloween.

Então seus circuitos começaram a travar. Lá estava o súbito esfriamento, como se a temperatura tivesse caído uns quinze graus. Lá estava a efervescente leveza, a ácida e rodopiante embriaguez. Parecia brotar não da ameaça inteiramente falsa de violência, mas do absurdo da ameaça, do patético que era enganar aquelas tristes pessoas (possuidoras, é preciso lembrar, de faculdades homicidas). Sentiu-se dominado pela noção de que o mundo era feito de embustes e pesares, de fanáticos, de sordidez, autoridades brutais e velhos fantasiados.

Estava travando. Aquilo não deveria estar acontecendo. Ele não estava fazendo mal diretamente a ninguém. Mas lá estava a coisa.

Catareen tomara as chaves da mão do Jesus. Luke deu um passo à frente, dizendo: "Por favor, por favor, eu faço o que vocês quiserem". Simon conseguia se mexer, mas com crescente dificuldade, como se o próprio ar se tornasse mais denso em volta.

Disse: "Por trás dos trajes e dos adornos, veja a aversão e o desespero secretos e mudos". Sua voz estava pesada e várias notas abaixo do tom.

Catareen tirou a arma de sua mão, saltou para a frente e pressionou-a contra as costas de Luke.

Disse para o velho e para a Virgem: "Joguem-me o conector".

"Obedeçam", ordenou Luke.

O velho jogou o conector na direção de Catareen. Caiu no chão aos pés dela, e ela o apanhou com uma rapidez de réptil.

"Mexa-se", ela disse para Luke.

Ele se mexeu. Simon foi atrás como pôde.

Catareen colocou Luke na cabine do trailer. Simon conseguiu se enfiar no lado do passageiro. Catareen pôs a chave na ignição, ligou. Inclinou-se para fora da janela e gritou para a Virgem e o velho: "Se seguirem, matamos".

Então ela acelerou, e eles se puseram a caminho.

"Bom trabalho", disse Luke. Cheirava levemente a aromatizante de pinho. Seu amuleto em forma de colar estalava de leve contra seu peito magro e coberto pelo roupão.

Catareen dirigia. Os faróis do trailer iluminavam a estrada

cinzenta, a massa entrançada do mato escuro em cada uma das margens.

Simon sentiu que se recuperava. O movimento, ao que parece, ajudava. Disse: "O que foi *aquilo*?".

Ouvia a própria voz como que a certa distância. Mas voltava a funcionar novamente, não havia dúvida.

"Aquilo foi 'Sayonara, babacas'", respondeu Luke.

"Quem *eram* aquelas pessoas?"

"Máculas no nome do Senhor. Tolos vestidos de tolos."

"Você não era um deles?"

"Fazia de conta."

Os faróis do trailer continuavam mostrando pedaços de estrada brilhante e vazia, margeados por campos negros. Simon viu que ele era equipado com um direcional. Poderiam encontrar Denver facilmente então.

Disse ao garoto: "Eles virão atrás de nós?".

"Provavelmente. Vão querer o trailer de volta, mais do que a mim."

"Devemos nos preocupar?"

"Eles não são muito inteligentes nem organizados. Vai demorar uma hora para Obi-Wan e Kitty andarem até o tabernáculo. Sugiro que a gente saia da estrada e apague os faróis. A luz da lua é suficiente."

"O trailer é dos que enfrentam qualquer terreno?"

"É. Modificado. O motor é atômico e o chassi foi convertido em hidráulico. Foi modelado no que eles costumavam chamar de tanques."

"Eu sei o que é um tanque", disse Simon.

"Então você sabe que podemos ir praticamente a qualquer lugar nesta coisa."

Diante disso, Catareen saiu da estrada e apagou os faróis. Os pneus do trailer aderiram ao terreno irregular. Catareen dirigiu pelo capinzal, que estava inquieto e prateado sob o luar.

"Então", disse Luke, "para onde estão indo?"

"Vamos para Denver."

"Procurar por Emory Lowell?"

"Como é que você sabe?"

"Quando alguém diz que está indo para Denver, o nome Lowell emerge naturalmente. Quero dizer, vocês não iriam percorrer toda essa distância por causa do festival da cascavel."

"Então você ouviu falar de Lowell."

"Eu o conheci."

"Sério?"

"Claro. Morei em Denver por alguns anos, quando era mais novo. Minha mãe e eu viajávamos muito."

"Exército?"

"Não. Pobres, simplesmente."

Rodaram pelas planícies cobertas de capim. De quando em quando as luzes de um condomínio tremeluziam na distância. De quando em quando havia uma estrela cadente.

Depois de percorrer quase duzentos quilômetros, decidiram parar para passar a noite. Catareen disse: "Temos que comer".

"Eu adoraria", respondeu Simon. "Se você por acaso vir um café por aí..."

"Eu encontro", disse ela.

"O que espera encontrar exatamente?"

"Animais aqui, não?"

"Alguns. Talvez. Dizem que as espécies mais resistentes ainda estão por aí. Ratos. Esquilos. Guaxinins."

Ela disse: "Eu vou. Eu procuro".

"Está dizendo que acha que pode *capturar* alguma coisa por aí?"

"Eu procuro."

"Fique à vontade."

Catareen deslizou para fora da cabine e pareceu desaparecer imediatamente entre as árvores. Simon e Luke saíram também. Andaram à toa, esticando os membros. Acima deles, por entre os galhos, as estrelas estavam visíveis.

Luke disse: "Ela provavelmente é uma boa caçadora".

Simon pensou nas garras dela. Pensou nos dentes. "Quem sabe?"

"Acho que me lembro", disse Luke. "Quando eu era pequeno, havia um vid sobre os hábitos dos nadianos."

"Deve ter sido um bem velho."

"Lembro que havia algum roedor do qual eles gostavam."

"Tenho vagas lembranças. Uma coisa cinzenta e pelada mais ou menos do tamanho de uma ratazana. Rabo comprido. Muito comprido."

"Certo. Eles o cozinhavam com uma espécie de vegetal marrom e peludo."

"Como uma pinha revestida de pele. Se você cozinhasse um daqueles roedores com o vegetal peludo por cinco ou seis horas, podia comê-lo."

"Era uma das iguarias deles."

"Certo."

Luke disse: "Eles têm alma, você sabe".

"Para falar a verdade, não sou grande coisa no que diz respeito ao conceito de alma."

"Pelo fato de ser biomecânico?"

"O que leva você a dizer isso?"

"Seus olhos. É sutil, mas eu sempre consigo detectar."

"O que têm meus olhos?"

"É difícil explicar. Tecnicamente não há nada errado com eles."

"Eles são *biológicos*", disse Simon.

"Eu sei. Como eu disse, é sutil. É só uma sensação de duas

aberturas de câmera se expandindo e se contraindo. Algo que tem a ver com lentes. Os olhos dos humanos biológicos são como que mais suculentos. Ou mais inconstantes, não sei. Não é uma questão de aparato visual, mas sim do que está por trás dele. De todo modo, consigo perceber."

"Você é um garoto esperto, hein? Quantos anos tem, afinal?"

"Uns onze. Talvez doze. Isso tem importância? Sempre tive essa espécie de percepção aguçada."

"Através de mim muitas vozes há muito tempo mudas", disse Simon.

"O negócio da poesia é interessante."

"Eu odeio."

"Você sonha, né?"

"Ao meu modo."

"Você gosta de estar vivo?"

"Digamos que me sinto apegado a isso."

"Se preocupa com a morte?"

"Fui programado para me preocupar. Existe um chip de sobrevivência."

"Bem, todos fomos programados, não acha? Pelos nossos criadores?"

"Não estou tão disposto a filosofar no momento. Então você é Exedrol?"

"Sou. Quando minha mãe ficou grávida de mim, tomou uns punhados."

"Deliberadamente?"

"Ela pensava que a Exedrol tinha algum tipo de programa. Verificações mensais de manutenção. Não sei quem contou isso para ela."

"Ela tomou intencionalmente uma droga que deformaria seu filho?"

"O que é que eu posso dizer? Ela estava sempre procurando alguma tapeação. Era desse tipo de pessoa. Não a culpo."

"Ora, sem essa."

"Ela me deu vida. Gratidão é a única resposta apropriada a tudo o que acontece."

"Os biológicos são misteriosos."

"Uns dois anos atrás ela e eu nos juntamos a esse grupo autodenominado Fogo Sagrado. Um bando assustador, pode crer. Aqueles que você encontrou lá atrás eram alguns dos espécimes mais inteligentes deles."

"Ela era cristã."

"Ela era qualquer coisa que a fizesse sossegar por um tempo. Os cristãos alimentam a gente, se a gente faz os votos."

"Sua mãe ainda está com eles?"

"Não. Ela conheceu um sujeito. Um telhador. O tabernáculo tinha goteiras. Não tenho notícias dela há quase um ano."

"Ela abandonou você?"

"O telhador não estava interessado na paternidade. Ela achou que os cristãos cuidariam de mim melhor do que ela. Foram eles que me deram o nome Luke. É bíblico, você sabe."

"E seu nome verdadeiro?"

"Meu nome verdadeiro é Luke. Meu antigo nome era Blitzen. Como uma das renas do Papai Noel. Mamãe era... não importa o que mamãe era."

"E você faz de conta que acredita no deus deles."

"Ah, eu acredito de fato no deus deles. Só não gosto dos métodos deles."

"Fale sério."

"Nunca falei mais sério. Tenho o Espírito Santo dentro de mim há quase um ano."

"Ah. Bom. Imagino que seja bom para você."

"'Bom' provavelmente não é a melhor palavra para isso."

Simon e Luke tinham retornado ao trailer e estavam sentados com as costas escoradas no pneu traseiro direito quando Catareen voltou. Chegou surpreendentemente silenciosa. Não tinham ouvido passos nem estalos de gravetos. De repente ela estava lá. Trazia algo pendurado nas costas.

"Achei", disse.

"Você está dizendo que pegou *mesmo* alguma coisa?", disse Simon.

"Sim."

"O que é?", perguntou Luke.

Catareen hesitou. Seus olhos faiscavam na escuridão. Disse: "Vou preparar do outro lado".

"Não quer mostrar para nós?", perguntou Simon.

"Vou preparar do outro lado", disse ela. Pegou o que trazia às costas e foi para o outro lado do carro.

"Qual o problema com ela?", Luke perguntou a Simon.

"Está envergonhada."

"Por que estaria envergonhada? Se ela de fato saiu por aí e caçou algo que podemos comer, é uma heroína."

"Ela não quer parecer um animal aos nossos olhos."

"Ela não é um animal."

"Não. Não é. Mas tampouco é humana. É estranho, para ela, viver aqui."

"Como é que você sabe?"

"Posso imaginar. Só isso."

Logo Catareen voltou. Trazia a carne cuidadosamente limpa e pelada de dois esquilos. Tinha retirado cabeça, patas e rabo. Com os olhos turvos e semicerrados, ela ofereceu a carne a Simon e ao garoto. Sua capa estava salpicada de um sangue escuro que brilhava sobre o tecido opaco. Simon torceu para ela não perceber que ele tinha notado.

Disse: "Obrigado".

"Vamos comer a carne crua então", disse Luke.

"Tenho uma idéia", disse Simon.

Levantou o capô do motor do trailer e ergueu a tampa do minirreator que estava alojado no lugar onde outrora ficava uma bateria. Ele emitia uma pálida luminescência verde. As carnes dos esquilos ficariam levemente contaminadas, mas nada que causasse sérios danos.

Tirou-as de Catareen. Estavam mornas e escorregadias. Eram claramente coisas que tinham estado vivas. Experimentou por um breve instante algo parecido com o que Catareen devia ter experimentado ao capturar e matar os esquilos. Havia um clique interior. Não era capaz de definir de outro modo. Havia a fome e um clique, uma pequena vibração elétrica dentro de seu peito. Olhou para ela.

Disse de novo: "Obrigado".

Ela moveu a cabeça afirmativamente. Não disse nada.

Ele pousou os esquilos no reator exposto. Fez isso com suavidade, como se eles pudessem sentir dor. Produziram um leve chiado ao entrar em contato com o reator. Não seriam cozidos, no sentido técnico, mas tampouco ficariam crus.

Simon ficou em pé junto às carnes, vendo-as escurecer lentamente. Emanavam um cheiro selvagem e penetrante. Luke ficou por perto, observando. Catareen se manteve um pouco afastada. Simon assistira a um vid uma vez, um filme antigo de uma família reunida daquele jeito. O pai assava carne numa churrasqueira enquanto a esposa e o filho esperavam a comida ficar pronta.

Comeram os esquilos, que eram fibrosos e amargos, com um forte travo de coisa química. Ainda assim, era comida. Depois de comerem, dormiram no trailer. Catareen e o garoto se ajeitaram comodamente nos dois bancos forrados de almofadas cor de laranja que acompanhavam a mesa dobrável. Simon, sendo maior, dormiu na cama dobrável que se projetava sobre a cabine do trailer.

Sonhou com mulheres voadoras em vestidos de luz.

Puseram-se de novo a caminho ao amanhecer. Ficavam para trás o campo, o mato alto e extensões de céu. O trailer formava um sulco no capim, que se fechava logo depois. Não deixavam rastros atrás de si. Massas brancas de nuvens moviam-se de modo turbulento acima deles, concentrando-se e dissolvendo-se.

"Parece tudo normal", disse Luke.

"Difícil saber, não é?" Simon olhava atentamente pelo pára-brisa. "Quero dizer, as nuvens estavam assim antes? O céu tinha essa tonalidade de azul?"

"Ouvi dizer que o desastre nuclear foi em Dakota do Norte. Havia uma usina subterrânea secreta lá."

"Ouvi dizer que foi em Nebraska. Perto de Omaha."

"Um conhecido meu disse que foi o golpe de misericórdia da Cruzada das Crianças. Garotos malucos com uma bomba realmente grande."

"Não, aquilo já havia acabado naquela época. Foram os separatistas da Califórnia."

"Não foi o que eu ouvi. Os separatistas da Califórnia, pelo que descobriram, eram sete ou oito pessoas de Berkeley, sem dinheiro nem nada. Ouvi isso de uma fonte confiável."

"Eram muito maiores que isso. Foram eles, sem dúvida, que fizeram aquilo com a água potável no Texas."

"Que seja. Você sabe, algumas pessoas acham que as evacuações não eram necessárias. Outras acham que a região ainda não é segura."

"Não há como negar que os pássaros foram embora."

"É, mas ouvi dizer que estão sendo reintroduzidos em caráter experimental. Os mais resistentes. Pombos, pardais, gaivotas."

"Talvez eles devessem pensar mais seriamente em reintroduzir algumas pessoas primeiro."

"Você acha que houve uma eleição?", perguntou Luke.

"Andei pensando. É, acho que sim. As leis parecem ter mudado."

"Ouvi dizer que um dos presidentes foi parar na cadeia."

"Ouvi que o outro presidente se converteu."

"Lá vem você de novo."

Seguiram rodando ao longo do dia, através da terra vasta e plana como um grande prato. Puderam rumar para o oeste numa linha reta, relativamente falando. Contornavam as cidades e povoamentos. Tinham que desviar também dos eventuais bosques, mas ao longo de vários quilômetros não havia nada senão campos que um dia tinham sido pastos ou plantações e agora estavam tomados pelo capim. Viram cervos. Viram coiotes. Sempre à distância: pontos fulvos na imensidão verde, observando-os de longe. Então os grandes animais estavam voltando.

Paravam periodicamente para que Catareen pudesse caçar. Em geral ela tinha êxito. Desaparecia por meia hora ou mais e voltava com um coelho ou um esquilo. Em seu trabalho de conseguir comida, Catareen era sempre a mesma. Saía em silêncio, voltava em silêncio, limpava e pelava sua caça do outro lado do trailer, onde Simon e o garoto não podiam vê-la. Ela apresentava as carnes brilhantes sem uma palavra. Eles nunca falavam, nenhum deles, sobre o que comiam. Simplesmente comiam, e Catareen enterrava cabeças, ossos e tudo o mais que sobrasse. Ela sempre enterrava os restos. Era-lhe aparentemente necessário fazer isso. Depois que as sobras dos animais mortos eram enterradas, eles retomavam o caminho.

Na segunda noite, pararam o trailer no alto de uma modesta colina com vista para um lago que brilhava como um círculo de espelho na luz evanescente. Ele refletia a lavanda brilhante do céu noturno, numa versão encrespada e mais profunda, como se a água se cobrisse com uma pele de pálida luz púrpura.

Simon disse: "Eu poderia tomar um banho".

"Todos poderíamos", disse Luke.

Foram para a beira do lago. Moscas e mosquitos pairavam sobre a superfície da água. Esta tinha um cheiro — ferro e algo mais, um odor que Simon só conseguia identificar como umidade. Ele disse: "Difícil dizer se é tóxica ou não".

Como resposta, Catareen despiu a capa, caminhou até a água e mergulhou, com a mesma presteza alerta que a habilitava a espreitar e matar animais pequenos. Num momento ela estava em pé na margem, e no momento seguinte só havia ficado a capa descartada, manchada por sangue animal. Sua cabeça emergiu como um ponto preto uns vinte metros adiante.

"Ela não se preocupa", disse Simon.

"Nem eu", disse Luke, embora não houvesse convicção em seu tom de voz.

Simon e Luke livraram-se de suas roupas. Luke tirou o colar-amuleto por cima da cabeça, encolheu-se para deixar cair o roupão de banho. Parou por um momento, nu, na beira da água. Simon notou a pequenez rósea de Luke, as torções e concavidades de seu corpo. Sem roupa, ele lembrava as carcaças peladas dos animais que Catareen caçava.

Ele disse a Simon: "Acho que é limpa o bastante".

"É. Com certeza é."

Luke pareceu ganhar confiança com a convicção de Simon, embora ambos soubessem, evidentemente, que Simon não tinha meios de saber coisa alguma sobre o grau de contaminação do lago. Ainda assim, Luke parecia extrair daquilo uma idéia de permissão. Com um grito de guerra, meteu-se na água, fazendo jorrar gotículas.

Simon ficou em pé com água até os tornozelos. Julgou por

um momento que seus circuitos estavam travando de novo — sentiu os primeiros sinais de abatimento e fraqueza. Mas aquilo, ao que parecia, era outra coisa. Era uma sensação nova. Parecia provir da pura estranheza de se achar na beira de um círculo de água (possivelmente poluída) com uma mulher lagarto e um garoto deformado. Era algo que afetava seus circuitos, como uma parada temporária, mas não exatamente; uma sensação mais flutuante, quase de cócegas; uma soltura interior, como a que precedia o sono.

"Venha", gritou Luke.

Simon mergulhou. A água estava morna na superfície e fria no fundo. Nadou até Catareen e Luke.

Catareen boiava de costas, tão sem esforço que nem parecia que estava nadando, e sim que era simplesmente sustentada pela água, impulsionada por ela, como ocorreria com uma lontra ou um rato almiscarado. Eram nadadores, então, os nadianos. Na água ela parecia mais selvagem do que de costume. Parecia mais selvagem e mais verdadeira. Tinha uma inevitabilidade animal. Simon compreendia; pensava que compreendia. Ela estaria sentindo a camada de água morna flutuando sobre a água fria, a impressão de deslizar por uma vasilha rasa de luz púrpura rodeada por um mundo que escurecia ao mesmo tempo em que despontava a primeira estrela. Estaria afundando naquilo do mesmo modo que afundava em seus estados catatônicos, em suas canções de lagarto.

Simon foi o primeiro a sair da água. Ficou nu na margem, deixando que o ar o secasse, e vendo Catareen e o garoto emergirem. Catareen nua era toda energia, com braços e pernas magros e fortes, seios pequenos e uma pequena elevação compacta da bacia ossuda e retilínea. Quem era o escultor? Giacometti. Ela parecia uma escultura de Giacometti.

Ela ficou em pé por um momento no raso enquanto o garoto escalava o barranco da margem e voltava a vestir o roupão. Ela se virou e olhou para a água. Simon compreendeu que ela tinha imenso prazer naquilo: a água e a terra que escurecia. Percebeu que ela relutava em sair. Contemplou-a. Uma delgada silhueta negra contra o lago e o céu. Ela estava feliz, julgou ele. Estava súbita e inesperadamente feliz, ou sabe-se lá o termo que os nadianos usavam para nomear a felicidade.

"Maravilha", disse ele. Não sabia bem a que se referia a palavra naquele momento particular. Parecia quase um novo cumprimento que ele e Catareen tinham concordado em trocar — uma variação do idioma comum, recém-codificada.

Ela se virou ao ouvir o som da voz dele. Estava surpresa e acanhada. Havia alguma coisa nela naquele momento. Alguma coisa que ele não sabia como descrever. Talvez não houvesse uma palavra para aquilo na linguagem humana. Ele não lhe daria um nome.

Em vez disso, declarou: "Como são lindos e perfeitos os animais! Como é perfeita a minha alma! Como é perfeita a terra e a coisa mais minúscula que há nela!".

Catareen olhou para ele. Fez-se um silêncio.

Luke disse a Simon: "Você está com um cheiro ligeiramente melhor agora".

"Obrigado", disse Simon. Começou a se vestir outra vez.

Em seguida Catareen saiu da água, vestiu-se e foi caçar. Voltou pouco tempo depois com um par de pequenas criaturas de pernas compridas que nenhum deles foi capaz de identificar. Simon cozinhou-as.

"Acho que devemos estar no oeste do Kansas a esta altura", disse Luke, enquanto Simon remexia as coxas peladas dos bichos no reator do trailer. "Podemos chegar a Denver amanhã no fim do dia."

"No meio da tarde, eu diria", respondeu Simon.

O que ele pensou, mas não disse, foi: não se importaria de continuar rodando indefinidamente. Havia algo de hipnótico naquilo, algo profundamente agradável. Apenas dirigir.

Luke disse: "Denver virou uma espécie de favela gigante. Ficou provavelmente um pouco como era quase trezentos anos atrás. A diferença é que as pessoas, trezentos anos atrás, não moravam em shopping centers e lojas abandonadas".

"Os cristãos não governam Denver, até onde sei."

"Não. Denver é basicamente laica. Alguns cultos a deusas e um grande bairro budista na região leste. Jesus Cristo, Nosso Senhor e Salvador, não tem muita importância lá."

"Você disse que acredita nessa coisa toda?"

"Sim."

"Como parte da encenação."

"Começou assim. Eu seguia a coisa para que eles continuassem me dando comida. Rezava as orações, fazia as devoções diárias. Meditava no patético altarzinho que eles tinham construído no estacionamento do Wal-Mart. Pura enganação. Até compreender que aquilo era verdade."

"Está brincando."

"Nunca falei tão sério. Um dia aconteceu uma coisa. Não sei como descrevê-la. Alguma coisa adveio. Mais ou menos como se, digamos, você saísse de sua casa todo dia e gritasse 'Oh, venha a mim, Grande Efalante',* só para agradar alguém, só porque faz parte do costume local, porque sua velha tia maluca não vai tomar o remédio se você não bradar pelo Efalante toda manhã, e então um belo dia uma coisa enorme e peluda aparece com uma tromba e chifres, dizendo: 'Eu sou o Grande Efalante, o que você

* Heffalump, no original: elefantinho dos desenhos animados do Ursinho Pooh. (N. T.)

quer?'. O que você faz? Você não acredita nele, não gosta dele, não o quer, mas ali está ele."

"Não sei se acredito em você."

"Não preciso que acredite. Ei, essas marmotas ainda não estão prontas?"

"Acho que não são marmotas."

"Tanto faz. Estou morrendo de fome, não me incomodo se forem coisas exóticas."

Simon serviu as criaturas radioativas. Catareen sentou-se entre ele e o garoto, consumindo em silêncio sua cota da caça. Depois que eles comeram, ela enterrou as sobras, e o garoto foi para a cama no fundo do trailer. Simon ficou um tempo do lado de fora com Catareen. Estavam sentados na colina coberta de capim. O vento produzia um leve som sussurrante e as estrelas brilhavam intensamente no profundo céu negro. O lago emitia diminutas centelhas espectrais que podiam ser reflexos das estrelas.

Simon disse: "Você sente saudade de Nadia?".

"Não."

"É o seu lar. É o lugar de onde você veio."

"Nada lá."

Ele ficou em dúvida sobre o que dizer. Havia *alguma coisa* lá. Havia alguma coisa em toda parte. É verdade que o pessoal da Terra tinha esperado mais de seu primeiro (e possivelmente único) contato com um planeta habitado. Todos aqueles zilhões gastos para chegar lá, todas as décadas de esforços, para encontrar o quê? Um povo que, em dez mil anos, não tinha conseguido engendrar uma escrita. Que vivia em cabanas feitas de barro seco e puxava carroças de madeira como meio de transporte e locomoção. Onde estavam as cidades douradas, os xamãs e os cientistas? Onde estavam as grandes descobertas, as curas, a arte?

"É um lugar rude, pelo que me contaram", disse ele.

"Nada para mim."

"Sabe", disse ele, "talvez não faça sentido você ser tão misteriosa a respeito do seu passado. Não lhe parece um tanto desnecessário?"

Ela continuou sentada ao lado dele no escuro. Começou a exalar a pequena melodia.

Depois de um intervalo, ele disse: "Então. Você tem alguma pergunta a meu respeito?".

"Não."

"Todos vocês, nadianos, são assim?"

"Assim como?"

O vento batia no rosto dele. Trazia consigo um cheiro verde e seco.

Ele disse: "Você se incomoda com o que eu digo? Eu aborreço você quando falo?".

"Não. Eu gosto."

"É gentil de sua parte dizer isso."

Silêncio, e de novo a melodia da respiração.

Ele disse: "É só que eu acho que tenho algumas perguntas. Para fazer a um biológico".

"Pergunte."

"Sei que muita coisa pode não se aplicar ao seu caso. Pelas diferenças entre humanos e nadianos, quero dizer."

"Pergunte."

"O.k. Sonhos. Posso lhe perguntar uma coisa sobre sonhos?"

"Sim."

"Tenho pequenos lampejos quando durmo. Há sons e imagens. Não parecem exatamente aleatórios, mas também não se encaixam. Não sei dizer de fato se são sonhos ou simplesmente meus circuitos se desligando. Até onde sei, os biológicos têm sonhos que envolvem histórias inteiras. Histórias misteriosas, freqüentemente tortuosas, mas coerentes e cheias de sentido. Certo?"

"Não", disse ela.

"Seria penoso, para você, me dar um pouco mais de detalhes?"

"Não histórias inteiras. Mudança."

"Você quer dizer durante o sonho? As histórias mudam à medida que se desenrolam?"

"Sim."

"Mas você não acorda com a sensação de ter visto algo importante? Mesmo que o significado não seja claro. Não sente, pela manhã, que alguma coisa lhe foi explicada enquanto você dormia?"

"Não."

"Bem. O.k. Vamos tentar outro assunto. A voz com que estou falando agora mesmo, que você reconhece como sendo minha voz e, por extensão, digamos, minha personalidade, foi programada. As cadências, o vocabulário, a modulação, as gírias, tudo foi concebido por Emory Lowell para me fazer parecer mais humano. Sem contar, é claro, esses acessos involuntários de poesia. O que está no meu cérebro é diferente. Ouço o que eu mesmo falo — estou me ouvindo *agora mesmo* —, e é estranho para mim. Não combina com o que eu ouço dentro da minha cabeça. Os impulsos são meus mesmo, tomo a decisão de dizer isto ou aquilo, mas a expressão escapa ao meu controle. Suspeito que, se você pudesse de alguma maneira enxergar dentro da minha cabeça, se pudesse ver os circuitos funcionando, recuaria assustada. Compreenderia que eu sou mecânico. E desprovido de coração."

"Eu sou o mesmo", disse ela.

"O que você diz não combina com o que está dentro da sua cabeça?"

"Sim."

"Claro que não. Você está falando uma língua estrangeira."

"Na minha língua."

"Quer dizer, lá em Nadia você sentia essa divisão entre quem você parecia ser e quem você sabia que era?"

"Sim."
"É gentil de sua parte dizer isso."
"Verdade."

Ficaram sentados em silêncio por algum tempo. Simon sentiu o retraimento dela, que se tornara familiar, embora desta vez parecesse mais profundo, como se ela tivesse retirado sua atenção de uma maneira mais completa do que nunca. Pensou por um momento que ela tivesse se afastado fisicamente dali, mas virou-se para o lado e a viu no mesmo lugar, inalterada.

Desejou que ela voltasse a ser como tinha sido no lago. Desejou que ela fosse uma silhueta escura recortada contra o céu do crepúsculo, virando-se timidamente para encará-lo quando ele disse a palavra "maravilha". Mas aquele momento passara, e ela estava de novo daquele jeito, impassível como uma mala de viagem.

Ele disse: "Fique comigo esta noite e este dia e você possuirá a origem de todos os poemas".

"Eu durmo agora."

"Vou ficar aqui fora mais um pouco."

"Sim."

"Boa noite."

Ela se ergueu sem produzir som algum. Ele ouviu o leve clique da porta do trailer quando ela entrou.

Na manhã do dia seguinte, Luke caiu doente. Estava avermelhado e febril. Insistia que não estava tão doente quanto parecia. Insistiu em viajar sentado em seu posto habitual, entre Simon e Catareen, até que de súbito se viu compelido a mandar Simon parar o trailer imediatamente para que ele pudesse sair e vomitar, após o que Catareen insistiu que os pedaços de comida regurgitados tinham que ser enterrados. Simon suportou a situação com paciência. O garoto e a nadiana estavam apenas fazendo o que se esperava deles. No entanto, julgou recordar uma situação parecida com aquela, que tinha visto num vid — a imagem de um homem numa viagem, suportando com paciência os atrasos causados por uma criança e uma mulher, pelos quais eles não podiam ser racionalmente responsabilizados, mas que o homem considerava ainda assim maçantes.

Catareen colocou Luke para dormir na cama dobrável de Simon. Assim que o garoto ficou acomodado eles seguiram viagem.

Simon disse: "Havia provavelmente alguma coisa naquela água, no fim das contas".

"Sim", respondeu Catareen.

"Você também está um pouco enjoada?"

"Sim."

"Eu não devia ter deixado vocês entrarem na água. Nenhum dos dois."

"Sem culpa."

"É fácil esquecer", disse Simon, "que nada disso é puro como parece. Não gosto de pensar em tudo o que há nessas criaturas que temos comido. Ou que tipo de mutações genéticas estão em curso naquele cervo que parece tão encantador no horizonte ao crepúsculo."

Fez-se silêncio. Eles rodavam através do calor e da luz. Então ela disse: "Simon?".

"Sim?"

"Stroth."

"Seja mais específica, por favor."

"Isto aqui."

"Esta situação está plena de stroth, é isso?"

"Sim."

Ela estava sentada do seu modo habitual, plácida como um ornamento de jardim, mãos dobradas sobre o colo.

"Ao que parece, ficamos indispostos por termos nadado em águas poluídas. Estamos com bafo de marmota radioativa. Não temos idéia do que vai nos acontecer. É isso que você quer dizer com 'stroth'?"

"Quero dizer nós."

Houve um pequeno estalo nos circuitos dele, um breve zumbido elétrico.

"Eu meramente me excito, apalpo, sinto com os dedos, e fico feliz. Encostar minha pessoa em outra é o máximo que consigo suportar", disse ele.

"Sim."

Ele disse: "Estaremos em Denver dentro de algumas horas. Você chegou a pensar no que pretende fazer quando chegarmos lá?".

"Fazer?"

"Você sabe. Destino alcançado. Vou procurar descobrir o que significa o 21 de junho, se é que significa alguma coisa. Luke provavelmente vai inventar uma vigarice nos primeiros dez minutos. O que você está planejando?"

"Morrer em Denver", disse ela.

"Isso é o que você já disse. Daria para me explicar melhor o que entende por isso?"

"Morrer em Denver."

"Tenho que admitir que simplesmente não sei o que você quer dizer. Parece que estamos tendo um daqueles momentos de descompasso entre terráqueos e nadianos. Poderia ser mais específica?"

Silêncio. A suave melodia da respiração.

"O.k.", disse ele. "Fim da discussão. Seu plano é morrer em Denver. Você poderia também conseguir um emprego de garçonete, provavelmente, se a idéia de morrer não der certo."

Ela, porém, estava longe. Tinha se transferido com seu olhar de lagarto para aquele lugar nenhum que ela parecia chamar de lar.

* * *

Denver apareceu quase no final da tarde. Primeiro, foi um vislumbre prateado no horizonte, depois uma insinuação de pináculos e torres prateados, por fim uma grande confusão de prédios dispostos através da planície, banhados pela luz branca do sol de verão.

Catareen disse: "Luke vai querer ver. Vou chamar".

"Você não acha que devemos deixá-lo dormir?"

"Vou lá. Vejo."

Ele parou o trailer. Ela saiu da cabine e voltou logo depois com Luke, cujo rosto ainda estava vermelho e cujos olhos tinham um tom róseo e enfermo.

Mesmo assim, ele se postou resolutamente entre Simon e Catareen. Disse: "Aí está ela".

"Aí está ela", respondeu Simon.

"Alguma coisa errada?", perguntou Luke.

"Não. O que estaria errado?"

"Só perguntei."

"Você não devia ter levantado", disse Simon. "Ainda está doente."

"Estou melhorando", disse Luke. "Peguei alguma coisa ruim na água, só isso. Ou talvez tenha sido aquela coisa que nós comemos. De todo modo, estou bem."

"Você não está bem. Catareen devia ter deixado você dormir."

Notou que o garoto e Catareen trocaram olhares cúmplices. Pareciam acreditar que compartilhavam algum conhecimento a respeito dele. Quando começara aquilo? Não disse nada, porém. Continuou dirigindo.

Denver, quando entraram nela, revelou-se uma série de avenidas largas fervilhando de humanos e nadianos. O ar vibrava com os vários propósitos invisíveis que eles carregavam. Cruzaram as ruas e rodaram junto às calçadas, passando pelas vitrines de pequenos negócios que tinham sido instalados nas antigas lojas e restaurantes. Arranha-céus vazios erguiam-se a perder de vista, com suas janelas rachadas ou despedaçadas. Alguns cidadãos andavam a pé. Alguns pilotavam cápsulas flutuantes, velhas e amassadas na maioria. Alguns andavam a cavalo. Luke disse: "O cavalo está de volta por aqui. Eles são mais confiáveis que as cápsulas flutuantes. Podem ir a mais lugares".

Avançavam lentamente devido ao trânsito. Luke apontou uma loja que no passado, de acordo com o que dizia seu desbotado letreiro dourado, fora chamada de Banana Republic e que agora abrigava uma taverna, uma barbearia e um bazar de miudezas. Diante da loja, um grupo de colonos nadianos carregava uma carroça puxada por um cavalo com sacas do que parecia ser algum tipo de semente.

Simon debruçou-se para fora da janela e perguntou aos motoristas de diversos veículos se eles tinham ouvido falar em Emory Lowell. Recebeu de volta apenas gestos de indiferença e olhares de perplexidade. Luke disse: "Vamos seguir sempre em frente. Se Gaya estiver no seu local habitual, ela vai saber".

"Gaya?"

"Um pouco de cor local. Ela era amiga da minha mãe. Sua área é mais adiante."

Pouco depois eles se aproximaram de uma mulher magra e idosa que estava em pé numa esquina falando sem parar e oferecendo aos transeuntes algo que parecia ser uma pequena tigela branca.

Luke disse: "Lá está ela. Estacione o carro".

Simon parou junto ao meio-fio como pôde, devido à multidão. Luke se debruçou sobre o colo de Catareen e botou a cabeça para fora da janela.

"Ei, Gaya", disse.

A mulher interrompeu seu falatório e olhou para Luke com

uma expressão de surpresa e irritação. Parecia ser alguém que não associava o som de seu nome sendo chamado com a chegada de boas notícias. Vestia um macacão de poliéster e um velho chapéu de pele de leopardo. Cachos de cabelo escuro e ouriçado escapavam por baixo do chapéu como sinais de pontuação de uma língua desconhecida.

"É o Blitzen", disse Luke.

Gaya se aproximou com desconfiança da janela do trailer. Olhava de soslaio, como se Luke emitisse uma luz dolorosa.

"Você cresceu", disse ela.

"Como todo mundo. Você conhece Emory Lowell?"

"Já ouvi o nome, sim."

"Sabe onde ele mora?"

"Por aí em algum lugar."

"O que está vendendo?"

Gaya olhou gravemente para a tigela. "Blitzen", disse ela, "isto é uma peça de museu. Foi só por um grande acaso que ela veio parar nas minhas mãos, e se não fosse pelas minhas despesas médicas eu nunca pensaria em vendê-la..."

"Quanto?", perguntou Luke.

"Bem, eu tenho pedido vinte yens, o que evidentemente é um preço ridiculamente baixo, mas já que você e eu..."

"Dê-lhe vinte yens", Luke disse a Simon.

Simon vasculhou seus bolsos à procura de dinheiro. Gaya disse: "Ei, eu posso dar uns yens de desconto para você. Quero dizer, levando em conta que...".

"Não. Vinte é mais do que razoável", respondeu Luke. "Simon, você tem vinte aí?"

Simon tirou uma nota de vinte do bolso. O garoto arrancou-a da sua mão. Disse: "Então. Você pode nos ajudar a encontrar Emory Lowell?".

Gaya respondeu: "Vão em frente por dez ou onze quadras,

depois virem à direita e sigam por uns oito quilômetros. Virem à esquerda no Centro Comercial Gigante Bondoso. Continuem até avistar um par de abetos azuis, cada um de um lado da rua. Então vocês estacionam o carro e caminham em direção ao oeste".

"Obrigado. Aqui estão os vinte."

Gaya pegou o dinheiro e estendeu a tigela para Luke. Perguntou com desânimo: "Como vai sua mãe?".

"Não sei dizer. Se ela passar por aqui, diga-lhe que me viu. Diga-lhe que estou bem."

"Pode deixar."

Simon tirou o carro do meio-fio e acelerou. Luke sentou com a tigela no colo. "Porcaria", disse.

"Parece antiga", disse Simon.

"Se chegou ao nível de Gaya, é lixo. Pode acreditar."

"O que há de mais comum, mais ordinário, mais fácil e acessível sou Eu", disse Simon.

Simon seguiu as orientações de Gaya. Saíram da área densamente povoada, passando por conjuntos cada vez mais esparsos de casas vazias, que por sua vez deram lugar a um deserto castanho que um dia tinha sido ocupado por fazendas. Logo viram os abetos gêmeos adiante, tal como Gaya havia descrito. Diante das árvores, uma turma de crianças e um cavalo surgiram no meio da estrada, imprecisos por causa das ondas de calor que subiam do concreto.

Luke, àquela altura, tinha adoecido de novo. Estava meio adormecido, com sua cabeça em forma de sopeira no lugar onde seu tórax deveria estar. Ergueu-se o suficiente para ver as crianças e o cavalo na estrada.

"Você simplesmente deveria passar por cima deles", murmurou.

"Você não é um cristão, ao que consta?", perguntou Simon.

"Sou um cristão. Mas não sou bobo." Caiu de novo em sua sonolência febril.

À medida que se aproximavam, Simon pôde ver que eram cinco crianças: duas meninas montadas num peludo cavalo marrom, uma menina e dois meninos a pé ao lado.

Das duas meninas que estavam sobre o cavalo, uma era humana e a outra nadiana. Das outras três crianças, duas eram nadianas e uma humana. A mais velha, uma garota humana, tinha provavelmente doze ou treze anos. A mais nova, uma nadiana, não teria mais do que quatro.

Simon parou o trailer. As crianças ficaram numa ligeira expectativa, como quem espera por um trem. Simon debruçou-se na janela e disse olá para elas.

A menina nadiana montada no cavalo usava um par de asas de cartolina desbotada, presas às suas costas estreitas com duas sujas correias elásticas. A menina humana atrás dela estava sentada com suas pernas brancas e esqueléticas em posição de lótus e seus braços magros agarrados à cintura da menina nadiana.

A menina nadiana com asas disse: "Vocês estão atrasados".

Estavam todos mais ou menos nus. Um dos meninos nadianos tinha de alguma forma atado duas rosas de plástico a seu peito de criança e vestia uma saia feita de capim. A menina humana em pé ao lado do cavalo carregava uma lança que parecia consistir de uma lâmina de faca afixada à ponta de um taco de bilhar.

A menina com a lança disse: "Vocês quase chegaram tarde demais".

O cavalo mantinha-se estóico, abanando a enorme cabeça. Seus olhos eram círculos líquidos de um negro brilhante.

"Estamos à procura de Emory Lowell", disse Simon.

"Nós sabemos", respondeu a nadiana montada no cavalo.

"Por que outro motivo vocês viriam?", disse a menina humana.

Luke se ergueu o bastante para dizer: "Isso está me parecendo muito esquisito".

Simon disse: "Vocês podem nos levar até ele?".

"Claro que podemos", respondeu a menina nadiana.

"Vocês vão ter que deixar o carro", disse a humana.

"Não sei se devemos deixar o carro", disse Luke.

"Fique quieto", disse Simon.

Simon, Catareen e Luke saíram do trailer e se aproximaram do grupo de crianças. O cavalo resfolegou, balançando verticalmente a cabeça como que em anuência a seu próprio devaneio.

"Para o quê, exatamente, estamos atrasados?", perguntou Simon.

"Não seja tolo. Venha."

As crianças os conduziram ao longo da estrada por uma certa distância, depois entraram num descampado. Simon carregava Luke, que acordava de quando em quando e sussurrava: "Não tenho muita certeza sobre isso".

Passaram por um conjunto de árvores e depararam com um agrupamento de construções no sopé de um morro baixo e coberto de relva. Aquilo tinha sido uma fazenda. Havia um celeiro e uma austera casa branca de madeira, além de um punhado de pequenas cúpulas brancas que pareciam moradias. Mais adiante, uma cadeia de montanhas cor de lavanda recortadas contra o céu pálido.

Uma nave espacial estava pousada entre a casa e o celeiro. Era uma das antigas, uma forma oval com uns cinqüenta metros de comprimento, equilibrada sobre três pernas de aranha que tinham se mostrado inseguras e sido substituídas por uma haste hidráulica central nos modelos posteriores. Tinha pelo menos trinta anos de idade. Reluzia melancolicamente ao sol.

"De onde veio isso?", perguntou Simon.

"Está aqui desde sempre", disse um dos meninos. "Está quase pronta."

Pronta para ir para o ferro-velho, pensou Simon.

"Vamos levar vocês direto ao Emory", anunciou a menina nadiana alada.

Ela os conduziu ao celeiro, uma construção pesada e matronal da cor do tabaco, com uma brilhante luz branca vazando de suas afetadas janelinhas. As meninas desmontaram do cavalo e abriram a grande porta de correr de madeira.

O celeiro estava cheio de equipamentos de navegação, todos com décadas de idade. Luzes piscavam em painéis. Um velho vid mostrava a nave espacial, com dados passando em legendas no canto inferior da tela. Trabalhadores estavam sentados diante dos painéis. Alguns eram humanos e outros nadianos. Vários deles vestiam aventais brancos de laboratório; outros trajavam jalecos ou ternos desleixados de poliéster. Uma pequena nadiana estava debruçada sobre um teclado, vestida com um quimono estampado com pálidos crisântemos verdes.

Um homem negro ergueu os olhos para eles quando entraram. Os outros continuaram entretidos no trabalho. O homem se aproximou. Devia ter uns setenta anos. Uma cascata de barba cor de fumaça derramava-se sobre seu peito. Usava um surrado chapéu de abas largas enterrado até as eriçadas sobrancelhas grisalhas.

"Olá", disse ele. "O que temos aqui?"

A menina alada respondeu: "Peregrinos que encontramos na estrada".

O homem disse: "Não recebemos muitos viajantes. Estamos um tanto fora do caminho conhecido".

"Entendi", respondeu Simon.

"Meu nome é Emory Lowell."

Os circuitos de Simon zumbiram. A sensação era parecida

com a que lhe havia ocorrido quando viu Catareen em pé na beira do lago. Disse: "Agressor que me prende com força e que eu prendo com força! Machucamos um ao outro como se machucam a noiva e o noivo".

Emory encarou Simon com ávidos olhos de fera.

"Oh, senhor", disse. "Você é um dos meus, não é?"

"Acho que sim", disse Simon.

"Veja só. Eu temia que tivessem exterminado a série toda. Mas aqui está você."

"Aqui estou eu", disse Simon.

"Notável. Você é o único, sabe? Implantei uma dúzia deles. Suponho que todos os outros tenham sido desativados."

"Marcus foi."

"Não sou bom para nomes."

"Ele era um de nós."

"E não está mais conosco."

"Era meu amigo. Quer dizer, viajamos juntos. Eu precisava dele para maximizar minhas próprias chances."

"Sinto muito por sua perda", disse Emory.

"O que vai acontecer em 21 de junho?"

"É quando partiremos para o novo mundo."

"Que novo mundo?", disse Luke.

"Vou nos levar a um outro planeta."

"Naquela lata velha?", disse Luke, olhando com sarcasmo para a nave espacial.

"É velha. Mas não é uma lata velha. Vai servir muito bem."

"É o que você diz."

"Por que você queria que viéssemos aqui em 21 de junho?", perguntou Simon.

"Concebi as coordenadas anos atrás. O dia 21 de junho deste ano é quando os alinhamentos orbitais atingem seu ponto ótimo. Introduzi um dispositivo de volta ao lar no lote final produzido, antes que a Biologe me liquidasse. Eu julgava que, se um de vocês conseguisse retornar a tempo, o mínimo que eu poderia fazer seria levá-lo comigo."

"Você quer que eu vá com você a outro planeta?"

"Você certamente é bem-vindo. Você e seus amigos."

"Que tipo de outro planeta?", perguntou Luke.

"Ah, bem, tenho muita coisa a lhes contar, não é? Primeiro, quero que conheçam minha mulher."

Virou a cabeça para trás e lançou um olhar à área de trabalho. Disse: "Othea, quer vir aqui um instante, por favor?".

Parecia estar se dirigindo à mulher nadiana vestida de quimono. Ela não tirou os olhos de seu painel. "Ocupada", disse.

"Só um instante. Por favor."

A nadiana se levantou a contragosto e se aproximou. "Francamente", disse ela. "Você tem idéia do pouco tempo que falta?"

"Temos visitas", disse Emory.

"A esta altura?"

"Temos lugar para eles."

A nadiana ficou em pé ao lado de Emory. Tinha um ar de intenção feroz. Sua pequena cabeça verde emergia da gola do quimono como se fosse uma idéia sensata que o próprio quimono estivesse tendo.

"Esta é Othea", disse Emory. "Minha mulher."

Othea estendeu o pescoço para a frente e olhou intensamente para Catareen. Disse: "Cria dossa Catareen Callatura?".

Catareen hesitou. Disse: "Lup".

Emory disse: "Vocês se conheciam?".

Othea disse: "Não, nunca nos tínhamos visto. Oof ushera do manto".

Catareen curvou a cabeça. Seria um gesto de reconhecimento ou de vergonha? Othea deu um passo em direção a Catareen e pôs a mão direita na testa da outra. Catareen retribuiu o gesto.

Othea disse: "Esta é uma grande guerreira. Eu a conheço há muitos anos".

Catareen respondeu: "Faço o meu trabalho".

Luke disse: "Que tipo de guerreira?"

A nadiana o ignorou. Disse a Catareen: "Oona napp e cria dossa?".

"O quê?", disse Luke.

Othea disse: "Perguntei a ela em que estágio está".

Catareen respondeu: "Seis semanas. Ou sete".

"Você está grávida?", perguntou Luke.

"Não."

"Eles não sabem?", disse Othea.

"Não sabemos o quê?", perguntou Luke.

Catareen então ficou muda e sem expressão, o que evidentemente não era uma surpresa.

Othea disse: "Bem. Todos vocês parecem necessitados de uma refeição e algum repouso. Emory, por favor cuide das nossas visitas. Não posso mesmo deixar o trabalho".

"Claro", disse Emory.

Othea olhou mais um pouco para Catareen. Disse: "É uma honra".

"Honra minha", respondeu Catareen.

Emory e as crianças levaram Simon, Luke e Catareen para fora do celeiro e atravessaram com eles o pátio de terra até a casa da fazenda. O lugar parecia uma reconstrução de meados do século, com sua varanda de balaústres rendilhados, sua aguda empena estilo Grant Wood. O celeiro podia ser genuinamente antigo, ou então era uma imitação especialmente bem-feita. A casa era de pouco valor, com suas venezianas e ornamentos simplificados e um pouco grandes demais. Parecia uma casa em miniatura que, de algum modo, tivesse sido ampliada para o tamanho natural.

Disposta atrás da casa estava uma aldeia de cúpulas, um agrupamento de moradias brancas infláveis e Insta-Casas de várias idades, nenhuma delas nova, nem limpa. Do outro lado da aldeia um jardim abandonado definhava e torrava ao sol. Parecia o acampamento de verão de um bando particularmente dissoluto e desalentado de esquimós.

Enquanto caminhavam, Emory pôs a mão com familiaridade no braço de Simon.

Emory disse: "Tenho tanta coisa para lhe perguntar".

Simon ansiara por respostas, não perguntas. "Eu também tenho uma ou duas coisas para lhe perguntar", disse.

Luke caminhava ao lado de Catareen, um pouco à frente de Simon e Emory. "Então que história é essa de grande guerreira?", disse ele.

Catareen não respondeu.

Emory introduziu-os na casa da fazenda. Disse: "Há camas no andar de cima. Talvez seja bom levar o garoto para lá e deixá-lo dormir um pouco".

"De jeito nenhum", disse Luke.

"Luke..."

"Estou com fome. Morrendo de fome. Todos nós estamos. Tem alguma coisa para comer?"

"Claro", disse Emory. Conduziu-os pelo vestíbulo até uma cozinha. Passaram pelo que havia sido uma sala de estar e agora era um escritório com duas escrivaninhas, uma de aço e outra de plastimorph. Afastadas para um canto estavam duas poltronas esfarrapadas e um armário com portas de vidro que abrigava uma colorida e brilhante coleção de objetos disparatados. Simon reconheceu-os: um Chia Pet em forma de carneiro, tubos coloridos de balas PEZ, uma garrafa plástica cor-de-rosa de sabonete líquido Mr. Bubble, uma estatueta de borracha do Alce Alceu num traje de banho listrado do século XIX.

A cozinha era igual a uma cozinha de cinqüenta anos atrás. Tinha um forno atômico, uma unidade de refrigeração e uma pia com torneira de rosca. Poderia estar em exposição num museu histórico.

"Sentem-se, por favor", disse Emory, indicando uma surrada mesa de madeira cercada de cadeiras que não combinavam entre si. A mesa estava coberta com uma toalha com estampas de bules dançantes.

Simon, Catareen e Luke sentaram-se. Emory depositou na mesa três copos e uma jarra do que parecia ser um chá. Apanhou ovos e toucinho no refrigerador.

Disse: "Hoje, evidentemente, é dia 20. Vamos partir amanhã".

Enquanto falava, quebrou os ovos numa tigela. Colocou fatias de toucinho numa grelha.

Luke perguntou: "E esse novo planeta é...".

"Nós o chamamos de Paumanok. Vamos levar trinta e oito anos para chegar lá. Alguns de nós já não estarão vivos quando a nave pousar."

"Eis o porquê das crianças."

"Sim. E são nossas crianças. Iríamos naturalmente querer levá-las conosco."

Emory despejou os ovos numa frigideira. Disse: "Consegui a nave com os Jeovás. Eles venderam a frota toda depois que as coisas degringolaram com a HBO".

"E o que você sabe, exatamente, sobre o planeta em questão?", perguntou Simon.

"É o quarto planeta do seu sistema solar. Tem mais ou menos a metade do tamanho da Terra. É provavelmente de clima temperado e com quase certeza tem uma atmosfera respirável. Não sabemos se lá existe vida ou não."

"E qual é o pior cenário possível?"

"Bem. Pode ser inteiramente desolado. Pode ser demasiado quente, ou demasiado frio, para permitir a existência de vida. Há, claro, uma margem estreita a esse respeito. Mesmo uma pequena variação poderia tornar o lugar inabitável."

"E se você chegar lá e descobrir que é inabitável?"

"Estaremos lá. Não há como retornar."

"Entendi."

"Tivemos visões", disse Emory.

"Visões."

"Eu, Othea e alguns dos outros. Temos visto um mundo de montanhas e rios. Vemos enormes árvores cheias de frutas. Vemos pássaros de cores brilhantes e animais pequenos e inteligentes que são como coelhos. Tive a primeira visão desse tipo vários anos atrás, e quando falei a Othea sobre isso ela confessou que tivera uma visão semelhante, meses antes, mas não a mencionara."

"Isso é muito nadiano", disse Simon.

"Quando falei com o grupo a respeito, dois outros, uma criança e um velho, deram um passo adiante e disseram que eles também tinham imaginado esse mundo exatamente do mesmo modo. Desde então as visões se apresentaram a muitos de nós, em momentos inesperados. São sempre as mesmas, mas se expandem sem parar. Na semana passada fui visitado pela imagem de uma pequena aldeia de pescadores à beira de um mar vasto, embora eu não pudesse ver coisa alguma de seus habitantes. Twyla, a segunda criança mais velha do grupo, viu claramente uma chuva morna que caía com ímpeto todas as tardes e durava menos de uma hora, depois do que o céu ficava claro e brilhante de novo."

Simon lançou um olhar a Luke e Catareen. Catareen (é claro) estava sem expressão. Luke, porém, lançou de volta um olhar significativo. Louca. Essa gente é louca.

"Compreendemos que é um risco", continuou Emory. "É

um risco que estamos todos dispostos a correr. Preferimos isso a permanecer aqui. Todos nós. Vocês são bem-vindos para vir conosco, se decidirem que também estão dispostos a correr o risco."

"Vamos ter que pensar sobre isso, não vamos?", disse Simon.

"Vocês têm umas trinta horas para decidir. Aqui está, então. Sua comida está pronta."

Quando acabaram de comer, Emory levou-os para o andar de cima e conduziu-os aos quartos que eram brancos e austeros, cada um deles contendo apenas uma cama dobrável e uma cadeira de madeira. Luke e Catareen se acomodaram. Simon pediu para falar em particular com Emory.

"Certamente", disse Emory. "Suponho que você e eu temos algumas coisas a discutir, não é mesmo?"

Saíram da casa e cruzaram o pátio da fazenda, onde as crianças estavam entretidas em algum tipo de jogo barulhento e belicoso ao qual o cavalo assistia com atenção sonolenta e olhos impassíveis, abanando o rabo. Mais além das crianças, a nave espacial erguia-se como um titânico molusco prateado, delicadamente equilibrado sobre as delgadas patas mecânicas que haviam se revelado insuficientemente estáveis em três de cada cinco pousos.

"Twyla ama aquele cavalo", disse Emory enquanto eles passavam pelas crianças. "Ela fica insistindo que podemos levá-lo conosco."

"Paumanok", disse Simon.

"Pareceu um nome tão bom quanto qualquer outro."

"Partindo da Paumanok em forma de peixe onde nasci... solitário, cantando no Oeste, eu saúdo um Novo Mundo."

"Sim, sim."

Passaram pelo celeiro, entraram num campo salpicado de trevos púrpura.

"Por que o chip de poesia?", perguntou Simon.

"Todo mundo adora poesia."

"Sem essa."

"Está bem. Eu me deixei arrebatar quando projetei vocês. Vocês foram concebidos para ser vigorosos e confiáveis. Obedientes. E inofensivos. E desprovidos de reações emocionais."

"Entendi."

"As primeiras tentativas foram seriamente defeituosas."

"Ouvi dizer."

"Certas qualidades se alojavam nas linhagens de células. Isso surpreendeu todo mundo. Havia no genoma, conforme descobrimos, alguns pontos obscuros muito difíceis de detectar, pequenos indicadores e fatores que produziam, bem... resultados inesperados. Os primeiros *símulos* experimentais eram suicidas. Desesperador. Tentamos consertar isso com um chip de sobrevivência. Então a segunda fornada acabou se revelando daquela espécie de assassinos eufóricos. Eles estavam em êxtase o tempo todo. Eram tão exageradamente felizes que se tornavam violentos. Como se a sua felicidade não pudesse tolerar outra forma de extravasamento. Um deles retalhou um técnico de laboratório, rindo e falando confusamente sobre o quanto amava o rapaz. Comeu seu fígado. Isso foi encoberto."

"Claro."

"Éramos arrogantes. Subestimávamos a complexidade do genoma. Continuamos descobrindo que, sempre que tentávamos eliminar uma qualidade, outra, que parecia totalmente desvinculada dela, surgia de forma inesperada com uma intensidade dez vezes maior que a normal. Francamente, se tivéssemos previsto de modo adequado as dificuldades, desconfio que nunca teríamos feito vocês. Mas, uma vez que havíamos começado, não podíamos parar. Não, *eu* não podia parar. Outros tiveram o bom senso de simplesmente cancelar os experimentos e classificar a coisa toda como uma idéia interessante que não funcionou."

"Você pensa em mim como um experimento", disse Simon.

"Não tive a intenção de ofendê-lo."

"Continue."

"Pois bem. No terceiro projeto, eu lhes dei poesia."

"Por quê?"

"Para regular vocês. Para eliminar os extremos. Eu poderia estabelecer um limite para suas faculdades agressivas, poderia programá-los para ser úteis e bondosos, mas eu queria lhes dar também algum senso moral. Ajudá-los a lidar com eventos que eu não podia prever. Julgava que, se vocês fossem programados com a obra de grandes poetas, estariam mais aptos a avaliar as conseqüências de suas ações."

"Você programou cada um de nós com um poeta *particular*."

"Sim. Pensei que talvez fosse menos confuso para vocês assim. Em algum lugar por aí há um Shelley, um Keats, um Yeats. Ou havia. Eu me pergunto o que foi feito deles."

"Havia uma Emily Dickinson também", disse Simon.

"Sim. Havia."

Simon disse: "Eu tenho...".

"O que é que você tem, meu filho?"

"Não sou seu filho."

"Desculpe. Modo de dizer. O que você tem? Conte para mim."

"Tenho a sensação de que falta alguma coisa. Alguma espécie de... Não sei. Envolvimento. Intensidade. Catareen chama de stroth."

"Continue."

"Sinto como se os biológicos chafurdassem nisso. Quero dizer, a coisa cai sobre eles como chuva, e eu caminho pelo mundo numa roupa espacial. Consigo ver tudo com clareza, mas não chego a me conectar intimamente."

"Isso é muito interessante."

"Francamente, eu estava esperando um pouco mais do que isso de você."

"É a poesia, não é? Todos aqueles chamados e louvações correndo pelos seus circuitos. Suas pobres sinapses não estão à altura disso, suponho."

O amortecimento começou de novo. Não, era a nova sensação, aquela coisa elétrica flutuante, hipnótica.

Simon disse: "Estou exposto... cortado pelo amargo e envenenado granizo".

"Você está bem?", perguntou Emory.

"Não. Alguma coisa está acontecendo comigo."

"O quê?"

"Ultimamente tenho tido sensações estranhas. Como quando meu dispositivo antiagressividade é acionado, mas diferente. Mais suave ou algo do tipo."

"Eu sempre me perguntei se emoções verdadeiras poderiam acabar desabrochando em você. Se suas conexões poderiam começar a se inflamar, dados os estímulos apropriados."

Simon disse: "Sou grande, contenho multidões".

"Sabe", disse Emory, "eu poderia provavelmente trabalhar um pouco mais em você. Se você e os outros quiserem vir conosco, poderei fazer alguns ajustes a bordo. Agora não há tempo, mas haverá tempo de sobra durante a viagem. Tempo é o que não vai faltar."

"Você acha que pode me modificar?", perguntou Simon.

"Eu ficaria feliz em fazer uma tentativa."

"O que acha que poderia fazer?"

"Vou ter que mexer um pouco aí dentro. Provavelmente eu poderia anular alguns comandos, desprogramar a aversão à violência. Desconfio que ela iniba seu sistema nervoso. Eu poderia também alargar algumas vias no seu córtex cerebral. Embora eu tenha que dizer: as coisas parecem estar acontecendo por conta própria. Talvez seja melhor simplesmente esperar e ver o que vai acontecer."

Simon ficou contemplando a fazenda e a espaçonave prateada. Disse: "Uma criança perguntou...".

Emory uniu-se a ele. Os dois disseram em uníssono: "*O que é a relva*? trazendo-a para mim com as mãos cheias; como eu poderia responder àquele menino? Ignoro tanto quanto ele o que ela é".

Quando voltaram à fazenda, Othea esperava por eles diante da porta do celeiro. Ela disse a Emory, enquanto se aproximavam: "Por favor, não desapareça por aí desse jeito. Não hoje".

"Simon e eu tínhamos umas coisas a discutir."

Othea dirigiu um breve olhar cor de laranja a Simon. Disse a Emory: "Tem uma questão quanto às coordenadas do lançamento. Não acho que seja algo grave, na verdade, mas Ruth está meio confusa lá dentro. Ela precisa que você a oriente a respeito".

"Com prazer", disse Emory. "Simon, por favor me dê licença."

Othea voltou a encarar Simon. Disse: "Você sabe quem é Catareen Callatura?".

"Sei quem ela é para mim", respondeu Simon.

"Ela é um membro da resistência em Nourthea. O rei, como talvez você saiba, governa de modo absoluto. Eles tomam tudo o que as pessoas conseguem cultivar ou construir."

"Catareen se sublevou?"

"Ela fazia parte de um grupo de mulheres que se recusou a entregar metade de sua colheita. Ela era componente do primeiro grupo, e elas organizaram outros. Ela não lhe contou?"

"Ela não me conta nada. Presumi que fosse um costume nadiano."

"Eles executaram os maridos e os filhos das mulheres."

"O quê?"

"Em público. E então baniram as mulheres para a Terra."

"Catareen foi deportada?"

"Ela não lhe contou nada mesmo, não é?"

"Absolutamente nada."

"Há mais uma coisa."

"O que é?"

"Vou lhe contar, porque acho que você talvez seja capaz de ajudá-la, se souber. Ela está no fim do seu ciclo de vida."

"O quê?"

"Fiquei surpresa só pelo fato de vê-la viva. Tenho certeza de que as outras estão mortas. Ela deve ter, vejamos, bem mais de cem anos de idade."

"Ela é velha?"

"Muito. Envelhecemos de modo diferente. Não declinamos gradualmente. Somos vitais e produtivos até o fim, e então nos deterioramos de modo bem rápido. Havia um peixe chamado salmão, acho. É um pouco assim que acontece conosco."

"E Catareen está morrendo?"

"Ah, sim. Eu soube no momento em que a vi. Sua coloração. Ela se tornou verde brilhante."

"Quanto tempo vai demorar?"

"É difícil dizer com exatidão. Pode ser uma semana. Pode ser até um mês todo."

Simon voltou para a casa da fazenda. Subiu as escadas e entrou no quarto designado a Catareen. Ela estava deitada na estreita cama branca. Parecia estar dormindo.

"Ei", disse ele. Não com a suavidade que pretendera.

Ela abriu os olhos. Não respondeu.

"Você está morrendo?", perguntou ele.

"Sim."

"Você está *morrendo*, porra?"

"Eu disse."

"Bem, sim, tecnicamente você disse. Mas alguns detalhes complementares seriam úteis, não acha?"

"Não."

"Qual é o problema com você?"

"Morrendo", disse ela.

"Não foi isso o que eu quis dizer."

"Morrendo", disse ela de novo.

"É por isso que você às vezes fica catatônica?"

"Para conservar energia."

Ele avançou e ficou em pé ao lado da cama. Ela parecia tão pequena contra o lençol branco.

Ele disse: "Mataram seu marido e seus filhos lá em Nadia".

"Netos também."

"E mandaram você para cá."

"Sim."

Ela fechou os olhos.

"Catareen", disse ele.

Nenhuma resposta. A cabeça dela parecia uma pedra cinzelada, com linhas formando a boca e os olhos, buracos fazendo as vezes de narinas. Só as narinas denunciavam o fato de que se tratava de um ser vivo. Elas vibravam com sua respiração. Revelavam pálidas sugestões de brilho interior, como círculos de jade iluminado.

"Catareen", disse ele. "Não sei o que fazer por você. Não sei o que lhe dizer. Sinto que não sei coisa alguma sobre você. Absolutamente nada."

Ela não abriu os olhos. A conversa terminava ali.

Mais tarde, no jantar, Simon e Luke foram apresentados ao restante do grupo. Luke dava a impressão de ter se restabelecido. Catareen parecia preferir ficar na cama, até onde era possível interpretar suas preferências.

Para o jantar, todos estavam reunidos em torno de uma mesa comprida colocada sob a grande árvore que ficava a leste da casa. Havia dezessete deles: doze adultos e cinco crianças; oito nadianos e nove humanos.

Othea sentou-se numa das cabeceiras da mesa, ao lado de Emory. Segurava nos braços o décimo oitavo membro do grupo — um bebê, metade nadiano, metade humano.

Simon nunca vira um ser como aquele antes, embora tivesse ouvido rumores. A pele do bebê era da cor de um talo de aipo. Ela (era uma menina) tinha os grandes olhos redondos e as inquietas narinas nadianas, mas nela os olhos eram cor de café com leite e o nariz um pequeno bico que lembrava o nariz de Emory, no qual as narinas se empoleiravam como ouriços-do-mar num pedaço de rocha. Tinha orelhas perfeitamente humanas, mas em miniatura, como minúsculas conchas. No topo de sua lisa cabeça verde erguia-se uma agitação sedosa de finos cabelos cor de ouro branco.

Emory disse aos outros: "Parece que temos dois novos membros. Tenho a grande honra de lhes apresentar Simon e Luke e de expressar minha esperança de que eles aceitem meu convite para nos acompanhar em nossa jornada a Paumanok".

Houve aplausos esparsos e um murmúrio geral de saudação. A bem da verdade, Simon não considerava a companhia especialmente promissora. Os humanos, em sua maior parte, tinham uma aparência bastante desanimada. Uma mulher (a tal Ruth, que estava tendo problemas com as coordenadas do lançamento) era amarelada e obesa, usava um surrado chapéu de sol e o que pareciam ser cordões de pequenos sinos de prata em torno do pescoço. Outro, um homem de idade indeterminada com um grande bigode retorcido cor de ferrugem e um queixo ligeiramente menor que um damasco, sacudia sua grande cabeça quadrada e dizia: "Bem-vindos, amigos, bem-vindos, amigos, bem-vindos, amigos". Os nadianos eram mais contidos no vestuário e no repertório de gestos, mas também eles pareciam possuir um vago aspecto de excentricidade. As duas mulheres eram austeras e caladas. Os homens, três deles, tinham uma expressão de grande avidez, incomum entre os nadianos. Sentavam juntos, cochichavam uns com os outros e explodiam em acessos ocasionais de risada ruidosa, durante os quais socavam as costas magras uns dos outros e juntavam as delgadas palmas das mãos.

Aqueles, então, eram os peregrinos. Aqueles eram os enviados a um novo mundo.

No meio do jantar, Luke inclinou-se para Simon e sussurrou: "Bizarrolândia, Estados Unidos".

"Shh", fez Simon. Voltou a atenção para a pessoa sentada à sua esquerda, uma jovem cientista humana de pele escura chamada Lily, que tingira o cabelo de laranja e tinha runas de alguma espécie tatuadas nas bochechas e na testa, e parecia não se dar conta de que ficar ouvindo um monólogo interminável sobre hidráulica de elevação no espaço sideral talvez não fosse a idéia de Simon de um modo interessante de passar o jantar.

Quando o jantar acabou, os adultos retomaram seu trabalho e as crianças se espalharam pelo pátio da fazenda. Simon e Luke permaneceram à mesa com Emory, Othea e o bebê.

Emory disse: "Eles são um pouco estranhos, eu sei. Mas têm bom coração".

"Tenho certeza disso", respondeu Simon.

"Eu tinha o dobro desse contingente quando comecei. Mas as pessoas recuperam o juízo. Encontram outras coisas para fazer. Apaixonam-se por alguém que não quer deixar a Terra para sempre."

Luke disse: "Você quer mesmo nos levar com vocês?".

"Tem lugar. E, Simon, espero que você não se ofenda se eu disser que um jovem como Luke será particularmente bem-vindo. Os adultos que sobreviverem à viagem estarão bastante velhos quando pousarmos em Paumanok."

O bebê gorgolejava no colo de Othea. Ela embalava a criança com uma insistência que Simon reconheceu como tipicamente nadiana. Ela disse: "Precisamos da gama mais diversa possível de genes entre nossos membros mais jovens".

Luke disse: "Então, basicamente vocês estão interessados na minha juventude e no meu DNA".

"Você é Exedrol, certo?", perguntou Othea.

"Sou."

"As deformidades não são passadas adiante geneticamente. Sabia?"

"Ahn-hã."

Simon disse: "Eu também, Sombra altiva, canto a guerra, e uma guerra mais longa e grandiosa que qualquer outra". Não pretendera falar tão alto.

"Ela não teve intenção de ofender", disse Emory. "Teve, Oth? Os nadianos são um pouco mais diretos que nós, só isso."

"Acho que simplesmente não tenho traquejo para a discrição", respondeu Othea, sem parar de balançar seu bebê com uma urgência que Simon só podia torcer para que não fosse danosa a longo prazo, de algum modo imprevisível. "A certa altura eu simplesmente decidi desistir de tentar."

"Acho muito interessante", Emory disse a Simon, "que você se ofenda com tanta facilidade. Não está na sua programação."

"Minha voz vai em busca do que meus olhos não podem alcançar", disse Simon.

"Para falar a verdade", disse Luke, "ser desejado por causa da minha juventude e do meu DNA não me incomoda nem um pouco. Caso alguém se interesse pelo que eu penso."

"Todo mundo se interessa pelo que você pensa", disse Simon.

Luke disse a Emory: "Ele não tem um apego particular à verdade. Você acha isso peculiar?".

"Muito", respondeu Emory.

"Por favor, não falem a meu respeito como se eu não estivesse aqui", disse Simon.

"Você está de fato fazendo grandes progressos", disse-lhe Emory.

"Vá se foder."

"Está vendo? O que foi que eu disse?"

Mais tarde, Simon sentou-se com Catareen no quarto dela. Emory e Othea tinham retornado ao trabalho. Luke se juntara às crianças em suas brincadeiras ao ar livre. Simon podia perceber por suas vozes que Luke introduzira certos aperfeiçoamentos e refinamentos e estava explicando por que tais mudanças eram necessárias.

Catareen estava dormindo. Ou fazendo aquela coisa que parecia ser dormir.

Simon lhe disse: "São malucos, sabe. A turma toda".

Ela abriu os olhos. Disse: "Você vai com eles".

"Não sei. Quero dizer, você pode imaginar o que é passar trinta e oito anos numa espaçonave com essa gente?"

"Você vai. Mais feliz lá."

"Por que está dizendo isso?"

"Eu sonho."

"O quê?"

"Aquele mundo. Eu sonho."

"O que você sonhou?"

"Você vai para montanhas. Modificado. Como deseja."

"Você sonhou comigo modificado, caminhando nalgum tipo de montanha?"

"Sim."

"Já havia tido um sonho como esse antes?"

"Não."

"E então você acha que devo ir com eles. Acha que eu devo passar os próximos trinta e oito anos numa espaçonave com aqueles idiotas porque você sonhou que eu seria mais feliz num outro planeta."

"Sim."

"Você também está louca."

Ela fez um tipo de som com a respiração que ele nunca ouvira antes, um modesto trinado de três notas.

"Você riu?", perguntou ele.

"Não."

"Riu, sim. Aquilo foi uma risada de verdade. Eu que me dane."

Ela fez o som de novo.

Ele se debruçou sobre ela. Disse: "Está sentindo dor?".

"Nenhuma dor."

"O que está sentindo?"

"Morrendo."

"Seja mais específica, por favor."

"Menos. Estou menos."

"Você sente que está menor."

"Quarto é grande. Brilhante."

"Sente como se o quarto tivesse ficado maior e mais brilhante."

"Sim."

"Eu pareço maior e mais brilhante?"

"E mais barulhento também."

Ele baixou o tom de voz. "Desculpe", disse.

"Não. Eu gosto."

"Você gosta que eu seja grande, brilhante e barulhento?"

"Sim."

Então ela fechou os olhos e apagou.

Simon desceu de novo para o térreo e foi para a varanda dianteira da casa da fazenda. O céu do início de noite era de um vermelho opaco, riscado de nuvens de um laranja vívido. Ele ouvia as vozes das crianças, mas não conseguia vê-las. Logo, porém, Luke entrou em seu campo de visão. Estava sendo perseguido por Twyla, que brandia a lança de taco de bilhar. Suas asas de cartolina farfalhavam às suas costas. Luke soltava gritos estridentes. Simon não conseguia saber se ele estava eufórico ou aterrorizado.

Quando Luke viu Simon, parou imediatamente de correr. Recuperou a compostura. Parecia querer dar a impressão de nunca ter corrido ou gritado na vida. Twyla também parou. Ficou examinando a ponta da lança, como se aquele tivesse sido sempre seu real objetivo, enquanto Luke se aproximava de Simon na varanda.

Luke disse: "Bizarrolândia, EUA".

"Ao que parece, você estava se divertindo bastante", respondeu Simon.

"Estou me misturando aos habitantes locais. Posso me fazer passar por quase qualquer coisa."

Subiu os degraus da varanda e postou-se ao lado de Simon, contemplando o céu que escurecia. Twyla permaneceu onde tinha parado, ajustando a faca na ponta do taco de bilhar.

Luke disse: "Estive pensando. Talvez eu queira ir com eles".

"Ahn-hã."

"Para falar a verdade, gosto da idéia de ser um participante valioso. Em vez de ficar, por exemplo, empacado em Denver de novo, sem dinheiro."

"Compreendo."

"E você?"

"Eles são um bando esquisito."

"Sem dúvida."

"Emory acha que poderia fazer algumas modificações em mim durante a viagem."

"Isso seria bom."

"Seria."

"E sabe", disse Luke, "eu vou querer ir se você for também. Você acabou ficando familiar para mim."

"Idem."

"O.k. Até mais tarde, então."

"Até."

Luke saiu da varanda e voltou para o lugar onde a pequena nadiana esperava por ele. Ela não ergueu a lança quando ele se aproximou. Conversaram em voz baixa. Simon não foi capaz de ouvir o que diziam. Saíram juntos, afastando-se da casa e do celeiro, em direção ao campo aberto.

Na manhã seguinte, Catareen estava mais distante. Parecia ainda menor na pequena cama branca. Estava deitada encolhida sobre o lençol, com os olhos fechados, respirando de modo rápido e superficial. Tinha as mãos dobradas sobre o abdome. As pernas estavam apertadas uma contra a outra. Parecia que estava tentando ficar tão pequena quanto possível, como se a morte fosse uma passagem estreita e ela tivesse que estar pronta para deslizar por ela.

À parte sua respiração apressada, não havia sinal de doença. Entretanto, ela minguava. Simon podia ver claramente. Não. Podia sentir. A carne estava intacta, mas ela encolhia, como se alguma força estimulante estivesse abandonando a superfície da pele e se recolhendo ao seu interior. Sua pele estava mais escura agora, de um esmeralda mais profundo. Emitia um brilho escorregadio, mineral. Estava se tornando algo inanimado.

Ela despertou, porém, quando Simon entrou no quarto. Seus olhos tinham mudado. Estavam desbotando, passando do laranja a um amarelo profundo e enfermiço, como gemas de ovos estragados.

"Bom dia", disse Simon. "Como está se sentindo?"

"Morrendo", respondeu ela.

"Mas sem dor."

"Não muita."

"Acha que pode comer alguma coisa?"

"Não."

"Não é marmota radioativa, você sabe."

"Eu sei."

Ficou em pé junto a ela. Mesmo ali, *in extremis*, havia a sensação de que eles estavam no meio de um relacionamento que não ia bem, mas que se recusava a acabar. Ele fez menção de pôr a mão na testa dela, mas julgou que ela provavelmente não iria querer. Além disso, seria um gesto vazio, uma expressão ritual de preocupação por aquele que sofre. Não fazia sentido realizar um gesto como esse para um nadiano.

Ele disse: "Mataram sua família e mandaram você para a Terra".

"Sim."

"Eu me pergunto..."

Ela esperou que ele terminasse a pergunta. Ele também esperou. Não sabia muito bem, ao lançar a frase, onde, exatamente, esperava que ela fosse dar, embora pudesse pensar numa série de possibilidades. *Eu me pergunto se é por isso que você é tão distante e estranha. Eu me pergunto se é por isso que você veio comigo.*

Eu me pergunto se você me ajudou porque se sente culpada pelo que causou a sua própria família.

Quando ficou evidente que ele não falaria mais nada, ela disse: "Simon?".

"Ahn-hã?"

"Janela."

"Você quer que eu feche a janela? Está muito frio aqui para você?"

"Não. Leve."

"Quer que eu leve você até a janela?"

"Sim."

"Claro. Sem problemas."

Ele hesitou quanto a como e onde tocá-la. Ela o ajudou erguendo seus longos braços à la Giacometti e colocando as mãos em torno do pescoço dele. Aparentemente, não era mais capaz de andar. Ele passou o antebraço direito por baixo das costas dela, e o esquerdo por baixo de suas coxas delgadas e vigorosas. Levantou-a.

Por um momento, ela se manteve separada dele. Era sutil, mas palpável. Ela se manteve brevemente como um ser dependente, mas reservado. Em seguida relaxou e entregou-se aos braços dele. Estava, ele pensou, fraca demais para fazer outra coisa.

De modo suave e cuidadoso (não tinha certeza se devia acreditar nela quando dizia que não estava sentindo muita dor), ele a carregou até a janela. A janela dava para o pátio de terra batida, ao fim do qual se erguia a árvore solitária que abrigara o jantar deles na noite anterior. Ele achava que era um olmo. Ou um carvalho. Não fora programado para identificar árvores. A árvore ficava bem no meio da paisagem, como uma sentinela. Para além dela o que havia era a vasta planície verde, brilhando ao sol matinal, em suspensão, sem vento e sem nuvens, como se toda aquela terra deserta estivesse esperando que começasse alguma coisa, soasse uma nota ou estalassem palmas. Mas havia principalmente a árvore, centro fixo, com sua copa cheia, tremeluzindo no silêncio expectante da manhã. Simon ficou pensando como aquilo deveria ser estranho para Catareen — aquele verde silêncio terrestre estendido sob aquele diáfano céu azul. O lugar de onde ela vinha era (a julgar pelos vids) quase só pedra e lama, cuja cor variava entre o preto, o chumbo e um opaco amarelo prateado, em meio às quais porções de musgo e samambaias escuras como algas marinhas tentavam abrir caminho, sob um céu eternamente nublado que gotejava uma suave e chuviscante meia-luz. Era também as aldeias instaladas de algum modo nas fendas e vales que surgiam aqui e ali entre as montanhas íngremes e de cumes nevados, abruptas como titânicas catedrais cinzentas e mortas, vastas afirmações impassíveis de rocha vulcânica e subsolos gelados que se erguiam sobre as cabanas e currais, os modestos quadriláteros de jardins estéreis, as minúsculas torres e campanários dos reis, réplicas em miniatura dos picos sombriamente resplandecentes.

Será que aquilo tinha sido lindo para ela? Teria ela sentido stroth lá?

Simon sustentou-a diante da janela que dava para a árvore. Poderia ter sido a árvore, e apenas a árvore, que ele trouxera Catareen para ver, embora evidentemente nem ele nem Catareen tivessem pensado nela, naquela árvore comum que abria sua copa sobre um pátio de terra igualmente comum. Era só agora, diante da janela, com a agonizante Catareen nos braços e a árvore tão perfeitamente centralizada na paisagem, que Simon compreendia que ela era de algum modo singular e misteriosa.

Disse: "Ímpeto, ímpeto, ímpeto, sempre o ímpeto procriador do mundo".

"Sim", disse ela.

Não disseram mais nada. Ele a segurava e ela olhava pela janela. O rosto dela estava mais brilhante sob a forte luz natural. Seus olhos pareciam ter retomado vestígios de suas profundezas familiares, seu laranja e seu âmbar. Ela pareceu, por um momento, mais viva, e ocorreu a ele que ela talvez estivesse experimentando uma inesperada ressurreição. Será que ser levada à janela era uma espécie de ritual de cura? Parecia possível. Não parecia impossível.

Então ele sentiu os braços dela se afrouxarem em seu pescoço. Compreendeu que mesmo aquilo era um esforço para ela. Perguntou suavemente: "Devo levá-la de volta à cama agora?".

"Sim", disse ela, e ele obedeceu.

O lugarejo pulsava com os preparativos de última hora. Humanos e nadianos corriam da casa ao celeiro e vice-versa. Os três homens nadianos, técnicos de algum tipo, subiam e desciam a rampa da espaçonave, entravam e saíam por seu portal com tamanha rapidez que pareciam estar apenas tocando uma meta preestabelecida e depois correndo de volta para fora, rindo, emitindo curiosos gritinhos, batendo as palmas das mãos sempre que passavam um pelo outro. Simon, sem nenhuma tarefa, vagava pela área. Emory estava na varanda da frente discutindo apaixonadamente com uma das mulheres nadianas (uma médica, ao que parecia) e com Lily, a cientista tatuada. O homem de bigode e queixo pequeno (cujo nome era Arnold) parecia ter sido encarregado de cuidar do bebê de Emory e Othea. Caminhava em círculos pelo pátio com a criança no colo, embalando-a e dizendo: "Miudinha, miudinha, miudinha". No celeiro, entre os painéis e teclados, Othea e a outra mulher nadiana esforçavam-se para acalmar a majestosa e desmazelada Ruth, que fazia seus cálculos de última hora em meio a um acesso inexplicável de choro, enquanto os sinos em torno de seu pescoço tilintavam suavemente.

Loucos, pensou Simon. Todos loucos. Embora, é claro, os passageiros do *Mayflower* provavelmente tivessem sido assim também: fanáticos, excêntricos e desajustados, partindo para colonizar um novo mundo porque o mundo conhecido não estava muito interessado em suas paixões furtivas e estranhas. Provavelmente tinha sido sempre assim, não apenas a bordo do *Mayflower*, mas nos barcos dos vikings; na *Santa Maria*, na *Pinta* e na *Niña*; nos primeiros comboios enviados para explorar Nadia, planeta sobre o qual os terráqueos haviam alimentado esperanças tão exageradas. Eram atos de malucos. Histéricos, visionários, pequenos criminosos. As odes e os monumentos, as placas e os desfiles, tudo isso veio depois.

Simon não conseguia sossegar. Não conseguia encontrar um lugar plausível para si próprio. Depois de se agitar de um lado para outro, tentando não obstruir o caminho, tentando não parecer tão ocioso quanto estava, deu de frente com Othea, que saía do celeiro. Falou com ela, embora soubesse que ela não iria gostar. Era algo que ele podia fazer. E tinha, de fato, uma ou duas perguntas a que só ela podia responder.

Disse: "Catareen está bastante fraca hoje".

"Sim", respondeu ela com impaciência. Ele desconfiou que ela o teria repelido sumariamente se ele tivesse puxado qualquer outro assunto.

"Existe alguma chance de ela se recuperar? Quero dizer, ela ainda pode ter um período bom antes de..."

"Não. Não há nenhuma melhora possível. Alguns demoram mais que outros, mas calculo que ela ainda possa resistir por algum tempo. Os indivíduos mais resistentes podem durar várias semanas."

"Decidimos seguir juntos."

"Ótimo. Agora, se me dá licença..."

"Catareen vai precisar de uma cama", disse Simon. "Talvez eu possa conversar a bordo com um dos técnicos e encontrar a melhor maneira de deixá-la confortável."

"Ah, ela não pode vir conosco."

"O que está dizendo?"

"Sinto muito. Pensei que você tivesse entendido. Nosso espaço é limitado. Prevemos certa mortalidade durante a viagem e procuramos nos adaptar a essa possibilidade. Mas não podemos carregar um cadáver por trinta e oito anos. Temo que isso esteja fora de questão."

"Então vocês pretendem abandoná-la aqui."

"Em pouco tempo ela nem saberá onde está. E não vai mais se alimentar, quaisquer que forem as circunstâncias. Vamos deixar um pouco de água para ela, por via das dúvidas, mas duvido que ela vá querer."

"Vão deixá-la morrer sozinha."

"Isso terá para ela um significado diferente do que talvez tenha para você. Os nourtheanos são mais solitários. Ela ficará bem. Acredite em mim."

"Claro."

"Agora você precisa mesmo me dar licença. Não pode imaginar quanta coisa ainda tenho que fazer."

"Sem dúvida."

Ela saiu andando apressadamente em direção à casa.

O dia passou. Luke por fim apareceu, montado no cavalo com Twyla. Parecia ter se juntado às crianças de uma maneira que implicava uma associação desprovida de confiança ou afeto. Simon os viu se aproximando do outro lado da casa. Luke estava sentado atrás de Twyla como um menino faraó, soberano e com expressão furiosa, enquanto as outras crianças vinham no rastro do cavalo, dando cambalhotas. Twyla conduziu o cavalo na direção de Simon e parou a poucos passos dele. O cavalo pestanejou e balançou a cabeça. Produziu um bufo cujo som lembrava vagamente a palavra *hunk* soprada num oboé.

Twyla disse a Simon: "Você gosta de cavalos?".

"Quem não gosta?", disse ele.

"Ao que parece, não haverá cavalos no novo mundo."

Certo, ela era maluca também. Ainda assim, tinha sua própria versão dos bruxuleantes olhos de lagarto de Catareen e de suas narinas nervosas e ondulantes. O olhar dela fez os circuitos de Simon zumbirem.

Ele disse: "Talvez já existam cavalos por lá".

"Nunca vou amar um cavalo que não seja Hesperia", anunciou Twyla. "Em planeta algum."

"Ah, sem essa", disse Luke.

"Não sei bem o que você quer dizer com isso."

"O que quero dizer é que é apenas um animal..."

Tywla fez o cavalo dar a volta e incitou-o a sair andando de novo. Enquanto eles partiam, seguidos pelas outras crianças, Simon ouviu Twyla dizer a Luke: "Você tem muito a aprender sobre o reino dos animais. Há tantas variações entre eles quanto em qualquer outra espécie de ser".

"Eles são comida. Qualquer ser que não é capaz de abrir uma garrafa e emprestar dinheiro é, por definição..."

Simon observou-os enquanto cavalgavam para longe. Compreendeu que prosseguiriam aquela conversa pelos próximos oitenta anos ou mais. Perguntou-se se Othea já tinha Luke em mente para Twyla. Perguntou-se se viriam a ter filhos.

Disse um adeus silencioso para Luke. Desejou-lhe boa sorte.

Retornou, por fim, ao quarto de Catareen. Não havia outro lugar para ele. Sentia-se mais calmo ali. Era o único lugar no qual ele parecia ser outra coisa que não um turista.

Ela dormia a maior parte do tempo. Ele se sentou na cadeira ao lado da cama, contemplando-a. Tentou imaginar a vida dela — sua longa vida, como ficara sabendo — antes de vir para cá. Ela talvez nunca tivesse sido, pensou, uma pessoa particularmente fácil. Devia ter sido sempre desafiadora e austera, mesmo para os padrões nadianos. Devia ter abrigado sempre uma privacidade tão profunda que era quase audível, como o silêncio de um poço. Suspeitava que o marido dela devia ter sido o mais amistoso do casal, o mais sereno e aberto. Simon os imaginou em casa, em sua choupana de pau-a-pique. O marido sempre recebendo bem as visitas, oferecendo cachimbos e bebidas fermentadas, aquecendo os aposentos com fogueiras que consumiriam uma lenha preciosa para eles.

Ele devia ter levado Catareen à exasperação. Sua prodigalidade teria suscitado incontáveis discussões, algumas bem-humoradas, outras ásperas.

Ainda assim, ela devia tê-lo amado.

Simon sabia disso, de algum modo. Era capaz de sentir a informação fervilhando em sua cabeça, cada célula se dividindo em duas, cada duas em quatro, cada quatro em oito.

Ali estava a longa união de Catareen. Ali estavam seus filhos, cinco deles, três meninas e dois meninos, eternamente indecisos sobre qual dos pais tinha mais culpa pelos erros e injustiças no interior da família. Ali estavam seus dias de trabalho. Ali estavam suas noites a dois, num colchão estofado de penas e feno. Ali estava uma tarde sem maiores conseqüências, quando Catareen parou à porta de sua choupana, contemplando sua aldeia, os picos abruptos mais adiante, o céu cor de estanho que logo despejaria sua chuva; ali estavam os sons de seus filhos em alguma brincadeira, misturados ao ritmo constante da enxada do marido no terreno dos fundos; ali estava a consciência que ela possuía de si mesma no meio de uma vida que era dela e de mais ninguém. Ali estava o agridoce sabor daquilo, a penetrante existência daquilo — a pura sensação de ser Catareen Callatura naquele momento, numa tarde sem maiores conseqüências, pouco antes da chuva.

E ali, muitos anos depois, estava sua decisão de sonegar colheitas aos cobradores do rei e incentivar outras a fazerem o mesmo. Ali estavam as dúvidas do marido bonachão, uma alma mais simples que a dela. Ali estava a confiança que ele depositava nela. Ali estavam as brigas das crianças, com ela e entre elas. (A essa altura, alguns teriam decidido que ela era a metade boa dos pais, outros que era a metade má.) Ali estavam as detenções. Ali estavam as execuções. De todos eles. Não apenas do doce e confuso marido, mas dos filhos crescidos, dos que a amavam e dos que lhe guardavam rancor, e dos pequenos também. De todos eles.

O quarto escureceu com o anoitecer. Catareen acordou diversas vezes, olhando confusamente em volta. Devia estar surpresa de se ver ali, morrendo num quarto desconhecido, num planeta estranho. Devia, no seu sono, ter esquecido. Cada vez que acordava, Simon debruçava-se sobre ela e dizia: "Está tudo bem", o que não era, claro, totalmente verdade. Era o que podia dizer.

Achava que ela não queria ser tocada por ele. A cada vez ela olhava para ele com olhos amarelos mais desfalecentes. A cada vez ela flutuava para mais longe sem dizer nada.

Pouco depois, Luke entrou no quarto. "Ei", disse. "Está quase na hora de embarcar."

Àquela altura, Simon já sabia o que fazer. Parecia ter adotado uma decisão sem tê-la propriamente tomado. O processo ocorrera em algum lugar nas profundezas de seus circuitos.

Disse: "Eu não vou".

"O quê?"

"Não posso abandoná-la aqui."

Luke hesitou. Depois disse: "Não há nada que possamos fazer por ela, você sabe".

"Posso estar aqui. Posso fazer isso."

"Você sabe o que isso significa? Não podemos voltar para recolher você."

"Sei disso."

"Quero que você venha", disse Luke. Havia um tom de lamento em sua voz.

Ele era, na verdade, um garoto de doze anos. Era fácil esquecer isso.

Simon disse: "Você vai ficar bem sem mim".

"Eu sei. Sei que vou. Mesmo assim, quero que você venha."

"O que é que você está segurando?", perguntou Simon. Luke carregava alguma coisa numa sacola plástica branca.

"Ah. Só isto."

Enfiou a mão na sacola e retirou a pequena tigela de porcelana que eles tinham comprado da velha em Denver.

"Você vai levar isso para o outro planeta?"

"Era da minha mãe."

"O quê?"

"Não sei como foi parar nas mãos de Gaya. Deixamos Denver às pressas, um dos cartões de crédito da Mãe estourou, e acho que Gaya chegou ao nosso apartamento antes das autoridades. Eu me lembro dessa tigela de quando eu era bebê. A Mãe deve tê-la afanado. Ela nunca compraria uma coisa como esta."

Luke segurava a tigela com as duas mãos. Ela parecia emitir um leve clarão no quarto que escurecia.

"Há algum tipo de inscrição nela?", perguntou Simon.

"Não quer dizer merda nenhuma."

"Ora, vamos."

"É uma língua de algum país fracassado. Um daqueles lugares de clima horrível e com uma longa linhagem de governantes dementes. Um daqueles lugares que parecem ter existido só para que seus cidadãos dedicassem a vida a tentar cair fora deles."

"Você sabe o que diz a inscrição?"

"Não. Não tenho a menor idéia."

"Mas quer levá-la com você."

"Paguei por ela."

"Com o meu dinheiro."

Luke deu de ombros e colocou a tigela de volta na sacola. Só o som da respiração de Catareen era audível. *Ee-um-fah-um-so*, sutil como uma cortina movida pelo vento.

Simon imaginou a tigela em outro planeta em algum lugar do século seguinte, pousada numa prateleira, de onde refletiria em silêncio uma luz alienígena. Aquele objeto pequeno e frágil, carregando sua mensagem intraduzível, era todo o legado de uma mulher que deformara deliberadamente seu filho e depois o abandonara. A tigela viajaria a outro sol, embora não fosse rara nem preciosa.

Os biológicos eram misteriosos.

Luke disse: "Tem mesmo certeza de que não quer vir conosco?".

"Eu quero ir. Mas vou ficar aqui."

"O.k."

"O.k."

Luke avançou e se postou ao lado da adormecida Catareen. "Adeus", disse suavemente. Ela não respondeu.

Luke disse: "Se eu fosse uma pessoa melhor, também ficaria".

"Não seja ridículo. Não há razão alguma para qualquer um de nós ficar aqui."

"Eu sabia que você ia dizer isso."

"Mas queria ouvir mesmo assim, não é?"

"É. Eu queria."

"É a isso que os cristãos se referem como absolvição?"

"Ahn-hã. Qualquer um pode concedê-la. Não é necessário ser padre."

"Você não acredita de verdade nessa baboseira, acredita? *De verdade?*"

"Acredito. Acredito mesmo. Não posso evitar."

Luke permanecia solenemente em pé ao lado da cama de Catareen. Segurava a tigela junto ao peito.

"Ela teve uma vida longa. Agora está indo em direção ao Senhor."

"Francamente, me causa um certo arrepio ouvir você falar esse tipo de coisa", disse Simon.

"Não devia. Se não gosta da palavra 'Senhor', escolha outra. Ela está indo para casa. Voltando para a turma. Como você preferir."

"Suponho que você tenha algumas idéias definidas sobre vida depois da morte."

"Claro. Somos reabsorvidos no mecanismo terrestre e celestial."

"Sem paraíso?"

"Isso é o paraíso."

"E quanto aos reinos da glória? E quanto a caminhar com chinelos dourados?"

"Abandonamos a consciência como se acordássemos de um sono ruim. Nos livramos dela como se ela fosse uma roupa que nunca nos serviu. É um êxtase de libertação que somos fisicamente incapazes de apreender enquanto não saímos de nosso corpo. O orgasmo é o que temos de mais parecido, mas é cru e inferior em comparação."

"É isso que o Fogo Sagrado lhe ensinou?"

"Não, eles eram idiotas. É simplesmente algo que eu sei. Do mesmo modo que você sabe sua poesia."

"E não *sei* poesia, propriamente. Eu a contenho."

"É a mesma diferença, não acha? Ei, está na hora de eu partir para outro planeta."

"Vou descer com você. Quero me despedir dos outros."

"O.k."

Foram juntos até a base da espaçonave. Ela sibilava. Emitia um leve clarão, como o que emanara da tigela da mãe de Luke na penumbra do quarto da doente. Os colonos estavam reunidos na base da rampa. No alto da rampa, a entrada da nave era um retângulo de perfeita luz branca.

Emory disse calorosamente a Simon: "Aqui vamos nós então".

"Só vim me despedir", disse-lhe Simon.

"Você não vem conosco?"

Simon explicou. Emory escutou. Quando Simon terminou de falar, Emory disse: "Isso é de fato muito extraordinário, sabe?".

"O que é extraordinário?"

"Você."

"Não sou extraordinário. Por favor, nada de paternalismo."

Emory disse: "Uma criança perguntou...".

"Não estou com vontade de declamar poesia neste momento", disse-lhe Simon.

"Não mesmo?"

"Não mesmo."

Emory sorriu e concordou com a cabeça. "Como preferir", disse.

Twyla saiu do meio do grupo, com Luke atrás dela. Ela disse a Simon: "Se você vai ficar aqui, poderia cuidar de Hesperia".

"Acho que sim."

"Os vizinhos vêm pegá-la amanhã. Diga-lhes que não poderão ficar com ela, afinal de contas. Diga-lhes que você é que vai cuidar dela. Faz isso?"

"Claro."

Luke disse: "Ele não sabe cuidar de um cavalo. Os vizinhos são uma opção melhor. São criadores de cavalos, não são?".

"Hesperia seria meramente mais uma no rebanho deles. E será o único cavalo de Simon."

"Isso se Simon quiser ou precisar de um cavalo. Isso se ele tiver alguma idéia do que fazer com um cavalo."

Othea disse: "Precisamos embarcar agora". Carregava o bebê no colo.

Emory disse a Simon: "Ao que parece, fiz em você um trabalho melhor do que eu imaginava".

"Faça boa viagem", disse Simon.

"Igualmente para você. Desculpe, preciso fazer uma contagem dos passageiros. Não vá embora. Quero me despedir de você adequadamente."

Emory caminhou para o meio do grupo. Luke e Twyla continuavam brigando por causa da égua. A discussão parecia levá-los a outras esferas, mais gerais, de discórdia.

Simon decidiu que era um momento tão bom quanto qualquer outro para sair despercebido dali. Ninguém pareceu notar quando ele se afastou.

Reassumiu seu posto ao lado de Catareen no quarto fresco e escuro. De fora vinham os sons da partida. Um tilintar metálico, três notas claras em sucessão. Um estranho som de sucção, não identificável, que ia e vinha. E de quando em quando o som de vozes, uma criança chamando, um adulto respondendo. Eram indistintos. Pareciam vir de muito longe, mais longe do que eles estavam de fato.

Ele não queria ver a nave partir. Preferia ficar ali, naquele quarto silencioso.

Com o passar do tempo, caiu no sono e acordou algumas vezes. A cabeça caía sobre o peito e ele despertava com um solavanco. A cada despertar, ficava momentaneamente surpreso de se ver ali, com aquela forma escura e silenciosa estendida na cama. A cada vez ele compreendia que estava de fato ali. Então caía no sono de novo.

Finalmente deitou na cama ao lado de Catareen. Estava muito cansado. Queria apenas repousar. Moveu-se com cuidado, tentando não perturbá-la. Acomodou seu corpo ao lado do dela no estreito colchão.

Os olhos dela palpitaram e se abriram. Ela virou a cabeça e olhou para ele. Ficou um momento em silêncio. Então disse: "Você".

Sua voz estava fraca. Era um leve assobio, quase inaudível.

"Eu", respondeu ele.

"Quando você vai?"

"Não se preocupe com isso."

"Quando você vai?"

"Eu não vou."

"Vai, sim."

"Não. Vou ficar aqui."

"Não."

Ele disse: "Eu não ia querer ir sem você". Não era o que ele pretendera dizer. Não parecia ser a estrita verdade. No entanto, foi o que disse.

"Você vai", disse ela.

"Shh. Não fale." Como se alguma vez ele houvesse imaginado que um dia lhe pediria que falasse menos.

Ela disse: "Vá".

Ele respondeu: "É aqui que eu quero ficar".

Ela olhou para ele. Seus olhos estavam se apagando. Abriu a boca para falar, mas não conseguiu.

"Durma", disse ele. "Apenas durma. Vou ficar bem."

Ela fechou os olhos. Com cuidado, ele colocou o braço sobre ela. Depois achou que ela provavelmente não queria aquilo. Retirou o braço. Inclinou a cabeça em direção à dela, deixou que a pele de seu rosto tocasse a pele da testa dela. Achou que com isso ela não se incomodaria.

Em pouco tempo ele também dormia.

Sonhou que estava em pé num lugar elevado. Estava claro e ventava muito. No sonho ele não conseguia saber se se achava no alto de uma montanha ou de um prédio. Sabia apenas que estava em pé sobre algo sólido e que a terra estava longe, lá embaixo. Dali podia ver pessoas atravessando a pé uma planície. Estavam distantes, mas ele as via perfeitamente. Homens, mulheres e crianças. Caminhavam todos na mesma direção. Estavam deixando algo para trás. Ele mal podia distinguir o que era. Uma escuridão, uma sensação de tempestade iminente, à distância, atravessada por clarões, lascas e rajadas de uma luz enfermiça e esverdeada que aparecia e desaparecia no tumulto das nuvens escuras. As pessoas fugiam daquilo, mas ele não conseguia ver para onde elas estavam indo. Um vento brilhante soprava sobre ele, e ele não podia voltar-lhe as costas. Só podia olhar para a direção de onde as pessoas fugiam. Esperava que estivessem indo para algo melhor. Imaginava montanhas, florestas, rios, um lugar limpo varrido pelo vento, mas não conseguia vê-lo. Só podia ver as pessoas caminhando pela relva. Podia apenas ver o que havia em seus rostos: esperança, medo e determinação, um ardor furioso que ele não era capaz de nomear. O vento tornou-se mais ruidoso. Compreendeu que o vento no seu sonho era o som de uma espaçonave partindo para outro planeta.

Acordou. Ainda estava escuro. Ainda podia ouvir o vento de seu sonho.

Soube imediatamente que Catareen tinha morrido.

Ela estava rígida. Seus olhos estavam fechados. A cor laranja já não brilhava através da fina membrana de suas pálpebras. Simon pôs a mão sobre a cabeça pequena e lisa dela. Estava fria como uma pedra.

Ele ficou pensando: será que ela apressou a própria morte na esperança de que ele talvez ainda pudesse embarcar na espaçonave? Uma nadiana seria capaz de fazer uma coisa assim? Impossível dizer.

A nave. Talvez ele ainda tivesse tempo de embarcar.

Saiu do quarto, desceu correndo as escadas, saiu da casa. Ele sabia. Claro que sabia. No entanto, gritou: "Esperem".

A nave estava uns trinta metros acima do chão, talvez mais, estremecendo, enquanto seu reator se preparava para emitir o jato propulsor. Flutuava, assobiando. Suas três patas de aranha tinham sido recolhidas. Era um perfeito disco de prata, estremecendo como se fosse virar de cabeça para baixo, envolto pelo cinto de luzes verdes e douradas das janelinhas. Centralizado em sua face inferior estava o círculo do reator, que passava do branco ofuscante ao vermelho vulcânico. Dez, nove, oito...

Simon correu para o terreno vazio onde a nave estivera. Gritou: "Esperem, por favor, esperem". Continuou gritando no meio do círculo ressecado que a nave tinha deixado. Sabia que era tarde demais. Mesmo que eles pudessem vê-lo (e não podiam), não havia como fazer a nave descer de novo, e tampouco havia cordas ou escadas que pudessem ser lançadas para ele.

"Não", gritou. "Por favor, oh, por favor, esperem por mim."

O reator se inflamou. Simon foi envolvido na luz vermelha, absorvido por ela. Momentaneamente, ele se transformou em pura luz, ofuscado, gritando. Não era quente; era apenas brilhante. O reator fez um pequeno ruído, uma tossida mecânica, e então a nave lançou-se para cima com tanta velocidade que deu a impressão de desaparecer por completo. Quando a luz vermelha se dissipou, quando a visão de Simon foi restaurada, já era impossível dizer qual luz era a da nave entre as luzes das estrelas mais próximas.

Simon ficou olhando para o céu. Fixou-se numa luz movente que talvez fosse a nave, embora não tivesse certeza. O céu estava cheio de pontos luminosos que se moviam, que podiam ser aeronaves da Eurásia, ou armas secretas apontadas para vários inimigos, ou ainda naves alienígenas transportando peregrinos de um mundo para outro. O céu estava cheio de viajantes. Simon permaneceu sob as estrelas e pontos de luz em movimento gritando: "Esperem, esperem, esperem, oh, esperem por mim".

Quando parou de gritar não havia nada a fazer a não ser voltar para a casa vazia. Voltou para o quarto. Ficou deitado desperto ao lado do corpo de Catareen, que já não continha traço algum dela. Ela partira completamente. Sua carne juntara-se aos objetos inanimados do quarto; não era diferente da cadeira ou da lâmpada. Ficou deitado junto ao corpo até que o quarto começou a embranquecer com a primeira luz da manhã.

Quando o sol já estava alto, ele cavou a sepultura dela. Escolheu um lugar atrás da casa da fazenda, à sombra da árvore que eles tinham contemplado juntos da janela do quarto. Quando o buraco estava fundo o bastante, voltou ao quarto, ergueu o corpo e levou-o para fora. Ela não pesava quase nada. Morta, era como um guarda-chuva fechado. Carregou o corpo com cuidado, pressionando a cabeça dela sobre seu peito, embora obviamente isso não fizesse a menor diferença. Enquanto a carregava pelo pátio, o cavalo relinchou. Queria ser alimentado.

Antes de alimentar o cavalo, ele levou Catareen até a cova, sentou-se desajeitadamente na borda, deslizou para baixo e depositou-a na terra fria e úmida. Não lhe pareceu direito jogar terra diretamente no rosto dela. Pensou primeiro em voltar até a casa e pegar um pano, mas decidiu em vez disso tirar sua própria camiseta e envolver com ela a cabeça de Catareen. Achou que ela devia ter alguma coisa dele em sua sepultura, embora obviamente não fizesse a menor diferença.

Quando os traços dela já estavam cobertos pela camiseta, ele estendeu a mão, pegou um punhado de terra e espalhou-o sobre o rosto. Trabalhou com cuidado e delicadeza. Acrescentou outro punhado e mais outro. Cobriu-a punhado por punhado, até ela ficar totalmente agasalhada pela terra. Até ela desaparecer. Então saiu da cova e acabou de enchê-la de terra com a pá.

O cavalo relinchava com insistência. Precisava ser alimentado. Ele finalmente alimentou o cavalo.

O sol agora ia alto. O calor do dia começara. Ele estava sozinho ali, com o cavalo e a sepultura de Catareen. Os outros estavam a caminho de um novo mundo, um mundo que talvez fosse maravilhoso ou talvez fosse desolado.

Preparou o café-da-manhã para si próprio e lavou a louça. Eram nove e meia de uma manhã de verão numa casa vazia nos arredores de Denver. Caminhou até a varanda e olhou para o que havia em volta. Relva e céu. Um único dedo de nuvem dissolvendo-se no azul ardente acima da distante cadeia de montanhas.

Era hora de partir.

Selou o cavalo. Sentia-se mais atraído pela idéia de ir embora a cavalo do que pela perspectiva de dirigir o trailer. O trailer podia ficar ali, no calor e no silêncio. O sol nasceria e declinaria e nasceria novamente sobre o carro e a casa, sobre o círculo esturricado onde estivera a nave e sobre a cova sem lápide de Catareen.

Montou no cavalo e partiu. Cavalgaria para o oeste, pensou. Cavalgaria para a Califórnia. Cavalgaria naquela direção. Ele e o cavalo talvez morressem de fome ou de insolação. Ou talvez chegassem ao Pacífico. Talvez percorressem todo o caminho até o outro lado do continente e parassem numa praia diante do que ele imaginava ser um azul inquieto e infinito. Supondo, claro, que o oceano ainda estava intacto. Não havia como saber, havia?

Cavalgou para o oeste. Cavalgou até perder a fazenda de vista, até ser ninguém e nada senão um homem sobre um cavalo numa vastidão deserta, num mundo de relva e céu. O cavalo seguia em frente sem parar. Estava despreocupado. Apenas seguia. Não sabia de nada.

Simon e o cavalo teriam que atravessar as montanhas. Como eram mesmo chamadas? As Rochosas. Algumas pessoas tinham conseguido. Pessoas que estavam mortas havia muito tempo tinham atravessado a cavalo aquelas montanhas e alcançado o que as esperava do outro lado, fosse o que fosse. Tinham enterrado seus mortos. Tinham levado consigo tigelas com mensagens escritas em línguas esquecidas. Tinham levado lembranças de um lago ou de uma árvore perfeitamente centralizada numa paisagem casual ou de terem sido abandonadas enquanto outros partiam para longe. Tinham acalentado esperanças injustificadas. Tinham construído cidades que se ergueram e desmoronaram e talvez, pelo que ele sabia, estivessem se erguendo de novo.

A mulher estava enterrada. A criança estava a caminho de um novo mundo. Simon estava a caminho de algum lugar, e talvez não houvesse nada lá. Não, em todos os lugares havia alguma coisa. Ele estava indo para o seu futuro. Não havia nada a fazer senão cavalgar para dentro dele.

Uma clara mudança ocorreu. Ele a sentiu percorrendo seus circuitos. Não tinha nome para ela.

Disse em voz alta: "A Terra, eis o que basta, não quero ter as constelações mais perto, sei que elas estão muito bem lá onde estão, sei que bastam àqueles que pertencem a elas".

Então seguiu cavalgando pela extensa relva em direção às montanhas.

Agradecimentos

Para um romancista, não sou um indivíduo especialmente retirado ou solitário. Tendo a conversar sobre o trabalho em andamento com um pequeno grupo de amigos de confiança, e tenho o bom senso de dar ouvidos a suas idéias. Também mostro vários esboços a vários leitores, e cada um deles ajuda a tornar o romance em questão mais forte e verdadeiro do que eu seria capaz de fazer sozinho.

Estendo minha profunda gratidão a Diane Cardwell, Judy Clain, Frances Coady, Joel Connarroe, Stacey D'Erasmo, Marie Howe, Joy Johannessen, Daniel Kaizer, James Lecesne, Michael Mayer, Adam Moss, Christopher Potter e Derrick Smit. Leitores igualmente cruciais, e muito mais que isso, são minha agente, Gail Hochman, e meu editor, Jonathan Galassi. Marianne Merola cuida para que meus livros sejam bem editados fora dos Estados Unidos. Susan Mitchell, Jeff Seroy, Timothy Mennel, Sarita Varma e Annie Wedekind foram heróicos em seus esforços para fazer este livro ficar mais bonito, detectando seus erros factuais e deslizes de dicção, para torná-lo apresentável ao mundo.

O auxílio e a amizade de Meg Giles foram cruciais em aspectos numerosos demais para que eu possa mencioná-los.

Escrevi o terceiro capítulo durante minha estada na Fundação Santa Maddalena, na Toscana, a convite de Beatrice von Rezzori, cuja generosidade para com escritores é não menos que notável.

Baseei-me em informações extraídas de *Gotham: a history of New York city to 1898*, de Edwin G. Burrows e Mike Wallace, publicado em 1999 pela Oxford University Press; *The historical atlas of New York city*, de Eric Homberger, publicado em 1994 por Henry Holt and Company; *Walt Whitman: the song of himself*, de Jerome Loving, publicado em 1999 pela University of California Press; *Walt Whitman's America*, de David S. Reynolds, publicado em 1995 por Alfred A. Knopf; e da edição de *Leaves of grass*, de Walt Whitman, publicada pela Library of America em 1992. Mike Wallace, co-autor de *Gotham*, foi amável a ponto de trocar correspondência eletrônica comigo e responder a certas perguntas relativas à vida no século XIX. Embora o leitor não vá ficar sabendo sobre a roupa de baixo que aqueles personagens estavam usando, *eu* sei, graças a Mike Wallace, e isso me ajudou a imaginá-los de modo mais completo.

Finalmente devo agradecer a Ken Corbett, que não apenas lê trechos enquanto eu vou escrevendo, oferece sugestões brilhantes e me ajuda a superar momentos de desânimo, como também ajuda a criar um ambiente doméstico de discernimento, generosidade, humor, pensamento meticuloso e crença na obrigação humana fundamental de tentar fazer pelo menos um pouco mais do que cada um é tecnicamente capaz de fazer.

ESTA OBRA FOI COMPOSTA PELA SPRESS EM ELECTRA E IMPRESSA
EM OFSETE PELA GEOGRÁFICA SOBRE PAPEL PÓLEN SOFT
DA SUZANO BAHIA SUL PARA A EDITORA SCHWARCZ EM AGOSTO DE 2006